George P. Pelecanos
Wut im Bauch

Foto: Theo Maschas

George P. Pelecanos wurde 1957 in Washington, D.C., geboren. Er hat die unterschiedlichsten Jobs ausgeübt, war unter anderem Koch, Spüler, Bartender, Schuhverkäufer, Bauarbeiter, bevor er 1992 seinen ersten Roman veröffentlichte. Er lebt in Silver Springs, Maryland, mit seiner Frau und drei Kindern.
Im Rotbuch Verlag erschien 2003 sein Krimi *Schuss ins Schwarze*, für den Pelecanos mit dem Deutschen Krimipreis ausgezeichnet wurde. Zurzeit wird *Schuss ins Schwarze* von Curtis Hanson (»L.A. Confidential«) für das Kino verfilmt.

In seinem zweiten Fall soll Derek Strange gemeinsam mit seinem Partner Terry Quinn ein 14-jähriges Mädchen suchen, das von zu Hause abgehauen ist. Die beiden Ermittler finden schnell heraus, dass das Mädchen als Prostituierte in einem der brutalsten Viertel von Washington, D.C., arbeitet. Es dort herauszuholen, ist wesentlich schwieriger.
Strange und Quinn, ein Ermittlerpaar wie Pfeffer und Salz, glauben, diese Welt zu kennen – aber sie haben nicht mit Worldwide Wilson gerechnet, dem harten Revierboss, dem sie in die Quere kommen. Als hätten sie noch nicht genug Ärger am Hals, wird auf einen jungen Football-Spieler, dessen Team Strange coacht, ein Anschlag verübt. Die Angreifer zu fassen, wird zur Ehrensache für Strange und Quinn, und ihre Ermittlungen führen sie tief hinein in Washingtons Labyrinth der Kriminalität und zum skrupellosen Worldwide Wilson.
George Pelecanos' Krimis haben von allen Seiten überschwängliches Lob erhalten, zum Beispiel von Elmore Leonard, Michael Connelly, Laura Lippman und Dennis Lehane.

George P. Pelecanos

Wut im Bauch

Der zweite Fall für Derek Strange

Aus dem Amerikanischen
von Bettina Zeller

Rotbuch Verlag

Bibliografische Information der Deutschen Bibliothek

Die Deutsche Bibliothek verzeichnet diese Publikation in der Deutschen Nationalbibliografie; detaillierte bibliografische Daten sind im Internet über http://dnb.ddb.de abrufbar.

Originaltitel: »Hell to pay«

Die Originalausgabe erschien 2002 bei Little, Brown and Company, Boston, New York, London
Umschlaggestaltung: projekt ®, Cathrin Günther, Hamburg unter Verwendung einer Fotografie von photonica / Paul Mason
Herstellung: Das Herstellungsbüro, Hamburg
Satz: Greiner & Reichel, Köln
Druck und Bindung: Claussen & Bosse, Leck
Printed in Germany

ISBN 3-434-54055-5

Informationen zu unserem Verlagsprogramm finden Sie im Internet unter www.rotbuch.de

Eins

Garfield Potter hing tief hinter dem Steuer seines Caprice. Der Motor lief. Mit dem Daumen fuhr er über den Gummigriff seines Colts. Neben ihm saß Carlton Little, ans Fenster der Beifahrertür gelehnt. Little bröselte gerade Marihuana auf ein White-Owl-Einwickelpapier und verteilte das Gras mit dem Daumen. Potter und Little warteten auf Charles White, der im Hinterhof seiner Großmutter einen Hund aus dem Käfig holte.

»Sieht irgendwie mickrig aus, was?«, sagte Potter mit einem Blick auf Littles Schoß.

Little verzog den Mund zu einem Grinsen. »Darüber jammern doch bestimmt die Mädels, wenn du dein Ding auspackst.«

»Meinst du etwa Brianna? Dein Mädel? Die hatte gar keine Gelegenheit, sich das Ding anzugucken, denn ich hab's ihr von hinten besorgt. Sie hat's so sehr gespürt, dass sie dich prompt vergessen hat. Nachdem ich's ihr besorgt habe, konnte sie sich nicht mal mehr an deinen Namen erinnern.«

»Und an ihren auch nicht. Die muss ja total besoffen gewesen sein, wenn sie's mit so 'nem Saftsack wie dir getrieben hat.« Mit einem leisen Kichern riss Little ein Streichholz an und hielt es an die Tüte.

»Ich rede von der Waffe, Blödmann.« Potter hielt Little, der gerade die Tüte anrauchte, den Colt vor die Nase.

»Ja, schon klar. Wo hast du das Ding denn her, Mann?«

»Hab' sie bei einem Burschen eingetauscht gegen eine halbe Unze. Ist nicht registriert und war höchstens ein, zwei Mal im Einsatz. Der Lauf ist kurz. Gerade mal fünf Zentimeter lang. Da denkt man doch, die taugt nix. Aber das hier ist 'ne 375er. Diese Dinger nennt man Taschenpistole, weil man so 'ne Knarre tragen kann, ohne dass wer mitkriegt, dass du bewaffnet bist. Und ich brauch' eh keinen langen Lauf, weil ich lieber aus der Nähe abdrücke.«

»Na, ich bleib' bei meiner 9 Millimeter. Du weißt ja nicht mal, ob das Scheißding funktioniert.«

»Die funktioniert. Frag ja nicht, ob du meine haben kannst, wenn deine klemmt.«

Potter war groß und hellhäutig. Er hatte einen flachen Bauch, einen schmalen Brustkorb und dünne, muskulöse Arme, deren Bizepse sich abzeichneten. Die Haare trug er kurz, mit einem ausrasierten Nacken. Er hatte große dunkelbraune Augen und eine schmale Adlernase, wie die Weißen. Potter grinste gern und viel. Wenn er es darauf anlegte, hatte dieses Grinsen etwas Einnehmendes, doch meistens wirkte es Furcht einflößend.

Little war nicht ganz so groß, hatte breite Schultern, kräftige Arme, dünne Beinchen. Durchs Hanteltraining hatte er oben herum Showmuskeln aufgebaut, aber seine untrainierten Beine verrieten, dass er früher ein klapperdürres, unterernährtes Kind gewesen war. Er trug Cornrows, diese Frisur, wo die Haare dicht am Kopf entlang geflochten wurden, und dazu einen struppigen Kinnbart, der an Unkraut erinnerte.

Die beiden hatten Worker-Jeans, Achselhemden und karierte, kurzärmelige Button-down-Hemden von Nautica an. Potter trug nur Schuhe, die gerade bei Footlocker im City Place im Schaufenster standen. Heute hatte er ein Paar blauschwarze Air Maxes an. Littles trug hellbraune Timberland-Arbeitsschuhe, die er nicht zugeschnürt hatte.

Little nahm einen kräftigen Zug, hielt die Luft an und

starrte nach vorn. Als er ausatmete, blies er den Rauch gegen die Windschutzscheibe. »Da kommt Coon. Jetzt guck, wie der den Brustkorb aufbläst. Kriegt sich kaum ein vor lauter Stolz wegen diese Töle.«

Charles White führte seinen Pitbull namens Trooper an einer absterbenden, fast blattlosen Eiche vorbei. An einem der Äste hing ein Reifen. Als er noch klein gewesen war, hatte sich Trooper oft in den Reifen verbissen, stundenlang an dem Ding gebaumelt und auf die Weise seine Kiefermuskeln trainiert.

»Das ist keine Töle für Wettkämpfe«, meinte Potter. »Und Coon taugt nix als Hundehalter.«

Trooper hatte ein braunes Fell, eine weiße Blesse und hellbraune, rosa geränderte Augen. White hielt ihn an einer kurzen Leine, die er in ein breites Lederhalsband mit schweren Ringen geklinkt hatte. Troopers Ohren waren wettkampfmäßig kurz gestutzt. Der mittelgroße White, der sich wie seine Kumpels stylte, ging auf den Wagen zu, öffnete die hintere Tür, ließ zuerst den Hund rein und stieg dann selbst ein.

»Was steht an, Leute?«, fragte White.

»Coon«, sagte Little und warf seinem Kumpel einen Blick über die Rückenlehne zu. Viele glaubten, Whites Streetname wäre seiner dunklen Hautfarbe geschuldet, doch Little wusste, wie er zu diesem Namen gekommen war. Er und Coon waren in den Section Eights aufgewachsen und kannten sich nun schon seit Ewigkeiten. Anfang der Neunziger lief White dauernd mit einem Hut aus Waschbärleder herum. Stylingtechnisch eiferte er diesen dämlichen Rappern von Digital Underground nach, die damals höllisch angesagt gewesen waren. Zudem sah er mit seiner tierisch großen, langen Nase wie eine Comicfigur aus. Und er lief leicht nach vorn gebeugt, die langen Finger wie Klauen gespreizt, so wie die Nagetiere im Wald.

»Lass mich mal ziehen, Dirty.«

Dirty war Littles Straßenname. Den hatte er verpasst gekriegt, weil er am liebsten über Muschis und Titten quatschte. Und über Schwänze. Außerdem vertilgte er am liebsten fetttriefendes Fast Food. Little reichte die Tüte nach hinten. White nahm einen tiefen Zug.

»Ist dein Champion so weit?«, fragte Potter.

»Was?«

Im Wagen konnte man kaum was verstehen, denn Potter hatte die Musik – auf PGC spielten sie gerade die neue DMX-Scheibe – voll aufgedreht.

»Ich hab' gefragt, ob dieses blöde Tier uns heute Kohle bringen wird«, brüllte Potter.

White antwortete nicht gleich. Er hielt den Rauch in der Lunge und atmete langsam aus.

»Der wird uns heute tierisch Kohle einbringen, D.«, meinte White. Er streckte die Hand aus und massierte Troopers stattlich ausgebildete Kiefermuskeln. Trooper riss vor Freude das Maul auf und schaute zu seinem Herrchen hinüber. »Stimmt doch, oder, mein Guter?«

»Bist du sicher, er hat genug Mumm?«

»Verdammt, gestern Morgen konnte er noch einen Holzstamm den ganzen Block runterziehen.«

»Ich hab' dich nicht gefragt, ob er Zirkustricks draufhat. Wird er den Kampf gewinnen?«

»Klar doch.«

»Na, mir hat er bislang noch nicht vorgeführt, was er draufhat.«

»Und was war mit dem Kampf zwischen ihm und dem Hund von diesem Jungen drüben auf der Crittenden?«

Potter betrachtete White im Rückspiegel. »Diese Töle auf der Crittenden war ein Schoßhündchen. Und Trooper ist auch nur ein Schoßhündchen.«

»Verdammt, das ist er nicht. Er wird's dir heute zeigen.«

»Hoffentlich. Denn ich hab' nicht vor, meine Zeit oder meine Kohle auf ein Schoßhündchen zu verschwenden.« Potter steckte den Colt in den Bund der Jeans.

»Ich hab' doch gesagt, er wird's dir zeigen.«

»Komm schon, D.«, sagte Little. »Lass uns endlich fahren, Mann.«

Garfield Potters Streetname war Death. Seit ein Mädchen, auf das er scharf gewesen war, ihm verklickert hatte, der Name würde ihr Schiss einjagen, konnte er ihn nicht mehr so richtig leiden. War ihm dann auch nicht gelungen, ihr an die Wäsche zu gehen. Seit damals war er fest davon überzeugt, dass der Name ihm jede Tour vermasselte. Sich einen anderen zuzulegen, wäre jedoch noch übler gewesen. Nun nannten seine Freunde ihn eben D.

Als Potter den Zündschlüssel herumdrehte, knarzte es laut. Little klatschte in die Hände und krümmte sich vor Lachen.

»Heilige Scheiße!«, sagte Little und klatschte gleich noch mal. »Die Karre läuft schon, Mann, du brauchst sie nicht noch mal anlassen! Wenn du die Musik mal etwas leiser stellen würdest, würdest du's hören.«

»Vor allem, wo die Kutsche eh schon so 'nen Lärm macht«, meinte White.

»Fick dich, Coon«, sagte Potter, »meckerst ewig über diese Karre und kurvst dann mit diesem Scheiß-Toyota durch die Stadt, der wie 'n spanischer Cadillac oder so 'n Schrott aussieht.«

»Da haben wir so viel Schotter«, meinte Little, »und fahren in dieser Mistkarrosse durch die Gegend.«

»Die stoßen wir bald ab«, versprach Potter. »Und außerdem, so scheiße, wie ihr wieder tut, ist sie nun auch wieder nicht.«

»Ja, hast schon Recht. Hat mich eben gerade, amüsiert.« Little nahm den Joint, den White ihm nach vorn reichte, und starrte ihn verdattert an. »Ist mein voller Ernst, Junge, dieses Zeug hier knallt richtig rein.«

Einmal pro Woche fanden tagsüber in Manor Park im Nordwesten von D.C. Hundekämpfe in einer großen Garage hinter einem Haus auf der Ogelthorpe statt. Die Kämpfe dauerten meist mehrere Stunden. Da waren die meisten Nachbarn bei der Arbeit. Und die Anwohner, die daheim waren, hatten Angst vor den jungen Männern, die zu den Kämpfen kamen, und wagten es nicht, sich bei der Polizei zu beschweren.

Potter stellte den Chevy in einer Seitenstraße ab, bevor er und seine Kumpels ausstiegen. White hatte Trooper, der bei Fuß ging, angeleint. Sie marschierten die Gasse hinunter und nickten, ohne zu lächeln, ein paar jungen Männern zu, die – wie gemunkelt wurde – zum Delafield Mob gehörten. Überall lungerten Typen herum, hielten ihre Tiere im Zaum, kifften und nuckelten an Flaschen in braunen Papiertüten. Little und White folgten Potter in die Garage.

Fünfzehn bis zwanzig Kerle warteten in der Garage. In einer Ecke war gerade ein Würfelspiel im Gang. Wieder andere ließen ihre Joints kreisen. Jemand hatte *Dr. Dre 2001* aufgelegt, mit Snoop, Eminem und Konsorten. Die Musik dröhnte laut aus einem Ghettoblaster.

In der Mitte der Garage gab es eine Kampfarena mit einem Industrie-Fußbodenbelag. Der Zwinger war von einem niedrigen Maschendrahtzaun eingefasst und hatte auf zwei Ecken einen Durchlass. In der einen Ecke des Käfigs hielt ein Mann einen schwarzen Pitbull mit braunen Flecken auf Bauch und Rücken an einer Kette. Der Hund hieß Diesel. Seine Ohren waren verschrumpelt, sein Nacken war mit wulstigen Narben überzogen, die wie rosa Würmer aussahen.

Potter musterte einen Mann. Er stand allein in einer Ecke und zündete sich gerade eine Zigarette an. Der Kerl war etwa dreißig und galt in dieser Gruppe fast als Opa.

»Ich bin gleich wieder da«, sagte Potter zu Little.

»Die Hunde werden gleich vorgeführt«, meinte Little.

»Am liebsten würde ich meine Kohle auf diesen schwarzen Köter setzen. Aber du gehst und setzt auf Trooper, kapiert?«

»Dreihundert?«

»Drei Scheine sind okay.«

Potter schlenderte zu dem Zigarettenraucher, einem kurz gewachsenen, richtig pennermäßigen Typen auf dem absteigenden Ast, und baute sich vor ihm auf.

»Ich kenne dich.«

Der Raucher hob den verschlafenen Blick und versuchte, den Coolen zu spielen. »Ja?«

»Du hängst mit Lorenze Wilder ab, oder?«

»Ich kenn' ihn vom Sehen. Heißt noch lange nicht, dass wir zusammen abhängen oder so.« Doch als der Raucher Potter erkannte, knickte er ein und senkte den Blick auf den Betonboden.

»Raus«, sagte Potter. Der ältere Mann folgte Potter zögernd, aber ohne Protest ins Freie. Potter führte ihn um die Garage. Von hier aus konnte man in die angrenzenden Gärten auf der Westseite schauen.

»Wie heißt du?«

»Edward Diggs.«

»Man nennt dich Digger Dog, richtig?«

»Manchmal schon.«

»Lorenze hat dich so genannt, als wir ihm vor ein paar Wochen Gras verkauft haben. Du hast direkt neben ihm gestanden. Erinnerst du dich jetzt an mich?«

Diggs sagte nichts, woraufhin Potter sich dicht vor ihn stellte und auf Diggs herunterschaute.

»Na, wo treibt sich dein Kumpel Lorenze denn herum?«

»Keine Ahnung. Er wohnt in dem alten Haus seiner Mutter ...«

»Drüben, gleich hinter der North Dakota. Ich weiß, wo das ist, und da hat er schon 'ne Weile nicht mehr auf der Matte gestanden. Jedenfalls hab' ich ihn dort nie angetroffen. Hat er 'ne Frau, bei der er ab und an pennt?«

Diggs wich Potters Blick aus. »Ich hab' keinen Schimmer.«

»Und wie steht's mit anderen Verwandten?«

Diggs nahm einen letzten Zug von seiner Kippe, ließ sie

zu Boden fallen und trat sie mit dem Turnschuh aus. Er schwenkte den Blick nach rechts, in die Gasse, doch da war niemand. Die anderen hingen in der Garage herum. Potter schob einen Hemdzipfel beiseite und steckte ihn hinter den Griff des Colt, so dass Diggs ihn sehen konnte.

Diggs sah wieder in die andere Richtung und senkte die Stimme. Er musste diesem Typen was geben, damit er endlich abhaute. »Lorenze hat 'ne Schwester. Sie lebt mit ihrem kleinen Jungen unten in Park Morton.«

»Vielleicht schau ich da mal vorbei. Wie heißt sie?«

»Ich würde nicht ... Was ich sagen will, falls du einen Rat brauchst ...«

Potter schlug Diggs mit der flachen Hand ins Gesicht. Mit der linken Hand griff er nach Diggs' Hemdkragen, zog ihn heran und schlug ihn noch mal.

Diggs hielt die Klappe. Er machte schlapp. Potter hielt ihn fest.

»Wie heißt die Schwester?«

Diggs traten die Tränen in die Augen, und er hasste sich dafür. Er hatte diesem Typen doch nur sagen wollen, dass er Lorenzes Schwester und ihren Jungen in Ruhe lassen sollte. Doch dafür war es jetzt zu spät.

»Ich weiß nicht, wie sie heißt«, sagte Diggs. »Und außerdem, Lorenze, der geht da nie vorbei. Soweit ich weiß, redet er nicht oft mit seiner Schwester. Manchmal schaut er zu, wie ihr Sohn Football spielt; der Junge ist in dieser Jugendmannschaft. Aber das ist auch schon alles, mehr hat er nicht mit ihr zu tun.«

»Wo spielt der Kleine?«

»Lorenze sagt, der Kleine trainiert an ein paar Mal die Woche abends in irgendeiner High School.«

»In welcher Schule?«

»Er wohnt in Park Morton. Von daher müsste das dann wohl die Roosevelt sein. Ist nur ein paar Blocks die Straße hoch ...«

»Ich hab' dich nicht nach 'ner Wegbeschreibung gefragt, oder? Ich wohne oben in der Warder Street, du brauchst mir also keine Karte aufmalen.«

»Ich wollte nur sagen, es ist nicht weit von dort.«

Potters Blick wurde weicher. Er grinste und ließ Diggs los. »Ich hab' dir doch kein Haar gekrümmt, oder? Hör mal, ich wollte dir nichts tun, verstanden?«

Diggs rückte seinen Kragen zurecht. »Ich bin in Ordnung.«

»Gib mir eine von deinen Kippen, Schwarzer.«

Diggs griff in die Brusttasche und holte eine Packung Kools heraus. Eine Zigarette glitt in seine Hand. Er reichte sie Potter.

Potter brach die Kippe auseinander, bohrte die beiden Hälften in Diggs' Brust und lachte, was wie ein Bellen klang. Dann drehte er sich um und ging weg.

Diggs strich sein Hemd glatt und ging schnell die Gasse hinunter. Als er einen Blick über die Schulter warf, sah er, dass Potter um die Ecke gebogen war. Diggs griff in die Tasche und schüttelte wieder eine Zigarette aus dem Loch, das er unten in die Packung gerissen hatte.

Diggs' Kumpel Lorenze hauste bei einer Bekannten in Northeast. Lorenze hatte sich scheckig gelacht und gesagt, er würde bei dem Mädchen untertauchen, bis Potter die Schulden vergessen hatte. Sah aber nicht so aus, als würde Potter zu der Sorte gehören, die irgendwas vergaß. Aber er konnte stolz auf sich sein, denn er hatte Lorenze nicht verraten. Die meisten seiner Kumpels glaubten, er hätte kein Rückgrat.

Diggs riss ein Zündholz an. Seine Hand zitterte wie Espenlaub, als er sich die Zigarette anzündete.

Drinnen in der Garage stellte Potter sich neben Little. Der Besitzer der Garage und Hausbuchmacher stand ganz in der Nähe, sammelte das Geld ein und nahm noch letzte Wetten an.

In einer Ecke des Zwingers hatte Charles White Trooper

gerade mit einem Schwamm und warmem Wasser eingeseift. Diesels Herrchen schrubbte in der gegenüberliegenden Ecke seinen Köter ab. Viele Hunden wurden mit Chemikalien behandelt, die den Gegner verwirrten. In dieser Arena lautete die Regel, dass beide Hunde vor dem Kampf gewaschen werden mussten.

White kraulte Troopers Schädel, bückte sich und flüsterte dem Hund ein paar beruhigende Worte ins Ohr. Der Schiedsrichter, ein fettleibiger junger Mann, trat in den Ring, nachdem der Besitzer der Garage ihm zugenickt hatte.

»Beide Seiten fertig?«, fragte der Schiedsrichter. »Hundehalter aus dem Zwinger.«

White ging durch das offene Türchen, hielt Trooper aber immer noch fest.

»Dreht eure Hunde mit der Schnauze zur Arena«, sagte der Schiedsrichter. Die Halter folgten der Aufforderung, woraufhin der Schiedsrichter rief: »Loslassen!«

Die Hunde schossen in die Mitte des Käfigs. Beide stellten sich auf ihre Hinterläufe und attackierten den Kopf des anderen mit dem Kiefer. Sie schnappten nach den Ohren des anderen, zielten auf den Nacken des Gegners. In der Hitze des Zweikampfes gaben die Hunde keinen Laut von sich. In der Garage hallten das Geschrei und Gelächter der Zuschauer wider, die sich um den Ring scharrten.

Einen Moment lang sah es so aus, als wären sich die beiden Tiere ebenbürtig. Dann nahm der Kampf schlagartig an Tempo zu. Die beiden Hundeleiber verschwammen zu einem braun-schwarzen Knäuel. Wenn sie die Zähne fletschten, blitzte kurz ihr hellrosa Zahnfleisch auf.

Diesel erwischte Trooper am Nacken und zerrte ihn zu Boden. Mit böse funkelnden Augen rappelte Trooper sich adrenalingeladen auf und riss sich los. Eins seiner Ohren war halb abgerissen, Blut sickerte über die weiße Blesse. Diesel griff an, zielte wieder auf den Nacken des Gegners. Kurz darauf lag Trooper erneut am Boden und wand sich unter dem schwarzen Tier. Diesel, der sich in Trooper verbissen hatte, ließ nicht los.

»Aufhören!«, schrie White.

Potter stieß White den Ellbogen in die Seite, der nickte.

»Das war's«, verkündete der Schiedsrichter und wedelte mit den Armen.

White stieg in den Ring, umfasste Troopers Hinterläufe und zog ihn weg. Diesel wurden von seinem Herrchen auch weggeschleift. Erst da riss er das Maul auf und gab Trooper frei. Lachend traten die Zuschauer vom Ring weg, schlugen sich gegenseitig in die Hände und begannen sofort, den Hundekampf auszuschmücken, damit er sich hinterher aufregender anhörte.

»Du hast Recht gehabt«, sagte Little. »Die Töle ist ein Schoßhündchen.«

»Was hab' ich dir gesagt?«, meinte Potter. »Der Charakter eines Hundes unterscheidet sich nicht von dem seines Besitzers.«

White tauchte mit Trooper an der Leine auf. »Ich muss ihn zusammenflicken lassen«, sagte White. Er traute sich nicht, seinen Kumpels in die Augen zu sehen.

»Können wir gleich jetzt machen«, meinte Potter. »Lasst uns abhauen.«

Ein paar Blocks weiter, in der Nähe vom Fort Slocum Park, rollte Potter mit dem Chevy in eine menschenleere Seitenstraße, schaltete den Motor aus und warf einen Blick nach hinten über die Rücklehne zu White. Schwer keuchend presste Trooper die Hüfte an die seines Herrchens.

»Der Hund muss pinkeln«, sagte Potter.

»Er war doch eben erst«, sagte White. »Wir müssen ihn schnell zum Tierarzt schaffen.«

»Der blutet mir schon die ganze Rückbank voll. Wenn er dort auch noch hinpisst, ist es mit meiner guten Laune vorbei. Gib mir die Leine, ich geh' mit ihm.«

»Ich werde mit ihm gehen«, sagte White mit zitternder Unterlippe.

»Lass doch D. den Hund ausführen, wenn er Bock drauf hat, Coon«, meinte Little. »Ist doch völlig schnuppe, wer die Leine hält, wenn die Töle pissen muss.«

Potter stieg aus dem Wagen, ging auf Whites Seite hinüber, machte die Tür auf und schnappte sich die Leine. Der Hund warf White einen Blick zu und sprang dann aus dem Wagen.

Potter ging mit Trooper die Gasse hinunter, bis sie hinter den hohen Holzzaun eines Privatgrundstücks kamen. Dort schaute Potter sich kurz um, konnte in den angrenzenden Gärten oder Fenstern der Häuser niemanden entdecken und befahl dem Hund, Platz zu machen.

Als Trooper saß, zog Potter seinen Colt aus dem Hosenbund, zielte damit auf das rechte Auge des Hundes und drückte ab. Die Schnauze explodierte, fast der ganze Kopf wurde weggerissen. Knochenpartikel und Blut spritzten durch die Gasse. Der Hund kippte um und streckte die zitternden Läufe von sich. Potter trat zurück und verpasste dem Hund noch eine Kugel zwischen die Rippen. Troopers Leichnam wurde drei, vier Zentimeter hochgerissen und bewegte sich dann nicht mehr.

Potter kehrte zum Wagen zurück und setzte sich hinter's Steuer. Little hielt ein Streichholz an den nur halb gerauchten White-Owl-Joint, den er sich aufgespart hatte.

»Die Waffe funktioniert«, sagte Potter.

Little nickte. »Macht auch 'ne Menge Lärm.«

Potter schaltete, legte den Arm über die Sitzlehne, drehte den Kopf, schaute aus dem Heckfenster und stieß mit dem Wagen rückwärts aus dem Sträßchen. White starrte mit tränenverschmiertem Gesicht aus dem Fenster.

»Los, lass es raus«, riet Potter. »Wenn einer deiner Bekannten mitkriegt, dass du wegen einem dämlichen Hund heulst, hält er dich für 'ne rührselige Trine. Und mit so was kutschier' ich nicht durch die Gegend.«

Potter, White und Little kauften bei ihrem Dealer in Columbia Heights ein Kilo Marihuana, packten die Hälfte davon in kleine Tütchen ab und lieferten die Rationen dann an ihre Straßendealer, die den Stoff dann abends, wenn rege Nachfrage herrschte, absetzten. Anschließend fuhren die drei die Georgia Avenue hoch rüber zur Roosevelt High. Sie rollten auf den Parkplatz auf der Iowa Avenue und stellten sich mit dem Chevy neben einen schwarzen Cadillac Brougham. Auf dem Platz standen noch andere Autos.

Potter musterte White, der stur nach vorn schaute, im Rückspiegel. »Ist wieder alles okay, Coon?«

»War nur eine dämliche Töle, genau, wie du gesagt hast. Ist mir schon immer am Arsch vorbeigegangen.«

Potter passte Whites Tonfall nicht, doch endlich bewies der Bursche mal so was wie Haltung, was gut war. Seine Wut richtig rauszulassen, dazu war er eh nicht in der Lage. Er war ein Schlappschwanz, genau wie seine verweichlichte Töle.

»Ich geh' mal was auschecken«, sagte Potter zu Little.

Er schlenderte über den Parkplatz und trat an den Zaun. Da unten lag das Stadion. Nach einer Weile kehrte er zum Wagen zurück.

»Hast du ihn gesehen?«, fragte Little, nachdem Potter sich wieder hinters Steuer gesetzt hatte.

»Nee«, sagte Potter. »Da sind nur ein paar Jungs, die Football spielen. Und ein paar alte Knacker, Trainer oder so ein Scheiß.«

»Wir können ja wann anders wieder kommen.«

»Das werden wir. Und wenn ich diese Schweinebacke sehe, pust' ich sie weg.«

»Wilder steht bei dir doch nur mit hundert Dollar in der Kreide, D.«

»Bildet sich wohl ein, er bräuchte seine Schulden nicht begleichen. Denkt, er könnte mich verarschen, aber du weißt, das kann ich ihm nicht durchgehen lassen.«

»Ist ja nicht gerade so, als bräuchtest du das Geld ganz dringend oder so.«

»Ums Geld geht es doch nicht«, meinte Potter. »Ich kann warten.«

Zwei

Derek Strange kam gerade aus einem Massagesalon, als er merkte, dass der Beeper an seiner Hüfte vibrierte. Er las die Nummer auf dem Display und durchquerte Chinatown, bis er zur MLK Library auf der 9th gelangte. Vor der Bibliothek gab es gleich mehrere Münzfernsprecher. Strange besaß zwar ein Handy, aber wenn möglich nutzte er lieber öffentliche Telefonzellen.

»Janine«, sagte Strange.

»Derek.«

»Du hast mich angebeept?«

»Diese beiden Frauen haben sich wieder gemeldet. Die beiden Ermittlerinnen aus Montgomery County.«

»Ich hab' sie doch zurückgerufen, oder?«

»Du wolltest wohl sagen, ich habe sie zurückgerufen. Sie versuchen nun schon seit einer Woche, mit dir einen Termin zu vereinbaren.«

»Dann haben sie's also immer noch nicht gesteckt.«

»Gesteckt ist untertrieben. Die machen ganz schön Druck. Sie sind gerade auf dem Weg in die Stadt und möchten dich zum Mittagessen treffen. Sie haben gesagt, sie wollen dich einladen.«

Strange zog den Jeansstoff weg, der ihm im Schritt klebte.

»Dieser Job bringt Geld, Derek.«

»Wart mal, Janine.« Strange drückte den Hörer an die

Brust. Ein Mann, der gerade vorbeilief, blieb stehen, um ihm die Hand zu schütteln.

»Tommy, wie geht's dir?«

»Sehr gut, Derek«, sagte Tommy. »Sag mal, hast du ein paar Kröten übrig, die du mir leihen kannst, bis wir uns das nächste Mal über den Weg laufen?«

Strange musterte die dunklen Tränensäcke unter Tommys Augen, registrierte, wie tief die Hose auf seinen knochigen Hüften saß. Strange war mit Scott aufgewachsen, Tommys älterem Bruder, der vor zehn Jahren an Knochenkrebs gestorben war. Scott hätte nicht gewollt, dass Strange seinem Bruder Geld gab, jedenfalls nicht für das, was Tommy damit im Sinn hatte.

»Heute nicht«, sagte Strange.

»Na gut«, sagte Tommy verschämt, aber nicht verschämt genug, und ging langsam weiter.

Strange sagte in die Sprechmuschel: »Janine, wo wollen sie sich mit mir treffen?«

»Frosso's.«

»Ruf sie an und bestell ihnen, ich komme. Bin in etwa zwanzig Minuten da.«

»Werde ich dich heute Abend sehen?«

»Vielleicht nach dem Training.«

»Ich hab' ein Hühnchen mariniert, das ich auf dem Weber grillen will. Lionel geht auch zum Training, oder? Du wirst ihn doch auf jeden Fall bei mir daheim abliefern?«

»Klar.«

»Wir können darüber reden, wenn du im Büro auftauchst. Du hast um zwei Uhr einen Termin mit George Hastings.«

»Ich weiß. In Ordnung, wir reden dann nachher weiter.«

»Ich liebe dich, Derek.«

Strange senkte die Stimme. »Ich dich auch, Baby.«

Strange legte auf. Er liebte sie wirklich. Dass er sich auf einmal schuldig fühlte für das, was er gerade eben getan hatte, war mehr ihrer Stimme als ihren Worten zuzuschreiben. Aber es gab eben Liebe und Sex auf der einen Seite und nur Sex auf der anderen. Für Strange hatte das eine nichts mit dem anderen zu tun.

Strange fuhr mit seinem weißen 89er Caprice mit den schwarzen Polstern nach Osten. Er hatte ›Wake Up Everybody‹ in den Kassettenrekorder geschoben und sang leise mit. In dieser ersten Strophe, wo Teddy mit gurrender Stimme gegen die Gamble-and-Huff-Produktion ansang, wurde der Hörer beschworen, die Augen zu öffnen, sich umzuschauen und die positiven Seiten der Welt zu sehen. Dieser Titel war schöner als die meisten Songs, die der amerikanische Musikmarkt sonst zu bieten hatte.

Neben ihm auf dem Sitz lag sein Rand-McNally-Straßenatlas. Am Gürtel hatte er das Leatherman-Multifunktionsmesser befestigt. Gleich daneben hing ein Buck-Messer in einem Lederetui an der rechten Hüfte. Den Beeper trug er auf der linken Seite. Der Rest seiner Ausrüstung war in dem zweifach gesicherten Handschuhfach und im Kofferraum verstaut. Es stimmte zwar, dass der moderne Ermittler einen Großteil seiner Arbeit vom Büro aus und übers Internet erledigte, doch Strange sah sich als jemanden, der zwei Arbeitsplätze hatte. Sein Hauptsitz war das Büro in Petworth, und dann hatte er noch eins in seinem Wagen, gleich hier. Die Arbeit auf der Straße sagte ihm mehr zu.

Es war Anfang September. Tagsüber hatte die Hitze die Stadt noch im Griff, aber in den Nächten kühlte es schon merklich ab. Und diese Wetterlage hielt im District noch mindestens einen Monat vor.

»The world won't get no better«, sang Strange, »if we just let it be ...«

Es würde nicht mehr lange dauern, bis sich das Laub im Rock Creek Park verfärbte. Anschließend folgten jene Wochen vor Thanksgiving, in denen sich das Wetter grundlegend änderte und das Laub von den Bäumen fiel. Strange hatte für diese Jahreszeit eine eigene Bezeichnung: Tiefer Herbst. Und diese Saison war ihm die liebste in D. C.

Frosso's, ein frei stehendes Gebäude mit grünen Dachschindeln, lag auf der Kreuzung 13th und L in Northwest und erinnerte an einen Pickel auf dem Hintern eines hübschen Mädchens. Der Manager des Restaurants, ein Mann aus dem Mittelmeerraum, war gleichzeitig auch der Besitzer der Immobilie. Selbst als hier neue Bürotürme in den Himmel schossen, hatte er alle Kaufgebote ausgeschlagen. Bei Frosso's konnte man mittags einen Burger oder sonst was essen und zur Happy Hour einen Drink nehmen. Hier traf sich eine Hand voll Arbeiter, die letzten ihrer Zunft, die immer noch tranken und rauchten oder sich wenigstens nicht daran störten, wenn ihre Klamotten nach Rauch stanken. Solche Lokalitäten waren in diesem Teil von Downtown kaum mehr zu finden.

Strange kämpfte sich durch den lauten Restaurantbereich zu einem Vierertisch hinten neben den Telefonen und dem Thekenende, an dem zwei Frauen saßen. Da er vor ein paar Monaten einen Artikel über sie im *City Paper* gelesen hatte, erkannte er die Ermittlerinnen. Eine der Frauen war schwarz, die andere weiß. Bei den Fällen, die sie übernahmen, ging es darum, Jugendliche, die von daheim weggelaufen waren und anschließend auf den Strich gingen, zurückzubringen. Die beiden arbeiteten mit irgendeiner Gutmensch-Organisation zusammen, die sich in D. C. um ausgestiegene Prostituierte kümmerte und staatliche Zuschüsse erhielt.

»Derek Strange«, stellte er sich vor und schüttelte zuerst die Hand der Schwarzen, dann die der Weißen, ehe er sich setzte.

»Ich bin Karen Bagley. Und das ist Sue Tracy.«

Strange schob seine Visitenkarte über den Tisch. Bagley gab ihm eine von ihren. Strange suchte darauf den Namen ihrer Firma: Bagley and Tracy Investigative Services. Darunter stand in kleineren Lettern ›Spezialisiert auf das Auffinden und die Überstellung von Jugendlichen‹. Eine schlichte Karte ohne Schnickschnack, dachte Strange. Sie könnten ein Logo gebrauchen, das ihre Karte von anderen unterschied und den Kunden im Gedächtnis haften blieb.

Bagley war mittelbraun und hatte eine breite Nase. Ihre Augen waren groß und dunkelbraun, von getuschten Wimpern eingerahmt. Sommersprossen von der Größe von zerstoßenem Pfeffer zierten ihr Gesicht. Tracy, eine Blondine mit Fransenschnitt und grünen Augen, war immer noch leicht gebräunt und hatte nicht ganz so breite Schultern wie Bagley. Die beiden Frauen waren attraktiv und jung. Sie hatten ernste Mienen, einen starken Knochenbau und – wie Strange vermutete, der die untere Hälfte ihrer Körper wegen des Tisches nicht sehen konnte – kräftige Oberschenkel. Und die beiden kamen wie Polizistinnen rüber, was sie laut Zeitungsartikel auch gewesen waren. Allerdings sahen sie wesentlich besser aus als die meisten Polizistinnen, die Strange gekannt hatte.

Tracy zeigte mit einem Finger auf den Krug, der vor ihr stand. Bagleys hielt ebenfalls einen Krug fest. »Möchten Sie ein Bier?«

»Noch zu früh für mich. Aber ich werde einen Burger nehmen. Medium, mit Blauschimmelkäse. Und ein Ginger Ale aus der Flasche, nicht vom Fass.«

Tracy rief die Bedienung, redete sie mit Namen an und bestellte den Burger für Strange. »Geht klar«, sagte die Bedienung und riss das oberste Blatt von einem grün linierten Block, ehe sie zur Küchentheke ging.

»Sie sind ziemlich schwer erreichbar«, meinte Bagley.

»Ich bin ziemlich beschäftigt«, sagte Strange.

»Viele Fälle, was?«

»Es gibt immer was zu tun.« Strange bekam ein Glas. Sein Blick fiel auf den verschmierten Rand. »Wie steht es mit der Sauberkeit in diesem Schuppen?«

»Ist so sauber wie die Zunge eines Hundes«, sagte Tracy.

»Das behaupten manche auch vom Hinterteil ihres Köters«, erwiderte Strange. »Und trotzdem würde ich meinen Mund nicht dranhalten.«

»Vielleicht sollten sie ja draußen ein Schild aufstellen«, sagte Tracy, ohne die Lippen zu einem Lächeln zu verziehen. »Das Restaurant ist so sauber wie ein Hundearschloch, und gutes Essen gibt es auch noch.«

»Würde ja vielleicht eine ganz neue Klientel anziehen«, sagte Strange. »Man kann nie wissen.«

»Hier sind sie nicht auf neue Kundschaft angewiesen«, meinte Bagley. »Mit der Stammkundschaft ist der Laden schon rappelvoll.«

»Sie beide zählen wohl zu den Stammkunden, wenn ich mich nicht irre.«

»Früher sind wir hier oft hergekommen, um Informationen einzuholen«, sagte Tracy. »Hier und im CVS unterhalb vom Logan Circle, das die ganze Nacht offen hat.«

»Informationen«, sagte Strange. »Von Prostituierten, meinen Sie.«

Bagley nickte. »Die Mädels sind rund um die Uhr im CVS herumgehangen, haben Strumpfhosen, Tampons oder sonst was gekauft.«

»Sie und die Junkies«, meinte Strange. »Die brauchen mitten in der Nacht dringend Schokolade. Ich weiß noch gut, wie ich denen dort immer über den Weg gelaufen bin. Mit auf Halbmast gesenkten Lidern haben sie sich die Schokoriegel aus dem Regal gekrallt.«

»Sie haben sich auch dort rumgetrieben?«, fragte Bagley.

»Früher, als es noch People's Drugs hieß. Muss inzwischen an die zehn Jahre her sein, was? Hab' dort immer das Allernötigste besorgt, wenn alle anderen Geschäfte schon dicht hatten. Bin damals auch so 'ne Art Nachteule gewesen.«

»In den letzten paar Jahren hat sich das verschoben«, sagte Tracy. »Ein Großteil der Action ist weiter nach Osten gezogen, in das neue Downtown, wo ein Hotel neben dem anderen steht.«

»Aber dieser Laden hier war als Prostituiertentreffpunkt bekannt, nicht wahr?«

»War mehr so was wie ein sicherer Hafen«, meinte Bagley. »Hier drinnen hat sie keiner angemacht. Hier konnten sie in Ruhe ein Bier trinken, eine Kippe rauchen. Kurz mal ausspannen.«

»Und jetzt nicht mehr?«

Bagley zuckte mit den Achseln. »Es hat eine Initiative gegeben, die Mädels aus dem öffentlichen Leben zu verbannen. Den jetzigen Machthabern wäre es lieber, wenn die Mädchen sich im Dezember in einem Türeingang den Hintern abfrieren, als dass sie sich in einem Laden wie diesem aufwärmen.«

»Ich nehme an, Sie sind dafür, dass man die Sache endlich anpackt und die Prostitution legalisiert, stimmt's? Ich meine, da es bei diesem Verbrechen bekanntlich keine Opfer gibt.«

»Falsch«, entgegnete Tracy. »Prostitution ist, soweit ich weiß, das einzige Verbrechen, wo der Täter das Opfer ist.«

Da Strange nicht wusste, was er darauf erwidern sollte, schwieg er.

»Und wie steht es mit Ihnen?«, fragte Bagley. »Was denken Sie darüber?«

Strange wich Bagleys Blick aus und schaute hinter ihre Schulter, ins Leere. »Um die Wahrheit zu sagen, ich hab' mir über dieses Thema noch nicht sonderlich viele Gedanken gemacht.«

Bagley und Tracy starrten Strange an. Strange drehte den Kopf, schaute zum Grill hinüber. Wo blieb dieser Burger? Na schön, dachte Strange. Ich werde zu Mittag essen, mir die Leier dieser todernsten, humorlosen Frauen anhören und dann einen Abgang machen.

»Sie wurden uns wärmstens empfohlen«, sagte Bagley und zwang Strange so, sich wieder auf sie zu konzentrieren. »Ein paar Anwälte, mit denen wir unten im Kammergericht zusammenarbeiten, sagen, sie hätten Ihre Dienste in Anspruch genommen und wären zufrieden gewesen.«

»Eher wahrscheinlich, dass mein Mitarbeiter Ron Lattimer für sie gearbeitet hat. Er übernimmt Aufträge, die ihm CJA-Anwälte zuschustern. Ron ist ein ausgeschlafener junger Mann, aber – lassen Sie es mich mal so formulieren – er kommt nicht gern ins Schwitzen. Von daher mag er diese Jobs, denn wenn man mit dem Gericht zusammenarbeitet, wird man automatisch von der Bundesregierung autorisiert, jemanden unter Strafandrohung vorzuladen. Beispielsweise eine Telefongesellschaft, die Verwaltung einer Wohnungsgesellschaft und sonst wen. Und so was erleichtert einem die Arbeit beträchtlich.«

»Sie haben auch schon solche Jobs übernommen«, sagte Bagley.

»Klar, aber ich arbeite lieber an der frischen Luft als an einem Computer, wenn Sie verstehen, was ich meine. Ich bin gern da draußen. Und die meisten Aufträge kriege ich von Leuten aus meinem Viertel. Bin jetzt seit 25 Jahren am gleichen Ort. Von daher ist es gut für mich, dort Präsenz zu zeigen, so wie die ...«

»Wie die Bullen«, sagte Tracy.

»Ja, ich bin früher auch Bulle gewesen, wie Sie beide. Ist allerdings mehr als 30 Jahre her, dass ich die Uniform abgelegt habe.«

»So was wie einen Ex-Bullen gibt es nicht«, meinte Bagley.

»Es gibt ja auch keine Ex-Alkoholiker«, sagte Tracy, »oder Ex-Marines.«

»Das sehen Sie richtig«, fand Strange. Inzwischen mochte er die beiden Frauen etwas besser leiden als noch bei seinem Eintreffen.

Strange drehte das Glas Ginger Ale, bis die verschmierte Stelle auf der anderen Seite war, und nahm einen Schluck. Dann stellte er das Glas wieder auf den Tisch und beugte sich vor. »Na schön, jetzt haben wir uns lange genug beschnuppert. Aus welchem Grund haben Sie beide mich hierher bestellt?«

Bagley warf Tracy, die sich gerade eine Zigarette anzündete, einen kurzen Blick zu.

»Wir arbeiten seit einiger Zeit mit einer Gruppe namens APIP«, sagte Bagley. »Schon mal davon gehört?«

»Ich hab' darüber in dem Artikel über Sie gelesen. Es geht darum, Prostituierten zu helfen, oder?«

»Aiding Prostitutes in Peril«, sagte Tracy und blies Strange den Rauch ins Gesicht.

»Ist von ein paar Punkrockern gegründet worden, wenn ich mich nicht irre.«

»Die Leute, die das aufgezogen haben, waren vor zwanzig Jahren Mitglieder der hiesigen Punkszene«, sagte Tracy. »Wie ich. Doch die Leute sind längst erwachsen. Und die meisten sind älter als Karen und ich.«

»Und was genau tun sie?«

»Alles Mögliche, angefangen vom Verteilen von Kondomen bis hin zum Melden gewalttätiger Freier. Zudem übernehmen sie die Rolle einer Informationszentrale. Sie haben eine 800er-Nummer und eine Website, an die Eltern und auch Prostituierte E-Mails schicken können.«

»Und da kommen Sie ins Spiel. Sie spüren Ausreißerinnen auf, die auf den Strich gehen. Stimmt doch?«

»Das gehört auch zu unserem Job«, sagte Bagley. »Und wir haben zu viel zu tun, um alle Aufträge selbst zu bearbeiten. Allein die Jobs vom County sorgen für volle Auslastung. Wir könnten etwas Unterstützung im District gebrauchen.«

»Ich soll für Sie ein Mädchen finden?«

»Nicht ganz«, sagte Bagley. »Wir dachten, wir machen erst mal so was wie einen Probelauf und geben Ihnen was Einfacheres, um zu sehen, ob Sie überhaupt Interesse haben.«

»Reden Sie weiter.«

»Es gibt da ein Mädchen, die auf der 7th zwischen der L und Mass ihre Runden dreht«, sagte Tracy.

»Dort unten bei der Baustelle, wo das neue Messezentrum hochgezogen wird«, meinte Strange.

»Richtig«, sagte Tracy. »Während der letzten beiden Wochen oder so wurde sie von einem Typen belästigt. Er ist mit dem Wagen vorgefahren und wollte sie überreden, sich mit ihm zu treffen.«

»Ist das nicht der Sinn des Spielchens?«

»Korrekt«, sagte Bagley. »Aber irgendwas stimmt mit dem Burschen nicht. Er hat sie gefragt: Magst du hart? Hat ihr gesagt, dass sie darauf abfahren würde, dass er weiß, dass sie darauf steht.«

Strange veränderte seine Sitzposition. »Und? Solche fiesen Typen laufen nicht nur den Damen des horizontalen Gewerbes über den Weg, sondern auch anderen Frauen. So einen Mist kriegt man sogar in einer Bar zu hören.«

»Die Prostituierten haben für solche Sachen einen siebten Sinn«, sagte Bagley. »Wenn sie behauptet, dass da irgendwas nicht stimmt, dann glauben wir ihr das. Außerdem will er nicht bezahlen. Sagt, er bräuchte nicht zu bezahlen, verstanden? Sie hat Schiss. Zu den Bullen kann sie nicht gehen, oder? Und ihr Zuhälter würde ihr den Arsch versohlen, wenn er wüsste, dass sie 'nen Kunden abweist.«

»Selbst wenn er nicht zahlt?«

Strange warf Tracy einen durchdringenden Blick zu. Sie hielt ihm stand, schaute nicht weg.

Tracy sagte: »Das sind die Infos, die wir haben. Entweder, Sie haben Interesse, oder eben nicht.«

»Ich hab' Ihnen zugehört«, sagte Strange, »aber ich begreife nicht ganz, was ich für Sie tun soll. Falls Sie darauf aus sind, dass ich einen Typen fertig mache, dann bin ich nicht der Richtige.«

»Sie besitzen doch eine Videokamera, oder?«, fragte Tracy.

»Eine Fotokamera und eine Videokamera«, antwortete Strange.

»Schießen Sie ein paar Bilder für uns«, schlug Bagley vor,

»oder drehen Sie einen Film. Wir werten das Kennzeichen aus und nehmen dann selbst Kontakt zu dem betreffenden Herrn auf. Glauben Sie mir, wir können sehr überzeugend sein. Wahrscheinlich ist der Kerl verheiratet. Oder – besser noch – er hat Kinder. Wir werden jedenfalls dafür sorgen, dass er dieses Mädchen nie wieder belästigt.«

»Verdammt«, sagte Strange und kicherte leise, »Ihnen ist es damit tatsächlich ernst.«

Die Bedienung kam an den Tisch und stellte den Burger vor Strange auf den Tisch. Er bedankte sich bei ihr, schnitt ihn durch und inspizierte das Fleisch in der Mitte. Dann nahm er einen großen Bissen und kaute mit geschlossenen Augen.

»Sie haben ihn so gemacht, wie ich ihn bestellt habe«, meinte Strange, nachdem er geschluckt hatte. »Das muss man ihnen lassen.«

»Die Burger hier sind spitze«, sagte Bagley und verzog zum ersten Mal den Mund zu einem vagen Grinsen.

Strange tupfte ein paar Tropfen Bratensaft von den Lippen. »Übrigens, ich kriege fünfunddreißig Dollar die Stunde.«

Tracy zog an ihrer Zigarette, pustete aber diesmal den Rauch in eine andere Richtung. »Soweit sich unser Anwalt-Kumpel erinnert, nehmen Sie dreißig.«

»An diese Summe erinnert er sich also?«, sagte Strange. »Nun, ich erinnere mich noch, dass Kinokarten mal fünfzig Cent gekostet haben.«

»Sieh mal einer an«, sagte Tracy.

»Ich bin alt«, meinte Strange achselzuckend.

»So alt nun auch wieder nicht«, sagte Bagley.

»Danke«, sagte Strange.

»Dann übernehmen Sie den Auftrag?«, fragte Tracy.

»Am frühen Abend trainiere ich eine Jugend-Footballmannschaft.«

»Sie ist zwischen zehn und zwölf Uhr da draußen«, sagte Tracy. »Schwarz, Mitte zwanzig, mit einem Gesicht, dem man ansieht, was sie erlebt hat. Heute Abend wird sie ihre Runden in einem roten Lederrock drehen.«

»Hat sie erwähnt, was für einen Wagen dieser Kerl fährt?«

»Schwarze Limousine«, sagte Bagley. »Neuestes Chevy-Modell.«

»Caprice oder so was in der Art?«

»Neuestes Chevy-Modell, mehr hat sie nicht gesagt.« Tracy drückte die Zigarette aus. »Und hier ist noch etwas, was Sie sich mal anschauen können.« Sie griff in einen ledernen Aktenkoffer, der neben ihren Füßen stand, und zog ein goldgelbes Blatt Papier heraus, das sie über den Tisch schob.

Die Überschrift auf dem Flugblatt lautete IN GEFAHR. Darunter abgebildet war ein vom vielen Kopieren verschwommenes Foto eines weißen jungen Mädchens. Das Mädchen hatte dünne Arme und die Hände auf dem Schoß gefaltet, wie auf einem Foto fürs Schuljahrbuch. Da sie lächelte, konnte man eine Zahnspange erkennen. Er überflog ihren Namen und ihre Daten, die unter dem Foto standen. Nach dem Geburtsdatum war sie vierzehn Jahre alt.

»Darüber werden wir uns ein andermal unterhalten«, sagte Bagley, »falls Ihnen der Sinn danach steht. Wir wollten nur, dass Sie eine Ahnung von dem kriegen, was wir tun.«

Strange nickte, faltete das Flugblatt penibel und steckte es in die Hosentasche seiner Jeans. Und dann widmete er sich wieder seinem Essen. Bagley und Tracy tranken ihr Bier und ließen ihn in Ruhe.

Nachdem er den letzten Bissen hinuntergeschluckt hatte, winkte er die Bedienung heran. »Wie ich sehe, steht heute Steak auf der Tageskarte.«

»Sie haben noch Hunger?«

»Nein, meine Liebe, ich bin satt. Aber ich habe mich gefragt, ob Sie hinten in der Küche nicht vielleicht ein paar Knochen haben.«

»Vermutlich schon.«

»Können Sie mir ein paar einpacken, ja?«

»Ich werde sehen, was sich machen lässt.«

Als die Bedienung sich entfernte, sagte Strange zu den beiden Frauen: »Ich hab' zu Hause einen Hund, einen Boxer. Er heißt Greco. Für den muss ich auch sorgen.«

Später schauten Bagley und Tracy Strange hinterher, wie er den Restaurantbereich mit einer Papiertüte voll Steakknochen in der Hand verließ. Bagley fiel auf, dass er sich beim Gehen sehr aufrecht hielt, dass sich der Hemdstoff über seine muskulösen Schultern spannte. Und dass sein kurz geschnittenes Haar grau meliert war, was ziemlich gut aussah.

»Was meinst du, wie alt er ist?«, fragte Bagley.

»Anfang fünfzig«, antwortete Tracy. »Ich kann ihn gut leiden.«

»Ich auch.«

»Das ist mir nicht entgangen«, sagte Tracy.

»Ich seh' es halt gern, wenn ein Mann mit Hingabe isst, das ist alles«, sagte Bagley. »Meinst du, wir hätten ihm mehr erzählen sollen?«

»Er hat geschnallt, dass wir ihm nicht alles gesagt haben. Er will selbst rausfinden, was wir zurückgehalten haben.«

»Also der neugierige Typ.«

»Genau«, sagte Tracy, trank ihr Bier aus und stellte den Krug auf den Tisch. »Ich hab' den Eindruck, er wird sich ganz gut machen.«

Drei

Strange bog zwischen der Kansas und der Upshur in die 9th. Ein Stück weiter östlich lag die Georgia. Vor Marshall's Beerdigungsinstitut entdeckte er eine Lücke, parkte den Chevy und schloss die Beifahrertür ab. Er ging an einer Metzgerei vorbei, wo man auch zu Mittag essen konnte. Auf dem Schaufenster prangte nur das Wort ›Fleisch‹. Strange nickte einem Friseur namens Rodel zu, der im Türrahmen von Hawk's Barbers stand und gierig an einer Newport zog.

»Wie geht's, großer Mann?«

»Ganz gut«, sagte Strange. »Und Ihnen?«

»Wie üblich. Ist immer das Gleiche.«

»Arbeitet Bennett heute?«

»Ob er arbeitet, kann ich nicht sagen. Aber da ist er schon.«

»Richten Sie ihm aus, ich schau' gegen halb fünf rein. Zum Nachschneiden.«

»Ich sag's ihm.«

Strange sah zu dem gelben Schild über der Tür seiner Agentur hoch. ›Strange Investigations‹ stand darauf. Die Hälfte der Buchstaben war größer als die anderen, da ein gemaltes Vergrößerungsglas über die beiden Worte gelegt war. Strange mochte dieses Logo – er hatte es selbst entworfen – sehr. Ihm fiel auf, dass der Lichtkasten des Schildes schmutzig war.

Strange stand vor der Glastür seines Büros und klopfte gegen die Scheibe. Janine drückte auf den Summer. Als er eintrat, läutete eine Glocke über der Tür. George »Trip Three« Hastings saß rechts von der Tür mit im Schoß gefalteten Händen im Wartebereich.

»George.«

»Derek.«

»Ich brauch' noch eine Minute, dann bin ich für dich da.«

Hastings nickte. Strange wandte sich an Ron Lattimer, der hinter seinem Schreibtisch saß. Lattimer trug einen Designeranzug von der Stange, eine handbemalte Krawatte und ein Hemd mit einem von diesen Peter-Pan-artigen Kragen, auf die Pat Riley stand. Ein bisschen zu adrett für Stranges Geschmack, aber er musste zugeben, dass der junge Mann gepflegter war als der Rasen vor dem Weißen Haus. Und er hatte aus dem Büro so etwas wie ein zweites Zuhause gemacht. Lattimer saß auf einem ergonomischen Bürostuhl. Hinter seinem Schreibtisch stand eine Bose-Kompaktanlage. Ron ließ ausschließlich angejazzten Hiphop laufen.

»Woran arbeitest du gerade, Ron?«

»Faxe eben eine Vorladung weg«, sagte Lattimer.

»Bist du immer noch mit diesem Thirty-five-Hundred-Gang-Fall beschäftigt?«

»Unmengen von Stunden, die man in Rechnung stellen kann, Boss.«

»Ist doch 'ne Schande, dass hier drinnen keiner mitkriegt, dass du wie aus dem Ei gepellt bist. Ich meine, da gibst du dir solche Mühe, dich perfekt zu stylen, und keiner weiß es.«

»Ich weiß es.«

»Ich möchte dich mal was fragen. Bist du schon mal an einem Spiegel vorbeigegangen, ohne reinzuschauen?«

»Transporter taugen auch dafür«, sagte Lattimer, ohne den Blick vom Mac zu heben. »Die Fenster von diesen Kisten sind genau auf der richtigen Höhe.«

Strange ging an einem Schreibtisch vorbei, auf dem sich eine Menge Unterlagen und leere Kaugummiverpackungen stapelten, und trat vor Janines Schreibtisch. Er schnappte drei oder vier pinkfarbene Notizzettel, die sie an den Tischrand geschoben hatte, und überflog sie.

»Wie war das Mittagessen?«, fragte Janine.

»Ganz nett, die Frauen«, antwortete Strange. »Kommst du bitte kurz nach hinten?«

Sie folgte ihm in sein Büro. Lamar Williams, ein schlaksiger Siebzehnjähriger aus dem Viertel, leerte gerade Stranges Papierkorb und schüttete den Inhalt in eine große Mülltüte. Lamar ging morgens auf die Roosevelt High und arbeitete fast jeden Nachmittag bei Strange.

»Lamar«, sagte Strange, »kannst du uns mal 'ne Minute allein lassen? Hol dir doch die Leiter, und mach das Schild draußen sauber, ja?«

»Geht klar.«

»Kommst du heute Abend zum Training?«

»Heute kann ich nicht.«

»Hast du was Wichtigeres vor?«

»Muss für meine Mutter auf meine kleine Schwester aufpassen.«

»Na schön. Schließ die Tür hinter dir, wenn du gehst.«

Als die Tür ins Schloss fiel und Janine und Strange allein waren, schloss er sie in die Arme und küsste sie auf den Mund.

»Guter Tag?«

»Jetzt schon«, sagte Strange.

»Wie steht es heute mit Abendessen?«

»Geht nur, wenn wir gleich nach dem Training essen. Diese beiden Frauen haben mir einen Auftrag gegeben, und deshalb hab' ich später noch zu tun.«

»Kein Problem.«

Strange küsste sie noch mal, ging hinter seinen Schreibtisch und setzte sich. Sein Blick fiel auf den Schokoriegel neben dem Telefon.

»Ist für dich«, sagte Janine und musterte ihn mit ihren warmen Augen. »Dachte, du könntest nach dem Essen eine kleine Gaumenfreude vertragen.«

»Danke, Baby. Schick mir jetzt bitte George rein.«

Als sie in ihrem bunten Outfit zur Tür ging, folgte sein Blick ihr. Sie war die beste Bürovorsteherin, die er jemals gehabt hatte. Verdammt noch mal, eigentlich führte sie den Laden hier, auch wenn er das nicht gern zugab. Und, dem Herrn sei Dank, diese Frau hatte ein wunderbares Hinterteil. Wie eine Woge bewegte es sich unter dem Rockstoff. Nach all den Jahren erregte ihr Anblick Strange immer noch. Ein Kenner würde ihre Ausstrahlung mit Poesie vergleichen. Strange, der selbst nie viel mit Gedichten hatte anfangen können, konnte es nur so beschreiben: Janines Anblick vermittelte ihm ein tiefes Gefühl von Seelenfrieden.

George Hastings und Strange kannten sich schon seit Anfang der sechziger Jahre, als beide für Roosevelt in der Interhigh gespielt hatten. Damals hing er mit George und Virgil Aaron herum, der inzwischen verstorben war, und natürlich auch mit Lydell Blue. Blue, der auch Football gespielt hatte, war Quarterback und der Talentierteste von den vieren gewesen. Strange und Blue hatten bei der Polizei angeheuert, und Hastings hatte bei der Bundesdruckerei einen Regierungsjob ergattert.

»Danke, dass du Zeit für mich hast, Derek.«

»Ist doch selbstverständlich, George. Das weißt du.«

Strange nannte Hastings immer noch George, obwohl ihn die meisten hier in der Gegend jetzt Trip oder Trip Three riefen. Damals, Anfang der Siebziger, hatte Hastings die ungewöhnliche Kombination von 3–3–3 gespielt und dafür fünfunddreißigtausend Dollar kassiert. Zu jener Zeit war das ein Vermögen gewesen und vor allem für Leute ihrer Herkunft eine Riesensache. Hastings hatte sich zwar einen funkelnagelneuen Sportwagen gegönnt, ansonsten aber besonnen gehandelt und sein Geld klug investiert. Er hatte Aktien von AT&T und IBM gekauft und den Höhenflug miterlebt. Strange wusste, dass Hastings, gemessen am Lebensstandard in diesem Viertel, ein wohlhabender Mann war.

Er wusste auch, dass Hastings es mochte, wenn er ihn mit seinem Vornamen anredete. Für jüngere Schwarze klang George extrem altmodisch. Früher war es bei Plantagenbesitzern Brauch gewesen, männlichen Sklaven diesen Namen zu geben. Heutzutage war George ein Slangausdruck und stand für Freund. So wie in: »He, Baby, hast du 'nen George?« Von daher standen junge Schwarze nicht sonderlich auf diesen Vornamen und zogen ihn höchst selten als Namen für ihren eigenen Sohn in Betracht. Aber weil George Hastings' Mutter, ein nette ältere Dame, der Strange fast ebenso sehr zugetan war wie seiner eigenen Mutter, Gefallen an dem Namen gefunden hatte, mochten Hastings und Strange ihn auch.

Hastings beugte sich vor und schnippte mit dem Finger

gegen den Kopf der Redskins-Figur aus Gips, die auf Stranges Schreibtisch stand. Der Kopf, der auf einer Feder saß, wippte vor und zurück.

»Das alte Trikot. Wann haben sie das getragen? Muss länger als dreißig Jahre her sein.«

»Vierzig«, sagte Strange.

»Wer hat das Gesicht braun angemalt? Soweit ich weiß, konnte man sie damals noch nicht so kaufen.«

»Lionel, Janines Sohn.«

»Wie geht es ihm?«

»Schließt dieses Jahr die Coolidge ab. Hat sich gerade für die Maryland beworben. Er ist ein guter Junge. Manchmal ein rechter Dickschädel, aber so sind Jungs nun mal. Doch er macht sich ganz ordentlich.«

»Hast du neulich Westbrook gesehen?«

»Der Junge hat ein paar Bälle gefangen.«

»Sicher. Macht immer noch das Erster-Versuch-Zeichen, wenn sie schon die Stangen justieren. Treibt die Verteidiger in den Wahnsinn. Der ist ganz schön anmaßend.«

»Ist doch auch sein gutes Recht«, fand Strange. »Du kannst das anmaßend finden; ich nenne das Selbstvertrauen. Westbrook ist fast auf dem Zenit seiner Karriere, George. Der hat mehr drauf als Chuck Brown und die ganzen Soul Searchers zusammen.«

»Er ist kein Bobby Mitchell«, meinte Hastings. »Und schon gar kein Charley Taylor.«

Strange konnte sich ein Grinsen nicht verkneifen. »An den kommt in deinen Augen doch eh keiner ran, George.«

»Wie auch immer«, sagte Hastings. Er griff in seine leichte Sportjacke. Aus dem Stoff schloss Strange, dass die Jacke fünf-, sechshundert Dollar gekostet hatte. Gedeckte Farbe, unauffälliges Muster. Von guter Qualität und unaufdringlich wie alles, was George besaß. Genau wie der zwei Jahre alte Volvo mit allem Schnickschnack, den er fuhr, und sein Haus im Tudorstil in Shepherd Park.

Hastings legte ein gefaltetes Blatt Papier auf Stranges Schreibtisch. Strange nahm es, faltete es auf und überflog es.

»Genau das, worum du gebeten hast«, sagte Hastings.

Strange las den Namen des Verdächtigen: Calhoun Tucker. Hastings hatte auch das Kennzeichen des Audi S4 geliefert, der Tucker gehörte oder den er geleast hatte. Auf das Blatt Papier war auch der Durchschlag einer Kreditkartenzahlung aus einer Bar kopiert, die Strange kannte. Sie lag auf der U Street, östlich der 14th. Hastings hatte von Hand ein paar andere nützliche Informationen notiert: wo Tucker nach eigener Auskunft wohnte, wo er zuletzt gearbeitet hatte und so fort.

»Wie bist du an den Kreditkartenbeleg gekommen?«, wollte Strange wissen.

»Hab' den Geldbeutel meiner Tochter durchforstet. Die beiden sind zum Abendessen ausgegangen, und wahrscheinlich hat er gesagt, sie soll es für ihn einstecken. War mir unangenehm, ihre Sachen durchzuwühlen, aber ich hab's trotzdem getan. Alisha ist im Begriff, eine wichtige Entscheidung zu treffen. Ich meine, wenn diese jungen Leute drauf und dran sind, den Bund der Ehe zu schließen, wissen sie doch gar nicht, was das wirklich bedeutet.«

»Ist mir auch schon zu Ohren gekommen.«

»Meine Linda, Gott hab' sie selig, sie würde dasselbe tun, wenn sie noch am Leben wäre. Sie hat, wenn du's genau wissen willst, bei Alishas Freunden noch genauer hingeschaut als ich. Und jetzt ist da dieser Bursche, der vor sechs Monaten in der Stadt aufgetaucht ist – er stammt ja nicht mal aus Washington, Derek –, und ich soll hier ruhig rumsitzen und mir von dem alles durcheinander bringen lassen? Ich meine, ich weiß nichts, absolut gar nicht über seine Familie.«

Strange legte das Blatt Papier auf den Tisch. »George, du brauchst dich mir gegenüber nicht zu rechtfertigen. Solche Hintergrundrecherchen gehören bei mir zum Tagesgeschäft. Das sagt nichts über deine Tochter aus und bislang auch noch nichts über den jungen Mann. Und schon gar nichts über dich. Mann, als ihr Vater musst du dir Gedanken machen.«

»Ich würde das auch tun, selbst wenn ich annehmen würde, dass der Junge in Ordnung ist.«

»Aber du glaubst nicht, dass er keinen Dreck am Stecken hat?«

Hastings strich mit dem Finger über seine Wange. »Irgendetwas stimmt mit diesem Tucker-Jungen nicht.«

»Bist du sicher, es hat nichts damit zu tun, dass dieser junge Mann dir dein kleines Mädchen wegnehmen will?«

»Sicher, das spielt da auch mit rein. Ich will dir nichts vormachen, Mann. Aber da ist noch was anderes. Frag mich nicht, was genau es ist. Wenn man genug Jahre auf dem Buckel hat, merkt man so was einfach.«

»Was genau dich stört, will ich gar nicht wissen. Aber alles andere schon.«

»Na, erstens fährt er eine deutsche Luxuskarre. Ist auch immer ordentlich und stilvoll angezogen und hat das ganze Brimborium: Handy, Beeper, all so 'n Kram. Und ich steig nicht dahinter, was er tut, wie er sich das leisten kann.«

»Das mag früher mal von Bedeutung gewesen sein. Ist noch gar nicht lange her, da musste man reich oder Drogenhändler sein, um sich all den Schnickschnack leisten zu können. Aber heutzutage kann jeder Depp, der in der Lage ist, seinen Namen unter einen Leasingvertrag zu setzen, einen Benz fahren. Zwölfjährige kriegen schon eine eigene Kreditkarte.«

»Na schön, aber ein Zwölfjähriger wird nicht mit meiner Tochter vor den Altar treten. Das hier ist ein neunundzwanzigjähriger Mann, und ich weiß nicht, womit er seinen Lebensunterhalt verdient. Behauptet, er wäre so was wie ein Talentagent, ein Manager. Veranstaltet überall in der Stadt Shows in den Clubs. Auf seiner Visitenkarte steht ›Calhoun Enterprises‹. Wann immer ich das Wort ›Enterprises‹ auf einer Visitenkarte sehe, spuken mir da gleich noch die Worte ›unambitioniert‹ oder ›Will keinen richtigen Job‹ oder einfach nur ›Grütze‹ durch den Kopf, falls du verstehst, was ich meine?«

Strange kicherte. »Ist schon gut, George. Was noch?«

»Ich mag ihn nicht, Derek. Ich kann den Mann einfach nicht leiden. Und das ist doch schon was, oder?«

Strange nickte. »Lass mich dich mal was fragen. Glaubst du, dass er kriminell ist?«

»Kann ich nicht sagen. Ich weiß nur ...«

»Dass du ihn nicht magst. Gut, George. Lass mich nur mal machen.«

Hastings rutschte auf seinem Stuhl herum. »Kriegst du immer noch dreißig pro Stunde?«

»Fünfunddreißig.«

»Du bist teurer geworden.«

»Tanken auch. Bist du in letzter Zeit mal in einer Bar gewesen? 'ne Flasche Bier kostet fünf Dollar.«

»Sind da die zwei Dollar mit eingerechnet, die du den Mädels in den G-String steckst?«

»Sehr komisch.«

»Was meinst du, wie lange das dauern wird?«

»Keine Sorge, die Sache wird nur ein paar Stunden meiner Zeit in Anspruch nehmen. Das meiste können wir von hier aus am Computer erledigen. Ich sorg' schon dafür, dass du in ein paar Tagen zufrieden bist und noch genug Geld für diese Hochzeit übrig hast.«

»Das ist auch noch so eine Sache. Diese Hochzeit wird mich ein Vermögen kosten.«

»Wenn du dein Geld nicht für Alisha ausgibst, was willst du denn dann damit anstellen? Du hast eine wunderbare Tochter, George. Sie sieht toll aus und hat ein gutes Herz. Also, dann wollen wir mal dafür sorgen, dass sie auch die richtige Entscheidung trifft.«

Hastings atmete langsam aus, als er sich wieder zurücklehnte. »Ich danke dir, Derek.«

»Keine Ursache«, meinte Strange.

Vier

Strange legte das Blatt Papier, das Hastings ihm gegeben hatte, auf Janines Schreibtisch.

»Gib diese Daten doch mal in Westlaw ein, wenn du Zeit hast. Mal sehen, was da an Hinweisen zu finden ist.«

»Hintergrundrecherche über einen …«, Janine überflog die Seite, »… Calhoun Tucker.«

»Genau. Georges zukünftiger Schwiegersohn. Ich hol' Lionel ab und bring' ihn nach dem Training gleich mit.«

»Ist gut.«

»Ach ja. Ruf Terry an. Er arbeitet heute in diesem Buchladen. Erinner' ihn daran, dass er heute Abend die Jungs trainieren muss.«

»Mach' ich.«

Lattimer hob den Blick, als Strange an seinem Schreibtisch vorbeiging. »Heute nur eine halbe Schicht, Boss?«

»Muss mir die Haare schneiden lassen.«

»Nebenan? Hast du dir mal überlegt, wieso in diesem Block der Metzger und der Friseur quasi gleich Tür an Tür sind?«

»Hab' ich bislang noch keinen Gedanken daran verschwendet. Aber wenn ich auf was wirklich richtig gut verzichten kann, dann auf so einen Vierzig-Dollar-Haarschnitt wie deinen.«

»Na, dann gehst du besser nach nebenan. Denn langsam siehst du ja schon wie Tito Jackson aus.«

Strange drehte sich um und warf einen Blick in den gesprungenen Spiegel, der mitten im Büro an einem Pfeiler hing. Jemand hatte einfach einen Nagel reingehauen und das Ding aufgehängt. »Verdammt, Junge, du hast Recht.« Er tätschelte seine Haarpracht. »Ich muss mich unbedingt wieder auf Vordermann bringen lassen.«

Nach dem Training fuhr Strange ein paar Jungs nach Hause. Anschließend fuhren er und Lionel in Stranges Zweitwagen – einem schwarzen 91er Cadillac Brougham mit schwarzen Polstern, acht Zylindern und verchromtem Kühlergrill – die Georgia hoch Richtung Brightwood. Strange ließ eine alte Kassette laufen, *Al Green Gets Next to You*, und musste sich schwer zusammenreißen, um nicht mitzusingen.

»Klingt wie Gospel«, meinte Lionel. »Aber er singt wie eine Frau, finden Sie nicht?«

»›God is standing by‹«, sagte Strange. »Ein alter Johnny-Taylor-Song. Und ja, du hast Recht. Das Lied hier stammt aus der Zeit, als Al zwischen dem Säkularen und dem Spirituellen hin- und hergerissen war, falls du weißt, was ich meine.«

»Wollte er damit andeuten, er stand gleichzeitig auf Jesus und auf Muschis?«

»Na, so hätte ich es nicht gerade ausgedrückt, junger Mann.«

»Sieh an.«

Strange schaute zu Lionel hinüber. »Du musst heute Abend noch lernen, oder?«

»Wahrscheinlich schon.«

»Du wirst doch nicht schlapp machen, wo du dich gerade fürs College beworben hast. Da musst du jetzt Bücher wälzen.«

»Wenn Sie wollen, dass ich daheim bleibe, dann sagen Sie's einfach.«

»So hab' ich es nicht gemeint.«

Lionel grinste auf eine Art und Weise, die Strange jedes Mal auf die Palme brachte.

Janine Baker wohnte auf der Quitana Place, zwischen der 7th und 9th, östlich vom Fourth District Polizeirevier. Die Quintana war eine kurze, schmale Straße, gesäumt von alten Kolonialhäusern mit Veranden nach vorn heraus. Die mit Holzpaneelen verschalten Häuser waren in unterschiedlichen Erdtönen gestrichen. Manche Hausbewohner hatten sich sogar für grellere Farben, wie türkis und neongrün, entschieden. Das fliederfarbene Haus der Bakers stand am Ende des Blocks, unweit der 7th Street.

Im Esszimmer aßen sie das gegrillte Hühnchen, das außen schwarz und innen rosa war. Dazu gab es Kartoffelbrei, Bratensoße, leicht scharf gewürztes Gemüse und eiskaltes Heineken für Strange und Janine. Kaum hatte Lionel aufgegessen, ging er nach oben auf sein Zimmer. Strange trank noch schnell eine Tasse Kaffee und wischte sich anschließend den Mund ab.

»Das war köstlich, Baby.«

»Freut mich, dass es dir geschmeckt hat.«

»Soll ich nach der Arbeit vorbeikommen?«

»Gern. Und du kannst auch Greco mitbringen. Ich hab' den Knochen für ihn aufbewahrt.«

»Unter uns gesagt, wir verwöhnen den Hund doch total.« Strange kam um den Tisch, beugte sich hinunter und küsste Janine auf die Wange. »Ich werde vor Mitternacht zurück sein, okay?«

Strange fuhr zu seinem Reihenhaus in der Buchanan Street. Im Keller drosch er eine Weile auf den Sandsack ein und versuchte auf die Weise, wenigstens einen Teil der tierischen Fette zu verbrennen, die er heute zu sich genommen hatte. Hinterher war er durchgeschwitzt. Seine Ausdünstungen rochen nach Alkohol. Schlaf- und Arbeitszimmer lagen im zweiten Stock. Dort duschte er und zog sich um. Im Arbeitszimmer spielte Greco mit einem genoppten Gummiball, während Strange die Kurse seiner Aktien abfragte und eine Website mit Einschätzungen über Aktienkurse und -entwicklungen durchlas. Aus den Yamaha-Boxen seines Computers schallte Ennio Morricones ›Ringo kommt zurück‹.

Strange warf einen Blick auf seine Armbanduhr, ein Schweizer-Armee-Modell mit schwarzem Lederband, und sah dann zu seinem Hund hinüber.

»Ich muss arbeiten gehen, Kumpel. Aber ich komme bald zurück und hol dich ab.«

Greco wedelte zweimal mit dem Stummelschwanz, schaute zu Strange hoch und verdrehte die Augen.

Mit seinem Chevy fuhr Strange die Georgia hinunter durch Petworth Richtung Park View. Am Freitagabend war die Straße belebt. Hauptsächlich trieben sich hier Jugendliche herum. Ein Teil wollte sich amüsieren, der andere machte Geschäfte. Unten bei der Morton hatte sich draußen vor dem Capitol City Pavillon, der von Einheimischen und Polizisten Black Hole genannt wurde, eine Schlange gebildet. Wie fast jedes Wochenende wurde auf dem Schild ›Back Yard‹ angekündigt, eine Veteranen-Go-go-Band. In ein paar Stunden würden die Streifenwagen vom Fourth District die Georgia absperren und den Verkehr umleiten. Wenn die Gäste kurz vor der Sperrstunde auf die Straße strömten, fanden schwelende Streitigkeiten, die im Club begonnen hatten, hier draußen unweigerlich ein gewaltsames Ende.

Strange entdeckte in der Warteschlange vor dem Club Lamar Williams in gebügelten Khakis und hellbraunen Timberlands. Strange fuhr weiter. Zwischen der Kenyon und der Harvard verkauften Jugendliche offen Marihuana auf der Straße.

Die Georgia ging in die 7th über. Kurz darauf näherte sich Strange der Baustelle vom Kongresszentrum. Der Riesenkrater rechter Hand nahm mehrere Straßenblocks ein. Auf der linken Straßenseite gab es eine ganze Reihe Geschäfte. Seine Prostituierte im roten Lederrock stand im Eingang eines geschlossenen Restaurants. Ihr hartes, maskulines Gesicht leuchtete kurz in der Glut einer Zigarette auf, an der sie gierig zog. Strange ging nicht vom Gas. Er fuhr ein paar Blocks weiter Richtung Westen, dann nach Norden und kurz darauf wieder nach Osten. Schließlich rollte er auf einen Platz östlich des zukünftigen Kongresszentrums, wo er den Chevy auf der

9th neben dem Bauzaun parkte. Er steckte einen Notizblock in die Brusttasche und klemmte einen Kugelschreiber daran, ehe er aus dem Wagen stieg.

Strange öffnete den Kofferraum des Chevy, schob die Aktenordner mit den laufenden Fällen, den Football-Ordner und den Werkzeugkasten beiseite und kramte seine Kamera heraus, die zusammen mit der 500 Millimeter Canon AE-1 in einer anderen Kiste lag. Er kontrollierte das Videoband und schob es in den Schlitz zurück. Diese Kamera, sein ganzer Stolz, hatte Strange erst vor kurzem angeschafft. Es war eine 8 Millimeter von Sony mit einem Nightshot Feature und einem 360-fach Digitalzoom. Genau das richtige Gerät für seine Bedürfnisse und perfekt für diesen Auftrag. Mit dieser Kamera hatte ein Klient seine Schulden bei ihm bezahlt, und sie war heißer als Jennifer Lopez im Juli.

Strange ging zu einer Zufahrt, einer Öffnung in dem endlosen Bauzaun zwischen der 7th und der L. Ein Stück weiter nördlich war der Eingang, in der die Prostituierte stand. Er positionierte sich hinter dem Zaun an einer Stelle, wo Autofahrer, die nach Süden fuhren, ihn nicht sehen konnten. Dort stellte er die Kamera seinen Bedürfnissen entsprechend ein und zeichnete zu Testzwecken ein paar Minuten Band auf. Er beobachtete, wie die Prostituierte sich mit einem potenziellen Freier in einem Honda Accord unterhielt und der Mann wieder wegfuhr. Die Prostituierte rauchte die nächste Zigarette. Stranges Magen knurrte, als er ans AV dachte, seinen Lieblingsitaliener gleich um die Ecke auf der Mass. Wie üblich war er hungrig, und das, obwohl er gerade gegessen hatte.

Ein schwarzer, relativ neuer Chevy rollte die 7th hinunter, wurde langsamer und blieb neben der Prostituierten stehen. Strange lehnte sich an die Zaunecke, stellte das Zoom so ein, dass der Wagen im Bild war, und zeichnete auf. Der Fahrer kurbelte sein Fenster herunter. Zigarettenrauch quoll aus dem Wagen. Die Prostituierte stützte sich mit den Unterarmen auf den Fensterrahmen. Sie schüttelte den Kopf. Strange hörte, wie der Mann lachte, ehe er wieder wegfuhr. Das Auto hatte ein D. C.-Kennzeichen. Es war ein neuer Impala, den Strange optisch nicht sonderlich gelungen fand.

Er wartete. Der Impala kam wieder aus nördlicher Richtung, nachdem er einmal um den Block gekurvt war. Der Fahrer hielt genau an der Stelle, wo er vorhin gestanden hatte. Die Prostituierte zögerte, schaute sich um und ging zur Fahrerseite, doch dieses Mal beugte sie sich nicht in den Wagen. Sie schien eine Weile zuzuhören. Auf ihrem Gesicht spiegelte sich Passivität, dann Erregung und schließlich so etwas wie Furcht. Wieder hörte Strange das Gelächter. Dann ließ der Fahrer Gummi auf der Straße und raste davon. Die Prostituierte schrie ihm hinterher, aber erst nachdem das Auto um die Ecke gebogen und aus ihrem Sichtfeld verschwunden war.

Strange schrieb das Kennzeichen des Impala auf den Notizblock, den er in die Brusttasche seines Hemdes gesteckt hatte. Eigentlich war das überflüssig; er hatte sich die Nummer gleich beim ersten Mal gemerkt. Sein Gedächtnis funktionierte prima und hatte ihm früher als Streifenpolizist gute Dienste geleistet.

Wie auch immer – die beiden Buchstaben vor der Nummer hatten ihm alles gesagt, was er wissen musste. Bagley und Tracy hatten bestimmt von Anfang an Bescheid gewusst. Wie er vermutete, hatten sie ihn mit diesem Auftrag testen wollen. Kein Grund, deshalb wütend zu werden. Schließlich war das hier nur ein Auftrag, nicht mehr und nicht weniger.

Die beiden Buchstaben auf dem Nummernschild lauteten GT. Kriminalbeamter, verdeckter Ermittler. Aber es war ja vollkommen schnuppe, welche Bezeichnung man wählte. Der Freier, der die Prostituierte bedrängte, war ein Bulle.

Fünf

»Warten Sie kurz, Derek«, sagte Karen Bagley. »Ich werde eine Konferenzleitung schalten, damit Sue auch zuhören kann.«

Strange nahm den Hörer vom Ohr und lehnte sich auf dem Stuhl hinter seinem Schreibtisch zurück. Er sah zu, wie Lamar Williams eine Leiter hochkletterte und Stranges Jalousien abstaubte.

»Kommst du heute Abend mit mir zum Training, Lamar?«

»Wenn Sie wollen, komme ich.«

»Ich hab' mich nur gefragt, ob du Zeit hast. Ich meine, nicht, dass du wieder auf deine kleine Schwester aufpassen musst.«

»Nee.«

»Denn Freitagabend hab' ich dich vor dem Black Hole gesehen.«

Lamar nahm den Staubwedel herunter. »Ja, da bin ich gewesen. Nachdem ich, wie ich schon sagte, den Babysitter gespielt hab'.«

»Ziemlich harter Schuppen, was?«

»Ist einer der Läden in der Gegend, wo ich mir Go-go anhören und mich vielleicht mit einem Mädchen unterhalten kann. Damit das keiner in den falschen Hals kriegt, schau' ich niemanden zu lange an. Ich bin nicht darauf aus, jemanden anzumachen oder Streit zu suchen. Ich will nur ein bisschen Spaß haben. Und das stört Sie doch nicht, oder, Boss?«

»Ich hab' dir nur gesagt, was ich gesehen habe, mehr nicht.«

Als Strange wieder Stimmen hörte, hielt er den Hörer ans Ohr.

»Okay«, sagte Strange.

»Alle in der Leitung?«, fragte Bagley.

»Ich kann euch hören«, sagte Tracy. »Derek?«

»Ich habe, was Sie wollten«, sagte Strange. »Auf Video.«

»Das ging aber schnell«, meinte Tracy.

»Hab's Freitagabend erledigt, hielt es aber für sinniger, mich erst nach dem Wochenende zu melden, denn ich wollte Sie nicht bei Ihrem Schönheitsschlaf stören.«

»Und was haben Sie in Erfahrung gebracht?«, fragte Tracy.

»Unser fieser Freier ist ein Bulle. Zivil. Aber das haben Sie schon gewusst, denke ich. Bei mir ist die Alarmanlage angegangen, als Sie sagten, er würde damit protzen, dass er nicht dafür bezahlen bräuchte. Jetzt frage ich mich, wieso Sie mir nicht einfach von Ihrem Verdacht erzählt haben?«

»Wir wollten rausfinden, ob wir Ihnen vertrauen können«, sagte Tracy.

Geradeheraus, dachte Strange. Das war cool.

»Ich werde das Band und die Informationen einem Leutenant beim MPD geben, einem Freund von mir, den ich schon seit Ewigkeiten kenne. Er wird die Sachen an den Ausschuss für Innere Angelegenheiten weiterreichen, der sich dann darum kümmern wird.«

»Sie haben seinen Wagen auf Video«, sagte Bagley, »oder? Ist da auch sein Gesicht drauf?«

»Nein, nicht richtig. Aber es ist sein Wagen. Und es ist eindeutig, dass er eine Prostituierte anspricht. Er könnte sich damit rausreden, er hätte Informationen gesammelt oder so 'n Unsinn, aber die Sache wirft kein günstiges Licht auf ihn. Die Leute vom Ausschuss werden sich mit ihm unterhalten, und ich nehme mal stark an, dass er Schiss kriegt. Der wird das Mädchen nicht mehr belästigen. Und das wollten Sie doch, oder?«

»Ja«, sagte Bagley. »Gute Arbeit.«

»Gut? Ich würde sagen, sie war okay. Haben Sie beide je diesen Film *Die Glorreichen Sieben* gesehen?«

Es dauerte einen Moment, bis Bagley und Tracy »Ja« murmelten. Sie fragen sich, worauf ich hinauswill, dachte er.

»Einer meiner Lieblingsfilme«, sagte Strange. »Da gibt es

diese Szene, wo Coburn, er spielt diesen Texaner mit dem Messer, der aus einer Entfernung von, was weiß ich, ein paar hundert Metern eine Katze von 'nem Pferd schießt. Und da ist dieser Junge, der auf Helden abfährt, ein deutscher Schauspieler oder so was, aber sie lassen ihn einen Mexikaner spielen, und er sagt so was in der Art wie ›Das war der beste Schuss, den ich je gesehen habe‹. Und Coburn sagt: ›Das war beschissen. Ich habe auf das Pferd gezielt.‹«

»Und was wollen Sie uns damit sagen?«, fragte Bagley.

»Ich wünschte, ich hätte Ihnen mehr liefern können. Mehr Beweise, meine ich. Aber was ich gekriegt habe, könnte reichen. Ist auch egal, ich hoffe nur, Sie trauen mir jetzt über den Weg.«

»Wie ich schon sagte«, meinte Tracy, »so was wie einen Ex-Bullen gibt es nicht. Bullen sind normalerweise eher zaghaft, wenn es darum geht, einen der ihren an den Pranger zu stellen.«

»Es gibt zwei Berufe«, sagte Strange, »Lehrer und Polizist, die mehr Gutes bewirken als alle anderen und dafür am schlechtesten bezahlt und am wenigsten respektiert werden. Allerdings – wenn man Lehrer oder Polizist werden will, akzeptiert man das von der ersten Stunde an. Die meisten Bullen und Lehrer sind besser als nur gut. Andererseits, es wird immer einen Lehrer geben, die sich gern an Kindern vergeht, und es wird da draußen immer einen Bullen geben, der seine Macht und Position ausnutzt. In beiden Fällen handelt es sich meiner Meinung nach um die schlimmste Form von Verrat. Deswegen hab' ich gewiss keine Probleme damit, so einen Typen wie den ans Messer zu liefern. Nur …«

»Was?«, wollte Tracy wissen.

»Verheimlichen Sie mir in Zukunft nichts mehr, verstanden? Einmal lasse ich Ihnen das durchgehen, aber ein zweites Mal nicht. Sollte so was noch mal vorkommen, ist Schluss mit der Zusammenarbeit.«

»Wir haben uns geirrt«, sagte Bagley. »Können Sie das vergessen?«

»Was soll ich vergessen?«

»Und was ist mit der anderen Sache?«, fragte Tracy. »Mit dem Flugblatt, das wir Ihnen gegeben haben?«

»Ich hab' da einen Typen, den ich manchmal einsetze. Er heißt Terry Quinn. Ist früher mal Bulle in D. C. gewesen. Hat jetzt eine Lizenz als Privatdetektiv im District. Ihm gebe ich den Fall.«

»Wieso kümmern Sie sich nicht selbst?«, wollte Bagley wissen.

»Hab zu viel zu tun.«

»Wie können wir ihn erreichen?«, fragte Tracy.

»Jetzt ist er nicht im Büro. Er hat einen Teilzeitjob in einem Antiquariat im Zentrum von Silver Spring. Man kann ihn dort anrufen, und außerdem hat er ein Handy. Ich werde ihn heute Abend sehen und dafür sorgen, dass er das Flugblatt kriegt.«

Strange gab ihnen beide Nummern.

»Danke, Derek.«

»Sie kriegen morgen meine Rechnung.« Strange legte auf und sah zu Lamar hinüber. »Fertig, Junge?«

»Klar.«

»Na, dann mal los.«

Strange holte das Band mit dem Bullen und der Prostituierten, das in der Kiste mit dem Football-Ordnern lag, heraus und schloss den Kofferraum.

»Das hier ist für dich«, sagte Strange und reichte Lydell Blue das Video.

»Die Sache, wegen der du mich angerufen hast?«

»Ja. Ich hab' noch ein paar Hintergrundinformationen aufgeschrieben, das, was mir die Ermittlerinnen, die mich darauf angesetzt haben, erzählt haben, was mir vor Ort zu Ohren gekommen ist, solcher Kram. Ich hab's unterschrieben, für den Fall, dass sich der Ausschuss mit mir in Verbindung setzen will.«

Blue strich über seinen dicken grauen Schnauzbart. »Ich werde mich darum kümmern.«

Sie gingen über den Parkplatz bis zum Stadionzaun und kamen auf dem Weg dorthin an Quinns aufgemotztem blauen Chevelle und Dennis Arringtons schwarzem Infiniti vorbei.

Da Strange den Footballcoach der Roosevelt kannte – er hatte für ihn einmal eine einfache Hintergrundrecherche erledigt und sie ihm nicht in Rechnung gestellt –, waren sie überein gekommen, dass Stranges Team auf dem Roosevelt-Platz trainieren konnte, wenn das High-School-Team den Platz nicht brauchte. Im Gegenzug wies Strange den Coach auf ein paar Spieler mit Potenzial hin und versuchte, auch die Jungs, die irgendwann auf die Roosevelt gingen, bei der Stange zu halten.

»Wollen Dennis und du heute Abend die Midgets übernehmen?«

»Heute Abend? Ja, geht in Ordnung.«

»Dann kümmern Terry und ich uns um die Pee Wees.«

»Derek, so deichselst du das fast jeden Abend.«

»Ich mag die Kleinen eben, das ist alles«, sagte Strange. »Terry und ich werden sie in Zukunft immer trainieren, wenn's dir nichts ausmacht.«

»Geht klar.«

Die Midgets in dieser Liga – einem lockeren Verbund aus Nachbarschaftsteams aus der Gegend – waren zwischen zehn und zwölf Jahre alt und wogen zwischen vierzig und fünfzig Kilo. Die Pee Wees hingegen waren im Alter von acht bis elf und durften nicht weniger als dreißig Kilo und nicht mehr als vierzig wiegen. In dieser Liga gab es auch noch eine Intermediate- und eine Junior-Liga, aber dem Petworth-Team gelang es nicht, genug Jungs in diesen Altersgruppen (von zwölf bis fünfzehn) zu gewinnen, um Mannschaften zusammenzustellen. Die meisten Jungs in diesem Alter hatten schon andere Interessen – Mädchen beispielsweise – oder mussten Teilzeit arbeiten. Und dann gab es auch welche, die sich schon auf der Straße herumtrieben.

Strange folgte Blue durch das Zauntor aufs Spielfeld, wo sich ungefähr fünfzig Jungs in Trikots und voller Trainingsmontur versammelt hatten, tackelten, Witze rissen, Bälle warfen oder Blödsinn machten. Lamar Williams, der auch da war, gab ihnen Ratschläge und spielte den Clown. Ein paar Mütter und Väter waren mitgekommen und schwatzten miteinander.

Das Spielfeld war von einer Laufbahn mit hellblauen Linien eingefasst. Und es gab eine Tribüne mit Aluminiumdach und Betonsitzreihen. Zwischen den Betonplatten wucherte Unkraut.

Dennis Arrington, Computerprogrammierer und Diakon, warf in einer der Endzonen Bälle mit dem Quarterback der Midgets. Ein Stück weiter zeigte Terry Quinn Joe Wilder, einem Pee Wee, welches Körperteil ein ideales Ziel war, wenn man gründlich tackeln wollte. Um das zu demonstrieren, musste Quinn sich ziemlich weit herunterbeugen. Wilder war mit seinen acht Jahren in dieser Gruppe der Pimpf. Er war klein, für sein Alter aber schon ordentlich muskelbepackt. Mit seinen dreißig Kilo war Wilder auch das leichteste Teammitglied.

Strange blies in eine Pfeife, die an einer Schnur um seinen Hals hing. »Alle dort drüben aufstellen.« Er zeigte auf die Linie, die über die Laufbahn gemalt war. Alle wussten, wo sie war.

»Jetzt aber mal Volldampf«, sagte Blue.

»Vier Runden«, sagte Strange. »Und ich will keinen Muckser hören, denn das ist nicht mal eine Meile.« Wieder stieß er einen Pfiff aus, während die Jungs wie üblich murrten und stöhnten.

»Wenn einer von euch schleicht«, brüllte Arrington, als sie von der Linie starteten, »dann dreht ihr alle noch vier Runden.«

Die Männer versammelten sich in der Endzone und beobachteten, wie ein Pulk in verblichenen grünen Trikots langsam seine Runden drehte.

»Hab' heute einen Anruf von Jerome Moores Mutter gekriegt«, sagte Blue. »Jerome ist heute vom Unterricht suspendiert worden, weil er einen Lehrer der Clark mit 'nem Messer bedroht hat.«

»Der Clark-Grundschule?«

»Ja. Seine Mutter hat gesagt, wir sollen in der nächsten Woche oder so beim Training nicht mit ihm rechnen.«

»Ruf sie an«, sagte Strange, »und sag ihr, dass er überhaupt nicht mehr kommen braucht. Er fliegt aus dem Team. Hat mir eh nie gepasst, wie er mit den anderen Jungs umgesprungen ist. Immer hat er die anderen angemacht, versucht, einen Streit vom Zaun zu brechen, rumgeflucht.«

»Moore ist neun Jahre alt«, meinte Quinn. »Ich dachte immer, wir wollten genau diesen gefährdeten Jungs helfen.«

»Hier in der Gegend sind alle gefährdet, Terry. Lieber lass' ich einen ziehen und verhindere damit, dass der Rest auch noch abdriftet. Und außerdem wird ihnen das eine Lehre sein. Nämlich, dass wir ihnen hier mehr beibringen als nur Footballspielen. Und dass wir solch ein Verhalten nicht dulden.«

»Ich bin der Meinung«, sagte Terry, »dass die Jungs auf die schiefe Bahn kommen, wenn man sie abschreibt.«

»Ich gebe weder ihn noch sonst jemanden auf. Wenn er sich bessert, kann er in der nächsten Saison bei uns spielen. Aber in dieser Saison, da hat er es sich selbst vermasselt. Stimmst du mir zu, Dennis?«

Dennis senkte den Blick auf den Football in seinen kräftigen Händen. Er war etwa so groß wie Quinn, vielleicht einen Tick kleiner, und hatte die Statur eines Verteidigers. »Absolut, Derek.«

Arrington warf Quinn einen flüchtigen Blick zu. Quinn wusste, dass Arrington niemals mit ihm einer Meinung sein würde, weder in diesem Fall noch in einem anderen. Arrington lächelte gern, schüttelte den anderen die Hand und klopfte fast jedem Schwarzen, der auf dieses Spielfeld kam, auf die Schulter. Und Quinn mochte den Mann. Aber er spürte sehr wohl, dass Arrington ihn nicht mochte, nicht respektierte. Und er hatte den Eindruck, das lag daran, dass er, Quinn, weiß war. Am Anfang, als er zum Training kam, hatten ihn auch ein paar Jungs so behandelt, doch die Kleinen, jedenfalls die meisten, hatten diese Phase überwunden.

Strange wandte sich an Quinn. Quinn trug die Haare ziemlich kurz, hatte einen breiten Mund, ein markantes Kinn und grüne Augen. In Gesellschaft von Freunden war sein Blick sanft, aber unter Fremden oder wenn er in Gedanken versunken war, hatten seine Augen etwas Hartes, Unergründliches. In dicken Klamotten wirkte er mit seinem flachen Bauch und der normalen Statur mittelgroß, vielleicht sogar einen Tick kleiner. Aber wenn er hier draußen in Jogginghosen und einem weißen T-Shirt auftauchte und die Adern auf seinen Unterarmen hervortraten und sich zu den Bizepsen hochschlängelten, zweifelte niemand mehr an seiner Körperkraft.

»Ehe ich's vergesse, Terry, es könnte sein, dass du einen Anruf von zwei Frauen kriegst. Ich hab' ihnen deine Nummer gegeben ...«

»Sie haben sich schon gemeldet. Haben mich auf dem Weg hierher auf dem Handy angerufen.«

»Ja, die arbeiten schnell. Ich hab' dir die Unterlagen mitgebracht, falls du interessiert bist.«

»Willst du, dass ich den Auftrag übernehme?«

»Wir könnten beide etwas Geld machen.«

»Dein Schnitt wäre größer, wenn du den Fall selbst übernimmst.«

»Ich hab' zu tun.«

Die Jungs kehrten verschwitzt und atemlos zurück.

»Im Kreis aufstellen«, sagte Blue. Er rief die Namen der beiden Mannschaftskapitäne, die die Übungen leiteten.

Die Kapitäne stellten sich in die Mitte des großen Kreises und befahlen ihren Mitspielern, auf der Stelle zu rennen.

»Wie fühlt ihr euch?«, riefen die Kapitäne.

»Spitze!«, erwiderte die Mannschaft.

»Wie fühlt ihr euch?«

»Spitze!«

»Ich will Getrampel hören!«

»Whoo!«

»Ich will Getrampel hören!«

»Whoo!«

»Ich will Getrampel hören!«

»Whoo!«

Bei jedem Befehl trampelten die Jungs, was das Zeug hielt, und brüllten »Whoo!« Dieses Auf-der-Stelle-Rennen und das verbale Einpeitschen dauerte noch ein paar Minuten, ehe sie sich an die anderen Übungen machten: Streckübungen, Liegestütze und Bauchmuskeltraining, wobei sie aufgefordert wurden, sich auf den Rücken zu legen, die Füße fünfzehn Zentimeter vom Boden zu heben, die Beine zu strecken, diese Position zu halten und mit den Händen auf ihre Bäuche zu trommeln, bis man ihnen sagte, dass sie sich wieder entspannen konnten. Hinterher hatten ihre Trikots dunkle Schweißflecken, und ihre Gesichter waren verschwitzt.

»Jetzt rennt ihr ein paar Stufen hoch und runter«, sagte Strange.

»Los!«, sagte Rico, der angehende Halfback der Pee Wees. Rico war ein schneller Läufer mit Bodenhaftung, der wendig war. Von allen Spielern hatte er das meiste Talent, aber er war auch immer der Erste, der rumjammerte.

»Setzt euch in Bewegung, ihr Stinker«, sagte Dante Morris, der große, dünne Quarterback. Morris machte nur den Mund auf, wenn er gefragt wurde oder er seine Spielerkollegen motivieren sollte. »Bringen wir es hinter uns.«

»Kommt schon, Panthers!«, brüllte Joe Wilder, holte aus und zeigte auf die Tribüne.

»Der Kleine wird die Meute führen«, sagte Blue.

»Und sie folgen ihm«, meinte Strange.

Noch ein paar Mütter waren eingetroffen und standen an den Seitenlinien. Auch Joe Wilders Onkel war aufgetaucht. Er lehnte sich an den Zaun zwischen der Laufbahn und der Tribüne. Seine Hand verschwand in einer weißen ölgetränkten Papiertüte.

»Schwül heute Abend«, sagte Blue.

»Lass sie nicht zu lang die Treppen hoch- und runterlaufen«, warnte Strange. »Hör mal, ich muss kurz an meinen Wagen. Ich wollte dir noch den Midget-Spielplan geben, wo du sie doch in Zukunft immer trainierst. Bin gleich wieder da.«

Strange überquerte das Feld, kam an Wilders Onkel vorbei, würdigte ihn aber keines Blickes, doch als der Onkel ihn ansprach, blieb Strange nichts anderes übrig, als stehen zu bleiben. »Coach.«

»Wie geht's?«, fragte Strange.

»Ganz gut. Ich heiße Lorenze. Die meisten nennen mich Lo. Ich bin Joe Wilders Onkel.«

»Derek Strange. Ich hab' Sie schon mal gesehen.«

Jetzt musste Strange ihm auch noch die Hand schütteln. Lorenze wischte die rechte Hand, die ganz fettig von den Fritten in der Tüte war, an seiner Jeans ab, ehe er die Hand ausstreckte und Strange wie einen Bruder begrüßte: zuerst die Daumen verhakeln, dann die restlichen Finger, dann loslassen. Strange legte dabei wenig Enthusiasmus an den Tag.

»Sind Sie bald fertig?«

»Wenn's dunkel wird, hören wir auf.«

»Ich bin gerade eben erst in diesem Loch aufgetaucht. Von daher wusste ich nicht, wie lange Sie schon draußen auf dem Spielfeld sind.«

Lorenze lächelte. Strange trat ungeduldig von einem Fuß auf den anderen. Lorenze, der die Dreißig bestimmt überschritten hatte, trug ein T-Shirt mit einem Foto, auf dem ein Typ mit Dreadlocks einen dicken Joint rauchte, und ein Paar

Jordans, die nicht zugeschnürt waren. Strange wusste rein gar nichts über diesen Mann, aber er kannte diesen Typ.

Blue rief die Jungs von der Tribüne weg. Erschöpft schlenderten sie zur Mitte des Spielfeldes zurück.

»Ich werde Joe nach dem Training mitnehmen«, sagte Lorenze. »Ich hab' heute Abend meinen Wagen nicht, aber ich kann ihn zu Fuß heimbringen.«

»Ich habe seiner Mutter versprochen, ihn daheim abzuliefern. Wie üblich.«

»Wir wollen nur ein bisschen spazieren gehen. Der Junge muss doch seinen Onkel kennen lernen.«

»Ich bin für ihn verantwortlich.« Strange schlug bewusst einen freundlichen Ton an. »Wenn seine Mutter mir gesagt hätte, dass Sie kommen, wäre das was anderes ...«

»Sie brauchen sich keine Sorgen zu machen. Ich gehöre zur Verwandtschaft und bin ihr Bruder.«

»Ich werde ihn heimbringen«, sagte Strange und rang sich nun ein Lächeln ab. »Wie schon gesagt, ich hab's seiner Mutter versprochen, oder? Das müssen Sie verstehen.«

»Na, ich hab' mir nichts zuschulden kommen lassen, mal abgesehen von der Tatsache, dass ich schwarz bin und irgendwann abkratze.«

Strange verkniff sich einen Kommentar. Im Laufe der Jahre hatte er schon öfter gehört, wie junge und nicht mehr ganz so junge Schwarze diese Redewendung verwendeten, aber in seinen Ohren klang sie immer irgendwie daneben.

Die beiden Männer hörten jemanden pfeifen und schauten an der Tribüne vorbei Richtung Zaun, der an den Parkplatz grenzte. Ein großer junger Mann lehnte grinsend am Zaun und starrte zu ihnen hinunter. Dann drehte er sich um, ging weg und verschwand aus ihrem Blickfeld.

»Hören Sie, ich muss was aus meinem Wagen holen«, sagte Strange. »Bis irgendwann mal.«

Lorenze nickte abwesend.

Strange ging zum Parkplatz hoch. Der junge Mann, der

am Zaun gestanden hatte, saß nun hinter dem Steuer eines Wagens mit Washingtoner Kennzeichen. Der Motor lief. Der Wagen war ein Caprice mit braunem Vinyldach und verkehrt herum montierten Chromfelgen. Der Caprice stand vier Plätze von Stranges Chevy entfernt und war mit der Motorhaube nach vorn geparkt, damit der Fahrer nicht erst rückwärts aus der Lücke stoßen musste. Der hintere Kotflügel auf der Fahrerseite war von Rost zerfressen. Weiße Rauchschwaden aus dem Auspuff hingen über dem Parkplatz. Marihuanarauch quoll aus den offenen Wagenfenstern und vermischte sich mit den Auspuffgasen.

Auf dem Beifahrersitz saß ein junger Mann und ein Dritter hinten im Fond. Mit Ausnahme der Cornrows des Beifahrers konnte Strange nicht viel erkennen.

Strange ging jetzt langsamer und studierte den Wagen. Und er legte es darauf an, dass sie merkten, was er tat. Seine Miene war ausdruckslos, seine Körpersprache nicht bedrohlich, als er vorbeiging.

Dann ging Strange zu seinem Wagen hinüber und öffnete den Kofferraum. Er hörte sie lachen, als er den Werkzeugkasten aufmachte und darin ... nach *was* suchte? Strange besaß keine Waffe. Falls die anderen bewaffnet waren und vorhatten, ihn abzuknallen, konnte er das eh nicht verhindern. Aber jetzt ging seine Phantasie mit ihm durch. Das waren doch nur ein paar Jungs, die hart wirkten, auf einem Parkplatz herumhingen und kifften.

Strange fand im Werkzeugkasten einen Bleistift und kritzelte etwas auf den Deckel des Pee-Wee-Schnellhefters. Dann kramte er den Midget-Ordner heraus, den er Blue geben wollte, ehe er den Kofferraum schloss.

Er trat den Rückweg an, wieder über den Parkplatz. Der Fahrer des Caprice steckte den Kopf zum Fenster raus und sagte: »He, Fred Sanford! Fred!«

Die anderen lachten noch lauter, und er hörte einen von ihnen sagen: »Wo steckt denn dieser Scheiß-Lamont?«

Daraufhin gackerten sie und redeten weiter. Strange hörte die Worte »Alter Knacker« und spürte, wie ihm die Röte ins Gesicht stieg, doch er ging einfach weiter. Er wollte, dass die Typen vom Schulgelände verschwanden, sich von den Kindern fern hielten. Erst als er das Quietschen ihrer Reifen hörte, entspannte er sich. Endlich machten die Typen die Biege.

Sein Blick wanderte zum Spielfeld hinüber. Lorenze, Joe Wilders Onkel, war verschwunden.

Strange war heilfroh, dass Quinn ihn gerade eben nicht begleitet hatte. Quinn hätte unter aller Garantie einen Streit vom Zaun gebrochen. Trat ihm jemand zu nahe, kannte Quinn nur eine Reaktion.

Man durfte nicht auf jede Anmache reagieren, musste erst mal jeden provozierenden Blick ruhig erwidern, denn so was war hier an der Tagesordnung. Darauf jedes Mal zu reagieren war einfach zu zermürbend. In dem Fall müsste man ja andauernd kämpfen und hätte keine Zeit mehr zu verschnaufen, geschweige denn zu leben.

Mit diesen Gedanken versuchte Strange, auf dem Weg zum Spielfeld sein Mütchen zu kühlen.

Sechs

»Los geht's«, rief der Pee Wee Offense seinen Mannschaftskollegen zu und ging zur Linie. Strange sah, dass einige der anderen Spieler zu großen Abstand zu ihren Teamkameraden hielten.

»In die Grätsche«, befahl Strange. Die Linemen der angreifenden Mannschaft rückten näher zusammen und legten die Hände auf die Schulterpolster des nächsten Spielers.

»Runter!«, sagte Dante Morris, der die Hände zwischen

den Beinen des Centers hatte. Die Offense-Spieler schlugen alle gleichzeitig auf ihre Schenkelpolster.

»In Stellung!« Die Angreifer klatschten einmal in die Hände und gingen in den Dreipunktstand.

»Los! Los!«

Auf zwei kriegte Rico den Ball von Dante Morris zugespielt, bekam ihn aber nicht richtig zu fassen, zögerte und wurde von zwei Abwehrspielern niedergemäht.

»Stopp«, sagte Quinn.

»Was war das denn, Rico?« fragte Strange. »Was war angesagt?«

»Ein Einunddreißiger auf zwei«, antwortete Rico und zupfte ein paar Grashalme von seinem Helm.

»Und was ist ein Einunddreißiger?«

»Ein Halfback-Run zur Einser-Lücke«, sagte Joe Wilder.

»Joe, ich weiß, dass du es weißt«, sagte Strange. »Ich habe Rico gefragt.«

»Wie Joe schon sagte«, antwortete Rico.

»Aber du wolltest nicht zur Einser-Lücke rennen, mein Sohn, oder?«

»Ich hab' ein bisschen auf der Leitung gestanden.«

»Denk nach«, sagte Strange und tippte sich an die Schläfe.

»Und du hast die Hände auch falsch gehalten«, meinte Quinn. »Wenn einer einen Ball an dich abgibt und du willst nach links, wo muss dann deine rechte Hand sein?«

»Oben. Die linke Hand ist unten auf Bauchhöhe.«

»Richtig. Und umgekehrt, wenn du nach rechts willst.« Quinn schaute den Lineman an, der den Ballträger gestoppt hatte. »Gut gemacht. Genau richtig, um ihn alle zu machen. Dann noch mal von vorn.«

Bei der Lagebesprechung gab Dante den nächsten Spielzug, einen Fünfunddreißiger, bekannt. Die erste Zahl, die Drei, stand immer für einen Halfback-Run. Die zweite Zahl bezeichnete die Lücke, die getroffen werden musste. Ungerade Zahlen kennzeichneten die Lücken eins, drei und fünf auf der linken Seite. Gerade Zahlen kennzeichneten die Lücke zwei, vier und sechs. Eine Zahl höher war ein Pitch.

Sie zogen das Spiel durch. Diesmal hatte Rico keine Probleme bei der Ballübergabe und hielt auf die Lücke, wich Joe Wilder, der blockte, aus und stürzte.

»Okay, gut.« Quinn klopfte auf Joes Helm, als er zurück zur nächsten Lagebesprechung rannte. »Gut abgeblockt, Joe, so muss das laufen.«

Joe Wilder nickte und stolzierte weiter. Hinter seinem Gittervisier grinste er bis über beide Ohren.

Kurz vor Trainingsende rief Strange die Spieler mit einem langen Pfiff in die Spielfeldmitte.

»Na schön«, sagte Blue. »Kniet euch hin.«

Dicht nebeneinander knieten sich die Jungs auf den Boden und blickten zu ihren Trainern auf.

»Ich hab' heute auf der Arbeit einen Anruf gekriegt«, sagte Dennis Arrington. »Einer von euch hat mich gefragt, wie man aus dem Material, das wir euch gegeben haben, einen Mundschutz macht. Natürlich hätte er mich das fragen sollen, bevor er sich an die Arbeit gemacht hat, oder besser noch, er hätte zuhören sollen, als ich es euch erklärt habe. Denn der Bursche hat das Zeug drei Minuten gekocht und herausgekommen ist ein Klumpen Plastik.«

»Hat richtig gegart«, sagte Blue, woraufhin ein paar von den Jungs kicherten.

»Man legt es für zwanzig Sekunden in kochendes Wasser«, sagte Arrington. »Und bevor man es sich in den Mund steckt und es formt, taucht man es kurz in kaltes Wasser. Wenn ihr das vergesst, werdet ihr euch schwer das Maul verbrennen.«

»Den Fehler macht jeder nur einmal«, sagte Strange.

»Irgendwelche Fragen?«, wollte Blue wissen.

Alle schwiegen.

»Ich möchte heute Abend mit euch über etwas reden«, sagte Strange. »Hab' mitgekriegt, wie ihr darüber gesprochen habt, und dachte, ich könnte auch was dazu sagen. Einer aus eurer Mannschaft hat heute in der Schule richtig Mist gebaut. Und ein Messer ist auch im Spiel gewesen. Ich weiß, ihr kennt schon alle Einzelheiten, von daher werde ich darauf gar nicht erst eingehen, und außerdem ist es nicht richtig, über die Angelegenheiten des Jungen zu quatschen, wenn er nicht dabei ist. Was ich euch allerdings sagen will, ist Folgendes: Der Junge ist nicht mehr mit von der Partie. Wir haben ihn gekantet, weil er die Vereinbarung mit seinen Trainern und mit euch, seinen Mannschaftskollegen, gebrochen hat, die da lautet, dass man sich an gewisse Regeln halten und sich entsprechend benehmen muss, wenn man ein Panther werden will. Und ich meine nicht nur hier auf dem Spielfeld. Genauso wichtig ist, wie ihr euch daheim und in der Schule aufführt. Denn schließlich opfern wir euch unentgeltlich unsere Zeit, und ihr und eure Mannschaftskollegen trainieren hart, schwitzen und geben ihr Bestes für dieses Team. Und diese Form der Respektlosigkeit uns oder euch gegenüber tolerieren wir nicht. Habt ihr das verstanden?«

Manche murmelten leise ihre Zustimmung. Der Pee Wee Center, ein ruhiger afrikanischer Junge namens Prince, hob die Hand, und Strange forderte ihn auf zu sprechen.

»Wollen Fie unsere Zeugniffe fehen?«, fragte Prince. Der Junge neben ihm grinste, wollte sich damit aber nicht über Princes Lispeln lustig machen.

»Ja, wenn es so weit ist, werden wir einen Blick in eure ersten Zeugnisse werfen. Und werden uns vor allem eure Noten in Betragen anschauen. Also, alle wissen, dass wir am Samstag spielen, oder?« Die Mienen der Jungs leuchteten auf. »Wenn einer von euch die Anmeldegebühr noch nicht bezahlt hat, muss er mit seinen Eltern oder den Leuten sprechen, bei denen er wohnt. Denn wer nicht zahlt, kann nicht mitspielen. Und ich brauche auch das Ergebnis eurer Vorsorgeuntersuchungen.«

»Kriegen wir neue Trikots?«, wollte ein Junge etwas weiter hinten wissen.

»Diese Saison nicht«, sagte Strange. »Diese Frage wird mir bei jedem Training gestellt. Ein paar von euch hören einfach nicht zu.« Ein paar murrten, aber die meisten schwiegen.

»Das Training ist auf Mittwoch sechs Uhr angesetzt«, verkündete Blue.

»Um wie viel Uhr?«, fragte Dennis Arrington.

»Punkt sechs Uhr. Auf dem Platz. Nicht vergessen!«, riefen die Jungs unisono.

»Schlagt ein«, sagte Quinn.

Die Jungs bildeten einen engen Kreis, streckten die Hände in die Mitte und legten sie aufeinander. »Petworth Panthers!«

»Na schön«, sagte Strange. »Das war's. Alle, die mit dem Fahrrad gekommen sind und in der Nähe wohnen, radeln heim, bevor es dunkel wird. Jeder, der nach Hause gefahren werden muss, trifft sich mit den Trainern auf dem Parkplatz.«

An die zehn Personen – Mütter, Väter, Erziehungsberechtigte, Verwandte – kamen zu jedem Training, zu jedem Spiel. Die Männer waren in der Minderzahl, die meisten Erziehungsberechtigten waren hingebungsvolle, enthusiastische und liebevolle Frauen. Immer dieselben Gesichter. Die Eltern, die nicht erschienen, waren entweder rund um die Uhr damit beschäftigt, den Lebensunterhalt für die Familie zu verdienen, oder sie hingen mit ihrer Clique herum und interessierten sich einfach nicht für das, was ihre Kinder trieben. Die meisten Kinder lebten bei ihren Großeltern oder Tanten. Viele wuchsen vaterlos auf; manche kannten ihre Väter überhaupt nicht.

Die Eltern, die sich einbrachten, halfen allerdings, wo es nur ging. Sie und die Trainer kümmerten sich um die Jungs, die nach dem Training nach Hause und zu den Spielen gebracht werden mussten. Nur mit vereinten Kräften konnte man so eine Mannschaft trainieren und halbwegs sichergehen, dass die Jungs nicht auf die schiefe Bahn gerieten. Und es gab nur eine Hand voll Leute, die diese Verantwortung schulterten.

Strange fuhr die Georgia Avenue in Richtung Süden. Joe Wilder saß mit Lamar auf der Rückbank und zeigte ihm seine Ringer-Figuren, die er immer mit zum Training brachte. Lamar stellte ihm Fragen und hörte geduldig zu, als Joe ihm erklärte, in welcher Beziehung all die unterschiedlichen Charaktere zueinander standen. Strange fand diese Figuren schrecklich.

»Schaust du dir heute Abend ›Monday Nitro‹ an?«, fragte Joe.

»Klar doch«, sagte Lamar.

»Willst du rüberkommen, dann können wir zusammen fernsehen?«

»Das geht nicht, Joe. Ich muss auf meine Schwester aufpassen, weil meine Mutter ausgeht.« Lamar gab Joe einen leichten Klaps auf die Schulter. »Vielleicht können wir uns den Kampf nächste Woche zusammen ansehen.«

Strange wollte zwar vermeiden, dass Lamar irgendwelchen Unsinn anstellte, und nahm ihn aus diesem Grund zum Training mit, aber der Junge war ihm und den anderen Trainern auch eine große Hilfe. Lamar und Lionel konnten prima mit den Jungs umgehen.

Neben Strange saß Prince, der Pee Wee Center. Drei Afrikaner gehörten dem Team an, und Prince war einer von ihnen. Wie die anderen auch hatte Prince gute Umgangsformen, war ruhig und höflich. Sein Vater arbeitete als Taxifahrer. Für seine zehn Jahre war Prince groß, und er war auch schon im Stimmbruch. In der Mannschaft gab es jedoch auch ein paar ungehobelte Typen, die sich einen Spaß daraus machten, sein Lispeln nachzuäffen, doch die meisten mochten ihn und hatten großen Respekt vor ihm, weil er zäh war.

»Da ist mein Büro«, sagte Strange und zeigte auf das Schild auf der 9th. Wann immer sich die Gelegenheit bot, erzählte er den Jungs, dass er – wie sie – in diesem Viertel aufgewachsen war und jetzt eine eigene Firma hatte.

»Was foll das Vergröferungfglaf da oben?«, fragte Prince. Er hielt seinen Helm in den Händen und fuhr mit den Fingern über das Panther-Abziehbild.

»Das bedeutet, dass ich Dinge herausfinde. Dass ich mir etwas genauer ansehe, damit andere Leute einen besseren Durchblick kriegen. Verstehst du, was ich damit sagen will?«

»Ich denke schon.« Prince neigte den Kopf. »Mein Vater hat mir ein Vergröferungfglaf gefenkt.«

»Echt?«

»Ja. An einem Tag, wo die Fonne gefienen hat, haben mein kleiner Bruder und ich das Glaf draufen auf der Veranda auf ein paar Kakerlaken gehalten, neben der Mülltonne. Und irgendwann haben die Kakerlaken richtig gequalmt. Wir haben diefe Käfer fo lange gebrutzelt, bif fie tot waren.«

Eigentlich hätte Strange an dieser Stelle anmerken müssen, dass es alles andere als cool war, Käfer zu quälen, doch stattdessen sagte er: »Hab' ich früher auch gemacht.«

Prince wohnte in Park View auf der Princeton Place in einem Reihenhaus. Sein Elternhaus war wesentlich besser in Schuss als die anderen Häuser in dieser Gegend. Jemand hatte für ihn das Verandalicht eingeschaltet. Strange wünschte Prince eine gute Nacht und wartete, bis er die Betonstufen seines Elternhauses hochgegangen war.

Auf der Ecke hingen ein paar Jungs herum, die ein paar Jahre älter als Prince waren. Sie machten sich über seine Uniform lustig, und dann spottete einer: »Prinfe, wiefo haft du'f denn fo eilig, Prinfe?«

Sie brachen in Gelächter aus, doch er ging einfach weiter, ohne den Kopf zu drehen. Mit durchgedrücktem Rücken betrat er das Haus.

So ist es gut, dachte Strange. Erhobenen Hauptes und unbeugsam.

Das Verandalicht wurde ausgeschaltet.

Strange fuhr wieder auf die Georgia Avenue, weiter nach Süden. Er kam an einer Stelle vorbei, wo ein halbes Dutzend Jungs Marihuana verkauften. Ein Teil des hier erwirtschafteten Gewinns ging an eine der beiden berüchtigten Gangs, die den Handel in dieser Gegend kontrollierten. Südlich des Fourth District, unterhalb der Harvard Street, gab es eine kleinere unabhängige Gruppe, die den Banden weiter oben nicht ins Revier pfuschte.

An der Park Road fuhr Strange nach Osten und bog dann in die Section-Eight-Sozialbausiedlung namens Park Morton ein. Jugendliche saßen im Eingangsbereich auf einer Backsteinmauer und warfen Strange finstere Blicke zu, als er vorbeifuhr.

In dem Komplex spendeten nur ein paar schwache Glühbirnen in den Treppenhäusern aus Hohlblocksteinen Licht. In einem der Treppenaufgänge war eine Gruppe junger Burschen und Männer mittleren Alters gerade am Würfeln. Ein paar Spieler hielten Dollarscheine in Händen, andere umklammerten braune Papiertüten, in denen mit Gin aufgepeppte Safttüten, Flachmänner oder Bierflaschen steckten.

»Ist das dein Eingang, Joe?«, erkundigte sich Strange, der jedes Mal wieder nachfragen musste. Diese Häuser wirkten alle gleich desolat. Hie und da hatte jemand den absurden, aber mutigen Versuch gewagt, etwas gegen die Trostlosigkeit zu unternehmen, und ein Jesusbild ins Fenster gehängt, eine Weihnachtslichterkette angebracht oder eine mickrige Topfpflanze aufs Fensterbrett gestellt.

»Der nächste«, sagte Lamar.

Strange fuhr weiter und schaltete in den Leerlauf, ohne den Motor abzustellen.

»Geh mit ihm hoch, Lamar.«

»Coach«, fragte Joe, »werden Sie im Spiel einen Forty-Four Belly ansagen?«

»Das werden wir noch sehen. Wir üben den Spielzug am Mittwoch, in Ordnung?«

»Punkt sechs Uhr«, sagte Joe.

Strange zupfte Joe ein paar Fussel aus dem krausen Haar. Sein Kopf fühlte sich warm und immer noch ein bisschen verschwitzt an. »Geh jetzt, mein Sohn. Und hör auf deine Mutter, verstanden?«

»Mach' ich.«

Strange sah zu, wie Lamar und Joe im Treppenhaus verschwanden, das zu Joes Wohnung führte. Ein Stück weiter vorn standen im Innenhof verrostete Spielgeräte auf einem Sandplatz, auf dem sich Styroporbecher, Burger-Schachteln und anderer Müll sammelten. Schummeriges Licht aus den Wohnungen fiel in den Hof. Durchsichtige Rauchschwaden kringelten sich im Dunst.

Es dauerte eine Weile, bis Lamar zurückkehrte. Er stützte sich mit den Unterarmen auf den Fensterrahmen von Stranges Wagen.

»Wieso hast du so lange gebraucht?«

»Ist keiner daheim gewesen. Wir mussten bei Joes Nachbar einen Schlüssel holen.«

»Wo steckt seine Mutter?«

»Ich nehm' an, sie ist zum Supermarkt gegangen, Zigaretten holen oder so 'n Scheiß.«

»Pass auf, was du sagst, Junge.«

»Ist schon gut.« Lamar warf einen Blick über die Schulter und sah dann wieder Strange an. »Er kommt schon zurecht. Und er hat meine Nummer, falls er was braucht.«

»Steig ein, ich bring' dich noch.«

»Ich wohne gleich da drüben, auf der anderen Seite vom Hof«, sagte Lamar. »Ich geh' zu Fuß. Bis morgen, Boss.«

»Gut«, sagte Strange.

Er schaute Lamar hinterher, der langsam den Hof durchquerte. Er ging nicht sonderlich schnell und hielt Kopf und Schultern gerade, um ja nicht den Eindruck zu erwecken, als ob er vor irgendetwas Angst hätte. Du hast deine Lektion gut und früh gelernt, dachte Strange. Zu wissen, wie man sich an

Orten wie diesem bewegte, war unabdingbar – lebenswichtig für jeden, der überleben wollte. Wenn die Körpersprache Furcht verriet, wurde man sofort als Opfer abgestempelt.

Auf dem Heimweg kurbelte Strange die Fenster des Brougham hoch und stellte die Klimaanlage hoch. Er schob eine Kassette von War, *Why Can't We Be Friends,* in den Rekorder und spulte bis zu der schönen Ballade ›So‹ vor. Dann rutschte er etwas tiefer, legte das Handgelenk aufs Lenkrad und fing an mitzusingen. Er lauschte der Musik und fühlte sich nahezu geborgen in seinem Wagens. Wenigstens für einen kurzen Moment war ihm ein Hauch Frieden vergönnt.

Sieben

Sue Tracy saß an einem Zweiertisch am Fenster und beobachtete die Fußgänger auf der Bonifant Street im Zentrum von Silver Spring, als Terry Quinn mit zwei Tassen Kaffee an den Tisch trat. Sie waren in einem äthiopischen Restaurant in der Nähe vom Quarry House, einer Kellerbar, wo Quinn hin und wieder ein Bierchen zischte.

»Wie ist er?«, fragte Quinn, als sie den ersten Schluck nahm. Sie hatte um ein Stück Zucker gebeten, damit er nicht so bitter schmeckte.

»Großartig. Wahrscheinlich hätte ich den Zucker gar nicht gebraucht.«

»Hier lassen sie den Kaffee nicht so lange auf der Heizplatte stehen. Diese Leute hier sind noch stolz auf das, was sie tun.«

»Der Buchladen, in dem Sie arbeiten, ist auch in dieser Straße, oder?«

»Einen Block weiter.«

»In der Nähe vom Waffengeschäft.«

»Stimmt, und bei den Apartmenthäusern, den Thai- und afrikanischen Restaurants, dem Tätowierstudio. Mal abgesehen von dem Waffengeschäft ist das eine nette Einkaufsstraße. Hier in diesem Block gibt es nur kleine Einzelhändler, keine Ketten. Doch viele sind mit ihren Läden schon der Abrissbirne zum Opfer gefallen oder sind weggezogen, wurden verdrängt, damit das neue Downtown von Silver Spring entstehen konnte. Auf dieser Straße hier ist es ihnen noch nicht gelungen, alles umzukrempeln.«

»Haben Sie was gegen Fortschritt?«

»Fortschritt? Sie meinen das Privileg, wie all diese Deppen auf der anderen Seite der Stadt fünf Mäuse für eine Tomate in einem Schickimicki-Supermarkt zu bezahlen? Ist das der Fortschritt, den Sie meinen?«

»Sie können ja immer noch zu Safeway gehen.«

»Hören Sie, ich bin hier aufgewachsen. Ich kenne eine Menge von den Ladenbesitzern, die hier versuchen, über die Runden zu kommen. Wenn die Hausbesitzer den Quadratmeterpreis hochsetzen, können sie das einfach nicht bezahlen. Und wo sollen denn all die Arbeiter hin, die in den Apartments wohnen, wenn ihre Miete ins Unermessliche steigt?«

»Na, wenn einem Wohnungen gehören, ist das doch prima.«

»Ich bin kein Eigenheimbesitzer, und von daher interessiert es mich einen Scheiß, ob die Grundstückspreise steigen. Wissen Sie, ich laufe durch diese Stadt, und jede Woche verändert sich was. Da können Sie vielleicht verstehen, dass ich das nicht gerade super-duper finde. Ich meine, die vernichten Tag für Tag meine Vergangenheit.«

»Sie hören sich wie mein Vater an.«

»Was ist mit ihm?«

»Er denkt auch so, das ist alles.« Tracy musterte Quinn. Und sie tat das gerade so lange, dass er es mitkriegte. Dann griff sie nach unten und holte etwas aus dem Lederaktenkoffer, der neben ihren Füßen stand.

Als sie sich mit den Unterlagen in der Hand wieder aufrichtete, betrachtete er sie noch immer. Sue Tracy trug einen schlichten weißen Pulli mit tiefem Ausschnitt, der in ein Paar graublauen Hosen steckte. Sie waren wie Arbeitshosen geschnitten und – obwohl sie zweckmäßig wirken sollten – vermutlich sehr teuer. Sie hatte einen hohen Brustansatz. Das Weiß ihrer Bluse stand in starkem Kontrast zu ihren gebräunten Armen. Und sie trug schwarze Skechers mit weißer Ziernaht. Das blonde Haar hatte sie mit einem blaugrauen Haarband zusammengefasst. Eine lose Strähne fiel über ihre Wange. Quinn fragte sich, ob das Absicht war.

Quinn hatte ein weißes T-Shirt und Levi's Jeans an.

»Was?«, fragte Tracy.

»Nichts.«

»Sie haben mich angestarrt.«

»Tut mir Leid.«

»Ich weiß nicht, wieso ich meinen Vater erwähnt habe.«

»Ich auch nicht. Also, lassen Sie uns anfangen.«

Tracy reichte Quinn einen Stapel Flugblätter. So eins hatte Strange ihm schon gestern Abend gegeben. »Davon werden Sie wahrscheinlich noch mehr brauchen. Wir haben sie überall in der Stadt aufgehängt, aber sie werden ziemlich schnell wieder abgerissen.«

Quinn nahm den Stift vom Notizblock, den er mitgebracht hatte. »Was können Sie mir sonst noch erzählen?«

Tracy schob ein weiteres Blatt Papier über den Tisch. »Jennifer ist vor ein paar Monaten ausgerissen. Ihre Eltern leben in Germantown.«

Quinn überflog die Seite. »Wieso steht das hier nicht drauf?«

»Sie ist ein Teenager, und die Hormone drehen durch. Außerdem haben die Leute, mit denen sie rumhing, Drogen genommen. Ist immer dieselbe Geschichte, unterscheidet sich nicht groß von den anderen, die wir zu hören kriegen. Wir haben mit ihren Freunden im County gesprochen und erfahren, dass sie – bevor sie abgehauen ist – angefangen hat, auf den Strich zu gehen.«

»Da draußen?«

»Wie bitte? Glauben Sie, in diesem Teil der Welt kommt so was nicht vor? Es fängt so an: Ein Mädchen steigt bei einem älteren Mann in den Wagen und bläst ihm einen, damit sie für sich und ihre Freunde was zum Highwerden kaufen kann. Oder sie lässt Penetration zu, vaginal oder vielleicht sogar anal, für etwas mehr Geld. Wenn sie keine richtig miesen Erfahrungen macht, also nicht geschlagen und vergewaltigt wird – und sie nichts schnallt, meine ich –, dann geht alles auf einmal ganz schnell. Dann ist die Hemmschwelle weg.«

»Sie ist erst vierzehn.«

»Ich weiß.«

»Na schön, sie haut also aus Germantown ab. Was bringt Sie auf die Idee, dass sie sich im District rumtreibt?«

»Haben mir auch ihre Freunde gesteckt. Sie hat es ihnen gesagt, bevor sie weg ist. Aber seitdem haben ihre Freunde nichts mehr von ihr gehört.«

»Sie haben erwähnt, sie nimmt Drogen. Was für Drogen denn?«

»Nach allem, was wir gehört haben, am liebsten Ecstasy. Aber wahrscheinlich pfeift sie sich alles ein, was man ihr vorsetzt, falls Sie verstehen, was ich meine.«

»Sonst noch was?«

»Wir haben nur mit ihren Eltern und ein paar Freunden gesprochen, mehr nicht. Im Moment haben wir alle Hände voll zu tun mit Aufträgen im County, wie wir Derek schon gesagt haben. Aus diesem Grund möchten wir uns bei allem, was sich in D. C. abspielt, mit Ihnen zusammentun. Meine Partnerin wollte Sie auch kennen lernen, aber sie sammelt gerade ein Mädchen ein, das sie eben gefunden hat.«

»Einsammeln?«

»Na, wenn wir sie finden, holen wir sie von der Straße. Wir haben diesen fensterlosen Van …«

»Ist das, was Sie tun, legal?«

»Solange sie noch nicht volljährig sind, ja. Insofern dürfen sie noch nicht selbst über ihre Zukunft entscheiden, und wenn ihre Eltern uns schriftlich die Erlaubnis geben, sie aufzuspüren, ist alles in Ordnung. Falls es doch Probleme gibt, kümmern wir uns später darum. Wir arbeiten pro bono mit ein paar Anwälten zusammen. Wir wollen diese Kinder retten, mehr nicht.«

»Sehr schön. Aber dieser Job hier, Derek hat nicht erwähnt, dass er pro bono laufen soll. Zu unserem üblichen Stundensatz werde ich Spesen brauchen.«

»Schreiben Sie genau auf, wofür Sie das Geld ausgegeben haben, dann kriegen Sie es erstattet.«

»Könnte teuer werden.«

»Die Leute von APIP kommen dafür auf.«

»Die müssen ja eine Menge Schotter haben.«

»Sie finanzieren sich durch Spenden.«

»Denn ich hab' so das Gefühl, dass ich ein paar Leute schmieren muss, damit sie den Mund aufmachen.«

»Das geht in Ordnung, aber eine Auflistung brauche ich trotzdem.«

Tracys Hand fuhr immer wieder in eine große Ledertasche auf dem Tisch. Sie begrabbelte irgendetwas, zog die Hand zurück, fasste dann wieder hinein.

»Was ist denn da drinnen?«

»Meine Kippen.«

»Mann, lassen Sie lieber die Finger von dem Päckchen. Sie können sich hier drinnen eh keine anstecken.«

»Man kann sich nirgendwo mehr eine anstecken«, sagte sie und erklärte: »Es liegt am Kaffee.«

»Fördert den Jieper, was?« Quinn griff in die Hosentasche und legte ein Päckchen zuckerfreien Kaugummi auf den Tisch.

»Nein, danke.«

»Wir sind gleich fertig, dann können Sie rausgehen.« Quinn tippte mit dem Stift auf den Notizblock. »Eine Sache wundert mich. Wenn ein Mädchen von daheim abhaut, muss es doch einen guten Grund haben. Das kann nicht nur an den Hormonen und Freunden liegen, die Drogen nehmen.«

»Manchmal spielt auch ein Elternteil mit rein, der ihnen Gewalt antut, falls Sie darauf hinauswollen. Emotionale, physische oder sexuelle Gewalt oder alles gleichzeitig. Es gehört zu Karens und meiner Arbeit, dass wir eine Menge Zeit im Elternhaus verbringen und herauszufinden versuchen, ob das wirklich der beste Ort für den Teenager ist, nachdem wir ihn aufgespürt haben. Und manchmal ist das Elternhaus nicht das beste Umfeld. Aber in einem Punkt täuschen Sie sich gewaltig: Oft liegt es nur an den Hormonen, dem Freundeskreis und ein paar Kleinigkeiten, die die ganze Sache beschleunigen, und der Teeanger rennt weg. In Jennifers Fall sind wir der Überzeugung, dass diese Erklärung zutrifft.«

»Wo soll ich Ihrer Meinung nach anfangen?«

»Grasen Sie zuerst die Orte ab, wo sie gern rumhängen. Die Wheaton Mall, die ist gleich am Rand von D.C. Da hatten wir früher schon Glück. Die Rave-, Dance-, Jungle-Clubs oder wie sie diese Woche gerade heißen. Die, wo ein Mix aus Livemusik und was aus der Konserve gespielt wird. Wie heißt noch gleich dieser Laden in Southeast auf der Half Street?«

»Nation.«

»Genau. Das Platinum drüben auf der 9th, Ecke F ist auch gut.«

»Beschattungen sind nicht mein Ding. Ich zieh' lieber los und stelle Fragen.«

»Niemand steht auf Beschattungen. Aber nur zu, tun Sie, was Sie wollen.«

»Sonst noch was?«

»Nur ein paar generelle Infos. Weiße Ausreißerinnen treiben sich gern ganz oben im Nordwesten herum, wo ihnen das Umfeld noch vertraut ist.«

»Weil da andere weiße Teenager rumhängen.«

»Richtig. In Gegenden wie Georgetown. Wenn sie dann

mehr Drogen konsumieren und von einem Zuhälter aufgegabelt werden ...«

»Ziehen sie weiter Richtung Osten.«

Tracy nickte. »Ein gradueller und unausweichlicher Abstieg. Am Ende landen sie in diesen billigen Absteigen auf der New York Avenue in Northeast. Was sich in diesen Löchern abspielt, möchte man lieber nicht wissen.«

»Ich weiß schon. Ich war mal Streifenpolizist im District, falls Sie's vergessen haben.«

Tracy drehte ihren Kaffeebecher langsam auf dem Tisch. »Sie sind nicht nur irgendein Bulle gewesen.«

»Stimmt. Ich war berühmt.«

»Das ist mir nicht neu. Wir haben Ihren Namen in die Suchmaschine eingegeben und eine ganze Menge Treffer gelandet.«

»Manche Leute können das einfach nicht vergessen, denke ich.«

»Kann sein. Aber soweit es Sie und mich betrifft, sind Sie ein unbeschriebenes Blatt.«

»Danke.«

»Wie auch immer, mein erster Eindruck ist, dass Sie ganz in Ordnung sind.«

»Dasselbe denke ich auch von Ihnen.«

»Ich hab' mal eine Tomate bei Fresh Fields gekauft.«

»Und Sie haben für das Hemd, das Sie tragen, vermutlich ein paar Scheine zu viel hingeblättert.«

»Das ist eine Bluse. Wenn ich mich recht entsinne, hat sie vierzig Dollar gekostet.«

Quinn fuhr über sein T-Shirt. »Dieses Hanes hier, das ich anhabe. Bei Target, draußen auf der 29th, kriegt man drei davon für zwölf Dollar.«

»Na, dann muss ich da aber schnell hin, bevor alle weg sind.«

Quinn klopfte auf die Flugblätter auf dem Tisch. »Ich werde mich melden und Sie auf dem Laufenden halten.«

»Sind Sie bereit, diesen Job zu übernehmen?«

»Ist schon 'ne Weile her«, sagte Quinn. »Aber ja, ich bin bereit.«

Ihr Blick folgte ihm, als er den Coffee Shop verließ. Sie fand, dass er einen knackigen Hintern und einen Gang draufhatte, der leicht überheblich wirkte. Dass sie diesem Typen gegenüber, der ihr eigentlich fremd war, ihren Vater erwähnt und etwas von sich selbst preisgegeben hatte, war ziemlich ungewöhnlich. Aber sie hatten sofort einen Draht zueinander gehabt. Ein erotisches Knistern hatte in der Luft gelegen, und wahrscheinlich war da auch so was wie Zuneigung. Wenn ihr so was passierte, dann immer Knall auf Fall. Sie hatte es gespürt, kaum dass sie zwei Minuten zusammengesessen hatten, und seine verletzlichen grünen Augen hatten ihr verraten, dass es ihm nicht anders ergangen war.

Strange überflog die Calhoun-Tucker-Akte, die Janine ihm auf den Schreibtisch gelegt hatte.

»Gute Arbeit.«

»Danke.« Janine saß auf dem Besucherstuhl in Stranges Büro. »Ich hab' sein Kennzeichen bei *Westlaw* eingegeben, und von da an war es ein Kinderspiel. In *People Finder* habe ich seine alten Adressen gefunden.«

Strange konzentrierte sich auf die Fakten. Unter Zuhilfenahme von Tuckers Kennzeichen hatte sie seine Sozialversicherungsnummer und sein Geburtsdatum erfahren, Auskunft über sein Vermögen erhalten und herausgefunden, dass er nicht vorbestraft war und derzeit auch kein Verfahren gegen ihn anhängig war. Janine hatte sein Kreditgebaren ausgedruckt, seine früheren Jobs und seine jetzige Tätigkeit. Kredite zogen einen ganzen Rattenschwanz von Informationen nach sich und bildeten die Grundlage computergestützter Ermittlungen, die der moderne Detektiv durchführte. Allerdings brachte diese Methode nichts, wenn man etwas über die Vergangenheit von Mittellosen und Kriminellen erfahren wollte, die niemals eine Kreditkarte besessen oder etwas auf Raten gekauft hatten. Doch bei einem systemkonformen Typen wie Tucker funktionierte sie ganz hervorragend.

Janine hatte Tuckers Sozialversicherungsnummer in *People Finder* eingegeben und eine Liste mit Nachbarn von heute und früher erhalten.

»Auf den ersten Blick hin sieht er sauber aus.«

»Keine Vorstrafen«, sagte Janine. »Und mal abgesehen davon, dass er mal die Rate für einen Wagen zu spät bezahlt hat, ist er sauber.«

Strange las vom obersten Blatt ab. »Hat einen Abschluss von der Virginia Tech. Lebte nach dem College ein paar Jahre in Portmouth und arbeitete als Verkäufer bei einer Firma namens Strong Services. Keine Ahnung, was die verkaufen.«

»Das kriege ich schon noch raus.«

»Offenbar hat er damals ein Haus in Portmouth gekauft. Überprüf das bitte auch. Wer hat den Vertrag unterschrieben? Gab es noch jemanden, der auch unterzeichnet hat? So in der Art.«

»Mach' ich.«

»Anschließend ist er nach Virginia Beach gezogen.«

»Und da ist er dann wahrscheinlich in die Unterhaltungsbranche übergewechselt«, sagte Janine. »Hat Bands für Clubs und Studentenverbindungen gebucht. Und so, wie es aussieht, macht er das jetzt hier, mit diesen Howard-Jüngelchen auf der U Street und den hipperen Clubs auf der 9th und der 12th.«

»Dieser Audi, den er fährt ...«

»Geleast. Vielleicht lebt er über seine Verhältnisse, aber he, er verdient sein Geld in einer Szene, wo das Image die halbe Miete ist.«

»Ist mir auch schon zu Ohren gekommen.« Strange ließ die Akte auf den Tisch fallen. »Na, dann werde ich mal abhauen und sehen, was ich in Erfahrung bringen kann. Ich muss jemanden erst mal sehen, damit ich mir ein Bild von ihm machen kann.«

»Dieser Tucker scheint mir in Ordnung zu sein.«

»Ich hoffe, du hast Recht«, meinte Strange. »Nichts wäre mir lieber, als wenn ich George Hastings einen positiven Bericht in die Hand drücken könnte.«

Strange erhob sich von seinem Stuhl und ging um den Schreibtisch. Die Bürotür war geschlossen. Er berührte Janines Wange, legte ihr dann die Hand in den Nacken, beugte sich hinunter und küsste sie auf den Mund.

»Du schmeckst gut.«

»Nach Erdbeeren«, sagte Janine.

Strange klemmte seinen Beeper an den Gürtel und schnappte sich die Akte.

»Terry hat sich gemeldet«, sagte Janine. »Er war in Georgetown, als er angerufen hat. Hat Ron gebeten, den Namen von irgendeinem Mädchen zu überprüfen und nachzusehen, ob sie im District schon mal verhaftet worden ist.«

»Er erledigt einen Job, den diese Frauen aus dem County uns vermittelt haben. Hast du ihnen den Auftrag von neulich Abend in Rechnung gestellt?«

»Ist gestern rausgegangen.«

»Na dann.« Strange ging zur Tür. »Bis später, Baby.«

»Sehen wir uns heute Abend?«, fragte Janine Stranges Rücken.

Strange drehte sich nicht um. »Ich sag' dir noch Bescheid.«

Acht

Quinn parkte seinen Chevelle auf der R Street neben dem Montrose Park, zwischen Dunbarton Oaks und dem Oak-Hill-Friedhof in Nord-Georgetown. In einem JanSport-Rucksack, den er auf dem Rücken trug, hatte er einen Stapel Flugblätter, einen Tacker und eine Rolle Profi-Klebeband verstaut. Er machte sich auf den Weg zur Wisconsin Avenue.

In diesem Geschäftsviertel waren nicht viele Passanten unterwegs. Ein paar Bauarbeiter aus der Gegend gingen zum Mittagessen, College-Kids und ein paar versprenkelte Sommerurlauber schlenderten an den Schaufensterauslagen der schicken Modegeschäfte und Warenhausketten vorbei. Hier gab es nichts, das man woanders nicht billiger kriegte. Für Quinn und die meisten Leute, die schon länger in D. C. lebten, war Georgetown tagsüber eine charmelose Touristenfalle und nachts, wenn man einen Parkplatz suchte, jene Hölle, die man unter allen Umständen mied.

Quinn ging zuerst die Wisconsin runter und bog dann nach Westen in die Wohnstraßen. Dort tackerte er die Flugblätter an Telefonmasten und klebte sie an die städtischen Mülltonnen. Ihm war klar, dass sie vor Einbruch der Nacht, vielleicht sogar noch eher, von den Bewohnern und Streifenpolizisten wieder abgerissen würden. Dieses Vorgehen hatte wenig Aussicht auf Erfolg, war aber immerhin ein Anfang.

Südlich der Kreuzung P Street blieb er stehen und unterhielt sich mit einem klapperdürren Mann, der wie eine Spinne nur aus Armen und Beinen zu bestehen schien und in der Tür von Mean Feets stand, einem alteingesessenen Schuhladen, der modisch immer auf der Höhe der Zeit war. Der Mann rauchte eine Newport. Im Laden entdeckte Quinn einen älteren Herrn, der einer jungen Frau gerade behilflich war, einen Schuh anzuprobieren. Ein D'Angelo-Song schallte aus der offenen Tür.

Quinn, der Ex-Bulle, wusste, dass die Schuhverkäufer in der Stadt den größten Teil ihres Arbeitstages vor ihren Geschäften standen, Frauen ansprachen, die vorbeikamen, und alles daransetzten, sie in den Laden zu locken. Es gehörte zu ihrem Beruf, sich nicht nur die Schuhgrößen, sondern auch die Gesichter und Namen der Kunden zu merken. Die hiesigen Huren und ihre Zuhälter gehörten ebenfalls zu ihrem Kundenkreis.

Quinn begrüßte den dürren Mann, klappte ein Lederetui auf und zeigte seine Marke und Lizenz. Für das ungeschulte Auge sah sie wie eine Polizeimarke aus. Neben einer abgebildeten D. C.-Flagge stand ›Metropolitan Police Department‹ über dem Wort ›Privatdetektiv‹. Quinn befolgte Stranges Rat und hatte es sich angewöhnt, die Lizenz und die Marke nur ganz kurz zu zeigen. Auf diese Weise konnte er sichergehen, dass sein Gegenüber nur einen kurzen Blick auf die Flagge und die MPD-Insignie erhaschte, ehe er das Etui wieder wegsteckte.

»D. C.-Ermittler«, sagte Quinn. Auch das hatte Strange ihm beigebracht, denn es verstieß weder gegen das Gesetz, noch war es gelogen.

»Was kann ich für Sie tun, Officer?«

»Ich heiße Terry Quinn. Und Sie?«

»Antoine.«

Quinn faltete das Flugblatt auf, das in seiner Gesäßtasche steckte, und reichte es Antoine. Antoine musterte das Blatt durch den aufsteigenden Rauch der Zigarette, die in seinem Mundwinkel klebte.

»Haben Sie dieses Mädchen zufällig gesehen?«

»Kommt mir nicht bekannt vor.«

»Sie verkaufen doch hin und wieder Schuhe an Prostituierte, oder?«

»Klar, ich habe Kundinnen, die bei mir regelmäßig Abendschuhe kaufen. Aber die hier kenne ich nicht. Bin hier im District schon lange im Geschäft. Geht sie auf Kundenfang?«

»Durchaus möglich.«

»Ich kann mich nicht erinnern, so ein junges Ding in meinem Laden gesehen zu haben. Nee, nicht, dass ich wüsste.«

»Tun Sie mir einen Gefallen. Hängen Sie das hier hinten neben der Toilette oder sonst wo auf.« Quinn gab Antoine seine Karte. »Falls Sie oder Ihre Kollegen sie sehen, auch wenn sie nur die Straße runtergeht, rufen Sie mich an.«

Antoine ließ die Zigarette fallen und trat sie aus. Er holte seinen Geldbeutel heraus, verstaute Quinns Karte und zog eine von seinen heraus, die er Quinn gab.

»Und jetzt tun Sie mir einen Gefallen, Officer. Wenn Sie ein Paar Stiefel oder so was brauchen oder Sie mal diese New Balances ablegen, die Sie gerade anhaben, und was Modischeres brauchen, dann rufen Sie mich an, ja? Antoine. Wenn Sie hier reinkommen, lassen Sie sich von niemand anderem bedienen.«

»Ich hab' breite Füße.«

»Ach, ich werde schon was für Sie finden. Antoine kann auch Schuhe dehnen.«

»In Ordnung«, sagte Quinn. »Bis dann.«

»Vergessen Sie Antoine nicht.«

Quinn ging nach Norden zu einem Stripladen auf der Wisconsin oben auf dem Hügel. Auf dem Weg dorthin legte er einen Zwischenstopp bei einem Bargeldautomaten ein. Er trat ein, ohne Eintritt zu bezahlen, und wurde von einem Türsteher an einen Tisch gebracht. Sein Platz mit Blick auf eine der Bühnen war mitten in einer Reihe von dicht gestellten Tischen, die sich durch den schmalen Raum zog. Der Mann sagte kein Wort zu Quinn. Sofort tauchte eine nett aussehende junge Frau in einem ärmellosen Kleid auf und nahm seine Bestellung entgegen. Sie musste die Hand hinter ihr Ohr halten, um ihn zu verstehen, denn aus den Lautsprechern dröhnte eine Limp-Bizkit-Coverversion von ›Faith‹.

Quinn musterte die Tänzerinnen, die sich auf den Bühnen an Stangen zur Musik bewegten. Sie schenkten den Gästen ein höfliches Lächeln, aber ihre Augen sahen in eine andere Richtung. Die Frauen waren dünn, jung, gebräunt und im Allgemeinen nett anzuschauen. Eine der Tänzerinnen – sie hatte das strahlende Antlitz eines Cheerleaders und hellrote Brustwarzen – war richtig attraktiv. Kenner der Szene behaupteten, in diesem Laden würden die besten und proppersten Tänzerinnen der Stadt arbeiten. Allerdings basierte diese Einschätzung allein auf Empfindung und Geschmack; Quinn kannte Typen, die genau dasselbe von einem Schuppen unweit der Connecticut und der Florida Avenue behaupteten. Quinn, der auch mal dort gewesen war, fand, dass das ein übler Schuppen war.

Die Bedienung kehrte mit einer überteuerten Flasche Bud zurück. Er zeigte ihr das Flugblatt. Sie würdigte es kaum eines Blickes, ehe sie den Kopf schüttelte. Quinn bezahlte das Bier, gab ihr Trinkgeld und bat um eine Quittung.

Mehrere Türsteher, alle mit Funk-Headsets ausgestattet, streiften durch den Raum. Die Gäste konnten an die Bühne treten und den Tänzerinnen Geld zustecken, aber sie durften nicht im Gang rumlungern. Falls einer das dennoch tat, befahl ein Türsteher ihm, wieder an seinen Platz zurückzukehren. Gäste, die aussahen, als würden sie ewig an einem Bier rumnuckeln, wurden aufgefordert, auszutrinken, ein neues Bier zu bestellen oder zu gehen. So lief das heutzutage in den Stripläden. Quinn fand das alles ziemlich hohl und alles andere als amüsant.

Quinn erkannte einen der Türsteher, einen Schwarzen mit asiatischen Gesichtszügen, der auch noch als Bulle arbeitete und jetzt an der Eingangstür stand. Er kannte den Mann nicht persönlich und wusste nicht, wie er hieß. Quinn wartete auf seine Rechnung, stand dann auf, ohne das Bier angerührt zu haben, und ging zu dem Türsteher hinüber. Er stellte sich vor, schüttelte die Hand des Mannes und zeigte ihm das Flugblatt.

»Ich kenne sie nicht«, sagte der Bulle und musterte Quinn eindringlich. »Wo, sagen Sie, haben Sie Dienst geschoben?«

»Gegen Ende im Third District.«

Da warf ihm der Bulle auf einmal diesen umwölkten Blick zu, den Quinn nur zu gut kannte.

»Behalten Sie das Flugblatt«, sagte Quinn und gab dem Bullen auch noch seine Visitenkarte. »Falls Sie das Mädchen sehen, tun Sie mir den Gefallen und rufen mich an.«

Quinn verließ den Laden. Kid Rock kreischte hinter seinem

Rücken. Er wusste, dass der Türsteher das Flugblatt und seine Karte in den Müll werfen würde. Er war einer von diesen Typen, die nichts mehr mit ihm zu tun haben wollten, wenn sie schnallten, wer er war. Dieser Mann würde in ihm immer nur den Kerl sehen, der einen Kollegen erschossen hatte.

Quinn kehrte zu seinem Wagen zurück und fuhr nach Osten, über die P Street Bridge zum Dupont Circle. Auf der 23rd Street fand er einen Parkplatz, schlenderte an einem Homo-Nachtclub vorbei, den es schon seit der ersten Discowelle gab, und blieb an der nächsten Kreuzung vor einem Café stehen. Ein Stück weiter war die P Street und jener Teil des Rock Creek Park, wo man früher gern herumflaniert war, sich in die Sonne gelegt und im Freien gevögelt hatte. Damals, als er noch Streifenpolizist gewesen war, hatte man – soweit Quinn sich erinnerte – hier auch problemlos Ecstasy kaufen können, zumal die Clubs in der 18th Street von hier schnell zu erreichen waren. Und in dieser Gegend arbeiteten auch junge Prostituierte.

Mit einer Tasse Filterkaffee ging er zu den Tischen auf dem Bürgersteig hinaus, setzte sich und ließ den Blick schweifen. Die meisten Gäste waren Erwachsene, die Kaffee tranken und rauchten. Teenager waren in der Minderzahl. Ein paar Jugendliche saßen mit Freunden zusammen, andere – Jungs und Mädchen – hatten sich älteren Männern angeschlossen. Quinn vermutete, dass der eine oder die andere die Schule schwänzte, einfach blaumachte, doch ein paar waren bestimmt von zu Hause weggelaufen und schliefen überall, wo sie unterkommen konnten. Nur ganz wenige waren Profis und gingen ihrer Arbeit nach.

Aus den Blicken, die er auf sich zog, schloss Quinn, dass ein paar von den Teenagern ihn für einen Bullen hielten. Strange behauptete ja, man würde den Habitus nicht verlieren. Quinn war zu alt, um als Teenager durchzugehen, zu jung, um ein Freier zu sein, und – wie er sich einredete – zu attraktiv, als dass man ihn für einen Typen hielt, der dafür zahlte. All das ging ihm durch den Kopf, während er draußen saß und überlegte, die er einen der Teenager ansprechen sollte.

Scheiß drauf, dachte er, stand auf und ging quer über den Gehweg zu einem Tisch, an dem zwei junge Mädchen saßen, die schon ausgetrunken hatten und auf den Boden aschten.

»Hallo«, sagte Quinn, »wie geht es den jungen Damen?«

Beide Mädchen schauten zu ihm hoch, aber die eine sah gleich wieder weg.

»Es geht uns gut, danke.« Das Mädchen, das aussah, als käme es aus einem reichen Elternhaus und hätte dort gelernt, sich nie bei einer Bedienung zu bedanken, sagte: »Können wir Ihnen irgendwie helfen?«

Quinn hatte offensichtlich einen Fehler gemacht. »Ich hab' mich gefragt, ob ich bei dir vielleicht eine Zigarette schnorren könnte.«

Sie verdrehte die Augen und reichte ihm eine aus ihrer Tasche, ohne ihn eines weiteren Blickes zu würdigen. Er bedankte sich bei ihr und kehrte an seinen Tisch zurück. Ihm entging nicht, wie ein Junge und seine Freundin über ihn lachten. Er spürte, wie Wut in ihm aufkeimte, und versuchte, seinen Zorn zu unterdrücken, als er sich auf seinen Stuhl fallen ließ. Nun saß er mit einer Zigarette in der Hand da und konnte die Nummer nicht mal bis zum Ende durchziehen, weil er kein Streichholz hatte, mit dem er sie anstecken konnte.

Er holte sein Handy aus dem Rucksack und rief im Büro an. Janine stellte ihn zu Ron Lattimer durch.

»Na, Glück gehabt?«, fragte Ron.

»Bislang noch nicht. Gibt es eine Akte über unser Mädchen?«

»Jennifer Marshall. Hab' sie vor mir liegen.«

»Wegen Prostitution?«

»Eine Zigarre für den Herrn.«

»Wie steht es mit einer Adresse?«

»517 J Street, Northeast, steht hier. Aber es wird dir

schwer fallen, diese Straße zu finden, es sei denn, jemand ist in der letzten Woche oder so auf die Idee gekommen, eine J Street zu bauen ...«

»In D. C. gibt es keine J Street.«

»Ach was.«

»Immerhin hat sie Sinn für Humor.«

»Oder derjenige, der ihr geraten hat, sie soll diese Adresse angeben.«

»Danke, Ron. Den Rest schau' ich mir an, wenn ich ins Büro komme. Ist Derek in der Nähe?«

»Ähm, der ist unterwegs und recherchiert.«

»Richte ihm aus, ich will ihn sprechen.«

»Ruf ihn doch auf dem Handy an.«

»Das hat er doch meistens gar nicht eingeschaltet.«

»Du kannst eine Nachricht hinterlassen, Mann.«

»Stimmt auch wieder.«

»Wenn ich ihn sehe, sag' ich ihm Bescheid.«

Quinn war gerade dabei, sein Handy im Rucksack zu verstauen, als er registrierte, dass ein Mädchen vor ihm stand. Sie trug Boot-cut-Jeans und ein pinkfarbenes T-Shirt mit Spaghettiträgern und einem Comic-Aufdruck von einem japanischen Mädchen, das die Gitarre wie Keith Richard fast auf den Knien hängen hatte. Die Kleine hatte eine ovale weiße Plastikumhängetasche dabei. Ihr dunkelblondes Haar fiel bis auf die Schultern. Sie hatte schmale Hüften und kleine Brüste, kaum mehr als Brustwarzen, die sich durch den Stoff abzeichneten. Das Mädchen war blass, hatte mittelbraune Augen, am Hals ein dunkles Muttermal, das von der Form her an eine Erdbeere erinnerte, und trug eine Nickelbrille. Die Kleine war weder niedlich noch hübsch. Quinn schätzte sie auf fünfzehn, sechzehn, maximal siebzehn.

»Wollen Sie die da rauchen?«

Quinn betrachtete die Zigarette in seiner Hand, als würde er sie zum ersten Mal sehen. »Wohl eher nicht.«

»Kann ich sie dann haben?«

»Klar.«

Sie setzte sich unaufgefordert. Er gab ihr die Zigarette.

»Haben Sie Feuer?«

»Nein.«

»Sie müssen sich dringend ’ne andere Tour zulegen«, sagte sie und suchte in der Umhängetasche nach Streichhölzern. Als sie das Briefchen gefunden hatte, riss sie ein Streichholz an und zündete die Zigarette an. »Ihre Nummer kommt ziemlich lahm rüber.«

»Findest du?«

»Sie schnorren diese Mädels wegen ’ner Kippe an, fragen nicht nach Feuer und haben nicht mal Streichhölzer?«

Quinn registrierte sofort, wie das Mädchen redete, welchen Sprachrhythmus sie draufhatte und welchen Slang sie benutzte. Wie die meisten Teenager, die auf den Straßenstrich gingen, redete sie gekünstelt und bediente sich einer Mischung aus Südstaatenakzent und dem Straßenslang schwarzer Mädchen.

»Ziemlich dämlich, was?«

»Und falls Sie auf eine schnelle Nummer aus sind, haben Sie sich genau die beiden rausgesucht, die noch grün hinter den Ohren sind. Das sind nur reiche Schicksen, die sich mal ’nen Tag auf der Straße rumtreiben und dann wieder mit Papis Mercedes, der um die Ecke geparkt ist, abdüsen.« Sie grinste. »Wahrscheinlich rauchen Sie nicht mal.«

»Hab’s mal versucht, aber mir ist schlecht geworden.«

»Aber Sie wollen doch was«, sagte sie. Ihre tonlose Stimme verriet nicht die geringste Regung, was Quinn traurig stimmte.

»Ich suche ein Mädchen.«

»Sind Sie ein Bulle?«

»Nein.«

»Falls Sie einer sind, müssen Sie mir das sagen. Sonst handelt es sich um Vorspiegelung falscher Tatsachen.«

»Ich bin kein Bulle. Ich suche nur ein Mädchen.«

»Ich kann Ihnen sofort 'ne Muschi liefern.« Sie senkte anzüglich den Blick. Durch die Brillengläser wirkten ihre Augen riesig. »Scheiße, Sie können gleich meine Muschi kriegen, wenn es das ist, worauf Sie aus sind.«

Quinn kramte ein Flugblatt aus dem Rucksack und schob es über den Tisch. »Dieses Mädchen suche ich.«

Er beobachtete, wie sie das Gesicht und die Informationen auf dem Flugblatt überflog. Falls sie Jennifer Marshall kannte, ließ sie sich das nicht anmerken.

»Kenne ich nicht«, sagte das Mädchen. »Aber vielleicht kann ich Sie mit jemandem zusammenbringen, der sie kennt.«

»Du arbeitest als Kupplerin?«, fragte Quinn.

»Wenn sich die Gelegenheit bietet. Hier draußen geht es knallhart zu, müssen Sie wissen. Ich rede vom Wettbewerb. Mit meinem Aussehen bediene ich, sagen wir mal, den besonderen Geschmack. Typen baggern keine Mädchen mit Brille und so was an. Das hat mir meine Mutter permanent unter die Nase gerieben, wenn sie mal wieder eine von ihren berühmten Weisheiten vom Stapel lassen musste. Aber Kontaktlinsen vertrage ich nicht, die brennen. Und dann versucht eine wie ich, die wie ein Bücherwurm rüberkommt, ihren Arsch zu verhökern. Außerdem sind meine Titten zu klein. Weiße Freier stehen auf schwarze Mösen, und mit meiner Kindermuschi bringe ich die schwarzen Brüder nur zum Lachen. Vielleicht bin ich ja für diesen Job nicht die Richtige. Was denken Sie?«

Quinn nickte dem Mädchen zu. »Wie heißt du?«

»Stella. Und Sie?«

»Terry Quinn. Wirst du mir helfen, Stella?«

»Wird Sie fünfzig Mäuse kosten.«

»So viel Kohle für einen Namen?«

»Der Name taugt was.«

»Und woher weiß ich das?«

»Weil ich dafür bürge, Kumpel. Na, was ist nun mit den fünfzig Mäusen?«

Quinn schob ihr diskret das Geld zu. Sie nahm einen letzten Zug von ihrer Zigarette und ließ sie auf den Boden fallen.

»Drüben bei Rick's, auf der New York Avenue stadtauswärts, hinter der North Capitol, da tanzt ein Mädchen.«

»Ich kenne den Laden.«

»Sie ist schwarz, nennt sich Eve. Ihr Spitzname ist All-Ass Eve. Wenn Sie sie sehen, verstehen Sie, warum. Sie kennt das Mädchen.«

»Woher weißt du, dass sie sie kennt?«

Zum ersten Mal wirkte Stella verunsichert, doch sie bekam sich schnell wieder in den Griff und grinste dann scheel wie ein Kind, das beim Lügen ertappt wurde. Und für einen kurzen Augenblick sah Quinn vor seinem geistigen Auge das Kind, das jemand in den Schlaf gewiegt, das Geschenke bekommen hatte, geliebt worden war. Vielleicht war die Liebe nicht von Dauer gewesen – vielleicht hatte die Mutter oder der Vater irgendwann eine Riesenfehler begangen. Dennoch musste er einfach glauben, dass dieses Mädchen irgendwann mal von jemandem geliebt worden war.

»Na schön, ich bin mir nicht hundertprozentig sicher, ob Eve genau dieses Mädchen hier kennt, aber eins lassen Sie sich gesagt sein: Das ist genau die Sorte, die Eve kennen lernt. Auf der Suche nach neuen Talenten, die sie ihrem Zuhälter zuschustert, kämmt sie diese Kreuzung hier ab und die Bushaltestellen und die Einkaufszentren. Jeder, der in dieser Gegend arbeitet, weiß, wer sie ist. Die, die sich hier schon länger rumtreiben, gehen ihr aus dem Weg, bleiben auf dieser Seite des Flusses. Aber das Mädchen auf diesem Foto hier? Die ist Frischfleisch. Ich meine, sie sieht aus, als hätte sie keinen Schimmer. Die Dummen, die Verzweifelten, die gehen mit Eve. Ich bringe nur Leute zusammen, mehr nicht. Wie auch immer, falls Eve Ihnen nicht weiterhilft, kommen Sie wieder zu mir, und wir fangen noch mal von vorn an.«

»Und du kassierst noch mal.«

Stelle zuckte mit den Achseln. »Ich muss sehen, wo ich bleibe, Kumpel.«

»Wie kann ich dich erreichen?«

Stella gab Quinn ihre Handynummer. Er rief sie gleich hier vom Tisch aus an. Das Handy in ihrer Umhängetasche klingelte. Sie holte es heraus und sprach hinein.

»Hallooo! Officer Quinn?«

»In Ordnung.« Er beendete das Gespräch und gab ihr eine von seinen Karten. »Wenn du reden willst, ruf mich an, verstanden?«

»Mit Reden kann ich nicht meine Rechnungen bezahlen.« Sie musterte ihn. »Aber ich könnte Ihnen für fünfzig Dollar einen blasen.«

»Wenn diese Sache hier hinhaut, sind für dich weitere fünfzig drin, weil du mich auf die richtige Fährte gesetzt hast.«

»Die nehm' ich gern. Aber lassen Sie ja nicht meinen Namen fallen, wenn Sie mit Eve quatschen.«

»Das brauchst du mir nicht zu sagen. Bin acht Jahre bei der Polizei gewesen, und in der ganzen Zeit ist keiner meiner Spitzel aufgeflogen.«

»Hab' ich doch gewusst, dass Sie ein Bulle waren.«

»In einem anderen Leben«, sagte Quinn, erhob sich und entfernte sich ein paar Schritte vom Tisch. »Wir bleiben in Verbindung, oder?«

Neun

Calhoun Tucker war groß, schlank und recht muskulös. Zu einem gebügelten beigefarbenen Hemd trug er maßgeschneiderte schwarze Hosen. Seine Oberlippe zierte ein schmales Billy-D-Bärtchen, und er hatte Pomade in die kurzen schwarzen Haare gegeben, damit sie glänzten. Er trug eine teure Sonnenbrille und am Hosenbund ein kleines, modernes Handy. All das konnte Strange durch sein 10 x 56-Fernglas sehen, als er Tucker von seinem Chevy aus beobachtete. Calhoun hatte auf der gegenüberliegenden Straßenseite, unweit des Ärztehauses zwischen Wheaton und Silver Spring, ein Haus gemietet.

Tucker lief den Gehweg hinunter bis zu seinem Wagen, einem kirschroten S4, so ein aufgemotztes Modell aus der Vierer-Reihe, die Audi-Version des BMW M3. Tucker hatte einen tiefbraunen Hautton, nicht so schwarz, dass man seine Gesichtszüge nicht mehr erkennen konnte, aber auch nicht so hell, dass man auf einen weißen Vorfahren schließen konnte. Er bewegte sich erhobenen Hauptes und voller Selbstbewusstsein – wie die meisten gut aussehenden Männer, die sich ihrer Ausstrahlung bewusst sind. Dieser Bursche hatte alles, was Frauen mochten. Und die Damenwelt stand auch auf selbstsichere Typen. Strange begriff sofort, was – zumindest auf den ersten Blick – auf Alisha Hastings so anziehend gewirkt hatte.

Tucker startete den Wagen und fuhr aus der Parklücke. Strange folgte ihm Richtung Süden, achtete aber darauf, dass auf der Fahrt immer ein paar Autos zwischen ihm und Calhoun waren. Gleich hinter der District-Grenze bog Tucker auf die Alaska, dann wieder nach rechts in die 13th, in eine Gegend, wo alle Straßen Baum- oder Blumennamen trugen, ehe er nach links in die Iris fuhr. Er fuhr zu George Hastings' Haus. Strange fuhr um den Block, allerdings in die entgegengesetzte Richtung, und parkte in einer Gasse hinter der Juniper. Dort stieg er aus und machte sich mit dem Fernglas in der Hand zu Fuß auf den Weg.

Als Strange die Kreuzung Iris und 13th erreichte, war Alisha Hastings schon aus dem Haus ihres Vaters gekommen und steckte den Kopf in Tuckers Fenster. Der Audi stand mit laufendem Motor hinter Georges Volvo. Alisha trug ganz bewusst lässige, bequeme Sachen, in denen man gern zu Hause rumlümmelt. Mit ziemlicher Sicherheit hatte Tucker sie vom Handy aus angerufen und gesagt, er würde auf dem Weg in die Stadt kurz bei ihr vorbeischauen. Strange konnte es Tucker nicht verdenken, dass er vor der Arbeit noch einen Blick auf seine Liebste werfen wollte. Alisha strahlte Selbstbewusstsein aus und hatte Charisma. Und wenn sie lächelte, kriegte sie wundervolle Grübchen. Tuckers Hand lag auf ihrem Unterarm. Er streichelte sie sanft, redete mit ihr, brachte sie zum Lachen und machte sie so glücklich, dass sie den Blick abwenden musste. Als Strange die beiden beobachtete, musste er an ein Mädchen denken, das er in den Siebzigern geliebt hatte. Er sah, wie sie sich küssten. Leicht schuldbewusst kehrte er zu seinem Wagen zurück.

Er folgte Tucker bis zur Shaw hinunter. Tucker stellte den Wagen auf der U Street ab. Strange fuhr in eine Parklücke neben einem Bauzaun auf der 10th. Dann lief er zur Ecke. Tucker ging nach Westen. Er hatte eine Art Aktenkoffer dabei. Strange verfolgte Tucker, bis er eine Treppe hochstieg und in einem Club verschwand, wo man tagsüber in aller Ruhe einen Drink nehmen oder zu Mittag essen konnte. Zehn Minuten später kam Tucker wieder heraus und ging weiter nach Westen bis zu einem ähnlichen Club. Als er drinnen verschwand, lehnte Strange sich an einen Parkuhrpfosten, wo die Anzeige fehlte. Ein Stück weiter hinten bei Ben's herrschte jetzt zur Mittagszeit hektisches Kommen und Gehen. Strange lief das Wasser im Mund zusammen, sein Magen knurrte. Schnell schaute er in die andere Richtung.

Es dauerte eine Weile, bis Tucker aus dem Club kam. Strange kannte den Laden von früher, als das noch eine ganz normale Kneipe gewesen war. Damals hatte er hier gelegentlich ein Bier gezischt, aber die Zeiten waren längst vorbei. Im Sommer hatte der Geschäftsführer Boxen nach draußen gestellt, und an manchen Abenden, wenn Strange langsam die U Street hinunterfuhr, lief ›Payback‹ von James Brown, ein

Stück von Slave oder ›Tramp‹ von Otis und Carla. Für ihn war das Anreiz genug gewesen, rechts ranzufahren und dort etwas zu trinken. In jenen Tagen verkehrten hier die unterschiedlichsten Typen. Manchmal schauten sogar ein paar Weiße vorbei. Man konnte tragen, was man wollte, und war trotzdem cool. Und plötzlich änderte sich alles schlagartig: Auf einmal gab es einen Dresscode und anscheinend auch einen Rassencode, denn eines Abends kriegte Strange mit, wie ein paar geschniegelte Brüder einen jungen weißen Typen anmachten, der an der Bar saß und in aller Ruhe sein Bier trank. Der Weiße belästigte niemanden, hatte aber nicht die richtige Hautfarbe und trug auch nicht die entsprechenden Klamotten. Sie bombardierten ihn so lange mit Blicken, bis er das Gefühl hatte, unerwünscht zu sein, und abzog. Seit diesem Vorfall hatte Strange das Lokal gemieden. In Wahrheit war er natürlich zu alt für den Laden, und außerdem trank er sein Bier lieber in einer bodenständigen Kneipe. Intoleranz ging ihm gegen den Strich, egal, wer da austeilte oder einsteckte. Im Laufe seines Lebens hatte er zu viel erlebt und konnte solch ein Verhalten nicht entschuldigen. Solche Vorurteile sah er nicht mal seinen eigenen Leuten nach. Wenn das hier die neue U war, dann war er hier fehl am Platz.

Strange holte seinen Wagen, parkte mit laufendem Motor in zweiter Reihe und wartete, bis Tucker aus der Bar kam. Kurz darauf stieg Tucker die Clubtreppe hinunter, setzte seine Sonnenbrille auf und ging zu seinem Wagen. Er scherte auf die U aus, und Strange folgte ihm.

Tucker fuhr nach Osten, rüber zum Barry Place, und ließ den Wagen zwischen der Sherman und der 9th stehen, unweit der Howard University. Strange fuhr weiter und kreiste um den Block.

Er parkte Ecke Sherman/Barry und holte seine Canon AE-1 mit dem 500 mm-Objektiv aus dem Kofferraum, ohne Tucker aus den Augen zu lassen, der jetzt die Straße hinunterging und telefonierte. Strange setzte sich auf den Beifahrersitz seines Chevy. Von hier aus konnte er Tucker gut sehen und machte ein paar Fotos von ihm, wie er die Treppe eines Reihenhauses hochstieg und vor der Tür wartete. Als Tucker durch die Tür trat, die ihm eine Frau aufhielt, schoss Strange das letzte Bild. Mit dem Tele konnte er das Adressschild an einem der Backsteinpfeiler auf der Vorderveranda entziffern. Dann griff er nach dem Handy und gab Janine die Adresse durch. Janine hatte ein Computerprogramm, das einem – wenn man eine Anschrift eingab – die dazugehörige Telefonnummer und den Namen des Mieters oder Besitzers lieferte.

Strange wartete ungefähr eine Stunde, trank Wasser aus einer Flasche und hörte auf WOL Joe Madison's Talkshow, während er darüber nachdachte, was sich wohl in dem Haus abspielte. Vielleicht handelte es sich um einen Geschäftstermin, oder Tucker war bei einer Freundin zum Mittagessen eingeladen. Aber wahrscheinlich vögelte Tucker gerade mit der Frau, die Strange in der Tür gesehen hatte. Das war vielleicht ernüchternd, überraschte Strange jedoch nicht unbedingt. Und als er sich ausmalte, was der junge Mann mit der Frau in dem Haus machte, regte sich auch bei ihm etwas. Für heute hatte er genug. Er war hungrig und musste pinkeln.

Strange schaltete den Motor ein und fuhr rüber nach Chinatown, wo er in einer Gasse hinter der I Street parkte. Ein Junkie, der hier seinen Geschäften nachging und den Strange kannte, tauchte aus heiterem Himmel auf. Strange drückte ihm fünf Dollar in die Hand, damit er auf den Wagen aufpasste. Anschließend trat er durch eine Hintertür, neben der eine Mülltonne stand, ging einen Flur hinunter und kam dabei an der Küche und mehreren geschlossenen Türen vorbei. Hinter einem Perlenvorhang lag ein kleiner Speisesaal, wo leise Dulcimer-Musik lief. Er setzte sich an einen Zweiertisch und bestellte bei einer älteren Dame, die ihn mit Namen ansprach, eine Sauer-Scharf-Suppe, gebratene Nudeln und ein Tsingtao-Bier.

»Alles in Ordnung?«, fragte die Frau.

»Ja, Mama, es hat gut geschmeckt. Bringen Sie mir die Rechnung.«

»Wollen Sie?«, fragte sie und sah zu dem Perlenvorhang hinüber, der den Speisesaal vom Korridor trennte. »Ihre Freundin hier.«

Strange nickte.

Nachdem er bar bezahlt hatte, ging er durch den Flur zu einer Tür gegenüber der Küche, trat ein und schloss die Tür hinter sich. In dem weiß gestrichenen Raum brannten Duftkerzen. Die Musik aus dem Speisesaal drang bis hier herüber. In der Mitte des Raumes stand eine Polsterbank, daneben ein kleiner Wagen mit Lotionen, Handtüchern und einer Waschschüssel.

Strange trat durch die nächste Tür, schaltete das Licht im voll ausgestatteten Badezimmer ein und zog sich aus. Seine Klamotten hängte er an einen Kleiderständer, nahm eine heiße Dusche und wickelte sich anschließend ein Handtuch um die Hüften. Er kehrte in den von Kerzen erleuchteten Raum zurück und legte sich mit dem Gesicht nach unten auf die Polsterbank. Kurz darauf hörte er, wie die Tür aufging. Licht von draußen fiel herein, doch kaum wurde die Tür geschlossen, kehrte das Dämmerlicht zurück.

»Hallo, Strange.«

»Hallo, Baby.«

Strange hörte, wie die Lotion aus der Flasche gedrückt wurde, und spürte die warmen, glitschigen Hände der Frau. Die süßlich duftende Creme massierte sie in seine Schultern, seine Leisten. Und er spürte, wie ihre harten Brustwarzen über seinen Rücken strichen, als sie sich hinunterbeugte und in sein Ohr flüsterte: »Ist heute ein guter Tag für dich?«

»Ja.«

Während sie ihm den Rücken massierte, summte sie zur Musik. Der Klang ihrer Stimme und ihre Berührung machten ihn hart. Er drehte sich um. Das Handtuch fiel zur Seite. Sie massierte seine Brust, seine Schienbeine, seine Oberschenkel, arbeitete sich zu den Hoden vor, wo sich die Lotion warm anfühlte. Strange schluckte.

»Gefällt's dir?«

»Ja, so ist es gut.«

Sie gab mehr Lotion auf ihre Hände und umklammerte dann seinen Schwanz. Ihre Bewegungen waren langsam. Als ihre Hand den Schaft hochglitt, streiften ihre Finger kurz die Eichel. Strange schlug die Augen auf.

Die Frau war Anfang zwanzig und hatte Augen wie schwarze Olivenkerne. Ihr Lippenstift war verschmiert. Bis auf den Slip aus roter Spitze war sie nackt. Sie war kurz gewachsen, hatte breite Hüften. Ihre Brüste waren klein und fest. Er fuhr mit den Fingern über eine Brustwarze, bis sie steinhart war, und als das Feuer in seinen Lenden aufloderte, zwickte er sie so fest, bis sie aufstöhnte. Dass ihre Erregung nur gespielt war, störte ihn nicht.

»Jetzt schneller«, sagte er, woraufhin sie das Tempo beschleunigte.

Sein Orgasmus war unglaublich. Samenflüssigkeit spritzte auf seinen Bauch, seinen Brustkorb.

»Nötig gewesen, was?«, sagte die Frau keuchend und kicherte.

Während sie ihn mit einem feuchten Handtuch abrieb, sagte Strange: »Ja.«

Nachdem er sich angezogen hatte, legte er fünfundvierzig Dollar in eine Schale neben der Tür.

Draußen in der Gasse wurde er angebeept. Auf dem Display erschien seine Büronummer. Er überlegte, ob er zurückrufen sollte oder nicht. Erst als er im Wagen saß, wählte er auf dem Handy die Nummer und hörte Quinns Stimme.

»Hab' im Büro vorbeigeschaut und mir bei Ron Jennifer Marshalls Akte abgeholt«, sagte Quinn. »Wo steckst du?«

»In Chinatown«, antwortete Strange.

»Aha.«

»Hab' zu Mittag gegessen.«

»Gut.«

Eines Nachts hatten er und Quinn ein paar Bier zu viel gekippt, und Strange hatte gebeichtet. Es war falsch gewesen, Quinn so viel von sich zu erzählen. So was war immer ein Riesenfehler.

»Ich bin auf dem Weg zu Rick's auf der New York Avenue«, erzählte Quinn und erklärte, wieso er dort vorbeischauen wollte. »Willst du mitkommen?«

»Ja, gut.«

»Komm ins Büro. Dann können wir zusammen dorthin fahren.«

»Ich treff' dich bei Rick's«, sagte Strange. »Sagen wir, in einer halben Stunde?«

»In Ordnung«, sagte Quinn. »Und bring' Bares mit.«

Strange beendete das Gespräch. Er hatte keine Lust, ins Büro zu fahren und mit Janine zu plaudern. Und er war heilfroh, dass sie nicht ans Telefon gegangen war, als er sich gemeldet hatte.

Auf dem Weg nach Westen kam er an dem Reihenhaus im Barry Place vorbei, wo Calhoun Tucker sich am Nachmittag mit einer Frau ein Stelldichein gegeben hatte. Tuckers Audi war verschwunden.

Zehn

Das Rick's, ein frei stehendes Gebäude auf der New York Avenue, lag ein paar Meilen östlich der North Capitol. Dieser heruntergekommene Straßenabschnitt hinterließ bei Touristen, die zum ersten Mal mit dem Wagen nach Washington, D.C. reinfuhren, nicht gerade den besten Eindruck.

Das Gebäude, in dem Rick's jetzt untergebracht war, war

früher ein Roy-Roger's-Restaurant gewesen. Nachdem Roy's Restaurantkette das gleiche Schicksal ereilte wie Telefone mit Wählscheibe, war Rick's – eine Mischung aus Sports Bar und Stripschuppen für die Arbeiterklasse – hier eingezogen.

Der Umbau war keine große Sache gewesen. Die neuen Besitzer warfen die Schnellrestaurant-Einrichtung raus, behielten einen Teil der Küche und die Toiletten und hängten ein paar Redskins-, Wizard- und Orioles-Memorabilien an die Wände. Dass Wimpel von den Washington Capitals hier fehlten, kam nicht von ungefähr: Eishockey war nicht unbedingt ein Sport, für den Schwarze sich begeisterten. Die Fensterreihen, die sich früher mal um drei Seiten des Gebäudes gezogen hatten, waren zugemauert worden. Und zugemauerte Fenster konnten dreierlei bedeuten: Entweder war die Bude mal abgefackelt worden, oder es handelte sich um eine Schwulenbar oder einen Stripschuppen. Nachdem sich herumgesprochen hatte, was für ein Laden Rick's war, machten die Besitzer sich nicht mal die Mühe, ein Schild anzubringen.

Rick's verfügte über einen eigenen Parkplatz, ein Erbe, das Roy's Pachtvertrag zu verdanken war. Letztes Jahr waren ein paar Leute aus der Gegend auf diesem Parkplatz erschossen worden, doch tagsüber und in den frühen Abendstunden – ehe der Schnaps aus friedlichen Männern kühne und gewalttätige Kämpfer machte – war man hier eigentlich sicher.

Strange rollte mit seinem Caprice neben Quinns blauen Chevelle, der in einer freien Ecke des Parkplatzes stand. Beide Männer stiegen gleichzeitig aus, gingen aufeinander zu und gaben sich die Hand. Quinn zog eine Show ab und schnupperte.

»Verdammt, Derek. Du riechst irgendwie, ich weiß nicht, süßlich. Ist das Parfüm?«

»Keine Ahnung, wovon du redest, Mann.«

Das war die Lotion, mit der das Mädchen in Chinatown ihm den Rücken massiert hatte. Strange war klar, dass Quinn mit seiner dämlichen Bemerkung darauf anspielte.

Sie gingen zu Rick's.

Strange deutete mit dem Kinn auf den JanSport-Rucksack, den Quinn über die Schulter geworfen hatte. »Wie, gehen wir jetzt zum Bergsteigen? Dachte, wir würden nur ein, zwei Bier kippen.«

»Mein Aktenkoffer.«

»Hast du lange auf mich gewartet?«

»Ging so«, sagte Quinn.

»Hättest ruhig schon reingehen können«, sagte Strange und musterte Quinn länger. »Ich wette, ich hätte dich gleich gefunden.«

»Ja, ich wär' der ganz unten im Haufen gewesen.«

»Mit der durchgeschnittenen Gurgel, wo der Schnitt von einem Ohr zum anderen geht.«

»Hier verkehren nicht sonderlich viele Weiße, was?«

»Ein Weißer in Rick's ist ungefähr so wie ein Schwarzer auf einem Springsteen-Konzert.«

»Ich dachte, ich warte auf dich, damit du meinen Begleiter spielen kannst.«

»Macht keinen Sinn, das Schicksal herauszufordern, wie ich dir jetzt schon seit zwei Jahren verklickere. Und du bist lernfähig, Mann.«

»Ich geb' mir Mühe«, sagte Quinn.

Sie gingen hinein. Rauchschwaden waberten durchs fahle Licht. Kurz vor der Happy Hour war der Laden halb voll. Vor der Wand, wo früher Roy's Bestelltheke gewesen war, war nun eine lange Bar mit einer Reihe Türen dahinter. Die Männer an der Bar schauten sich im Fernsehen alte Sportsendungen an. Packers-Trikots tanzten durch Schneegriesel. Aus der Stereoanlage tönte ›Spill the Wine‹. In zwei Ecken bewegten sich Tänzerinnen in G-Strings für die paar Männer an den Tischen, die von jungen Frauen in Miniröcken und Spitzenoberteilen bedient wurden. Große, breitschultrige Männer ohne Headsets lauerten überall.

Auf dem Weg zur Bar wurden Strange und Quinn von den

Gästen an den Tischen kritisch beäugt. Die Männer an der Theke, die wie gebannt auf den an der Wand befestigten Fernseher schauten, nahmen kaum Notiz von ihnen.

Strange deutete mit dem Kinn auf den Apparat. »Will man die Aufmerksamkeit eines Mannes gewinnen, muss man nur ein Green-Bay-Spiel bei Schnee zeigen. Und schnipp, schon kriegen die Typen glasige Augen.«

»Genau wie wenn auf TNT *Zwei Glorreiche Halunken* läuft.«

»Dann also jede Woche?«

»Gib schon zu, wenn du durch die Kanäle zappst und du Eastwood oder Eli Wallach als Tuco siehst ...«

»›Auch bekannt als die Ratte‹.«

»Richtig«, sagte Quinn. »Also, wenn du diesen Film siehst, hast du's dann jemals übers Herz gebracht, umzuschalten? Ich meine, du bleibst dann doch hängen und schaust dir den Rest des Films an, oder?«

»So geht es mir auch mit *Sie kennen kein Erbarmen*«, meinte Strange. »Was meinst du, wie oft du den gesehen hast?«

Quinn bewegte die Faust zwei Mal hoch und runter. »Mit Hosen an oder unten an den Knöcheln?«

Strange kicherte, als der Barkeeper, ein junger Typ mit harter Miene, vor ihnen auftauchte. »Was kann ich Ihnen bringen?«

»Ich nehme einen Double R Burger und eine Satteltasche Fritten«, sagte Quinn, doch der Barkeeper lachte nicht.

»Heineken für mich«, sagte Strange.

»Ein Bud«, meinte Quinn.

»In der Flasche«, sagte Strange, »und wir brauchen eine Quittung.«

Der Barkeeper brachte ihnen das Bier. Quinn zahlte und legte ein ordentliches Trinkgeld drauf, ließ aber die Hand auf den Scheinen liegen. »Welches von den Mädchen ist Eve?«

»Die dort drüben«, sagte der Barkeeper und deutete mit

dem Kinn auf eine stämmige Tänzerin, die in einer der Ecken des Raumes tanzte.

»Wann hört sie auf?«

»Sie tanzen immer eine halbe Stunde.«

»Wissen Sie, wie lange sie schon die Hüften schwingt?«

»So, wie sie aussieht, etwa zehn Jahre.«

»Ich meinte, heute Abend.«

»Und ich bin keine Stechuhr.«

»Stimmt auch wieder«, sagte Quinn. Er nahm die Hand vom Geld, das sich der Barkeeper wortlos krallte. Er hatte Quinn kein einziges Mal in die Augen geschaut.

Strange sah, wie zwei Männer sich von ihrem Tisch in Eves Ecke erhoben. Er faltete die Quittung, steckte sie in die Brusttasche und sagte zu Quinn: »Los, unser Tisch wird frei.«

Sie bahnten sich einen Weg durch den Raum. Einer der breitschultrigen Aufpasser starrte Quinn an, als er an ihm vorbeiging. ›Sweet Sticky Thing‹ schallte jetzt aus den Boxen. Quinn und Strange setzten sich an den Zweiertisch. Strange beugte sich vor und stieß mit Quinn an.

»Entspann dich«, riet Strange.

»Geht mir nur langsam auf den Keks, das ist alles.«

»Du erwartest wohl, dass die Brüder dich gleich ins Herz schließen, was?«

»Nee, aber mich respektieren«, erwiderte Quinn.

Sie tranken Bier und schauten der Frau zu, die der Barkeeper als Eve identifiziert hatte. Sie drehte den Männern den Rücken zu, ging in die Hocke, legte die Hände auf die Schenkel und ließ die Pomuskeln spielen. Ihr riesiges Hinterteil wippte so schnell, als wäre es vom restlichen Körper losgelöst. Es schaukelte in einem Höllentempo vor den Männern auf und ab.

»Dafür müsste sich jemand einen Namen ausdenken«, fand Strange.

»Sie hat ja schon einen Spitznamen. All-Ass Eve.«

»Könnte wetten, es hat nicht allzu lange gedauert, bis der jemandem eingefallen ist.«

»Gefällt dir die Nummer?«

»Wirst du nass, wenn's regnet?«

»Mit Janine kann sie nicht mithalten.«

»Das weiß ich auch. Das brauchst du mir nicht zu sagen, Mann.« Strange grinste und zeigte auf eine der Boxen, die mit Draht an der Decke befestigt war. »Hör dir das an. Jetzt kommt gleich die dritte Strophe.«

»Und?«

»Die Bläsersätze, die diese Strophe begleiten, sind wunderschön, Mann. Die Ohio Players sind für die Komplexität ihrer Sachen nie richtig gewürdigt worden.«

»Klingt gut«, sagte Quinn. »Weißt du, Janine hat mich gefragt, wo du steckst, als ich ins Büro gekommen bin.«

»Hast du ihr verraten, dass ich in Chinatown war?«

»Passt mir nicht, sie anzulügen.« Quinn starrte Strange so lange an, bis er wegsah. »Nein, ich hab' ihr nicht gesagt, wo du warst.«

Strange nahm einen Schluck Bier. »Du hast dich mit Sue Tracy getroffen, stimmt's?«

»Ja.«

»Was meinst du?«

»Sie ist ein Profi. Und sie ist nett.«

»Könnte wetten, ihr Anblick war dir auch nicht gerade zuwider.«

»Lass das.«

»Wollte mich nur vergewissern, ob in deinen Adern noch Blut fließt, während du so dasitzt und mich mit vorwurfsvollen Blicken bombardierst.«

Quinn erwiderte nichts. Strange sagte: »Hat Ron dir die Akte über das Marshall-Mädchen gegeben?«

»Ich hab' sie gekriegt.«

»Und was hast du erfahren?«

»Dass sie beim Anschaffen aufgegriffen worden ist. Hat allerdings keine Anzeige gekriegt. Von daher können wir sie nicht im Gericht aufgabeln.«

»Hat sie eine Adresse angegeben?«, fragte Strange.

»Ja, aber die gibt es nicht. Doch die Stelle, wo sie aufgeschrieben hat, wie man sie erreichen kann, ist interessant. Da wird ein Typ namens Worldwide Wilson genannt.«

»Worldwide.«

»Ja. Offensichtlich hat sie den Namen ihres Zuhälters angegeben.«

»Hat sie auch seine Telefonnummer aufgeschrieben?«

»Ja, sie hat eine Nummer aufgeschrieben, aber dahinter ist so ein Nummernsymbol.«

»Muss sein Beeper sein.«

»Du bist ein Genie.«

»Wollte dir nur auf die Sprünge helfen, Alter.«

»Wie auch immer, heute Abend weiß ich mehr.«

Sie schauten sich den Rest von Eves Darbietung an. Der für die Musik zuständige Mann blieb bei den Ohio Players. Als Nächstes legte er ›Far East Mississippi‹ und anschließend ›Skin Tight‹ auf. Strange und Quinn bestellten noch zwei Bier. Eve beendete ihre Vorstellung und verschwand durch eine der Türen hinter der Theke. Der Aufpasser mit dem dicken Hals, der Quinn kritisch beäugt hatte, folgte ihr. Eine andere Tänzerin tauchte auf. Sie war ähnlich gebaut wie Eve und tanzte auch so wie ihre Vorgängerin. Jetzt lief ein Song von der Gap Band. Das Hinterteil der Frau zitterte, als stünde sie in einem Windkanal.

»Das hier muss ein Laden sein, wo Hinterteile die Attraktion sind«, sagte Quinn.

»Und damals, als ich dich eingestellt habe, hat man mich noch gefragt: Taugt der Kerl wohl als Detektiv?«

»Ist so was wie ihr Spezialgericht!«

»Bei Ledo's Pizza gibt es Pizza. Bei Prime Rib gibt es Prime Rib. Und bei Rick's eben Ärsche.«

»Ihr schwarzen Typen fahrt echt auf Ärsche ab.«

»Hab' mich schon gefragt, wann du das schnallst.«

Kurz darauf kam Eve aus dem Hinterzimmer. Sie trug ein

durchsichtiges Oberteil ohne BH und ein passendes Höschen, durch das ihr G-String zu sehen war. Die Tänzerin ging von einem Tisch zum anderen, schüttelte den Männern die Hände. Ein paar der Typen bedankten sich mit ein paar Scheinen, die sie ihr zusteckten, für ihre Vorstellung. Der Aufpasser mit dem dicken Hals folgte Eve auf Schritt und Tritt. Er hatte geflochtene Haare und einen Goldzahn. Quinn fand, er sah wie der Footballspieler Warren Sapp aus. Und er war genauso kräftig.

»Sie wird gleich an unseren Tisch kommen, Terry. Wenn's dir nichts ausmacht, stelle ich die Fragen.«

»Das ist mein Fall. Lass mich mal machen, in Ordnung?«

Eve war recht korpulent. Das Hinterteil passte zu ihrer Statur. Sie hatte eine dicke, breite Nase, ihre rot nachgezogenen Lippen waren voll, ihre Hände und Füße waren so groß wie die eines Mannes. Als sie an ihren Tisch trat, stieg Strange und Quinn das süße Parfüm in die Nase, das sie aufgetragen hatte.

»Hat den Herren meine Vorstellung gefallen?«, fragte sie mit einem schüchternen Lächeln und ausgestreckter Hand.

»Mir schon«, antwortete Strange.

Quinn reichte ihr die Hand. Er hielt sie so, dass sie den Zwanzig-Dollar-Schein sehen konnte, den er ihr geben wollte, doch als sie ihn nehmen wollte, zog er die Hand zurück.

»Kommen Sie doch noch mal vorbei, wenn Sie etwas mehr Zeit haben«, sagte Quinn. »Mein Freund und ich möchten mit Ihnen reden.«

Eves Lächeln versiegte, doch ein Mundwinkel zuckte leicht. Strange fiel auf, dass sie wie die meisten Hostessen schlechte Zähne hatte.

»Das Management verbietet mir, mich zu den Gästen zu setzen«, sagte Eve, »es sei denn, sie geben mir einen Cocktail aus.«

»Könnte wetten, Sie stehen auf diese fruchtigen Drinks«, sagte Strange, »mit verschiedenen Rumsorten.«

»Mmm«, sagte Eve und leckte sich die Lippen.

»Bis gleich«, sagte Quinn.

Der Aufpasser warf ihm einen langen, viel sagenden Blick zu, ehe er mit Eve zum nächsten Tisch ging.

»Für den Drink darfst du noch mal sieben Scheine hinblättern«, meinte Strange.

»Schon klar.«

»Und Alk wird auch keiner drin sein.«

»Sehr erhellend, Dad.«

»Vergiss nicht, dir 'ne Rechnung geben zu lassen. Damit wir sie bei deiner Freundin Sue einreichen können.«

Nach einer Weile kehrte Eve an ihren Tisch zurück, zog einen Stuhl von einem der anderen Tische heran und setzte sich zwischen Strange und Quinn. Sie hielt ein Long-Drink-Glas mit einer pinkfarbenen Flüssigkeit hoch, um mit ihren neuen Freunden anzustoßen, ehe sie einen Schluck trank. Kool and the Gang's ›Soul Vibration‹ schepperte aus der Anlage. Strange beobachtete, wie die Tänzerinnen sich auf den Groove des Songs einstimmten und sich dann langsamer bewegten.

»Danke für den Drink«, sagte Eve. Sie wischte sich den Mund ab und stellte das Glas auf den Tisch. Ihr Lippenstift hinterließ einen Abdruck auf dem Rand. »Sie beide sind nicht zufälligerweise Bullen, oder?«

»Wir gehören nicht zur Polizei«, sagte Quinn und schob das gelbe Flugblatt, das er aus seinem Rucksack gefischt hatte, über den Tisch. Den Zwanziger legte er auf das Flugblatt, achtete aber darauf, dass das Foto von Jennifer Marshall von dem Schein nicht verdeckt wurde. »Kennen Sie dieses Mädchen?«

Eves nichts sagender Blick veränderte sich nicht. »Nee.«

»Sind Sie sicher?«

»Ich habe nein gesagt. Rede ich etwa zu leise?«

»Ich verstehe Sie prima, aber ich glaube Ihnen einfach nicht.«

Eve lächelte stoisch weiter. »Weißer, Ihre Skepsis trifft mich sehr.«

Strange warf dem Aufpasser einen kurzen Blick zu und schaute sich dann in dem Raum um. Einen Typen – einen älteren Herrn mit schlaffem Händedruck – hatte er schon gelegentlich in der Kirche gesehen. Falls hier irgendwas aus dem Ruder lief, war dieser Typ bestimmt keine Hilfe.

Quinn beugte sich vor. »Sie haben sie nie an einer Busstation oder sonst wo gesehen? Oder vielleicht drüben am P Street Beach?«

Eves Lächeln versiegte, und damit verschwand auch ihre gespielte Freundlichkeit.

»Haben Sie schon mal von einem Kerl namens Worldwide Wilson gehört?«, fragte Quinn.

Eve fixierte Quinn mit ihren toten Augen und schüttelte langsam den Kopf.

»Eve, Sie versorgen Wilson mit Frischfleisch. Das stimmt doch, oder?«

Eve griff nach dem Zwanziger. Quinn umschloss ihr Handgelenk und drückte mit dem Daumen auf die empfindliche Stelle zwischen Daumen und Zeigefinger. Er drückte nur so fest zu, dass sie es spürte, doch falls sie etwas fühlte, ließ sie sich das nicht anmerken. Ganz im Gegenteil – jetzt lächelte sie wieder.

»Nun ist aber gut, Terry«, sagte Strange. »Lass sie los.«

Der Aufpasser, der Quinn immer noch anstarrte, rührte sich keinen Millimeter von der Stelle. Eve zog langsam die Hand zurück. Quinn ließ sie gewähren.

»Wissen Sie, warum Sie noch nicht bewusstlos sind?«, fragte Eve so leise, dass man sie in dem lauten Club kaum verstehen konnte. »Weil Sie hier drinnen eine ganz, ganz kleine Nummer sind.«

»Ich suche dieses Mädchen«, entgegnete Quinn in derselben Lautstärke und tippte mit dem Finger auf das Flugblatt.

»Dann wenden Sie sich an die Person, die Sie an mich verwiesen hat.«

»Sagen Sie das noch mal.«

»Finden Sie, ich seh' so aus, als würde ich auf der P Street rumhängen?« Eve nahm den Zwanziger vom Tisch und steckte ihn in den Hosenbund ihrer Shorts. »Weißer, man hat Sie verarscht.«

Eve stand auf, würdigte Strange noch eines kurzen Blickes und zog dann ab.

»Bist du fertig?«, fragte Strange. »Oder willst du noch ein Bier?«

»Ich bin fertig«, sagte Quinn. Sein Blick wanderte an Strange vorbei und schweifte durch den Raum.

»Wir könnten eine Runde schmeißen. Und mit deinen neuen Kumpels ein paar Sauflieder anstimmen, wie das in diesen irischen Pubs gang und gäbe ist ...«

»Lass uns abhauen.«

Auf dem Weg zur Theke trafen sich die Blicke von Quinn und dem Aufpasser.

»Wir sehen uns wieder, Schnucki«, sagte der Aufpasser. Quinn ging langsamer. So quatschte man Mädels dumm von der Seite an.

Strange zog an Quinns T-Shirt und beglich an der Bar die Rechnung. Quinn lehnte sich mit dem Rücken an die Theke und musterte die Clubgäste, von denen einige zu ihm hinüberstarrten. Manche grinsten. Er spürte, wie ihm die Röte ins Gesicht stieg. Und er hatte das Bedürfnis, sich mit jemandem zu prügeln. Oder es vielleicht sogar gleich mit allen hier aufzunehmen.

»Wir können abzischen«, sagte Strange und drückte Quinn die Quittung in die Hand.

Draußen vor dem Laden tauchten die Straßenlampen den Parkplatz in ein fahles Gelb. Sie gingen über den Asphalt zu ihren Autos.

»Das ist ja prima gelaufen«, fand Strange. »Irgendwie subtil.«

Quinn schaute wieder nach hinten, zur Tür des Clubs.

»Du würdest am liebsten wieder reingehen, nicht wahr?«

»Hör auf.«

»Terry, eins musst du dringend lernen. Du darfst den ganzen Scheiß nicht so persönlich nehmen.«

»Denke, ich müsste wahrscheinlich distanzierter sein, so wie du.«

»Du musst diese Wut, die immer in dir herumrumort, in den Griff kriegen, Mann.«

»Morgen ist Mittwoch. Abends ist Training angesagt, oder, Derek?«

»Punkt sechs Uhr«, erwiderte Strange.

»Na, ich seh' dich dann.«

Quinn rollte in seinem Chevelle vom Parkplatz, während Strange dort noch ausharrte und mit dem Autoradio rumspielte. Erst als Quinn außer Sichtweite war, schloss er den Wagen wieder ab und kehrte ins Rick's zurück.

Elf

»Mädel«, sagte Strange, »du ziehst mir noch den letzten Cent aus der Tasche.«

»Hausregel«, entgegnete Eve achselzuckend. »Wenn Sie wollen, dass ich mich zu Ihnen setze, müssen Sie mir schon 'nen Drink ausgeben.«

»Jetzt aber mal raus mit der Sprache. In dem Glas ist doch kein Tropfen Alkohol, oder?«

»Sie wissen doch, das hier ist nur Zucker und Saft.«

»Dachte mir schon, dass sie hier diese Nummer abziehen«, sagte Strange.

Sie saßen am hinteren Ende der Theke, weit weg von den Sportfans, gleich neben der Stelle, wo die Bedienungen die Getränke abholten. Eves Aufpasser war in der Nähe, unterhielt sich mit einer der Tänzerinnen und behielt gleichzeitig Eve und den Laden im Auge.

»Ist das dein Macker?«, wollte Strange wissen.

»Ja. Man braucht einen, und er ist genauso tüchtig wie alle anderen, die ich schon hatte. Hat mich noch nie geschlagen.«

Eve zog eine Zigarette aus dem Päckchen, das der Barkeeper für sie auf die Theke gelegt hatte, als sie sich setzte. Strange riss ein Streichholz an und gab ihr Feuer.

»Danke, Herzchen.«

»Keine Ursache.«

»Wie war noch gleich Ihr Name?«

»Strange.«

Sie zog zweimal kurz hintereinander an der Kippe. Strange holte einen Zehner aus seiner Brieftasche und legte den Schein zwischen sich und Eve auf die Theke. Eve bewegte den Kopf zu Tower of Power, die aus der Anlage dröhnten, als sie den Schein in ihre Hose steckte.

»›Clever Girl‹«, sagte Strange.

»Bin alles andere als das, sonst wäre ich wohl nicht hier, oder?«

»Ich meinte den Songtitel. Lenny Williams heißt der Frontman. Keine Frage, das war der beste Sänger, den diese Band hatte, und die hatten ’ne ganze Menge.«

»Ist ein bisschen vor meiner Zeit gewesen.«

»Ich weiß, Schätzchen.« Strange beugte sich zu Eve hinüber. »Ich werde Sie jetzt ganz ohne Umschweife fragen, falls es Sie nicht stört. Kennen Sie das Mädchen auf dem Flugblatt?«

Eve schüttelte den Kopf. »Nee.«

»Hab’ nichts anderes vermutet.«

»Ich hab’ Ihrem Jungen die Wahrheit gesagt.«

»Aber Sie kennen diesen Worldwide.«

»Ist früher mal mein Zuhälter gewesen.«

»Früher?«

»Hab' vor einem Jahr aufgehört, auf den Strich zu gehen. Mit dem hier komme ich wesentlich besser über die Runden. Und außerdem habe ich diesen Job bei Lord and Taylor's, oben in Chevy Chase. Ich verteile Parfümproben.«

»Hab' mich schon immer gefragt, wo sie diese hübschen Mädels auftreiben, die dort arbeiten.«

»Danke«, sagte Eve, senkte kurz den Blick und schaute dann Strange wieder in die Augen.

»Klingt so, als würden Sie sich gut durchschlagen.«

»Ich komme zurecht.«

»Und Sie haben einfach so aufgehört, auf den Strich zu gehen?«

»Worldwide ist auf junge Dinger spezialisiert. Und es war ja nicht so, dass ich zu einem anderen Zuhälter gewechselt wäre. Das würde er niemals durchgehen lassen, falls Sie verstehen, was ich meine? Nein, es war so, dass er für mich keine Verwendung mehr hatte. Ich bin alt geworden, Strange. Und deshalb hab' ich einen Strich gezogen und angefangen, hier zu arbeiten.«

»Wie alt sind Sie? Dreißig? Das ist nicht alt.«

Eve klopfte die Asche von ihrer Zigarette. »Ich bin neunundzwanzig. Für World ist das alt.«

»Und was ist mit der, die Quinn Ihren Namen gegeben hat. Kennen Sie die?«

»O ja. Muss diese kleine Hexe namens Stella gewesen sein.«

»Sie hat ihm gesagt, dass Sie Wilson mit Frischfleisch versorgen.«

»So was hab' ich nie gemacht. Das macht sie. Die ist nicht in der Lage, ihren Arsch zu verhökern. Die will keiner, nicht mal, wenn es umsonst ist. Diese hinterfotzige Hexe hat Ihrem Jungen die Kohle abgeluchst und ihn dann zu mir geschickt. Als er die P Street erwähnt hat, wusste ich sofort, dass sie es war. Denn dort hängt sie rum. Sie macht sich an diese jungen weißen Ausreißerinnen heran und bringt sie mit World zusammen. Das hat sie schon gemacht, als ich noch für ihn gearbeitet habe, und das tut sie, wenn ich mich nicht täusche, immer noch. Dachte wohl, sie könnte schnell ein paar Mäuse verdienen, wenn sie meinen Namen nennt. Genau so ist die gestrickt.«

»Wo wickelt Worldwide seine Geschäfte ab?«

»Hmm.« Eve nahm einen letzten Zug von der Zigarette und drückte sie dann im Aschenbecher aus. »Hören Sie, ich hab' schon zu viel gequatscht. Und ich muss jetzt wieder an die Arbeit.«

»Falls ich Sie brauche, dann kann ich Sie hier antreffen, oder?«

»Das steht Ihnen frei, solange Sie mich tanzen sehen wollen. Was diese andere Sache angeht, sind wir fertig. Und wenn Sie hier noch mal auftauchen, bringen Sie ja nicht wieder Ihren weißen Kumpel mit, verstanden?«

»Der Junge hat Probleme, seinen Zorn im Zaum zu halten, das ist alles.«

»Sollte sich auch bessere Umgangsformen aneignen.« Eve stand auf und strich ihr Oberteil glatt. »Hören Sie, falls Sie World über den Weg laufen ...«

»Kenne ich Sie nicht. Ich hab' Sie nie getroffen und weiß nicht mal Ihren Namen.«

Eves Blick wurde weicher. Auf einmal sah sie jünger aus, und als sie näher trat und die Hand auf Stranges Schulter legte, fühlte sich das gut an.

»Da ist noch was«, sagte sie. »An Ihrer Stelle würde ich nicht mal im Traum daran denken, diesem Mann zu nahe zu treten. Das sollten Sie unter gar keinen Umständen tun.«

»Ich hab' verstanden, Schätzchen.«

Eve hauchte ihm einen Kuss auf die Backe. »Für einen Mann riechen Sie ziemlich süßlich, oder?«

Strange sagte: »Passen Sie auf sich auf, in Ordnung?«

Sie ging weg und verschwand durch eine der Türen hinter der Bar. Strange beglich seine Rechnung und erhielt eine

Quittung. Auf dem Weg nach draußen blieb er neben dem Aufpasser mit den geflochtenen Haaren stehen. Er stellte sich vor ihn, musterte ihn vom Scheitel bis zur Sohle und grinste.

»Verdammt, Junge«, sagte Strange, »Sie sind echt kräftig.«

»Ich wiege 110 Kilo«, sagte der Aufpasser.

»Sieht aus, als wäre das meiste davon Muskelmasse. Und wie steht es mit der Beweglichkeit?«

»Für meine Größe bin ich schnell.«

»Sie stammen aus D. C., nicht wahr?«

»Ja.«

»Für wen haben Sie gespielt?«

»Bin '92 von der Ballou abgegangen.«

»Die Knights. Kein College?«

Der Aufpasser breitete die Hände aus. »Hatte nicht die entsprechenden Noten.«

»Na, bei dem angeborenen Talent, über das Sie verfügen, sollten Sie was anderes tun, als in dieser Bar rumzuhängen und Tag für Tag Zigarettenrauch einzuatmen.«

»Sie sind nicht der Erste, der das sagt. Aber das ist nun mal mein Job.«

»Hören Sie«, meinte Strange, »ich möchte mich dafür bedanken, wie Sie in der Situation vorhin reagiert haben.«

»Bin nicht auf der Suche nach Streit. Aber jeder Gast darf sich nur einmal danebenbenehmen, falls Sie verstehen, was ich meine. Richten Sie Ihrem Jungen aus, ich trete ihm in den Scheißarsch, falls er hier noch mal auftaucht.«

Strange drückte dem Aufpasser eine Visitenkarte in die linke Hand und schüttelte seine rechte. »Falls Sie je was brauchen, wenden Sie sich an Strange.«

Auf dem Weg nach draußen dachte Strange an eine der goldenen Regeln, die seine Mutter oft zitiert hatte. Mit Honig fängt man Fliegen. Seine Mutter, sie hatte eine Unmenge dieser alten Redewendungen gekannt. Als sein Bruder noch lebte, hatten sie beide ihre Mutter deshalb andauernd aufgezogen. Inzwischen war sie schon eine ganze Weile tot, und am meisten vermisste er den Klang ihrer Stimme. Je älter er wurde, desto bewusster wurde ihm, dass fast alles, was sie ihm beigebracht hatte, Sinn machte.

Quinn duschte in seiner Wohnung auf der Sligo Avenue, spazierte dann durch die Straßen, kam an dem Buchladen auf der Bonifant vorbei und vergewisserte sich, dass die Vordertür abgeschlossen war, ehe er weiterging. Im Quarry House setzte er sich neben einen zwergwüchsigen Stammkunden, der immer Taschenbücher las, trank zwei Flaschen Bud, redete kaum, reagierte aber freundlich, wenn er angesprochen wurde. Im Rick's war Quinn auf den Geschmack gekommen, und er ahnte, dass er an diesem Abend noch ein paar Biere kippen würde. In letzter Zeit ging er fast immer allein auf Kneipentour. Seit die Sache zwischen ihm und Juana, einer Jurastudentin, die nebenher bei Rosita's auf der Georgia Avenue bediente, vor gut einem Jahr ausgelaufen war, hatte er keine Freundin mehr gehabt. Die Kneipen im diesem Viertel suchte er immer noch auf, denn er mochte die Atmosphäre, die dort herrschte, und trank nicht gern allein.

Nach den Bieren schlenderte Quinn bis zur Selim Avenue hoch, versuchte, keinen Blick durch Fenster von Rosita's zu werfen, tat es aber dennoch, überquerte dann die Fußgängerbrücke, die sich über die Georgia spannte und zum B&O-Bahnhof neben den Metroschienen führte. Da um diese Uhrzeit das Tor zum Tunnel, der unter den Schienen durchlief, verschlossen war, blieb er auf der Ostseite. Wie so oft stand er auf dem Bahnsteig, saugte die bunten Lichter der Geschäfte und das blassgelbe Licht der Straßenlaternen im Zentrum von Silver Spring in sich auf. Ein heranrollender Frachtzug wirbelte im Vorbeifahren Staub auf. Quinn schloss die Augen, um die Luftbewegung besser zu spüren. Als der Zugdonner abschwoll, schlug er die Augen auf und machte sich auf den Heimweg.

Fast jeden Abend kam er hierher. Der Bahnhof erinnerte

ihn an eine Szene aus einem Western, und er mochte die Einsamkeit und den Ausblick. Der Bahnhof war lange umgebaut und vermutlich in ein Museum oder so was in der Art verwandelt worden, in irgend so ein Ding, das man anschaute, aber nicht nutzte. Dies war eine von vielen Veränderungen im Namen der Restaurierung und Verschönerung. Selbstverständlich wusste er nicht wirklich, was genau sie mit dem Bahnhof vorhatten, aber die jüngste Geschichte hatte ihn gelehrt, dass ihm das Ergebnis nicht gefallen würde. Im letzten Jahr war Quinns Frühstücksrestaurant, das Tastee Diner, umgezogen und hatte irgendwo jenseits der Georgia neu eröffnet, doch weil es zu Fuß einfach zu weit war, ging er dort fast nie mehr hin. Außerdem sah es mit diesem unechten Art-déco-Schild wie die Disney-Version eines Diners aus. Inzwischen fragte er sich, ob man ihm auch das kleine Vergnügen, nachts einen Spaziergang zu machen, nehmen wollte.

Daheim in seiner Wohnung hörte Quinn den Anrufbeantworter ab und rief Strange zurück, der sich von Janine aus gemeldet hatte. Strange erzählte ihm, was er von Eve erfahren hatte.

»Hört sich ganz so an, als müsstest du dieser Stella noch mal einen Besuch abstatten«, sagte Strange.

»Werd' ich machen«, sagte Quinn. »Danke.«

Quinn war etwas eifersüchtig, dass Strange bekommen hatte, was ihm verwehrt geblieben war. Andererseits wusste er um seine Grenzen und war dankbar, dass Strange seinetwegen diese Mühe auf sich genommen hatte.

Nachdem er aufgelegt hatte, setzte er sich auf die Couch, rieb sich die Hände und musterte sein spärlich möbliertes Apartment. Von Einrichtung konnte wirklich keine Rede sein. Nach den Bieren war er leicht angeschickert und ein bisschen draufgängerisch. Der Abend war für ihn noch nicht gelaufen. Er zog den Rucksack zur Couch herüber und kramte Stellas Nummer heraus. Da fiel sein Blick auf Worldwide Wilsons Nummer, die in Jennifer Marshalls Akte stand. Er schnappte sich das Telefon und wählte die Nummer, die Jennifer aufgeschrieben hatte.

Die Nummer gehörte zu einem Beeper. Quinn hinterließ die Nummer seines Wohnungsanschlusses, wartete auf den Ton, der meldete, dass seine Nummer eingegangen war, und legte auf.

Dann starrte er das Telefon in seiner Hand an, schaute sich im Zimmer um, starrte wieder das Telefon an und wählte schließlich Stellas Handynummer. Nach dem dritten Läuten nahm sie ab.

»Hallooo. Officer Quinn?«

»Verfügst du über hellseherische Kräfte oder so was in der Art?«

»Rufnummererkennung.«

»Ich sollte mir so eine Rufnummerunterdrückung zulegen.«

»Könnte wetten, Sie sind geizig und wollen für so 'nen Dienst nicht löhnen, Quinn.«

»Du hast auch nur Geld im Kopf.«

»Ähm, ja.«

»Warum hast du das getan, Stella?«

»Anscheinend haben Sie sich mit Eve unterhalten.«

»Ja, ich hatte das Vergnügen.«

»Und, hat sie Sie angemacht?«

»Ich denke, ich muss meine Frage anders formulieren. Wieso hast du mich zu ihr geschickt? Du hättest mir den Namen von jemandem geben können, der überhaupt nichts damit zu tun hat.«

»Stimmt. Aber ich wollte, dass Sie sich wieder an mich wenden. Ich wollte wissen, wie groß Ihr Interesse an Jennifer ist, Schätzchen. Und nun weiß ich, dass Sie's ernst meinen. Ich meine, Sie hatten nicht mal vor, mich fertig zu machen. Sie rufen mich an, reden wie ein Gentleman und klingen nicht verärgert. Sind Sie sauer auf mich, Quinn?«

»Nein«, log er. »Kannst du Jennifer liefern?«

»Ich würde meine Mutter liefern, wenn der Preis stimmt. Scheiße, nach allem, was meine Mutter mir angetan hat, würde ich sie Ihnen umsonst liefern.«

»Wie hoch ist dein Preis?«

»Für fünfhundert kriegen Sie Ihr Mädchen.«

»Wie willst du das anstellen, Stella?«

»Ich hab' was, was ihr gehört. Etwas, von dem ich weiß, dass sie's haben will.«

»Hast du sie beklaut?«

»Ach, was bin ich böse.«

»Du bist mir schon 'ne Nummer.«

»Ist immer gut, wenn man was hat, das jemand will. Informationen oder Dinge, falls Sie wissen, was ich meine? Wie ich schon sagte, hier geht es hart zu.«

»Was ist mit Worldwide?«

Quinn hörte, wie ein Streichholz angerissen und eine Zigarette angezündet wurde.

»Was soll mit ihm sein?«, fragte Stella.

»Du arbeitest für ihn. Wahrscheinlich wird es ihm nicht gefallen, wenn du dafür sorgst, dass eins von seinen Mädchen von der Straße kommt.«

»Natürlich nicht. Worldwide ist echt ein mieses Arschloch. Aber er wird es nie erfahren, Grünauge, es sei denn, Sie haben vor, es ihm zu stecken. Um mich brauchen Sie sich keine Sorgen zu machen; ich mache das nicht zum ersten Mal. Hab' damit schon eine schöne Stange Geld verdient. Eltern zahlen besser als Ex-Bullen, aber ich nehme es, wie es kommt.«

»Wechselst wohl gern die Seiten.«

»Wenn's geht, ja.«

»Ich mach' mir keine Sorgen um dich, Stella. Ich will dieses Mädchen, und deshalb werde ich für dich die Kohle auftreiben, aber nur unter einer Bedingung. Du musst dabei sein, wenn ich mir die Kleine greife. Denn ich trau' dir nicht, kapiert? Noch mal lass' ich mich nicht von dir verarschen.«

»Geht in Ordnung.«

»Wann können wir die Sache durchziehen?«

»Wann immer es Ihnen passt, Schätzchen.«

»Ich muss das Geld beschaffen und einen Van. Was hältst du von morgen Abend?«

»Klingt gut.«

»Ich melde mich morgen bei dir, verstanden?«

Quinn beendete das Gespräch und rief Sue Tracy auf ihrem Handy an.

»Sue, hier ist Terry.« Er räusperte sich. »Quinn.«

»Hallo, Terry.« Ihre Stimme klang heiser, und er hörte, wie sie ausatmete, ehe sie fragte: »Was gibt's?«

»Hören Sie, ich bin ganz dicht an Jennifer Marshall dran, aber ich brauche fünfhundert Piepen, damit die Sache über die Bühne geht.«

»Ich kann die Summe besorgen.«

»Gut. Ich glaube, ich kann die Kleine morgen Abend schnappen.«

»Wir können die Kleine schnappen.«

»Wir?«

»Nun, normalerweise kriegt eine Person allein das nicht hin, Terry. Ich werde einen Van organisieren.«

»Na gut. In Ordnung.«

»Warten Sie mal kurz.«

Quinn hörte ein Rascheln und wartete, bis Tracy weitersprach.

»Sagen Sie mir, wo und wann«, sagte sie.

»Sind Sie okay?«

»Ich bin im Bett, Terry.«

»Oh.«

»Ich musste ein Blatt Papier und einen Stift holen. Schießen Sie los.«

»Ich weiß es noch nicht. Ich werde Ihnen noch Bescheid geben, will ich damit sagen.«

»Sind Sie heute Abend aus gewesen?«

»Hm, ja.«

»Sie klingen, als hätten Sie einen über den Durst getrunken.«

»Ganz so schlimm war's auch wieder nicht.«

»Könnte wetten, Sie trinken allein.«

»Wenn es sich nicht vermeiden lässt«, sagte Quinn.

»Ich sag' Ihnen was. Wenn wir morgen dieses Mädchen schnappen, lade ich Sie auf ein Bier ein. Macht Ihnen doch nichts aus, neben einer Frau zu sitzen, wenn Sie trinken, oder?«

Quinn schluckte. »Nein.«

»Gute Arbeit, Quinn.«

Hinterher saß Quinn eine Weile lang herum und dachte an Sue Tracys leicht kratzige Stimme, wie sie langsam ausgeatmet hatte und wie sein Magen reagiert hatte, als sie ›Ich bin im Bett‹ gesagt hatte. Wie ›Gute Arbeit, Quinn‹ in seinen Ohren wie ›Vögel mit mir, Terry‹ geklungen hatte. Puh, er war auch nur ein Mann und genauso dämlich wie seine Geschlechtsgenossen. Als er den Blick senkte, sah er, dass seine Hand im Hosenschritt lag. Er musste grinsen. Und weil er zu kaputt war, um sich einen runterzuholen, ging er ins Bett.

Strange saß auf dem Bettrand. Janines kräftige Schenkel lagen auf seinen. Sie bewegte sich auf seiner Männlichkeit langsam auf und ab und wand sich während der Aufwärtsbewegung. Wann immer sie das tat, fühlte er sich auf einmal wieder wie ein Einundzwanzigjähriger. Mit einer Hand umfasste er ihren Hintern, die andere lag flach auf dem Laken, und dann stieß er zu und drang ganz tief in sie ein.

»Wo willst du denn hin, Liebling?«

»Man darf's doch wohl versuchen, oder?«

Sie presste ihre Hüften gegen ihn. »Aber sicher.«

»Komm schon, Baby.«

»Ich bin ja schon dabei.«

Sie küsste ihn heftig. Ihre großen Augen funkelten. Sie küsste ihn immer mit offenen Augen. Und das mochte er ganz besonders.

Strange leckte und saugte an einer ihren dunklen Brustwarzen, woraufhin Janine leise lachte. ›Quiet Storm‹ von Dorothy Moore kam aus dem Uhrenradio neben dem Bett. Strange hatte lauter gestellt, ehe er sie ausgezogen hatte, damit Lionel, der im Zimmer nebenan war, nicht hören konnte, wie sie sich liebten.

Er kam, bewegte sich aber weiter. Wenn sie kam, gab sie fast keinen Laut von sich, sondern hielt nur kurz den Atem an. Auch das mochte Strange.

Etwas später stand er in der Unterhose vor dem Schlafzimmerfenster und spähte durch die Jalousie auf die Straße. Greco hatte sich durch die Tür gezwängt und schlief jetzt auf dem Vorleger. Seine Schnauze ruhte zwischen den Pfoten.

»Komm ins Bett, Derek.«

Er drehte sich um und bewunderte Janines weibliche Kurven, die sich unter der Bettdecke abzeichneten.

»Ich hab' nur überlegt, was da draußen vorgeht. All diese vielen Jugendlichen, die immer so spät noch unterwegs sind.«

»Für heute hast du wirklich genug gearbeitet. Komm ins Bett.«

Er schlüpfte unter das Laken und presste seinen Schenkel an ihre.

»Du schläfst jetzt besser«, meinte Janine. »Du weißt doch, wie unwirsch du bist, wenn du nicht genug kriegst.«

»Ach, ich hab' schon genug gekriegt.«

»Hör auf.«

»Weißt du, es ist nur so, dass mir heute Abend einfach zu viele Dinge durch den Kopf gehen.«

»Zum Beispiel?«

»Ich denke über dich nach, wenn du's genau wissen willst. Und dass ich dir nicht oft genug sage, wie gut du im Job bist. Und wie viel du mir bedeutest.«

Janine fuhr mit den Fingern durch Stranges kurze drahtige Brusthaare. »Danke, Derek.«

»Ich meine es ernst.«

»Nur zu.«

»Was?«

»Normalerweise musst du etwas loswerden, wenn du so anfängst. Also, jetzt rück endlich raus mit der Sprache.«

»Das ist es nicht«, sagte Strange.

»Geht es um Terry?«

»Na, er ist manchmal ein bisschen schwierig, aber im Großen und Ganzen doch in Ordnung.«

»Geht es um den Auftrag, den du für George Hastings erledigst?«

»Ja. Der ist fast abgeschlossen.«

»Von meiner Seite auch fast«, sagte Janine. »Ich muss nur noch eine Sache rausfinden. Du hast doch nichts gefunden, oder?«

»Nein«, sagte Strange, streckte die Hand aus und schaltete die Nachttischlampe aus.

Er wusste nicht genau, warum er sie angelogen hatte. Calhoun Tucker war ein Weiberheld, na und? Aber irgendwie missfiel es den meisten Männern, mit einer Frau über so einen Typen zu reden. Seltsamerweise fühlte sich das wie Verrat an. Und das war für Strange an diesem Tag ein Verrat zu viel.

Als das Telefon neben seinem Bett läutete, wachte Quinn auf und wusste erst gar nicht, wo er war. Dann streckte er die Hand aus und nahm ab.

»Hallo?«

»Sie haben angerufen?« Die Stimme an anderen Ende war ein weicher Bariton. Im Hintergrund war Musik zu hören und Motorengeräusche.

»Wer ist dran?«

»Wer dran ist? Sie haben doch mich angerufen. Aber Sie

haben leider, ähm, vergessen, auch Ihren Namen zu hinterlassen.«

Quinn stützte sich auf den Ellbogen. »Ich suche ein Mädchen.«

»Dann haben Sie die richtige Nummer gewählt, Alter. Ach ja, woher haben Sie die überhaupt?«

»Ich suche ein ganz bestimmtes Mädchen«, sagte Quinn. »Sie heißt Jennifer, glaube ich.«

»Sie glauben?«

»Nein, ich weiß es.«

»Hab' Sie gefragt, woher Sie meine Nummer haben.«

»Wieso ist das von Bedeutung?«

»Lassen Sie es mich mal so formulieren: Ich möchte wissen, ob die Kohle, die ich für Werbung hinblätterte, gut investiert ist. Sie wissen schon, soll ich lieber wieder in den ›Gelben Seiten‹ inserieren oder ganzseitige Anzeigen in der *Washington Post* schalten?«

An dieser Stelle lachte der Mann am anderen Ende der Leitung. Es war ein hinterhältiges Lachen, das Quinns Blut langsamer fließen ließ. Seine Hand umklammerte den Hörer. Und sein Blick fiel auf ein paar CDs, die quer über den Boden verstreut waren. Oben auf einem Stapel lag eine alte Steve Earle.

»Ein Freund von mir, ein Typ namens Steve, hat mir geraten, Sie anzurufen. Sagte, Sie würden mich mit einem Mädchen zusammenbringen.«

»Ja, kann ich machen, kein Problem. Und wie heißen Sie?«

»Earle.«

»In Ordnung, Earle. Aber ich bin ein bisschen neugierig, liegt so in meiner Natur, falls es Sie nicht stört. Wenn ich von einem Weißen wie Ihnen eine Anfrage erhalte, wird normalerweise eine schwarze Muschi nachgefragt, falls Sie verstehen, was ich meine? Und Jennifer, sollten wir dasselbe Mädchen meinen, die ist weiß.«

»Genau das will ich. Und sie ist auch jung, oder?«

»O, Jennifer ist sehr jung. Um ehrlich zu sein, sie läuft

unter dem Spitznamen Schulmädchen. Und sie wird es Ihnen auch gut besorgen. Aber ich nehme schwer an, Ihr Kumpel Steve hat Ihnen das schon gesagt.«

»Hat er.«

»Aber sicher doch. Zufriedene Kunden sind die beste Werbung. Dieser Steve, hat er Details ausgeplaudert?«

»Nur, dass er seinen Spaß gehabt hat. Und dass sie alles macht.«

»Was immer Sie wollen. Sie können sogar Ihre Freunde mitbringen und ein Video drehen. Dann haben Sie eine ganz persönliche Erinnerung an die Begegnung. Sie können sich einen blasen lassen oder es ihr ganz normal besorgen. Oder von hinten, falls Ihnen der Sinn danach steht. Aber das wird Sie natürlich was kosten.«

»Hören Sie, ich will eine Privatparty. Sie liefern und nennen Ihren Preis. Ich hab' Kohle.«

»Und die werden Sie brauchen, Earle. Denn die Kleine ist ganz neu im Stall. Und so eine frische Muschi kann ich nicht verschenken.«

Quinn schlug das Oberlaken zurück, schwang die Beine über den Bettrand und setzte sich auf. Er schnappte sich einen Bleistift und einen Notizblock, die auf dem Nachttisch lagen. Vielleicht konnte er diese Sache ja ohne Stella durchziehen. Jetzt, wo der Kontakt zu Wilson hergestellt war, brauchte er sie nicht mehr.

»Wo treffe ich die Kleine?«, fragte Quinn.

»Wollen mal sehen. Wo hat Ihr Kumpel Steve denn seine Party abgehalten?«

»Hat er nicht gesagt.«

»Ach, kommen Sie, Earle, Sie können es mir doch sagen. Hören Sie, ich muss das wissen, um besagte Neugier zu stillen. Steve hat doch bestimmt geprahlt. Männer erzählen ihren Freunden keine Fickgeschichten, ohne ins Detail zu gehen.«

»Draußen auf der New York Avenue«, sagte Quinn und

merkte, wie sich auf seiner Stirn Schweißperlen bildeten. »Ich denke, es war eins von diesen Motels da draußen auf der Ausfallstraße.«

»Denken Sie?«

»Nein, ich bin mir sicher.«

Der Mann am anderen Ende der Leitung lachte schallend und kicherte dann die längste Zeit leise vor sich hin.

»Was ist denn so lustig?«, fragte Quinn.

»Na, wissen Sie, lustig ist, dass Sie es jetzt richtig vermasselt haben. Haben zu viel gequatscht, kapiert? Denn ich mache keine Geschäfte in diesen Absteigen auf der New York Avenue. Hab' ich noch nie gemacht.«

»Wen interessiert das? Ich hab' gesagt, ich dachte, die Nummer wäre dort gelaufen ...«

»Nein, Sie haben gesagt, Sie sind sich sicher. Und mir hat auch gefallen, wie Sie es gesagt haben, Earle. So selbstbewusst. So hart. So ganz wie der knallharte Typ, der Sie vermutlich sind. Könnte wetten, Sie drücken jetzt im Moment gerade den schmalen Rücken durch. Und haben vielleicht auch die Hände zu Fäusten geballt? Ist ein Kinderspiel, den harten Burschen zu markieren, wenn man nur ins Telefon quatscht. Nicht wahr, Earle?«

Seine Singsangstimme triefte vor Spott. Quinn, der die Zähne zusammengebissen hatte, öffnete den Mund einen Spaltbreit und sprach, ohne die Lippen zu bewegen.

»Ich heiße Terry Quinn.«

»Ach, da ich Ihre Telefonnummer habe, wäre es ein Leichtes gewesen, Ihren Namen schnell rauszufinden. Aber danke, dass Sie ihn mir freiwillig genannt haben. Ich werde ihn bestimmt nicht vergessen. Was sind Sie, ein Bulle von der Sitte oder so was in der Art? Sie müssen neu sein, denn die Streifenbullen in meinem Revier hab' ich im Sack.«

»Ich bin kein Bulle.«

»Ist mir doch schnurz, was Sie sind. Mir bedeuten Sie nicht mehr als die Hundescheiße, die an meinen Schuhen klebt.

Hören Sie, ich muss jetzt los. Ich würde Sie ja zu der Kleinen durchstellen, für die Sie sich interessieren, aber sie lutscht gerade an einem Schwanz und schafft Kohle für mich ran.«

»Wilson …«

»Bis dann, Weißer. Vielleicht laufen wir uns ja irgendwann über den Weg.«

»Das werden wir«, sagte Quinn, doch bis ihm die Worte über die Lippen kamen, war die Leitung schon tot.

Jetzt kannte Wilson also seinen Namen und hatte seine Nummer. Kein Problem für ihn, Quinns Adresse herauszufinden. Was Quinn einen feuchten Dreck scherte. Damals, als er noch bei der Polizei gewesen war, hatte man oft gedroht, seine Adresse in Erfahrung zu bringen. Und er hatte schon vor langer Zeit aufgehört mitzuzählen, wie viele solcher Drohungen er erhalten hatte.

Quinn schaltete die Nachttischlampe aus, stand auf und trat ans Schlafzimmerfenster. Seine Hände zitterten. Und nicht aus Furcht.

Morgen würde er sich dieses Mädchen schnappen.

Zwölf

Am Mittwochmorgen ließ sich Garfield Potter von Carlton Little und Charles White an der Union-Station-Parkgarage absetzen. Hier fand er einen Wagen nach seinem Geschmack: einen weißblauen 89er Plymouth Grand Fury mit einer 5,2 Liter-Maschine und einem Mehrwegvergaser, wie ihn die Bullen fuhren. Zuerst brach er den Wagen mit einer Stange auf und hackte dann mit einem langstieligen Stemmeisen die Zündung heraus. Anschließend schloss er den Plymouth kurz und rollte die Ausfahrt hinunter. Potter trug eine Kappe und eine Sonnenbrille, damit auf dem Videoband der Kamera von seinem Gesicht nicht viel zu erkennen war. Da er kein Ticket besaß, bezahlte er den Tagessatz und fuhr dann aus der Garage.

Potter folgte Little und White ins Prince George's County und parkte hinter ihnen in Largo auf einem Schotterstreifen neben einem Footballfeld. Er wartete, bis seine Jungs die Fingerabdrücke im Innenraum und auf den Türgriffen des beigefarbenen Caprice abgewischt hatten, wie er es ihnen aufgetragen hatte. Kaum waren sie bei ihm eingestiegen, machte er kehrt und fuhr nach D. C. zurück.

Potter und Little hatten Vorstrafen wegen Besitz und Verkauf von Drogen und schwerer Körperverletzung. Zudem war Potter wegen widernatürlicher Unzucht und Vergewaltigung angeklagt gewesen, doch das Verfahren wurde eingestellt, als das Opfer die Aussage verweigerte. Irgendwann – da machten sie sich nichts vor – würde ein Richter sie in den Knast schicken. Wie viele seiner Kumpel prahlte Potter oft und gern, dass ihn ein gewaltsamer Tod oder eine Gefängniszelle erwartete. Aber wegen so einer Lappalie wie schwerem Raub wollte er nicht einfahren. So eine Anklage war was für Schwachmaten und brachte einem im Knast keinen Respekt ein. Deswegen achtete er immer darauf, seine Spuren zu verwischen, wenn er einen gestohlenen Wagen abstieß.

Viele junge Männer in und außerhalb von D. C. standen auf ausgemusterte Streifenwagen oder Modelle, die auch Polizeiansprüchen genügten. Potter war zu Ohren gekommen, dass man sie in Virginia, in Orten wie Manassas und Norfolk – wo immer das sein mochte –, offiziell beim Händler kriegte. Doch er fuhr aus verschiedenen Gründen nur ungern nach Virginia und hatte in letzter Zeit eh nichts gekauft. Im District ein Auto zu klauen war ein Kinderspiel, und wenn man die Karre schnell wieder loswurde, also von einer Woche auf die andere, wurde man nicht erwischt. Ihn hatte man jedenfalls bislang nicht gekriegt.

Potter sah die Sache folgendermaßen: Man musste einen Wagen ausfindig machen, der einem jungen Schwarzen gehörte und in der Stadt oder an der Grenze zum PG County lebte. Manche von diesen Typen, die meldeten den Diebstahl nicht mal der Polizei, weil sie genau wussten, dass dabei eh nichts rauskam, und außerdem existierte dieses ungeschriebene Gesetz, dass man nicht mit der Metropolitan Police redete. Und da viele nicht mal versichert waren, gab es keinen Grund, den Diebstahl zu melden. Sicher, diejenigen, denen das Auto geklaut worden war, hielten die Ohren offen und suchten nach dem Dieb, um dann – wenn möglich – die Sache selbst zu regeln. Aber bislang waren Potter, Little und White auch in dieser Hinsicht ungeschoren davongekommen.

Potter drückte aufs Gaspedal, als er auf die Zufahrt vom Beltway bog.

»Die Karre hat was drauf«, meinte Potter.

»Besser als die Kiste, die wir bisher hatten, D.«, sagte Little.

»Aber ich werde uns bald einen Lexus kaufen. Ich will endlich mal eine Superkutsche haben.«

»Wann?«, fragte Little.

»Bald.«

Charles White saß auf der Rückbank. Wind strömte durch das heruntergekurbelte Fenster und strich ihm über das Gesicht. Er hörte diesen Song ›Bounce with Me‹ von einem Sänger, der Lil' Bow Wow genannt wurde und sich wie ein Gangster anzog, obwohl er noch ein Jungspund war. White war immer noch high von dem Gras, das er und Carlton auf dem Weg nach Largo geraucht hatten, und der Song klang geil. Er stand auf Musik; sie war so was wie sein Hobby. Manchmal machte er Kassetten, wo er zu Konservenbeats sang. Vielleicht würde er eines Tages einen Teil des Geldes, das sie machten, nehmen, in ein Studio gehen und eine echte Scheibe produzieren. Aber er vermutete schwer, dass Typen wie beispielsweise Bow Wow jemanden hatten, der ihnen zeigte, wie man das machte. So 'ne Art Berater.

Ganz tief drinnen wusste Charles White, dass er diesem Leben niemals den Rücken kehren würde. Die einzige Familie, die er, mal abgesehen von seiner Großmutter, hatte, waren die Jungs, mit denen er aufgewachsen war. Damals waren Garfield und Carlton allerdings noch nicht so kalt und hart gewesen.

White streckte unbewusst die Hand aus, doch der Platz neben ihm war leer. Er dachte an Trooper, den er total vermisste. Er wünschte, Troopers warmer Körper würde neben ihm auf der Rückbank liegen.

Potter schaute in den Rückspiegel und betrachtete White, der wie ein nasser Sack dort hinten hing, mit offenem Mund atmete, zum Fenster hinausschaute und sich den Wind ins Gesicht blasen ließ. Dämliches Arschloch. Wahrscheinlich litt er immer noch wegen des doofen Köters. In Potters Augen war White fast auch so was wie ein Hund, eine Töle, die ihm und Carlton Schritt auf Tritt folgte.

White klebte wie Pech an ihm. Manchmal dachte und benahm er sich wie ein Kleinkind. Der Typ hatte sich kaum verändert, seit sie aus den Kinderschuhen rausgewachsen waren. Groß geworden waren sie drüben in Waterfront Gardens, in den Section-Eight-Sozialbauten unten hinter der M Street, an der Southeast/Southwest-Grenze. Da gab es weit und breit kein Wasser, obwohl hin und wieder die Möwen von Buzzards Point angeflogen kamen und im Müll rumpickten. Irgendein Beamter hatte doch tatsächlich den Nerv gehabt, dieses Scheißloch Garden zu nennen. Das war einer von den Witzen, über die man beim besten Willen nicht lachen konnte. Nicht, dass Potter deswegen eine Träne vergoss. Sein Leben war voller Entbehrungen, und er hatte noch nie was besessen, was wertvoll war. Doch etwas Positives hatte das schon: Er war ehrgeizig und hatte massig Energie. Das stachelte ihn an.

Vermutlich wäre es nicht übel gewesen, wenn er einen Vater gehabt hätte, jemanden, mit dem man Football oder sonst was spielen konnte. Seine cracksüchtige, flacharschige

Mutter, die am Ende gerade mal noch vierzig Kilo auf die Waage gebracht hatte, hatte nicht mal genug Kraft gehabt, einen Ball aufzuheben.

Aber auch das war kein Grund zu heulen. Familie und der ganze Scheiß gingen ihm am Arsch vorbei, und am Ende des Tages, wenn man alles zusammen betrachtete, brachte der Scheiß einen keinen Schritt weiter. Genau wie diese Bücher, die ihm die Lehrer damals in der fünften Klasse dauernd ans Herz legten, bis sie ihn aufgaben. Obwohl er kaum lesen konnte, hatte er eine Schuhschachtel voll Geld im Schrank, und er hatte Klamotten, Autos, Weiber, die ganze Schose. Wer brauchte da Bücher oder einen Fetzen Papier, auf dem stand, dass man einen Schulabschluss hatte?

Er war gerade gut im Geschäft. Er und Carlton – und er kam wahrscheinlich nicht umhin, Charles auch als Partner zu betrachten – hatten unten auf der Georgia, unterhalb der Harvard Street, ein paar Dealer laufen. Sie machten dort an der Kreuzung eine Menge Kohle mit dem Verkauf von kleinen Marihuanarationen. Mit Marihuana, mit dem guten Stoff, der in Umlauf war und in Hydrokulturen gezogen wurde, konnte man einen prima Schnitt machen. In D. C. war es schnuppe, ob man mit einem kleinen Tütchen oder ein paar Kilo erwischt wurde. Beide Vergehen galten nur als minderschwere Fälle. Man kam zwar vor Gericht, aber die Sache – und das wusste jeder Kriminelle – landete meistens nicht in den Akten. Schwarze Jurys waren nicht darauf erpicht, einen jungen Schwarzen wegen einem Minidelikt wie Marihuanabesitz in den Knast zu schicken. Harmlos, scheiße, da musste Potter doch lachen. Junge Typen brachten sich wegen Gras doch genauso um wie wegen Crack und Heroin. Die verantwortlichen Leute verschärften garantiert die Gesetze, wenn sie erst mal richtig durchblickten, aber bis dahin war der Verkauf von Gras eine sichere Sache.

Aus den genannten Gründen war Potter in dieses Geschäft eingestiegen, und er achtete darauf, den Laden überschaubar zu halten. Er bezeichnete sich und die Jungs nicht als »Gang« oder »Truppe« oder so was in der Art, weil man auf die Art schnell in Revierkämpfe oder Streits, wo es um Persönliches ging, verwickelt wurde, und dann geriet die Sache schnell außer Kontrolle. Potter wollte eigentlich nur Spaß haben: Er klaute Autos, überfiel blöde Arschgesichter, die sich nicht wehren konnten, nahm Würfelspielern die Kohle ab, so was in der Art. Aber mit Typen, von denen er wusste, dass sie zu einer Gang gehörten, oder ihren Angehörigen legte er sich nicht an. Jedenfalls nicht wider besseres Wissen. Er hatte sich geschworen, nur die Schwachen und die Einzelkämpfer abzuzocken. Und falls ihn nicht alles täuschte, waren ihm bislang keine gravierenden Fehler unterlaufen. Schließlich war er noch am Leben.

»Was steht an?«, fragte Little.

»Wir packen den Rest der Ernte in Tütchen ab und versorgen unsere Leute«, sagte Potter. »Vielleicht fahren wir heute Abend noch zur Roosevelt und schauen nach, ob unser Mann Wilder mit seinem Neffen auf dem Footballfeld rumhängt.«

»Hängt dir das immer noch nach?«

»Hab' dir doch gesagt, dass ich das nicht vergesse.«

Sie fuhren zu ihrem Reihenhaus auf der Warder Street in Park View zurück, das sie monatsweise gemietet hatten, und packten den Stoff ab. Währenddessen rauchten sie ein paar Tüten. White fuhr zu McDonald's, und als er zurückkam, waren ein paar Mädchen aus der Nachbarschaft zu Besuch gekommen. Die neue von Too Short war zu laut aufgedreht, und alle waren high und tranken Gin mit Grapefruitsaft. Dieses hübsche junge Ding namens Brianna saß neben Little. Die beiden lachten und verzogen sich dann auf Carltons Zimmer. Potter schnappte sich die andere, die wohl kaum älter als dreizehn war, zog sie am Ärmel ihres Tweety-T-Shirts hoch und verschwand mit ihr in seinem Zimmer. White war sich sicher, dass sie eigentlich keinen Bock hatte. Kurz darauf hörte er, wie in Potters Zimmer der Lattenrost quietschte und das

Mädchen aufheulte. White drehte die Lautstärke hoch, damit er das Geschrei nicht hören musste, aber da es ihm nicht aus dem Kopf ging, trat er vor die Tür, setzte sich auf die Stufen, massierte seine Schläfen und versuchte sich daran zu erinnern, ob es irgendwann in seinem Leben eine Phase gegeben hatte, wo es ihm richtig gut gegangen war.

Potter und die anderen fuhren zur Harvard Street runter. Sein bester Dealer, ein Jugendlicher namens Juwan, saß auf einer Mülltonne. Wie Gary Coleman war Juwan einer von den Typen, die den Kopf eines Mannes und den Körper eines Jungen hatten. Mit Juwan fuhren sie zu dem Zaun vom McMillan Reservoir. Juwan, der neben White auf dem Rücksitz saß, fischte eine Plastiktüte voll mit Geld aus seinem Rucksack und gab sie White. Little holte die Scheine heraus, zweigte ein paar für Juwan ab und stopfte die Marihuanabeutelchen in die Tüte, die Juwan dann in seinem Rucksack verstaute.

»Alles in Ordnung, Kleiner?«, fragte Potter.

»Ja, es läuft gut, D. Eine Sache noch. Kennst du William, diesen Jungen, der ein Bein hat, das kürzer als das andere ist? Die Polizei hat ihn gestern Nacht geschnappt. Der steckt echt tief in der Scheiße. Ich hab' ihm gesagt, er soll keine Waffe tragen, wenn er den Stoff verhökert, weißt du? Aber er hat nicht auf mich gehört. Soweit ich weiß, kommt er heute wieder raus, aber …«

»Jetzt spuck schon aus, was du zu sagen hast.«

»Ich wollte dich fragen, ich hab' da einen Cousin, der ist gerade von Southeast hierher gezogen. Und er ist auf der Suche nach einem Job.«

»Nimm ihn ins Boot, Jew. Was hab' ich dir gesagt, Mann? Wenn jemand nicht spurt, treibst du eben Ersatz für ihn auf. Da draußen hängen haufenweise Jungs rum, die mitmischen wollen.«

Sie setzten Juwan wieder an der Kreuzung Harvard und Georgia ab. Dann hielt Potter vor einem Getränkemarkt und kaufte eine paar Flaschen Malt Liquor. Sie fuhren noch eine Weile durch die Gegend, tranken das Gebräu und kifften. Little fand eine Kassette mit einem Northeast Groovers PA Mix, den der Wagenbesitzer des Plymouth im Handschuhfach aufbewahrt hatte, und schob sie in den Rekorder.

»Der Scheiß hat keinen Bass«, meckerte White hinten auf dem Rücksitz.

Potter ignorierte Whites Kommentar und stellte lauter. An einer Ampel fixierte er einen jungen Burschen in einer Japsenkutsche, der seiner Meinung nach zu lange herübergesehen hatte, bis der Typ in die andere Richtung schaute.

»Wohin fahren wir?«, fragte Little.

»Zur Roosevelt hoch«, antwortete Potter.

»Ich hab' keinen Bock, den ganzen Abend lang durch die Gegend zu fahren und einen Geist zu suchen.«

»Hast du was Besseres vor?«

»Brianna«, sagte Little. »Vielleicht treff' ich sie heute Abend noch. Kommt drauf an, ob sie sich aus dem Haus ihrer Mutter schleichen kann. Junge, Junge, dem Luder hab' ich heute die Seele aus dem Leib gefickt.«

»Auf mich hat sie keinen zufriedenen Eindruck gemacht.«

»Schwachsinn.«

»Diese Kleine ist zu viel für dich, Mann.«

»Scheiße, heute Nachmittag hat sie gefleht: ›Sag' meinen Namen, sag' meinen Namen.‹ Du hast gesehen, wie sie gegrinst hat, als sie abgehauen ist. Nicht wie das Mädchen, das du gefickt hast. Die hat geheult, als sie gegangen ist.«

»Ich hab' ihr die Anakonda verpasst, und da musste sie einfach heulen. Aber scheiß drauf, deine Brianna hat nicht gegrinst, sondern gelacht.«

»Und worüber?«

»Über dieses Miniding zwischen deinen Beinen.«

»Scheiße, Mann, ich bin dort unten hammermäßig bestückt.«

Potter warf Little einen Blick von der Seite zu. »Und

dein Riemen ist wohl genauso lang wie ein Hammerstiel, was?«

Sie fuhren zur Roosevelt High, parkten auf der Iowa. Potter schlenderte die Zufahrt zum Parkplatz hinunter, auf dem mehrere Autos standen, und trat dann an den Stadionzaun. Jugendliche in Footballtrikots machten Übungen auf dem Spielfeld. Ihr Frage-und-Antwort-Ritual drang bis zum Parkplatz hoch.

»Wie fühlt ihr euch?«

»Spitze!«

In der Zuschauergruppe – alles nur Eltern und Verwandte – konnte Potter Lorenze Wilder nicht entdecken. Ein paar Männer, aller Wahrscheinlichkeit nach die Trainer, standen auf dem Spielfeld herum. Einen der Männer, einem alten Sack mit grau meliertem Haar, kannte er vom Sehen. Das war der Typ, der ihn und Little bei ihrem letzten Besuch ganz unverhohlen gemustert hatte. Potter spuckte auf den Boden, marschierte zum Wagen zurück und setzte sich mit versteinerter Miene hinter das Steuer des Plymouth.

Sie fuhren nach Hause, rauchten ein paar Tüten, tranken und schauten zuerst eine Sendung auf UPN und hinterher irgendwas auf WB. Little versuchte, Brianna zu einem Treffen zu überreden, doch irgendwann kam ihre Mutter ans Telefon und sagte ihm, dass sie heute nicht mehr weg durfte. Potter machte den Vorschlag, vor die Tür zu gehen. Little war gleich dabei. White hatte keinen Bock, hievte sich aber vom Sofa hoch. Potter steckte seine .375er in den Hosenbund, zog ein Hilfiger-Hemd über das Achselshirt, ohne es in die Hose zu stecken. Dann setzte er seine Kappe auf. White streifte seinen Lieblingspullover, ein grelloranges Teil von Nautica, über und folgte Potter und Little auf die Straße.

Sie kurvten die Georgia hoch und runter und kontrollierten, ob ihre Dealer arbeiteten. Potter leerte noch die nächste Flasche. Seine Miene wurde zusehends bedrohlicher. Wie ein Schluck Wasser hing er hinter dem Steuer. Den ganzen lieben langen Tag hatten sie nur gekifft und nichts getan. White vermutete, dass es schon spät war. Inzwischen war es dunkel geworden. Potter rollte mit dem Plymouth in die Park-Morton-Siedlung und ging vom Gas. Ein paar Jugendliche waren noch draußen und saßen wie üblich auf dem Mäuerchen neben dem Eingang.

»Lorenze Wilders Schwester wohnt hier«, sagte Potter.

Little schwieg. Er war müde. Ihm ging es wie White; er hätte jetzt lieber vor dem Fernseher gesessen oder im Bett gelegen. Wenn Garfield getrunken hatte und der Stoff ihn anfeuerte, war er nicht gern mit ihm unterwegs. Und er selbst hatte auch ordentlich getankt.

Potter fuhr langsamer. Ein schlaksiger junger Kerl überquerte eine schmale Straße und einen Spielplatz, der nur aus Dreck und Geröll bestand. Er trug khakifarbene Hosen, ein gebügeltes weißes Hemd und hellbraune Timberlands.

»Frag ihn, ob er sie kennt«, sagte Potter.

»He«, rief Little aus dem Fenster. Sie fuhren jetzt neben dem jungen Typen her. Er ging einfach weiter. Der Plymouth wich ihm nicht von der Seite.

»Was ist?«, fragte der junge Mann, der nur kurz – wie der Respekt es verlangte – zu ihnen hinübersah, ohne stehen zu bleiben.

»Kennst du 'ne Frau namens Wilder, die hier wohnt?«, fragte Little. »Hat 'nen kleinen Jungen, der Football spielt. Ich hab' da 'nen Kumpel, der ihr Geld schuldet, und er hat mich gefragt, ob ich nicht schnell mal bei ihr vorbeischaue und sage, dass er's ihr nächste Woche zurückzahlt.«

Der junge Mann drehte den Kopf wieder in ihre Richtung, ließ den Blick kurz über die Vordersitze und die Rückbank schweifen. Den eigenartig aussehenden jungen Mann in dem grellorangen Pullover musterte er wahrscheinlich einen Augenblick zu lang. Schnell wandte er den Blick ab. »Ich kenn' hier niemanden, kein Scheiß. Ich bin erst letzte Woche hierher gezogen.«

»Na gut.«

»Na gut«, sagte der junge Mann und ging mit durchgedrücktem Rücken und erhobenen Hauptes über den Spielplatz, ehe er um die Ecke bog und in den Schatten verschwand.

»Vielleicht hätte ich mir diesen Burschen mal vorknöpfen sollen«, sagte Potter mit halb geschlossenen Lidern.

»Er hat gesagt, er weiß nichts, D.«, sagte Little. »Lass uns diesen Scheiß für heute vergessen.«

Potter rollte langsam weiter, folgte einer lang gezogenen Kurve, die ihn auf die andere Seite der Siedlung brachte. In einem von fahlgelbem Licht ausgeleuchteten Treppenaufgang entdeckten sie ein paar Leute. Potter bremste, fuhr mit dem Plymouth auf den Schotter und schaltete den Motor aus.

»Los«, sagte Potter.

Sie stiegen aus dem Wagen und folgten ihm über den Kies zum Eingang des Treppenhauses. Drei Männer saßen dort in der Hocke, eine Frau mit rotgeäderten Augen lehnte an der Betonsteinwand. In einer Hand hielt die Frau eine Zigarette, in der anderen eine Flasche, die in einer Papiertüte steckte. Rauchschwaden kräuselten sich im gelben Licht.

Alles alte Säcke, dachte Potter. Sie kannten niemanden, hatten keinen, der sich auch nur einen Scheiß für sie interessierte.

Die Würfel spielenden Männer hoben kurz den Blick, als Potter mit Little und White im Schlepptau näher kam. Der älteste Würfelspieler hatte ein paar Bartflusen am Kinn, trug ein schwarzes Hemd mit dünnen weißen Streifen und eine schwarze Kangol-Kappe. Er musterte Potter vom Scheitel bis zur Sohle, ehe er die Würfel in Richtung Wand warf und Sechser landete. Die Spieler redeten kurz über das Ergebnis, ehe Geld die Hände wechselte. Auf dem Beton lagen mehrere Scheine.

»Wenn ihr mitspielen wollt«, sagte der Gewinner mit auf die Wand gerichtetem Blick und schüttelte die Würfel in der Hand, »dann müsst ihr warten.«

Dass der Typ ihm beim Sprechen nicht in die Augen sah, ging Potter gewaltig auf den Keks.

»Ist das deine Alte?«, fragte Potter und starrte die an der Wand lehnende Frau an. Sie hielt seinem Blick stand, selbst als Potter lächelte und mit der Zunge über die Lippen fuhr.

Der Würfelspieler antwortete nicht, sondern machte sein Spiel.

»Hab' dich gefragt, ob das deine Alte ist.«

»Und ich hab' dir gesagt, du sollst warten.«

Die anderen Männer lachten. Einer von ihnen griff in seine Brusttasche und fischte eine Zigarette heraus. Alle behandelten Potter, als wäre er Luft.

»Steh auf«, befahl Potter. »Beweg' deinen müden Arsch, und schau mir in die Augen.«

Mit einem leisen Seufzer erhob sich der Mann. Dabei stöhnte er und massierte sein Knie. Steinalt war er, aber größer, als Potter erwartet hatte. Der Typ hatte breite Schultern und überragte Potter um gut fünfzehn Zentimeter. Seine Augen funkelten jetzt.

»Hast du mir was zu sagen?«

Potter griff unter das Hemd und zog den Colt hervor. Er hielt ihn auf Hüfthöhe und zielte auf den Rumpf des Alten. Der Blick des Mannes verriet keine Panik; er blinzelte nicht mal.

»Rück mit der Kohle rüber«, sagte Potter. »Alle Scheine.«

»Mist«, sagte der Mann langsam und lächelte.

»Ich nehm' dir deine Kohle ab«, sagte Potter. »Und wenn du willst, leg' ich auch noch deine Alte um.«

»Sohn?«, sagte der Mann. »Ich bin schon öfter mit Waffen bedroht worden, und zwar von richtigen Männern, damals in Vietnam, wo ich zwei geschlagene Jahre lang durch Reisfelder und Schlamm gekrochen bin. Und passiert ist gar nichts, sonst würde ich jetzt ja nicht vor dir stehen. Seh' ich etwa aus, als ob ich mir wegen der Knarre in deiner Hand Sorgen mache?«

»Meinst du die hier?« Potter betrachtete die Waffe, als wäre sie gerade eben erst in seiner Hand aufgetaucht. »He, alter Knacker, ich hatte nicht vor, dich mit ihr zu erschießen.«

Potter bewegte den Lauf so schnell, dass seine Konturen im Licht verschwammen, und zog ihn über die Stirn des Mannes. Mit dem Schlag fegte Potter dem Alten auch die Kappe vom Kopf. Seine Hände fuhren zum Gesicht hoch. Blut quoll zwischen den Fingern durch, und er stolperte nach hinten, an die Wand. Potter warf die Waffe in die Luft, fing sie in der Drehung auf und erwischte den Lauf. Er machte ein paar Schritte nach vorn, ignorierte die anderen Männer, die unvermittelt aufgestanden waren und zurückwichen, und schlug mit dem Griff auf den Wangenknochen und dann auf die Nase des Mannes ein. Blut spritzte gegen die Betonsteine, als der Kopf des Mannes zur Seite schleuderte. Er holte aus und wollte erneut auf den Alten eindreschen, doch jemand umklammerte seinen Arm. Als er mit funkelnden Augen einen Blick über die Schulter warf, sah er, dass Charles White ihn festhielt.

»Mann, nimm deine Scheißhände weg, Mann!«, brüllte Potter.

»Lass uns einfach die Kohle kassieren«, sagte Little und trat ins Licht. »Du wirst den Kerl noch umbringen, Junge.«

»Dann schnapp' dir die Asche«, sagte Potter und grinste. Er spuckte auf den Mann, der blutüberströmt vor ihm lag. »Jetzt kannst du nicht mehr stehen, was, alter Knacker?« Potter hustete ein Lachen heraus und hob freudig erregt die Stimme. »Gibt es denn in dieser Stadt keinen, der's mit Garfield Potter aufnehmen kann?«

Little und White klaubten die Scheine vom Beton auf. Dann gingen sie rückwärts auf den Rasen zu, drehten sich um und rannten zum Auto. Niemand folgte ihnen. Keiner schrie um Hilfe.

Little zählte das Geld, als sie aus der Siedlung fuhren. White schaute in den Rückspiegel. Ein erstarrtes Grinsen umspielte Garfield Potters Lippen.

Lamar Williams wünschte seiner Mutter, die in der winzigen Küche am Herd lehnte und eine Zigarette rauchte, eine gute Nacht. Sie war zweiunddreißig, hatte aber das Gesicht und den Körper einer Vierzigjährigen.

»Wo bist du gewesen, Mar?«

»Beim Training, mit Mr. Derek. Und hinterher hab' ich mir mit einem Kumpel, er heißt Joe Wilder, bei ihm daheim einen Ringkampf angeschaut.«

»Morgen Abend musst du daheim bleiben. Ich hab' was vor.«

»In Ordnung.«

Lamar ging den Flur hinunter und öffnete die Tür des Zimmers, in dem seine kleine Schwester schlief. Sie lag in einem Pyjama mit kleinen aufgedruckten Rosen auf dem Bettchen. Ihre Füße steckten in goldenen, fellbesetzten Hausschühchen, die sie nie auszog. Auf den Schuhspitzen prangte der Kopf von Winnie the Puh. Wie alt war sie jetzt? Fast vier? Lamar deckte sie zu.

Er ging in sein Zimmer, schaltete das Radio an, setzte sich auf den Bettrand und hörte, wie DJ Flexx sich mit einem jungen Mädchen unterhielt, das angerufen hatte, um ihren Freunden Grüße zu senden. Danach spielte Flexx den neuen Wyclef-Jean-Song, auf den Lamar stand. In dem Lied sang er zusammen mit Mary J. »Someone please call 911«. Ein echt krasser Song. Als er ihn hörte, ging es ihm gleich besser.

Lamar ließ sich der Länge nach aufs Bett fallen. Er spürte, wie unter dem weißen T-Shirt sein Herz immer noch rasend schnell klopfte. Es war richtig gewesen, den Jungs, die ihn durchs offene Wagenfenster angesprochen hatten, nichts zu verraten, denn sie hatten nichts Gutes im Schilde geführt, als sie ihn nach Joe Wilders Mutter fragten. Aber es war echt schwierig, sich immer richtig zu verhalten. Schwierig, sich den richtigen Gang zuzulegen, die richtige Art zu reden. Draußen auf der Straße musste man permanent einen Panzer tragen, auch wenn man manchmal doch einfach nur jung sein, seinen Spaß haben und relaxen wollte.

Lamar war müde. Er legte die Hand über die Augen und versuchte, langsam und gleichmäßig zu atmen.

Dreizehn

Am Mittwochmorgen räumte Strange seinen Schreibtisch auf, gegen Mittag sagte er unten in District Court zugunsten eines Typen aus der 5th Street aus, und am Nachmittag recherchierte er wieder im Fall Calhoun Tucker. Er besuchte ein paar Bars auf der U Street und fuhr dann zu einem Club auf der 12th, neben dem FBI-Gebäude, für den Tucker laut George Hastings ein paar Veranstaltungen gebucht hatte.

Jeder, mit dem er an diesem Tag sprach, erzählte ihm, Tucker wäre ein hervorragender junger Geschäftmann, hart, wenn die Situation es erforderte, aber fair. Calhoun Tucker war überall gut angesehen. In dem Club auf der 12th Street sagte die Bedienung, eine hübsche dunkelhäutige Frau, die gerade ihre Tische herrichtete, dass Tucker ›ein guter Typ‹ war, aber er ›ein Problem mit den Mädchen‹ hatte.

»Was für ein Problem?«, fragte Strange.

»Da Sie auch ein Mann sind, werden Sie's wahrscheinlich anders sehen.«

»Lassen Sie's auf einen Versuch ankommen.«

»Calhoun, dem reicht eine Frau einfach nicht. Er ist ein Weiberheld. Der legt es immer darauf an. Für einen jungen Typen mag das noch angehen, aber er ist einer von der Sorte, der sein ganzes Leben lang Frauen anbaggern wird, wenn Sie verstehen, was ich sagen will. Nach einer Weile sollte man so ein Verhalten schon mal kritisch hinterfragen, weil die Gefahr groß ist, Menschen zu verletzen.«

»Hat er Sie verletzt?«

Die Bedienung hörte auf, die Limonen zu vierteln, und zeigte mit dem kurzen Messer auf Strange. »Wenn dem so wäre, ginge das nur mich was an.«

Strange fuhr nach Hause, boxte im Keller auf den Sandsack ein, duschte, fütterte Greco und ging ins Internet. In einem auf Aktien spezialisierten Chatroom las er einige Kommentare und hörte sich dabei den Soundtrack von *Todesmelodie* an, den er erst vor kurzem als Import erstanden hatte.

»Dann bis später, Freundchen«, sagte Strange und tätschelte Grecos Kopf, ehe er zur Tür rausging. »Ich muss rüber zur Roosevelt.«

Da demnächst ein Spiel anstand und das Training am Abend davor nur locker ausfallen durfte, verlangten sie der Mannschaft an diesem Abend einiges ab. Die Jungs machten sich prima. Auf der einen Spielfeldseite trainierten Lydell Blue, Dennis Arrington und Lamar Williams die Midgets. Die Pee Wees belegten die andere Spielfeldhälfte. Kurz vor Einbruch der Dunkelheit, nach den Aufwärmübungen, rief Strange die Pee Wees herbei und sagte ihnen, dass sie jetzt ein paar Spielzüge üben würden. Strange übernahm die Defense-Spieler, Quinn trommelte die Offense zusammen.

Nachdem sie den Spielzug besprochen hatten, gingen die Spieler auseinander und traten an die Linie. Dante Morris kriegte beim zweiten Versuch den Ball von Prince zugespielt und gab ihn an Rico ab. Rico ließ sich von Joe Wilder nicht blocken, rauschte durch die Fünfer-Lücke und wurde erst zwanzig Yards weiter unten auf dem Spielfeld zu Boden gerissen.

Quinn nahm den Spieler beiseite, dem der Tackle missglückt war. »Diese Tackle-Nummer mit einer Hand läuft hier nicht. Du kannst nicht einfach den Arm ausstrecken und denken: ›Bitte, Gott, mach, dass er umfällt.‹ So läuft das nicht, hast du mich verstanden?«

»Ja.«

»Hau ihm in den Magen. Schling die Arme um ihn, und verschränk die Finger.«

Der Junge nickte. Quinn klopfte ihm mit der Hand auf den Helm, und der Junge kehrte zur Defense-Lagebesprechung zurück.

Joe Wilder ging langsamer, als er auf dem Weg zur Lagebesprechung der Defense an Strange vorbeikam. »Forty-four Belly, Trainer Derek?«

»Nur zu«, sagte Strange. »Und, Joe, du hast gut geblockt.«

Wilder lief mit dem Ball an Dante Morris vorbei. Es war ein einfacher Flanker-Lauf direkt durch die Vierer-Lücke. Wilder zog es perfekt durch und trug den Ball in die Endzone. Für seine Mannschaftskameraden führte er ein Tänzchen auf und lief dann voller Elan zu Strange zurück.

»Wird' ich eines Tages auf dem FedEx-Spielfeld durchziehen, Trainer Strange.«

»Das werde ich tun«, korrigierte Strange ihn, musste dann aber lächeln, als er dachte: Ja, das glaube ich auch.

Nach dem Training redete Strange eine Weile lang mit Blue und erwischte Quinn gerade noch, als der schon in seinen Chevelle stieg.

»Wieso hast du's denn so eilig, Terry?«

»Hab' heute Abend was vor.«

»Triffst du eine Frau?«

»Ja.«

»Ich dachte, du würdest heute Abend versuchen, diese Jennifer-Marshall-Sache einzutüten.«

»Genau das hab' ich vor«, sagte Quinn. »Ich geb' dir Bescheid, wie es gelaufen ist.«

Prince, Lamar und Joe Wilder standen neben Stranges Brougham. Er legte den Football-Ordner in den Kofferraum, ließ die Jungs einsteigen und fuhr dann vom Schulgelände.

Strange bog in Princes Straße, die ganz in der Nähe des Footballfeldes lag.

»Da drüben wohne ich«, sagte Prince.

»Ich weiß«, sagte Strange und hielt an. »Geh sofort rein, Junge, trödle nicht herum. Diese Jungs da drüben auf der Ecke, wenn sie dich anmachen, ignorierst du sie, verstanden?«

Prince nickte, stieg aus dem Wagen und ging schnell zu der Treppe seines Elternhauses hinüber, wo wieder das Verandalicht brannte.

Als sie auf der Georgia nach Süden fuhren, hielt Joe Wilder zwei Actionfiguren in seiner Hand. Während er ihre Gummiköpfe wie kampflustige Hirsche zusammenstieß, produzierte er Aufprallgeräusche.

»Ich dachte, die beiden wären Freunde«, sagte Lamar, der neben Wilder saß.

»Nee, Mann, Triple H. ist Rocks Feind. H. ist mit der Tochter des Polizeichefs verheiratet.« Joe Wilder schaute zu Lamar hoch. »Kommst du mit rein und schaust heute Abend mit mir fern?«

»Gut«, sagte Lamar. »Ich komme noch 'ne Weile mit rein.«

Nachdem Strange sie abgesetzt hatte, schob er eine Kassette mit einem Stevie-Wonder-Mix in den Rekorder, den Janine für ihn zusammengestellt hatte. Jugendliche auf einer Mauer warfen ihm harte Blicke zu, als er aus der Siedlung fuhr. Stevie sang »Heaven Is 10 Zillion Light Years Away«. Strange fand den Song einfach wunderbar. Und er musste auch daran denken, wie sehr diese Worte für diejenigen zutrafen, die unglücklicherweise ohne ihren erklärten Willen in der falschen Gegend geboren worden waren.

An diesem Abend holte Sue Tracy Terry Quinn so gegen zehn Uhr ab. Sie stand im Türrahmen seiner Wohnung, während er eine hüftlange schwarze Lederjacke über sein weißes T-Shirt warf. Dabei versperrte er ihr den Zugang. Seine Körpersprache sagte ihr, dass sie nicht eintreten sollte. Sie sah, wie er das Etui mit seiner Marke in eine Jackentasche und das Handy in die andere steckte. Zweifellos legte er es darauf an, von hier zu verschwinden, bevor sie sich seine Unterkunft genauer ansehen konnte. Aber Tracy hatte genug gesehen, um zu begreifen, dass es nicht viel zu sehen gab.

Sie verließen das gedrungene, dreistöckige Gebäude und hielten auf einen alten grauen Econoline-Van zu, der auf der Sligo Avenue stand.

»Hallo, Mark«, sagte Quinn zu einem Teenager, der mit einer Gruppe Gleichaltriger vor einem Tabak- und Bierladen auf der Ecke stand.

»Was steht an?«, murmelte der Junge widerwillig, aber höflich, ohne Quinn direkt anzusehen.

Tracy blieb stehen und zündete sich eine Zigarette an. Das abgebrannte Streichholz ließ sie auf den Boden fallen und blies den Rauch aus dem Mundwinkel. »Der Junge kann Sie aber gut leiden, Terry.«

»Ja, das tut er, aber er muss sich so verhalten, kapiert? Er darf nicht zeigen, dass wir Freunde sind, wenn er mit seiner Clique rumhängt, wenn Sie verstehen, was ich meine. Ich hab' im Keller von meinem Wohnhaus ein Studio eingerichtet, wo ich ein paar Jungs aus dem Viertel trainieren lasse, solange sie mich und die Geräte mit Respekt behandeln.«

Sie standen vor dem Van. Tracy zog ein letztes Mal an ihrer Zigarette, ehe sie einstieg, was Quinn nicht kommentierte.

»Und Sie trainieren auch eine Footballmannschaft.«

»Ich versuche nur zu helfen.«

»Sie sind gar nicht so hart, Terry.«

»Ist ein guter Zeitvertreib.«

»Sicher.« Tracy trat ihre Zigarette aus. »Wohin zuerst?«

»Wir lesen Stella auf. Ich hab' alles in die Wege geleitet.«

Der primitive Transporter – es gab gerade mal eine Vorder- und eine Rückbank – stammte aus den Siebzigern und hatte eine Lenkradschaltung mit drei Geschwindigkeiten. Anstelle des Kurzwellenempfängers war ein Kassettenrekorder eingebaut. Die Blende war nicht richtig befestigt; unter dem Armaturenbrett baumelten frei liegende Kabel.

»Ich wette, Sie fliegen auch nur erster Klasse«, meinte Quinn.

»Der Wagen war eine Spende«, sagte Tracy.

Sie trug eine schwarze Nylonjacke, eine schwarze Buttondown-Bluse und schiefergraue Arbeitshosen. Aus der Jackentasche fischte sie ein graues Haargummi, den sie mit den Lippen festhielt, während sie die Haare zu einem Pferdeschwanz zusammenband. Das Haargummi hatte die gleiche Farbe wie die Hosen. Sie zog ein eckiges Brillengestell hinter der Sonnenschutzblende hervor und setzte es auf.

»Cool.«

»Dieser Van? Ich könnte wetten, dass hier irgendwo auch ein Bong ist, falls Sie Interesse haben.«

»Ich habe Ihre Brille gemeint.«

»Die sorgt dafür, dass wir nicht umgelegt werden. Meine Nachtsicht ist beschissen.«

Sie fuhren nach Northwest runter, bogen an der Ecke 16th und Sherrill nach Rock Creek Park ab und fuhren dann weiter Richtung Süden. Tracy schob eine Mazzy-Star-Compilation in den Rekorder. Frauen und ihre Musik, dachte Quinn, aber die Songs waren gar nicht schlecht und hatten immerhin peitschende Gitarren.

Auf der Fahrt in die Stadt redeten sie nicht viel, was nicht unangenehm war. Bei ihr hatte Quinn ausnahmsweise nicht das Gefühl, erklären zu müssen, wer er war und wieso er eine Richtung eingeschlagen hatte, die schließlich dazu geführt hatte, dass er Bulle geworden war. Die hauchende, unangestrengt klingende Stimme der Sängerin beruhigte und erregte ihn gleichzeitig. Als er zu Tracy hinübersah, fiel sein Blick auf die Sehnen an ihrem Hals, auf die elegant geschnittene Kinnlinie.

»Was?«, fragte Tracy.

»Nichts.«

»Sie starren mich schon wieder an, Terry.«

»Tut mir Leid«, sagte Quinn. »Ich hab' nur nachgedacht.«

Es dauerte eine Weile, bis sie durch den Park waren. Als sie mit dem Van an den Bordstein rollten, tauchte Stella aus dem Schatten einer Kirche auf der 23rd, Ecke P auf.

»Ist sie das?«

»Ja.«

»Sieht wie fünfzehn aus.«

»Kobras können auch fünfzehn Jahre alt werden«, meinte Quinn.

»Ach ja?«

»War nur 'ne Feststellung.«

»Die Hintertür ist offen«, sagte Tracy. »Sagen Sie ihr, sie soll da einsteigen.«

Quinn kurbelte das Fenster herunter, als Stella neben den Van trat. Sie trug schwarze Lederhosen und eine weiße Popelinebluse. Eine schwarze Handtasche in Form eines Footballs hing über ihrer Schulter. Ihre Brille saß schief auf der Nase.

»Gefällt sie Ihnen?«, fragte Stella und betrachtete ihre Hose. Durch die Brillengläser wirkten ihre Augen riesengroß. »Hab' sie extra für Sie angezogen, Officer Quinn. Ist nur aus Plastik, aber das ist schon okay. Wenn Sie mich heute Nacht bezahlen, kann ich mir ein Paar aus echtem Leder kaufen.«

»Du siehst nett aus«, sagte Quinn.

»Die hintere Tür ist offen. Lass uns fahren.«

Sie fuhren nach Osten. Quinn stellte Stella Sue Tracy vor. Stella reagierte ziemlich kühl auf ihre Fragen. In Fahrt kam sie nur, wenn sie mit Quinn sprach. Eins war ganz offensichtlich: Die Kleine gierte danach, seine Aufmerksamkeit zu erhaschen. Tracy begriff sofort, dass Stella in Quinn verknallt war oder da so eine Vater-Geschichte am Laufen war, aber er ignorierte es. Möglich war auch, dass er wie die meisten Männer gar nicht schnallte, was da ablief.

Auf der 16th, südlich vom Scott Circle, flanierten unweit der Hotels ein paar Mädchen auf dem Gehweg auf und ab.

»Hier?«, fragte Tracy.

»Das sind nicht Worlds Mädchen«, sagte Stella.

»Wo dann?«, wollte Quinn wissen.

»Fahren Sie weiter«, sagte Stella. »Geschäftsmänner, die nur kurz in der Stadt sind, sind nicht sein Ding. Die reden zu viel, brauchen zu lange. Worldwides Mädchen hängen zwischen den Circles rum und schieben eine schnelle Nummer, verstehen Sie?«

Quinn verstand sehr wohl. »Hier gehen die Mädels ja schon seit Ewigkeiten auf den Strich. Schon damals, als ich noch ein Teenager war.«

Tracy warf ihm einen kurzen Blick von der Seite zu.

»Nur Einheimische«, erzählte Stella. »Ehemänner, denen die Angetraute keinen blasen will, Jungs, die Geburtstag haben und endlich entjungfert werden wollen, Soldaten, solche Freier eben. World hat Zimmer ganz in der Nähe.«

»Wir sollen sie in Wilsons Bordell schnappen?«, fragte Quinn. »Wieso das denn?«

»Weil sie mir nicht über den Weg traut«, meinte Stella. »Woanders wird sie sich nicht mit mir treffen.«

Tracy steuerte mit dem Transporter um dem Thomas Circle.

»Jetzt nach Norden«, sagte Stella, »und an der nächsten Kreuzung fahren Sie rechts runter von der 14th.«

Sie kehrten dem ausgestorbenen Zentrum den Rücken. Nördlich vom Circle veränderte sich die Gegend schlagartig. Hier herrschte buntes Treiben. Schaufenster säumten die Straße. Im Erdgeschoss der ursprünglich als Eigenheime konzipierten Häuser waren nun Geschäfte untergebracht. Das Viertel veränderte sein Gesicht: Überall schossen Theater, Cafés und Bars wie Pilze aus dem Boden. Eigentlich »veränderte« sich die Gegend schon seit Jahren. Angehörige der weißen Mittelschicht versuchten mit aller Macht, kleine Familienbetriebe zu vertreiben, indem sie sich auf obskure Gesetze beriefen wie beispielsweise jenes, das den Verkauf von Wein und Bier in einem bestimmten Umkreis von Kirchen untersagte. Diese auf einem Kreuzzug befindlichen Mittelschichtangehörigen wollten verhindern, dass Leute auf den Gehwegen herumlungerten, denn das war genau die unappetitliche Klientel, die diese Art von Läden anzog. In Wahrheit kämpften sie natürlich dafür, dass ihre dunkelhäutigen Unterschichtnachbarn aus dem Viertel verschwanden. Doch diesen Gefallen taten sie ihnen nicht. Die einstmaligen Section Eights und die Familien, die hier schon seit Generationen wohnten, waren nur ein Stück weiter die Straße hoch gezogen. Das hier war ihr Viertel, aber dafür brachten die weißen Mittelschichttypen kein Verständnis auf.

Auf der 14th standen keine Prostituierten, aber kaum waren sie nach rechts abgebogen und einen Block weitergefahren, parkten Autos mit Nummernschildern aus Maryland und Virginia mit eingeschalteten Scheinwerfern in zweiter Reihe. Und Mädchen steckten ihre Köpfe in die Wagenfenster.

»Halten Sie hier«, sagte Stella.

Tracy parkte den Van neben dem Bordstein und schaltete den Motor aus. Quinn beobachtete die Straße.

Einen halben Block weiter oben standen zwei Prostituierte, eine schwarz, die andere weiß, auf dem Bürgersteig vor einem Reihenhaus und zündeten sich gerade Zigaretten an. Das weiße Mädchen, ein junges Ding mit einer üppigen Haarmähne, trug unter einem engen weißen Rock weiße Netzstrümpfe und einen Strumpfhalter. Sie stieg die Treppe des Reihenhauses hoch und trat durch die Tür. Ein korpulenter Schwarzer in einem schlecht sitzenden Anzug stieg aus einem relativ neuen Buick und betrat kurz nach ihr dasselbe Haus.

»Sind das Wilsons Mädchen?«, fragte Quinn.

»Nicht alle«, sagte Stella. »Hier draußen sind auch ein paar unterwegs, die keinen Zuhälter haben. Solange sie ihm nicht in die Quere kommen und ihm Respekt entgegenbringen, haben sie nichts zu befürchten. Aber dort drüben, das sind Worlds Hütten. Die gehören ihm. Er vermietet die oberen beiden Etagen. Sind, glaube ich, sechs Zimmer.«

»Und was spielt sich in den Autos ab?«

»Wenn man den Typen nur schnell einen blasen soll, geht das in den Autos über die Bühne. World kassiert auch für die Zimmer. Darum drängt er seine Mädels, die Typen unbedingt mit aufs Zimmer zu nehmen. Ist ja auch egal. Wer hat schon Bock, hier unten mit einem Freier im Wagen zu vögeln? Wenn die Bullen, die geschmiert werden, davon Wind kriegen, können die auch kein Auge mehr zudrücken und müssen die Betreffenden festnehmen. Schließlich ist das hier nicht die Bronx.«

»Stammst du von dort, Stella?«, wollte Tracy wissen.

»Ich bin von nirgendwoher, Lady.«

»Warten wir jetzt auf Jennifer?«, fragte Quinn.

»Sie haben Sie schon gesehen«, sagte Stella. »Sie ist die Kleine mit den weißen Strümpfen gewesen, die gerade reingegangen ist.«

»Die hat ihr gar nicht ähnlich gesehen«, fand Quinn.

»Wie, haben Sie erwartet, dass sie immer noch in ihren Vorstadtklamotten rumläuft?« Stella gackerte freudlos, was wie das Lachen einer älteren Frau klang und Quinn erschauern ließ. »Die ist jetzt kein Teenager mehr, sondern nur noch 'ne Nutte.«

»Wir hätten sie uns gleich auf der Straße schnappen können.«

»Nein, wir ziehen diese Sache auf meine Weise durch. Ich hab' Ihnen versprochen, ich komme mit, aber ich will nicht, dass mich einer sieht, kapiert?«

»Und wie hast du dir das vorgestellt?«

»Ich hab' Jennifer angerufen. Kurz nachdem ich sie kennen gelernt habe, hab' ich ihr den Walkman und ein paar CDs geklaut. Die ist nie ohne ihre Mucke irgendwohin gegangen. Als ich sie angerufen hab', hab' ich ihr gesagt, ich hätte ihre Sachen in der Tasche einer anderen gefunden und wollte sie ihr nun zurückgeben.«

»Wo?«

»Hab' ihr gesagt, ich will sie um halb zwölf in 3-C treffen. Das ist das Zimmer ganz hinten im dritten Stock. Da gibt es auch eine Feuertreppe, die in die Gasse runterführt. Um auf die Treppe zu gelangen, muss man durch eins von diesen großen Fenstern steigen, die hoch- und runtergehen …«

»Ein Schiebefenster«, sagte Quinn.

»Ja, kann sein. World sagt seinen Mädchen immer, sie sollen das Fenster offen lassen, falls sie mal schnell verduften müssen.«

Quinn warf einen Blick auf seine Uhr, nach der es kurz vor elf war.

»Ich denke, ich werde ein bisschen früher bei ihr reinschneien.«

»Ich komme mit«, sagte Tracy.

»Und wer soll den Van fahren?«, fragte Quinn und deutete mit dem Kinn nach hinten. »Sie?«

Tracy schaute kurz aus ihrem Fenster und sah dann zu Quinn hinüber. Sie griff nach hinten und zog ihren Lederaktenkoffer unter der Rückbank hervor, aus dem sie zwei Funkgeräte von Motorola fischte. Eins davon drückte sie Quinn in die Hand.

»Walkie-Talkies?«

»Genau.«

»Sind die auch mit einem Decoder ausgestattet?«

»Lassen Sie Ihre Witze, Terry. Sie schalten das Ding ein, verstanden? Das Ding hat 'ne Rufmeldung-Funktion. Wenn ich Kontakt mit Ihnen aufnehme, hören Sie das.«

»Na schön.« Quinn schaltete das Gerät vor Tracys Augen ein und steckte es dann in seine Jacke.

»Wie lange werden Sie dort drinnen brauchen?«, fragte Tracy.

»Wenn Jennifer da ist, wo Stella sagt, würde ich sagen, höchstens zehn Minuten.«

»Ich fahr' mit dem Van in die Gasse, geb' Ihnen aber fünf Minuten Vorsprung, ehe ich losfahre. Ich hab' was gegen enge Gassen, denn ich habe zu oft erlebt, dass da irgendwas aus dem Ruder läuft, Terry ...«

»Ich auch.«

»Ich hab' keinen Bock, dort festzuhängen.«

»In Ordnung. Ich komme mit dem Mädchen die Feuertreppe runter. Wir sehen uns in zehn Minuten, okay?«

»Okay.«

Quinn stieg aus dem Van und überquerte die Straße. Go-go-Musik schallte laut aus einem der Wagen, die mit heruntergekurbelten Fenstern in der zweiten Reihe standen. Vor dem Haus stand eine Schwarze mit rotem Lippenstift und Rouge auf den Wangen. Ihre Pobacken blitzten unter dem Rock hervor. Als er näher kam, musterte sie ihn und lächelte.

»Brauchst du heute Abend Gesellschaft, Süßer?«

»Bin schon vergeben, Baby. Meine Kleine wartet da drin.«

Von einer Sekunde auf die andere verlor sie jegliches Interesse an ihm und starrte ins Leere. Quinn ging weiter. Er stieg die Stufen hoch, öffnete die Tür des Reihenhauses und trat in einen schmalen Flur. Hinter ihm fiel die Tür leise ins Schloss. Er schaute die Treppe hoch. Der Flur stank nach Zigaretten, Marihuana und Desinfektionsmitteln. Über seinem Kopf hörte er Stimmen. Und Schritte.

Quinns Herz schlug schneller. Wieder mitzumischen verschaffte ihm einen richtigen Kick. Und dieses Haus hier auch, denn er musste daran denken, wie er vor fünfzehn Jahren zum ersten Mal bei einer Prostituierten gewesen war, in einem Haus wie diesem, nur ein paar Blocks entfernt.

Er nahm das Funkgerät aus der Tasche und schaltete es aus. Auf solchen Firlefanz konnte er verzichten. Wenn er sich das Mädchen suchte, konnte er keine Rufmeldung oder Störmanöver brauchen.

Quinn stieg die Treppe hoch.

Vierzehn

Worldwide Wilson fuhr in seinem mitternachtsblauen 400 SE, Baujahr ’92, mit den hellbraunen Ledersitzen die 14th hinunter. Aus der Anlage schallte leise eine Isley-Brothers-Compilation, *Beautiful Ballads*. Mit lieblicher Stimme sang Ronald in »Make me say it again, girl« darüber, wie er seine Kleine ganz heiß machte. Obwohl Wilson den Sitz ganz nach hinten geschoben hatte, stießen seine Knie ans Lenkrad. Er wechselte die Spur, riss das Steuer schnell herum, damit er nicht den Volldeppen im Wagen vor ihm rammte, der plötzlich nach links ausscherte, ohne den Blinker zu setzen. Während dieses Manövers baumelte der kleine Duftbaum am Rückspiegel hin und her.

Erst kürzlich hatte er das Lenkrad von einem Araber mit Fell beziehen lassen, aber der Typ hatte richtig Mist gebaut. Er hatte ein billiges Fell genommen, und nun klebten immer Härchen an Wilsons Händen und wirbelten durch den Wagen. Wer’s nicht besser wusste, musste ja denken, dass er ’ne Katze oder so ’n Scheißvieh besaß. Das hatte er nun davon, dass er einem Iraker einen Auftrag gab. Und außerdem hätte er diesem Leslie, einem Kerl mit einem Mädchennamen, von Anfang an nicht über den Weg trauen sollen.

Wilson hieß mit Vornamen Fred. Und ob man ihn nun Frederick oder Freddie nannte, der Name ging ihm auf den Sack. Früher, als Kind, hatten die anderen ihn immer Fred Feuerstein gerufen. Aber nur bis sich herumgesprochen hatte, dass sie was aufs Maul kriegten, wenn sie es noch mal sagten. Worldwide passte schon viel besser. Den Namen hatte er sich zugelegt, nachdem er aus Deutschland zurückgekehrt war, wo er Ende der Siebziger in der Armee gedient hatte. Dort drüben hatte er seinen ersten Stall zusammengestellt. Hellhäutige Mädchen mit Schlitzaugen und auch ein paar Blondinen. Die deutschen Weiber nagelten einen Schwarzen, ohne einen Gedanken an seine Hautfarbe zu verschwenden. Das war eins von vielen Dingen gewesen, die ihm dort drüben gefallen hatten.

Wilson drückte auf die Tasten des Autotelefons. Ihm gefiel, wie die Tasten das Wageninnere nachts in grünes Licht tauchten. Der Mercedes war ein super Schlitten und hatte echte Klasse. Das war nicht so eine aufgemotzte Karre, in denen diese Möchtegernzuhälter, die noch grün hinter den Ohren waren, herumkurvten. Das fellbezogene Lenkrad war die einzige Veränderung, die er vorgenommen hatte. Ach ja, und der Fernseher und Videorekorder auf dem Rücksitz und die kürzlich montierten Edelstahlauspuffrohre. Und das Telefon. Und die Y2K-Spezialfelgen, die er gekauft hatte und die dem Wagen erst das gewisse Etwas verliehen.

Wilson kam durch und nahm das Telefon aus der Haltevorrichtung.

»Wie läuft es, Baby?«

»Gemächlich.«

»Ich bin auf dem Weg.«

Wilson fuhr von der 14th, bog langsam um den Block und verschaffte sich einen Überblick. Es war nicht viel los. Er kam an einem abgewrackten alten Van vorbei und ein paar Karren, die in zweiter Reihe auf der Straße standen. Er fuhr um einen Chevy Lumina herum, der ebenfalls in zweiter Reihe parkte. Eins von seinen Mädels beugte sich gerade ins Fenster auf der Fahrerseite. Dieses Mädel quatschte zu viel und hatte doch nichts zu sagen. Sie war auch so eine, die sich für was Besonderes hielt und ihm tierisch auf den Keks ging. War allerhöchste Zeit, dass er ihr mal richtig den Marsch blies.

Er fuhr vor sein Reihenhaus, wo Carola – auch eins von seinen Mädchen – stand. Sie war sein bestes Pferd im Stall, wurde aber langsam zu alt für die Branche. Wilson drückte auf einen Knopf und ließ das Fenster herunter. Carola kam herüber und lehnte sich an die Tür.

»Wo steckt Jennifer?«

»Das Schulmädchen ist drin. Besorgt es gerade einem alten Kerl, der wie Al Roher aussieht.«

»Was ist sonst noch los?«

»Was weiß ich? Irgendein weißer Bursche ist reingegangen. Hab' ihn angebaggert, aber er sagte, er hätte sich schon 'n Mädchen ausgeguckt. Komisch nur, dass ich nicht gesehen habe, wer ihn abgeschleppt hat.«

»War er high?«

»Hat nicht so ausgesehen.«

»Von der Sitte?«

»Falls ja, sieht man's ihm nicht an.«

»Na gut. Wieso stehst du hier nur rum?«

»Hab' dir doch gesagt, dass nichts läuft.«

»Na, dann mal los und sorg dafür, dass was läuft. Zieh Leine und hol' dir einen Freier.«

»Ich bin müde.«

»Ich bin auch müde. Ich bin müde, von dir zu hören, dass du müde bist und keine Kohle ranschaffst. Jetzt zieh' endlich los und verhöker' deine Muschi, Mädchen.«

»Mein Füße tun weh, World.«

»Komm her.« Carla beugte sich vor, damit Wilson ihr die Wange streicheln konnte. »Du bist die Beste, Baby. Das weißt du doch, oder?«

»Ja, ich weiß, World.«

Wilsons Blick verdüsterte sich. »Dann bring mich nicht dazu, aus diesem Wagen zu steigen und dir den Arsch zu versohlen.«

Carola richtete sich auf und wich einen Schritt zurück. »Ich zisch' ab.«

»In Ordnung, Baby.« Als Wilson lächelte, funkelten seine Goldkronen. »Ich massier' dir später die Füße, verstanden?«

Aber Carola war schon weg, schlenderte den Block hinunter. Was bin ich froh, dachte Wilson, dass ich meinen Abschluss in Zuhälterei gemacht habe. Man musste bei den Mädels nur ein bisschen Psychologie einsetzen – das funktionierte immer.

Er stellte den Motor aus und quälte sich aus dem Wagen. Bei seiner Statur war bei ausländischen Kutschen das Aussteigen alles andere als ein Kinderspiel, aber während seines Aufenthaltes in Berlin hatte er einen Narren an deutschen Autos gefressen. Und mochten Lincolns und Cadillacs noch so geräumig sein, ihr Fahrverhalten hatte ihm nie zugesagt.

Er stand neben seinem Wagen, strich seinen Ledermantel glatt und rückte seinen Hut zurecht. Ehe er die Mercedestür schloss, stellte er zuerst den einen, dann den anderen Fuß aufs Trittbrett und wischte mit der Hand über seine Alligatorschuhe. Welchen Sinn machte es, fünfhundert Dollar für ein Paar Alligatorschuhe auszugeben, wenn sie dann nicht glänzten? Er warf die Tür zu und richtete sich zu voller Größe auf.

Jetzt wollte er mal nachsehen, wovon Carola da gequatscht hatte. Er wollte wissen, was ein Weißer im Schilde führte, der nicht in Begleitung einer Frau, die er fürs Ficken bezahlte, durch sein Haus stromerte.

»Ach, Scheiße«, sagte Stella, beugte sich vor und blinzelte hektisch hinter ihren Brillengläsern. »Dort drüben ist World.«

»Wo?«

»Das da ist sein Wagen. Der blaue Mercedes. Er redet gerade mit Carola, die den Kopf in sein Fenster steckt.«

Sue Tracy sah, wie das Mädchen von dem aufgemotzten Wagen wegging und den Block hinunterschlenderte. Dann stieg Worldwide Wilson aus dem Wagen. Er trug einen langen Mantel aus geprägtem Leder und einen Hut mit passendem Band. Wilson war groß, gut ein Meter neunzig, und hatte breite Schultern, die den schmal geschnittenen Mantel ausfüllten. Und er hatte den Gang einer Raubkatze.

Tracy drückte auf den Mikrofonknopf des Funkgerätes, das sie in der Hand hielt. Keine Antwort.

Wilson ging die Reihenhaustreppe hoch, stieß die Eingangstür auf und trat schnell ein. Die Tür fiel hinter ihm zu.

Wieder versuchte sie, per Funkgerät Kontakt mit Quinn aufzunehmen, und warf es dann auf den Sitz neben sich.

»Scheiße, Terry.«

»Was?«, fragte Stella.

Tracy antwortete nicht. Sie startete den Van, legte den ersten Gang ein, riss das Steuer hart nach links und bog um die Ecke.

Oben auf dem Treppenabsatz ließ Quinn das wackelige Holzgeländer los, das in einem schnurgeraden engen Flur an der Wand entlanglief. Von der gegenüberliegenden Wand gingen die geschlossenen und mit Milchglasoberlichtern ausgestatteten Türen ab. Fernsehkabel führten von einem Oberlicht zum nächsten. In der zweiten Etage war es ganz still. Er ging durch den Flur zur nächsten Treppe.

Je höher er kam, desto lauter wurde es. Möbel scharrten quietschend über Holzfußböden. Eine Radiostimme war zu hören, der tiefe Bass eines Mannes und die kieksige Stimme eines jungen Mädchens.

Oben kontrollierte Quinn als Erstes das Schiebefenster im hinteren Teil des Hauses. Es stand einen Spaltbreit offen. Von dort aus konnte man durch das Metallgitter der Feuertreppe in die Gasse hinunterschauen. Sie war weder beleuchtet noch versperrt und schien breit genug, dass ein Wagen durchkam.

Quinn ging zur ersten Tür. 3-C war aufgemalt, doch die Farbe war teilweise schon abgesplittert. Hinter der Tür lief ein Radio, und man hörte einen Mann und eine Frau und das Knarzen eines Bettrostes. Quinn drehte am Knauf, stieß die Tür auf und trat ein.

Im Bett lag ein fettleibiger Schwarzer mittleren Alters auf Jennifer Marshall. Sein dicker Hintern und seine breiten Hüften schwabbelten, während er sie vögelte. Bis er den Kopf drehte, stand Quinn schon neben ihm. Er zog ihn an den

Schultern hoch und schmetterte ihn dann hart gegen die Wand neben dem Bett. Mit einem dumpfen Knall schlug der Kopf des Mannes, oben kahl und seitlich von ein paar schwarzen Zotteln eingerahmt, gegen die Wand.

Quinn schaute sich schnell um. Die Decke des Zimmers war hoch. Von den Wänden bröckelte der Putz. Das Mobiliar bestand aus einem Bett und einem Nachttisch mit einer Lampe und einem Radio. Eine Tür führte ins angrenzende Badezimmer. Auf dem Boden vor dem Bett türmten sich Klamotten auf.

Jennifer hatte nur den Rock und den Schlüpfer ausgezogen. Sie setzte sich auf, lehnte sich mit dem Rücken ans Kopfende. Ihre Beine waren immer noch weit gespreizt, und ihre spärlich mit rotbraunen Haaren bedeckte Scham leuchtete pink. Quinn wandte den Blick ab.

»Zieh dich an«, befahl Quinn dem Mann, »und schaff deinen Arsch hier raus. Und zwar sofort.«

Der Mann, der bis auf ein Paar braune Socken nackt war, rührte sich nicht, verzog keine Miene. Sein erigierter Penis, über den ein Kondom gezogen war, ragte hervor.

»Ich hab' gesagt, du sollst verduften.«

»Was, zum Teufel, geht hier vor?«, fragte Jennifer.

Quinn hob Jennifers Rock und Schlüpfer auf und warf sie vor ihr aufs Bett. »Zieh das an.« Zu dem Mann sagte er: »Los jetzt.«

Der Mann begann sich anzuziehen. Jennifer streifte ihren Schlüpfer über und rutschte mit dem Rock in den Händen vom Bett. Sie hatte schmale Handgelenke, dünne Beine. Aus der Nähe betrachtet konnte auch das dicke Make-up ihr Alter nicht mehr verbergen. Wie ein Kind, das mit den Sachen ihrer Mutter Verkleiden spielte.

»Beeil dich«, sagte Quinn.

»Wer sind Sie?«, fragte Jennifer.

»Ich bin ein Ermittler«, antwortete Quinn. »Aus D. C.«

Die Tür flog auf. Worldwide Wilson kam ins Zimmer.

»Ein Ermittler, hm?« Wilson mit seinen Goldkronen lachte übers ganze Gesicht. »Dann werden Sie doch wohl keine Einwände erheben, wenn ich Ihre Marke sehen will, Arschloch.«

Sue Tracy fuhr mit dem Van hinters Haus. Neben einer Mülltonne leuchtete ein im Scheinwerferlicht erstarrtes Augenpaar auf. Als Tracy den Motor und das Licht ausschaltete, wurde es wieder schwarz in der Gasse. Sie wartete, bis ihre Augen sich auf die plötzlich veränderten Lichtverhältnisse eingestellt hatten. Langsam wurden Gebäudeumrisse erkennbar. Dicht vor dem Van huschten zwei Ratten durch die Gasse.

Gedämpftes Licht fiel durch die zugezogenen Vorhänge einer verglasten Veranda im zweiten Stock und das Fenster über der Feuerleiter.

»Das ist es, oder?«

Stella zwängte den Kopf zwischen Tracy und das Fenster und schaute hoch. »Ich denke schon.«

Tracy holte ein Bündel Geldscheine aus ihrem Aktenkoffer und stopfte sie in die Hosentasche. »Warte hier.«

»Sie werden mich doch nicht hier sitzen lassen, oder?«

»Ich bin gleich wieder da«, sagte Tracy.

»Lassen Sie mich nicht hier im Dunkeln hängen«, warnte Stella.

»Wenn du abhaust, kriegst du die Kohle nicht. Denk dran.«

Tracy stieg aus dem Van und drückte die Fahrertür vorsichtig zu, die sich mit einem leisen Klicken schloss.

Ohne den Kopf zu drehen, griff Wilson nach hinten und stieß die Schlafzimmertür zu, die allerdings einen Spaltbreit offen blieb. Der Mann auf dem Bett senkte den Blick und versuchte, im Sitzen seine Hose anzuziehen. Kleingeld kullerte aus der Hosentasche aufs Bettlaken. Quinn stand mit gestrafften Schultern und durchgedrücktem Rücken da und ließ Wilson nicht aus den Augen.

»Ich hab' nichts gemacht, Wilson«, sagte Jennifer.

Mit einer Hand in der Lederjacke trat Wilson ein paar Schritte näher, blieb aber etwa einen Meter vor Quinn stehen und musterte ihn grinsend.

»Na, was haben Sie denn hier zu suchen, Mann?«

Quinn antwortete nicht.

»Aufs Vögeln sind Sie nicht aus«, konstatierte Wilson in seinem weichen Bariton.

Quinn schwieg immer noch.

»Was ist denn, weißer Mann? Haben Sie Ihre Zunge verschluckt?«

»Ich bin wegen dem Mädchen gekommen«, antwortete Quinn.

»Dann müssen Sie ...« Wilson schnippte mit dem Finger. »Terry Quinn sein. Stimmt's?«

Quinn nickte langsam.

Auf einmal wirkte der fensterlose Raum winzig. Quinn wusste, dass er es niemals bis zur Tür schaffen würde. Wilson war zwar massig, aber seine fließenden Bewegungen ließen darauf schließen, dass seine Fülle ihn nicht behinderte. Den Kerl kann man nur in die Knie zwingen, überlegte Quinn, wenn man ihm einen tiefen Schlag verpasste und dann in den Schwitzkasten nahm. Diesen Rat gab er den Jungs immer beim Training. Quinn schob einen Fuß nach vorn und verlagerte das Gewicht auf dieses Bein.

»Na, willst du dich jetzt auf mich stürzen, Kleiner? Hast du das vor?«

Wilson zog ein Schnappmesser aus der Manteltasche. Eine zehn Zentimeter lange Edelstahlklinge fuhr heraus. Der Perlmuttgriff lag locker in Wilsons Hand.

»Hab' ich drüben in Italien erstanden«, sagte Wilson. »Die machen die schönsten Klappmesser.«

Der Mann auf dem Bett zog umständlich sein Hemd an. Jennifer steckte ein Bein in den Rock.

Wilsons Augen funkelten. »Hast du Schiss, Terry?«

Wieder gab Quinn keine Antwort.

»Terry. Das ist doch ein Mädchenname, oder?« Wilson lachte und trat näher. »Ist mir eigentlich auch wurscht, Terry. Wenn's sein muss, schlitz' ich auch eine Schlampe auf.«

Die Tür flog auf, und Sue Tracy verpasste ihr beim Eintreten gleich noch einen Stoß. Sie hielt eine .38er Special, eine Stupsnase, in der ausgestreckten Hand und in der anderen das aufgeklappte Lederetui mit der Marke.

»Mann, ist die aus einem Spielzeugladen?«, fragte Wilson.

»Ich bin Ermittlerin«, sagte Tracy.

»Ach«, sagte Wilson, »und jetzt werdet ihr gleich Polizei spielen, was?«

»Halt die Klappe«, sagte Tracy und zielte auf Wilsons Gesicht. »Lass das Messer fallen.«

Sie hatte den Satz noch nicht mal zu Ende gesprochen, da ließ Wilson das Messer schon fallen. Er grinste immer noch, und seine fröhlich funkelnden Augen wanderten von Tracy zu Quinn zurück.

»Hauen Sie ab«, sagte Tracy zu dem fetten Mann. Gleichzeitig kriegte sie einen Adrenalinkick und schrie: »Verdammt, gehen Sie nach Hause zu Ihrer Frau und Ihren Kindern!«

Der Mann klaubte die übrigen Klamotten vom Boden auf und verließ hektisch das Zimmer.

Wilson kicherte. »Scheiße, Schätzchen. Du reagierst wie ... du reagierst wie ein Typ, weißt du das?« Mit dem Kinn deutete er auf Quinn. »Lass dir eins gesagt sein, du bist viel mehr Mann als dieser kleine Arschficker hier.«

Tracy kriegte mit, wie Terry rot anlief. »Terry, verschwinde von hier. Ich komm gleich nach, kapiert?«

Quinn konnte sich einen Augenblick lang nicht von der Stelle rühren. Seine Augen fühlten sich trocken an und brannten.

»Schnapp sie dir!«, befahl Tracy, die immer noch auf Wilson zielte.

»Die Kavallerie hält die Indianer in Schach, während die

Frauen und Kinder das Fort verlassen«, kommentierte Wilson.

Jennifer Marshall hatte endlich ihren Rock angezogen. Quinn umklammerte ihren Ellbogen. Sie erzitterte unter seiner Berührung.

»Ich hab' nichts gemacht, World.«

Wilson würdigte das Mädchen keines Blickes. Er grinste Quinn an, der Jennifer aus dem Zimmer schob und Tracy auswich, immer darauf bedacht, ihr nicht vor die Waffe zu treten.

»Wir sehen uns wieder, Theresa«, prophezeite Wilson.

Tracy hörte Schritte im Flur. Dann stießen sie gegen den Fensterrahmen und kletterten durchs offene Fenster. Ihr ausgestreckter Arm zitterte kein bisschen.

»Und wie heißen Sie?«, fragte Wilson.

Tracy wartete. Sie hörte, wie sie die Feuerleiter hinunterstiegen. Dann verblasste auch dieses Geräusch. Jetzt schallte nur noch die Männerstimme aus dem Radio. Mit einem Lächeln auf den Lippen starrte Wilson sie an.

Er musterte ihre Figur. »Hören Sie, als ich sagte, Sie wären wie ein Typ, hab' ich das nicht so gemeint. Kann ja ein Blinder mit 'nem Krückstock sehen, dass Sie durch und durch Frau sind. Ich meine, Sie haben tolle Titten, Schätzchen. Kann man selbst durchs Hemd erkennen, dass sie richtig straff sind. Könnte wetten, die sacken nicht runter, wenn Sie den BH ausziehen. Tun Sie mir doch den Gefallen, und drehen Sie sich um, damit ich einen Blick auf Ihren hübschen Arsch werfen kann.«

Tracy spürte, wie ihr ein Schweißtropfen über die Stirn lief, von ihrer Braue tropfte und im Auge brannte.

»Haben Sie auch 'ne nette Muschi?«

Tracy spannte den Hahn der .38er.

»Hauen Sie jetzt ab«, flüsterte Wilson. »Ich werde Ihnen nicht hinterherlaufen. Ist nicht mein Ding, einem Weib wehzutun, es sei denn, sie bittet mich darum. Und Sie werden mich doch nicht bitten, Schätzchen, oder?«

Sie ging rückwärts aus dem Zimmer, rückwärts den Flur hinunter und stieg rückwärts aus dem offenen Fenster. Draußen auf der Feuerleiter warf sie kurz einen Blick auf den Van, der mit laufendem Motor in der Gasse wartete, und schwenkte dann den Blick wieder zum Flur im dritten Stock zurück. Und dann stieg sie mit auf das Fenster gerichteter Waffe rückwärts die Eisenstufen hinunter.

Fünfzehn

Quinn fuhr aus der Stadt, hielt sich an die Geschwindigkeitsbegrenzung und bremste jedes Mal, wenn eine Ampel auf Gelb schaltete. Er hatte sich bei Tracy bedankt, als sie in den Transporter gestiegen waren, doch danach hatten sie kaum ein Wort gewechselt. Selbstverständlich war er dankbar für das, was sie getan hatte, aber sie war sich auch darüber im Klaren, was für ein Typ Mann er war und dass man ihn gedemütigt hatte.

Jennifer und Stella saßen nebeneinander auf der Rückbank und stritten fast auf der ganzen Strecke von D. C. miteinander. Aber nachdem sie die Stadtgrenze passiert hatten, wurden ihre Stimmen leiser, und als Quinn die Ausfahrt zum Beltway hochrollte, hatten sie ihren Streit beigelegt. Quinn fuhr nun auf die 270 North, schaute in den Rückspiegel und sah, wie die beiden Mädchen sich umarmten. Zum ersten Mal seit der Aktion im Reihenhaus hielt Quinn das Steuer ganz unverkrampft.

Tracy zündete sich eine Zigarette an und warf das Streichholz aus dem Fenster. »Sind Sie in Ordnung?«

»Mir geht es gut.«

»Kann ich mein Funkgerät wiederhaben?«

Quinn holte es aus seiner Jackentasche und reichte es ihr. »Das Ding funktioniert beschissen, wissen Sie?«

»Nächstes Mal schalten Sie es ein.« Tracy führte die Hand zum Aschenbecher und klopfte die Asche ab. »Sie haben doch kein Problem mit dem, was sich in dem Haus abgespielt hat, oder?«

»Nein«, log Quinn. »Wäre doch ein Vollidiot, wenn's so wäre. Ich meine, Sie haben meinen Arsch gerettet.«

Tracy grinste. »Und alle anderen Körperteile auch.«

»War ziemlich klasse, wie Sie da reingestürmt sind. Und Sie haben mir nicht mal verraten, dass Sie eine Waffe tragen.«

»Die hat mein Vater mir vor Ewigkeiten gegeben. Hat sie illegal in Downtown erworben. Das ist eine alte Polizeiwaffe, noch aus der Zeit, bevor sie auf die Glock umgestellt haben.«

»Der Besitz dieser Waffen ist im District, ähm, verboten. Wissen Sie das?«

»Ehrlich?«

»Ja, Sie könnten 'ne Menge Scherereien kriegen, wenn man Sie mit diesem Ding erwischt. Und Ihre Lizenz verlieren.«

»Immer noch besser als die Alternative.«

»Wollte Sie ja nur darauf hinweisen, mehr nicht.«

»In solch eine Situation wie eben würde ich mich nie und nimmer ohne Waffe begeben.«

»Gut.«

»Wollen Sie mir damit sagen, dass Sie keine Waffe besitzen?«

»Doch, ich hab' eine. Ich bin nur überrascht, dass Sie eine haben, das ist alles.«

»Ich wollte den Typen umbringen, Terry. Ich meine, ich war kurz davor. Hat mich dort schon ein bisschen beunruhigt. Sogar mehr als ihn, wissen Sie? Kennen Sie dieses Gefühl?«

»So fühle ich mich andauernd.«

Tatsächlich sah Quinn das Zimmer in dem Reihenhaus und Worldwide Wilson gerade vor seinem inneren Auge.

»Wie auch immer«, meinte Tracy, »das war gute Arbeit.

Sie haben sie schnell gefunden. Und selbst diese Heldennummer dort ist okay gewesen. Gute, solide Arbeit.«

»Heldennummer? Jesus! Und wie würden Sie Ihr Auftreten nennen?«

Tracy grinste verschmitzt. »Ja, wie denn?«

Quinn musterte sie. »Knallhart.«

Tracy zeigte auf die Jugendstrafanstalt auf der anderen Seite der Autobahn, die jetzt links von ihnen in Sicht kam. Quinn wechselte auf die rechte Spur und nahm die nächste Ausfahrt.

Er fuhr mit dem Van auf den Parkplatz des Seven-Locks-Reviers. Die beiden Mädchen auf der Rückbank unterhielten sich leise. Stella griff in ihre Football-Handtasche und zog einen Walkman und mehrere CDs heraus.

»Wird 'ne Weile dauern«, sagte Tracy. »Es ist zwar nicht unbedingt nötig, aber ich denke, ich sollte auf ihre Eltern warten, während die Bullen den Papierkram erledigen. Wenn's irgend geht, möchte ich mich noch mit den Eltern unterhalten.«

»Kein Problem. Haben Sie immer noch Bock auf ein Bier?«

»Klar.«

»Die Kneipen haben sicher schon zu, bis wir hier fertig sind. Ich dachte, ich könnte ein Sixpack besorgen, während Sie da drin sind.«

»Holen Sie lieber gleich zwei.«

»Ich warte dann hier draußen auf Sie«, sagte Quinn.

Jennifer stieg aus dem Van. Tracy warf Stella hinten ihre Schachtel Zigaretten zu. Jennifer sagte kein Wort zu Quinn, als sie an seinem Fenster vorbeikam. Während Tracy mit Jennifer zum Revier rüberging, hielt sie das Mädchen am Ellbogen fest.

»Meinst du, wir finden hier draußen am Potomac einen Getränkemarkt?«

»Ich will auch ein Bier«, sagte Stella.

»Vergiss es«, meinte Quinn.

Es dauerte eine Weile, bis sie einen kleinen Supermarkt

gefunden hatten. Wieder zurück auf dem Parkplatz, machte Quinn eine Dose auf und nahm einen großen Schluck. Stella, die hinter ihm saß, rauchte eine von Tracys Zigaretten. Sie hatte Quinn gebeten, den Zündschlüssel auf Position I zu stellen, damit der Rekorder Saft hatte und sie die Mazzy-Star-Kassette hören konnte.

»Ist schon antiquiert«, meinte sie, »klingt aber immer noch geil.«

»Ja, ist ganz nett.«

»Ist bestimmt die Kassette von Ihrer Partnerin.«

»Stimmt.« Quinn schloss die Augen und trank noch einen Schluck Bier. Es war kalt und schmeckte gut.

»Sie sind eher der Springsteen-Typ.«

»Uhu.« Als er das von Punktstrahlern erleuchtete Gebäude betrachtete, musste er an seine High-School-Zeit denken. Damals hatte er mal in einer dieser Zellen eine Nacht verbracht. Er war bei jemandem daheim auf einer Party gewesen, die viel zu lange gedauert hatte. Und dann hatte man ihm betrunkenes Randalieren vorgeworfen, weil er den Vater des Gastgebers verprügelt hatte. Quinn fragte sich, ob der Junge je darüber hinweggekommen war, seinen Vater am Boden liegen zu sehen, nachdem er von einem Siebzehnjährigen zusammengeschlagen worden war. Und all das nur, weil der alte Herr Quinn falsch angeschaut und gegrinst hatte.

»He, hören Sie zu?«

»Aber sicher.«

»Mein Vater steht auf Springsteen. Den alten Springsteen, wie er immer sagt, was heißen soll, dass die Songs asbachuralt sind. Nicht, dass ich Sie mit meinem Vater vergleiche. Sie sind nämlich jünger als er.« Stella zog an ihrer Zigarette. »›Dein Vater ist schwach und nutzlos.‹ Das sind die Worte des Psychoklempners, zu dem meine Eltern mich geschickt haben. Der Psychiater hätte so was nicht zu mir sagen sollen, ich weiß. Aber ich hab' ihm gleich dort im Büro einen geblasen, und da hat er alles Mögliche ausgeplaudert.«

»Ich will das nicht hören«, sagte Quinn.

»Er hat gesagt, ›starke Männer üben eine große Anziehungskraft auf mich aus‹, weil mein Vater schwach war. Was halten Sie davon?«

»Weiß nicht.«

»Deshalb hab' ich mich vermutlich mit World zusammengetan. Konnte keinen auftreiben, der stärker ist als er. Der hat mich gleich auf die Straße geschickt.« Stella zog zweimal an ihrer Zigarette und warf sie zum Fenster hinaus. »Aber ich brachte ihm nicht genug Kohle ein. Für das, was ich zu bieten hatte, wollte niemand zahlen, was ich ihnen nicht verdenken kann. An mir ist nicht viel dran, oder, Terry? Was denken Sie?«

»Du bist okay«, sagte Quinn.

»Ja, eine richtige Schönheit, was? Deshalb habe ich angefangen, für World Mädels zu rekrutieren.«

»Stella ...«

»Ich mag starke Männer, Terry. Da hat der Psychiater ganz Recht gehabt.«

Sie rutschte über den Sitz, weil sie ihm näher sein wollte. Quinn spürte ihren warmen Atem auf seinem Gesicht.

»Das ist keine gute Idee«, fand Quinn.

»Keine Sorge, Grünauge, ich will dir nicht wehtun. Ich wollte nur ein bisschen Zuneigung. In den Arm genommen werden, mehr nicht.« Sie rückte wieder ab. Der Lichtschein der Parkplatzleuchten fiel auf ihr Gesicht. Quinn entging nicht, dass ihr hinter den dicken Brillengläsern Tränen in die Augen stiegen.

»Tut mir Leid, Stella.«

»Ist doch keine große Sache«, sagte sie leicht eingeschnappt, drehte den Kopf weg und starrte aus dem Fenster.

Sie saßen noch eine Weile herum und beobachteten, wie Polizisten aus dem Revier kamen und hineingingen. Ein Minivan rollte auf den Parkplatz. Ein Mann und eine Frau stiegen aus und eilten nach drinnen. Als Stella sie sah, lachte sie freudlos auf.

»Ich finde es klasse, wenn am Ende alles gut ausgeht«, sagte Stella. Jetzt war ihre Miene wieder eine undurchdringliche Maske.

»Du brauchst nicht mehr für Wilson zu arbeiten. Das weißt du doch, oder?«

»Ja, ich weiß. Verdammt, ich bin ja wer.«

»Es ist mein Ernst. Und wir beide wissen, dass du nicht sicher bist. Eines Tages wird er rauskriegen, dass du ihn in die Pfanne gehauen hast.«

»Sie haben mich da drinnen doch nicht verpfiffen, oder? Sie haben doch nicht meinen Namen fallen lassen oder so was in der Art?«

»Nein.«

»Natürlich nicht. Hätte Ihnen ja auch nichts gebracht.«

»Das ist nicht der einzige Grund, wieso Menschen etwas tun oder unterlassen«, meinte Quinn.

»Ja, klar, schon gut.« Stelle zündete sich die nächste Zigarette an. »Hauptsache, ich kriege meine Kohle.«

Eine halbe Stunde später kam Tracy aus dem Revier. Stella kletterte nach hinten. Tracy rutschte auf den Beifahrersitz.

»Ist alles gut gelaufen?«, fragte Quinn.

»Die Eltern haben sie jetzt«, sagte Tracy. »Sie bringen sie nach Hause. Aber ob sie dort bleibt, kann ich nicht sagen.«

Auf der Rückfahrt trank sie ein Bier. Quinn leerte die zweite Dose. In D. C. parkte Quinn auf der 23rd Street neben der Kirche.

Tracy gab Stella die fünfhundert Dollar und ihre Visitenkarte.

»Ist mir ein Vergnügen gewesen, mit Ihnen Geschäfte zu machen«, sagte Stella. »Wollen Sie Ihre Kippen wieder?«

»Behalt sie«, sagte Tracy. »Ich hab' noch eine Schachtel. Und, Stella, wenn du mit jemandem quatschen willst oder so, dann ...«

»Ich weiß, ich weiß. Ich hab' jetzt ja Ihre Nummer.«

»Halt' dich ein paar Tage im Hintergrund«, riet Quinn.

Stella beugte sich über die Lehne und drückte Quinn einen Kuss hinters Ohr. Dann stieg sie hinten aus und ging über den Kirchhof. Sie schauten ihr hinterher, wie sie durch die dunklen Schatten lief.

»Was meinen Sie, wohin sie geht?«, fragte Quinn.

»Machen Sie sich darüber keine Gedanken.«

»Das sollte mir eigentlich schnuppe sein, was? Ich meine, sie liefert Wilson die Mädels, und er schickt sie dann auf den Strich.«

»Stella ist auch ein Opfer. Versuchen Sie mal, es von der Seite zu sehen. Und vergessen Sie nicht, wir haben Jennifer von der Straße geholt.«

»Und warum hab' ich dann das Gefühl, wir hätten nichts erreicht?«

»Sie können nicht alle in einer Nacht retten«, sagte Tracy. »Kommen Sie, lassen Sie uns fahren.«

Quinns Blick kehrte zum Kirchhof zurück. Stella war verschwunden. Die Nacht hatte sie verschluckt. Quinn legte den Gang ein, rollte zur Ecke vor, bog links ab und fuhr nach Uptown.

Sue Tracy lud sich bei Quinn ein. Er spürte so was wie Erleichterung, dass die Initiative von ihr ausging, was ihn allerdings nicht sonderlich überraschte. Im Wohnzimmer schaltete er eine Lampe ein, hob im Vorbeigehen Zeitungen und Socken auf und bat sie, Platz zu nehmen.

Quinn ging in die Küche, stellte das Bier in den Kühlschrank, machte zwei Dosen auf und kehrte mit ihnen und einem Aschenbecher ins Wohnzimmer zurück. Tracy sprach gerade ins Handy und erzählte ihrer Partnerin, wie die Sache über die Bühne gegangen war. Karen, es ist gut gelaufen, Karen dies und Karen das. Er hörte, wie Tracy sagte, wo sie war. Dann sagte ihre Partnerin etwas, woraufhin Tracy lachte und – ehe sie das Gespräch beendete – etwas erwiderte, das Quinn nicht genau verstand.

Tracy zündete eine Zigarette an und warf das Streichholz in den Aschenbecher. »Danke. Es stört dich doch nicht, wenn ich hier rauche, oder?«

»Nee, das ist schon okay.«

Quinn stand vor seiner bescheidenen CD-Sammlung und überlegte krampfhaft, was er auflegen sollte. Als er nach etwas Passendem suchte, stellte er fest, dass ein Großteil seiner Musik eher aggressiv war. Bisher war ihm das noch nicht aufgefallen. Er entschied sich für eine Shane-MacGowan-Soloplatte, auf der er zusammen mit Sinéad ›Haunted‹ sang. Gute Musik zum Saufen und dabei auch noch so sexy wie eine kleine Narbe auf der Lippe eines hübschen Mädchens.

Quinn setzte sich auf die Couch neben Tracy. Sie hatte ihre Schuhe abgestreift und die Beine hochgezogen.

»Auf die gute Arbeit«, sagte sie und stieß mit ihrer grünen Bierdose gegen seine. Beide nahmen einen langen Zug.

»Hast du da am Telefon über mich gelacht?«

»Hm, ja, Karen hat gewettet, dass ich die Nacht hier verbringe. Ich habe die Wette angenommen.«

»Und?«

»Und ich habe ihr versprochen, ich begleiche meine Schulden beim nächsten Treffen.«

Tracy drückte ihre Zigarette aus, zog das Haargummi runter und schüttelte den Kopf. Die Haare fielen über ihre Schultern und ein paar Strähnen ins Gesicht.

»Darf ich da auch ein Wörtchen mitreden?«, fragte Quinn.

»Wir haben uns jetzt zwei Mal getroffen, und jedes Mal hast du mich angestarrt, als ob du am Verhungern bist. Und, Terry, ich mag vielleicht etwas diskreter vorgehen, aber ich hab' dir die gleichen Blicke zugeworfen.«

»Mann, du hast echt Mumm.«

Tracy lehnte sich an Quinn. Er strich ihr die Haare aus dem Gesicht, und sie küsste ihn auf den Mund. Ihre Zungen berührten sich, und er biss ganz leicht in ihre Unterlippe, als sie den Kopf zurückzog.

»Lass uns noch ein Bier trinken«, sagte Tracy. »Ein bisschen entspannen, reden, Musik hören. Okay?«

»Du hast das Sagen.«

»Hör auf damit.«

»Nein, das ist klasse.« Quinn atmete langsam aus. »Sich entspannen. Klingt gut.«

Nachdem sie ihr Bier ausgetrunken hatten, holte Quinn zwei neue Dosen. Als er zurückkam, zündete Tracy sich gerade eine Zigarette an. Er setzte sich dicht neben sie. Quinn hatte schon drei Bier intus. Das hier war das vierte. Mittlerweile war er angedröhnt, aber immer noch leicht angespannt wegen der Nummer von vorhin.

»Ich dachte, du wolltest dich entspannen.«

»Das mach' ich ja.«

»Du ballst die Fäuste.«

»Du auch.«

»Vergiss, wie das heute Abend mit Wilson gelaufen ist, Terry. Mich hat er auch dumm angemacht. Aber der Mann ist Schnee von gestern, und wir haben den Job erledigt. Und das ist im Moment das Einzige, was zählt, oder?«

Quinn nickte. Er dachte an Wilson. Da saß er nun und trank ein kaltes Bier mit einer gut aussehenden Frau, die er mochte und mit der er ins Bett steigen wollte, und konnte nicht aufhören, an den Mann zu denken, der ihm einen Tiefschlag verpasst hatte.

»Wie kommst du auf die Idee, dass ich über Wilson nachdenke?«

»Ich hab' mich nach dir erkundigt und mit ein paar Typen vom MPD geredet, die Karen kennt.«

»Ja? Und was haben sie so gesagt?«

»Na, jeder hat 'ne andere Meinung über das, was sich an jenem Abend abgespielt hat, als du den Bullen erschossen hast.«

»Diesen schwarzen Bullen, meinst du. Warum hast du nicht einfach Derek gefragt? Er hat den ganzen Vorfall noch mal neu aufgerollt.«

»Habt ihr euch damals kennen gelernt?«

»Ja.«

»Die Abteilung findet, du hast richtig gehandelt.«

»Die Sache ist schon ein bisschen komplizierter. Du weißt, wovon ich spreche, schließlich bist du auch mal bei der Polizei gewesen. Aber eine Menge Bullen, die mir ab und an über den Weg laufen, sind nicht bereit, die Angelegenheit zu vergessen. Manche denken immer noch, dass die Schießerei ein Rassending gewesen ist. Und zu Ende gedacht heißt das, dass ich ein Rassist bin.«

»Und?«

»Sue, ich werde hier nicht so tun, als wäre ich frei von Vorurteilen. Wenn ein Weißer behauptet, er würde einen Schwarzen sehen und nicht irgendwelche Schlussfolgerungen ziehen, dann lügt er. Das ist gequirlte Hühnerkacke. Und anders herum läuft es genauso. Lass es mich mal so formulieren: Ich bin nicht mehr und nicht weniger rassistisch als meine Mitmenschen, kapiert? Und dabei wollen wir es belassen.«

»Weißt du, selbst die, die dich so sehen, haben zugegeben, dass du ein guter Bulle und ganz gut anerkannt warst. Aber man sagt dir nach, gewalttätig zu sein. Keiner behauptet, du würdest es von dir aus darauf anlegen, sondern eher so was in die Richtung, dass du es dir nicht gefallen lässt, wenn dich jemand dumm anmacht.«

Quinn trank einen großen Schluck und starrte die Dose an. »Überprüfst du immer die Jungs, für die du dich interessierst?«

»Ich hab' mich schon seit langem nicht mehr für jemanden interessiert.« Tracy zog an ihrer Zigarette und schnippte die Asche ab. »Jetzt bist du an der Reihe. Du kannst alles fragen, was du wissen willst.«

»Na schön. Bei unserem ersten Treffen hatte ich den Eindruck, dein Vater macht dir zu schaffen.«

»Da täuschst du dich«, sagte Tracy und schüttelte den Kopf. »Jedenfalls ist es nicht so, wie du meinst. Ich habe meinen

Vater geliebt und er mich. Ich hatte nie das Gefühl, ihm etwas beweisen zu müssen. Er ist immer stolz auf mich gewesen. Das weiß ich, weil er keinen Hehl daraus gemacht hat. Er hat es mir sogar gesagt, als ich ihn das letzte Mal gesehen habe, in seinem Bett im Hospiz.«

»War er Bulle?«

»Nein. Er kam aus einer Polizistenfamilie, aber das war nicht der Beruf, den er ausüben wollte. Er war Barkeeper im Mayflower Hotel in Downtown.«

»Dort arbeiten doch nur Asiaten hinter der Theke.«

»Inzwischen ja, aber Frank Tracy war Vollblutire. Ein katholischer Ire. Genau wie du, Quinn.«

»Bist du von Natur aus blond?«

»Werd' nicht grob.«

»War nur eine Frage.«

Tracy grinste. »Das kannst du bald selbst rausfinden.«

»Du bist mir schon eine Nummer«, sagte Quinn.

Hinten in seinem Schlafzimmer standen sie sich gegenüber und zogen sich gegenseitig aus. Sie half ihm mit seinem T-Shirt und stieg dann aus ihren Hosen. Tracy trug einen schwarzen, hoch ausgeschnittenen Spitzenschlüpfer. Die Muskeln ihrer Schenkel endeten erst unter dem zarten Stoff. Er knöpfte ihre Bluse auf und streifte sie über die kräftigen Schultern. Sie hatte einen schwarzen Büstenhalter an, der vorn geschlossen wurde. Er öffnete ihn und ließ ihn zu Boden fallen. Dann drückte er eine ihrer rosa Brustwarzen und fuhr mit der Zunge darüber.

»Die sind sehr schön«, fand Quinn.

»Ist mir schon zu Ohren gekommen.«

Er schluckte. »Ich meine es ernst, Baby.«

»Sie halten meinen BH oben«, sagte Tracy.

Quinn kicherte, küsste sie auf den Mund und kniete sich vor sie. Er zog ihr Höschen runter, küsste ihre Scham, hauchte auf ihre Schamlippen, küsste sie und teilte sie mit der Zunge. Ihre Finger bohrten sich so tief in seine Schultern, dass es wehtat. Er saugte an ihrem zarten Fleisch und kostete ihren Saft. Sie kam im Stehen.

Sie gingen zum Bett hinüber. Quinn legte sich auf sie, und sie liebten sich. Sein Orgasmus war so heftig wie ein Stoß ins Herz. Hinterher unterhielten sie sich eine Weile, duschten und vögelten noch mal. Quinn lag neben Tracy. Sie schauten sich lange schweigend an. Irgendwann merkte Quinn, wie ihre Lider schwer wurden. Im Schlaf umspielte ein leises Lächeln ihre Lippen.

Quinn stieg aus dem Bett und trat ans Fenster. Es war schon spät, kurz vor vier. Die Straße war still. Ein Streifenwagen vom Revier ein Stück weiter die Straße hoch bretterte die Sligo hinunter und war dann verschwunden. Er fragte sich, ob der Typ Bereitschaft hatte oder ob er nur einfach schnell fuhr und auf der Suche nach Action war. Er fragte sich, ob er einer von diesen Bullen war, ob er dem Bullen ähnelte, wie Quinn früher einer gewesen war.

Das mit Tracy ging recht schnell. Er hatte es gleich bei ihrem ersten Treffen im Café kommen sehen. Das war ziemlich locker gelaufen. Genauso locker waren ihr die paar Worte über die Lippen gekommen. Katholischer Ire. Genau wie du, Quinn. Von dem Moment an war jedes weitere Wort überflüssig, alles klar gewesen. Da gab es diesen Vater, dessen Blut nicht nur in ihren Adern floss, sondern der ein Teil von ihr war. Und nun gab es ihn, der ihr vom Wesen her ähnlich vertraut war. Wie so oft überlegte er, ob es für die Menschen nicht natürlicher war, mit ihresgleichen zu verkehren. Nun, leichter war es allemal. Davon war er überzeugt.

Tracy war auch Polizistin gewesen, wie er. Bei ihr musste er nicht so tun, als wäre ihm die ganze Action schnuppe, als würde er nichts vermissen. Hier musste er sich nicht verstellen, hier brauchte er keine Maske aufzusetzen, wozu er sich in Gegenwart von anderen Frauen stets genötigt fühlte. Und in dieser Hinsicht taten sie einander gut. Sie nahm ihn so, wie er war.

Quinn stand da, schaute aus dem Fenster auf die dunkle Straße und sah Wilson in dem Bordell, sah dieses Lächeln, bei dem die Goldkronen aufblitzten, hörte den warmen Bariton und versuchte, all das zu vergessen. Er versuchte, sich darüber klar zu werden, in welche Richtung er steuerte mit diesem Problem, das er hatte. Und er versuchte zu begreifen, wer er war. Wer er war und wohin das am Ende alles führte.

Sechzehn

Am Samstagmorgen versammelte sich die Mannschaft in der Roosevelt High School zur Besprechung des Spielplans. Strange und Blue wollten sich auch davon überzeugen, dass die Jungs die richtigen Polster und den richtigen Mundschutz hatten, damit es vor dem Spiel keine unangenehmen Überraschungen gab und sich auf dem Spielfeld niemand eine Verletzung zuzog. Nachdem alles geklärt war, stiegen die Jugendlichen in die Autos ihrer Trainer, Eltern und Erziehungsberechtigten. Sie fuhren im Konvoi durch die Stadt, überquerten den Fluss Richtung Virginia, wo die Petworth Panthers ihr erstes Spiel austragen sollten.

Ihr Ziel war eine weitläufige Park- und Sportanlage in Springfield mit Tennis-, Baseball-, Picknickplätzen, Fußball- und Footballfeldern. Durch den an die Anlage grenzenden Wald schlängelte sich ein Bach. Sportzentren wie diese waren ganz typisch für die Vororte. Vor allem weiter draußen, wo es weder an Grund und Boden noch an finanziellen Mitteln mangelte, gab es sie wie Sand am Meer. Die Spieler der Panthers kannten gepflegte Spielfelder und Freizeitanlagen in grüner Umgebung eigentlich nicht.

»Mann o Mann«, staunte Joe Wilder mit großen Augen, »dieser Platz ist Spitzenklasse. Seht nur mal, was für Scheinwerfer die hier haben!«

»Und was für Trikots«, sagte Prince und zeigte auf eine Mannschaft, die sich auf einem perfekten grünen Rasen aufwärmte. Auf ihren Helmen prangten große blaue Stern-Aufkleber. »Sie sehen wie die Dallas Cowboys aus!«

Die Jungs liefen einen Trampelpfad an einem Holzzaun hinunter, der zwischen der Straße und dem Feld lag. Begleitet wurden sie von Strange, Blue, Lionel Baker, Lamar Williams, Dennis Arrington und Quinn. Rico, der großspurige Runningback, erzählte dem Quarterback Dante Morris, was er mit der Defensive Line des gegnerischen Teams zu tun gedachte, und Morris nickte. Er hörte nicht auf das, was Rico sagte, sondern schwieg nachdenklich. Später, kurz vor dem Anpfiff, würde Morris stumm ein Gebet sprechen.

Auf und neben den beiden großen Plätzen tummelten sich mehrere Mannschaften. Ein paar von den Teams hatten sogar eine eigene Cheerleader-Gruppe. Und Anhänger, die sie anfeuerten. Auf einem der Spielfelder wurde gerade ein Spiel abgepfiffen. Als die Panthers durch das offene Maschendrahttor traten, kamen sie an einer Gruppe Jungs in sauberen rot-weißen Uniformen und funkelnagelneuer Ausrüstung vorbei, die ihre glänzenden Helme in der Hand trugen.

»Seid ihr die Cardinals?«, fragte Joe Wilder.

»Ja«, antwortete einer der Jungs. Er trug eine modisch zerzauste Frisur. Der Spieler schaute auf Wilder hinunter und musterte ihn skeptisch.

»Wir werden gegen euch spielen«, sagte Wilder.

»In diesen Uniformen?«, staunte der Junge. Der stupsnasige Cardinal an seiner Seite – seine Frisur hatte genauso viel gekostet wie die seines Freundes – brach in Gelächter aus.

»Die habt ihr wohl aus dem Müll gezogen, was?«, fragte Stupsnase.

Wilder schaute zu Dante Morris hinüber, der den Kopf

schüttelte. Wilder verstand den Hinweis. Morris wies ihn an, den Mund zu halten. Rico machte einen Schritt auf die beiden Cardinals zu, doch Morris packte ihn am Ärmel und hielt ihn fest.

Strange, der den Wortwechsel belauscht hatte und derlei Situationen in- und auswendig kannte, sagte: »Los, Jungs, ihr kommt jetzt mit.«

Die Cardinals waren eine weiße Mannschaft, die Panthers durch die Bank schwarz. Aber die Hautfarbe war nicht entscheidend. Hier ging es darum, wer Geld hatte und wer nicht. Die Wohlhabenden konnten den Mittellosen ihre Überlegenheit vor Augen führen. Wie eh und je war Unsicherheit im Spiel.

Blue brachte einem Typen mit einer Redskins-Kappe, der – wie er wusste – der Liga-Offizielle war, die Mannschaftsaufstellung, ehe er zu Arrington, Lionel und den Midgets hinüberging. Die Mannschaft musste sich noch aufwärmen. Strange und Quinn führten die Pee Wees unter eine Gruppe Schatten spendender Eichen neben dem Hauptstadion, wo sie sich im Kreis aufstellten. Strange übertrug Joe Wilder und Dante Morris, den designierten Mannschaftskapitänen, die Aufgabe, mit dem Team die Übungen zu machen. Lamar Williams blieb in der Nähe und achtete darauf, dass sie dicht beisammen standen.

»Wie fühlt ihr euch?«

»Spitze!«

»Wie fühlt ihr euch?«

»Spitze!«

»Ich will Getrampel hören!«

»Whoo!«

»Ich will Getrampel hören!«

»Whoo!«

Strange schaute zu den Cardinals hinüber, die sich am Spieldfeldrand aufwärmten. Er beobachtete, wie ihr Trainer, ein fetter Weißer in Radlerhosen, sein Team lautstark durch die Abfolge der Aufwärmeinheiten peitschte. Strange hatte diesen Mann vergangenen Sommer bei einem Rückspiel erlebt. Der Typ wirkte schwer herzinfarktgefährdet und bläute seinen Jungs im Training ein, wie man gemein und niederträchtig spielte.

»Hast du mitgekriegt, was sich dort drüben abspielt?«, fragte Quinn.

»Ja, hab' ich«, sagte Strange.

»Bei Gott, hoffentlich machen wir die Jungs so richtig fertig, Derek.«

Dem Programm stand nur ein sehr begrenztes Budget zur Verfügung. Die Kinder mussten fünfzig Dollar beisteuern, damit sie überhaupt in der Liga spielen durften, und viele waren nicht in der Lage gewesen, diese Summe aufzutreiben. Dennis Arrington, der in der Computerindustrie ziemlich gut verdiente, hatte dem Team mehrere tausend Dollar gespendet. Strange, Blue und Quinn hatten gemeinsam einen Tausender beigesteuert. Das Geld reichte für gute Knie- und Beinschützer, Ersatzhelme und Mundschutz, aber für neue Trikots blieb einfach nichts übrig.

»Es geht nicht darum, dass wir den Jungs eine bestimmte Haltung eintrichtern«, sagte Quinn, »aber trotzdem würde ich's gern tun, obwohl ich weiß, dass es falsch ist.«

»Das ist nicht falsch«, meinte Strange. »Aber wir müssen mit dem arbeiten, was wir haben. Nach dem Anpfiff ist es doch völlig schnuppe, wer was für Uniformen hat. Dann zählt nur noch, wessen Geistes diese Jungs sind.«

Strange rief sie zu sich. Sie scharten sich um ihn und Quinn. Quinn sprach das Thema Abwehr an und die wichtigen Spielzüge. Strange instruierte sie, auf welche Technik sie beim Angriffsspiel zurückgreifen sollten, und sagte noch ein paar aufmunternde Worte.

»Deckt euren Bruder«, sagte Strange zum Schluss und legte großen Wert darauf, jedem der vor ihm knienden Jungs in die Augen zu schauen. »Deckt euren Bruder.«

Die Spieler bildeten einen engen Kreis und streckten die Hände ins die Mitte.

»Petworth Panthers!«, riefen sie und stürmten aufs Spielfeld hinaus.

Im ersten Viertel wirkten beide Mannschaften eingerostet. Morris ließ einen schlechten Pass von Prince fallen, fiel aber auf den Ball und kam wieder hoch. Sie schafften drei Yards und liefen ins Aus. Bei einem ersten Versuch der Cardinals wurde ihr Halfback hinter der Anspiellinie zu Boden gerissen, beim zweiten Versuch wurde ihm der Ball abgenommen. Ein Panther namens Noah übernahm den Ball und schaffte zehn Yards, ehe er zu Boden ging. Und dies war genau der zündende Moment, den die Panthers brauchten. Dieses Ereignis hatte sie richtig aufgerüttelt und würde bis zum Spielende nachwirken.

Die Offensive Line blockte und schaffte immer wieder Lücken, die Rico nutzte. Die Angriffskette der Panthers rollte über die gegnerische Hälfte. Der Trainer der Cardinals nahm eine Auszeit und machte seine Defensive Line zur Minna. Noch von der anderen Spielfeldseite aus konnte Strange deutlich erkennen, wie seine Halsschlagader hervortrat.

»Herzlos«, befand Strange.

»Die haben Frostschutzmittel in den Adern«, sagte Blue.

Die Offensive Line der Panthers setzte ihren Zug mit einem 35-Yard-Lauf fort. Beim nächsten Spielzug ließ Strange Joe Wilder zu Morris laufen und spielte einen Dreier rechts. Morris warf den Ball in Richtung der drei Passempfänger – Halfback, Right End und Flanker –, die sich rechts aufgereiht hatten. Rico erwischte den Ball und trug ihn weiter, unterstützt von einem Joe-Wilder-Block gegen einen Cardinals-X-Corner.

Strange ließ die Jungs laufen, versuchte aber, das Spiel vom Spielfeldrand aus zu dirigieren. Die linke Flanke der Cardinals war schwach und schien – je öfter der Trainer seine Spieler zusammenstauchte – noch hilfloser zu reagieren. Wilder setzte den ihm zugeteilten Defense-Spieler schachmatt, schob ihn ins Spielfeld und ermöglichte es Rico, aus der Deckung zu kommen und durchzustarten.

In der Halbzeit waren die Cardinals völlig demoralisiert und die Panthers in einer super Verfassung. Wenn Gott ihnen wohlgesonnen bleibt, gewinnen sie das Spiel, dachte Strange.

Die zweite Hälfte lief nicht anders. Strange wechselte Spieler aus und achtete darauf, dass seine Topspieler sich ausruhten. Als es den Cardinals gelang, einen Punkt gegen die Reservespieler der Panthers zu erzielen, schrien die Cheerleader auf der anderen Seite des Spielfeldes frenetisch. Aber dieser kurze Auftrieb verpuffte wieder, und selbst ihr Trainer – er hatte vor Wut seine Kappe auf den Boden geworfen, nachdem seine Mannschaft den nächsten Ball verlor – wusste, dass sie am Ende waren. Mühelos trugen die Panthers den Ball ins gegnerische Feld und drohten eine Minute vor Spielende noch zu punkten.

Strange holte Joe Wilder vom Spielfeld und legte ihm die Hand auf die Schulter. »Beim nächsten Spielzug will ich, dass du Dante anweist, den Ball fallen zu lassen. Wir warten einfach, bis das Spiel abgepfiffen wird, verstanden?«

»Lassen Sie mich an den Ball«, sagte Wilder und grinste aufgeweckt Strange an. Seine Augen funkelten. »Der Forty-four Belly, das ist mein Ding.«

»Wir haben gewonnen, Joe. Völlig unnötig, es ihnen noch deutlicher unter die Nase zu reiben.«

»Kommen Sie, Coach Strange. Ich hab' den Ball den ganzen Tag kein einziges Mal in der Hand gehabt. Ich weiß, ich schaffe es!«

Strange drückte Wilders Schulter. »Das weiß ich, mein Sohn. Du hast echt Feuer, Joe. Aber hier draußen wollen wir es gut sein lassen. Die Jungs haben heute einen schweren Tiefschlag erlitten. Ich halte nichts davon, wenn man jemandem, der schon am Boden liegt, noch einen Tritt verpasst. Und ich möchte auch nicht, dass du so was machst. Das passt nicht zu dir.«

»Na gut«, sagte Wilder. Enttäuschung spiegelte sich auf seinem Antlitz.

»Los jetzt, Junge. Gib Dante das Spiel, wie ich es dir gesagt habe.«

Das Spiel endete so, wie Strange es befohlen hatte. Als der Pfiff ertönte, versammelten sich die Spieler an der Seitenlinie. Quinn umarmte Wilder, und Strange schlug auf seinen Helm.

»Stellt euch auf«, sagte Strange. »Wenn ihr ihnen jetzt gleich die Hände reicht, will ich nur ›Gutes Spiel‹ hören, sonst nichts. Keine Sticheleien, damit das klar ist. Was ihr zu sagen hattet, habt ihr auf dem Spielfeld klar gemacht. Und nach allem, was ihr da draußen erreicht habt, solltet ihr euch davor hüten, jetzt noch Schande über euch zu bringen, kapiert?«

Die Panthers trafen sich mit den Cardinals in der Mitte des Spielfeldes und klatschten im Vorbeigehen ab. Die Panthers beglückwünschten jeden Gegner mit ›Gutes Spiel‹, und die Cardinals wiederholten verhalten ihre Worte. Dante Morris starrte den stupsnasigen Jungen, der sich über ihre Uniformen lustig gemacht hatte, unverwandt an, enthielt sich aber eines Kommentars. Der Junge wandte schnell den Blick ab. Am Ende der Reihe schüttelte der Trainer der Cardinals Strange die Hand und gratulierte mit zusammengepressten Zähnen.

»Schön«, sagte Quinn, als die Mannschaft zurückkehrte und sich vor ihm auf den Boden kniete. »Hat mir gut gefallen, wir ihr heute gespielt habt. Ihr habt echt Kampfgeist bewiesen. Aber bildet euch ja nicht ein, dass es immer so einfach sein wird. Wir werden gegen Teams spielen, die bessere Spieler haben, besser trainiert sind. Darauf müsst ihr euch einstellen. Ich meine, im Kopf. Und das schafft ihr nur, wenn ihr tagsüber die Nase in die Bücher steckt. Und natürlich auch physisch. Was nichts anderes heißen soll, als dass wir auch in Zukunft so hart trainieren müssen wie bislang. Denn wir wollen dieses Jahr doch Meister werden, oder?«

»Klar!«

»Ich hab' euch nicht verstanden.«

»Klar!«

»Wann findet das Training Montagabend statt?«, fragte Strange.

»Punkt sechs Uhr. Auf keinen Fall vergessen! Auf keinen Fall verpassen!«

»Ich bin stolz auf euch, Jungs«, sagte Strange.

Siebzehn

Später an diesem Nachmittag saß Quinn im Silver-Spring-Buchladen hinter der Theke und las *Der Schütze*, einen Roman von James Carlos Blake. Sein Kollege Lewis ordnete hinten im Militärgeschichte-Raum die Bücher in den Regalen neu. Ein obdachloser Intellektueller, der von allen im Viertel Moonman genannt wurde, saß in der Sci-Fi-Ecke auf dem Boden und las in einer Taschenbuchausgabe von K. W. Jeters *Der Glashammer*.

Quinn hatte *Johnny Winter And* aufgelegt. Der bleischwere Blues-Metall-Klassiker schallte leise durch den Laden. Syreete – ihr gehörte der Laden, aber sie war nur selten da – hatte ihre Angestellten angewiesen, die gebrauchten Schallplatten auch zu spielen, um so Kunden zu ködern. Die Platte mit dem vergilbten Schwarzweiß-Coverporträt war erst vor kurzem mit einem ganzen Schwung Alben aus den Siebzigern eingetroffen.

Quinn genoss diese stillen Nachmittage im Laden.

Ein dünner Mann Anfang vierzig, der ausschließlich Krimis kaufte, kam mit einem Taschenbuch an die Kasse und legte es auf die Glastheke. Es war *Der Unbekannte Nr. 89* von Elmore Leonard. Der Krimi war in hoher Auflage bei Avon erschienen, die stets tolle Cover machten. Auf dem Buchdeckel wurden die wichtigsten Elemente der Geschichte in einer Art Bildmontage zusammengefasst. Auf diesem Krimi waren eine .38er Stupsnase, leere Patronenhülsen und ein umgekipptes Whiskeyglas abgebildet.

»Haben Sie mal seine Western gelesen?«, fragte Quinn. »Sind meiner Meinung nach die besten.«

»Ich steh' auf alle Krimis, die in Detroit spielen. Es gibt zig Leonard-Lager, und alle vertreten unterschiedliche Ansichten.« Der Kunde deutete mit dem Kinn auf die an der Wand montierten Lautsprecher. »Hab' ich schon 'ne ganze Weile nicht mehr gehört.«

»Ist gerade reingekommen. Falls Sie Interesse haben, die Platte ist in gutem Zustand.«

»Die hab' ich schon, aber ich hab' sie schon lange nicht mehr aus dem Regal gezogen. Rick Derringer spielt darauf die zweite Leadgitarre.«

»Wer?«

»Na ja, Sie sind dafür noch zu jung. Er und Johnny, die beiden waren bei dieser Session so richtig in Fahrt. Ist eine von den Scheiben, wo so richtig die Post abgeht. Auf der B-Seite ist ›Prodigal Son‹, die Aufnahme ist ein echter Hammer, das müssen Sie sich mal anhören.«

»Werd' ich machen.« Quinn gab dem Mann raus und reichte ihm einen Beleg. »Vielen Dank. Und lassen Sie sich's gut gehen.«

»Sie auch.«

Wahrscheinlich hatte der Mann Familie und einen guten Job. Bei einer flüchtigen Begegnung auf der Straße würde man ihn bestimmt für einen Durchschnittstypen halten. Aber bei dieser Arbeit merkte man bald, dass fast jeder etwas Interessantes zu erzählen hatte, wenn man sich nur die Zeit nahm, ein paar Worte mit den Kunden zu wechseln. Wenn man die Menschen erst mal ein bisschen besser kennen lernte, hatten sie meistens mehr auf Lager, als man ihnen auf den ersten

Blick zutraute. Dass Quinn gern in diesem Buchladen arbeitete, lag auch an den Gesprächen, die man führte, und den Menschen, denen man begegnete. Klar, durch den Beruf, den er früher ausgeübt hatte, hatte er auch jeden Tag viele Menschen getroffen. Aber als Bulle stand man dann doch meistens auf der anderen Seite des Zauns.

Quinn las seinen Roman weiter. Eine Weile später sah er, wie Sue Tracy zu Fuß die Bonifant überquerte. Sie trug wieder so ein Postpunk-Outfit und hatte einen Rucksack über die Schultern geworfen. Quinns Herz blieb doch tatsächlich kurz stehen, als er sie entdeckte, und er stellte sich vor, wie sie nackt auf seinem Laken lag.

Die kleine Glocke über der Tür bimmelte, als sie eintrat. Quinn nahm die Füße von der Theke, stand aber nicht auf.

»Hallo.«

»Hallo.«

»Neu in der Stadt?«

»Ich hab' dich vermisst.«

»Ich dich auch.«

»Bin in die Metro gestiegen und vom Bahnhof hierher gelaufen. Kannst du dich freimachen?«

»Ich könnte mich wahrscheinlich schon verdrücken, klar.«

»Heute ist ein wunderschöner Tag.«

»Ich bin mit dem Wagen da. Wir könnten eine kleine Spritztour machen.«

Tracy warf einen Blick auf das Buch, das Quinn in der Hand hielt. »Was ist das? Ein Western?«

»Ja, so was in der Art.«

»Was ist nur mit dir und deinem Partner? Strange hat uns eine Szene aus *Die Glorreichen Sieben* beschrieben.«

»Das ist die, in der Coburn den Reiter statt dem Pferd abknallt.«

»Ja.«

»Den Film erwähnt er öfter.«

Lewis kam nach vorn. Er hatte lange, fettige schwarze

Haare und eine dicke Brille. Ein Bügel war mit Heftpflaster am Rahmen fixiert. Sein weißes Hemd hatte gelbe Schweißflecken unter den Achseln.

»Lewis, das hier ist meine Freundin Sue Tracy.«

»Schön, Sie kennen zu lernen«, sagte Lewis und reichte Tracy die Hand.

»Ich möchte den Rest des Tages freimachen, Lewis. Geht das in Ordnung?«

Lewis blinzelte hinter den dicken Brillengläsern. »Ja.«

Quinn sammelte seinen Kram zusammen und strich das Taschenbuch von Leonard auf der Inventarliste durch, ehe er hinter der Theke hervorkam.

»Ist das Johnny Winter?«

»Woher weißt du das?«

»Ältere Brüder. Einer von ihnen hat diese Scheibe so oft laufen lassen, bis sie völlig runtergenudelt war.«

»Rick Derringer spielt die zweite Leadgitarre.«

»Wer?«

»Dafür bist du zu jung.«

Sie verließen den Laden und gingen die Bonifant hoch.

»Wird Lewis im Laden allein zurechtkommen?«, fragte Tracy.

»Er ist der beste Angestellte, den Syreeta hat. Allerdings ein bisschen einsam. Wüsstest du jemanden?«

Tracy schob ihre Finger zwischen die von Quinn. »Ich bin schon vergeben.«

»Dann vielleicht deine Partnerin?«

»Er ist nicht Karens Typ.«

»Was ist denn ihr Typ?«

»Einer, der sich ab und an mal mit ’nem Kamm durch die Haare fährt. Und jemand, der duscht.«

»Ziemlich wählerisch«, meinte Quinn.

Sie blieben vor seinem Wagen stehen, den er auf dem Kundenparkplatz der Bank abgestellt hatte.

»Niedlich«, sagte Tracy. Quinn hatte ihn erst kürzlich mit

einer Wachspolitur eingerieben, die Cragar-Felgen mit Felgenreiniger geputzt und die Reifen nachgefärbt. Die schnörkellose Chevelle funkelte in der Sonne.

»Gefällt dir, oder?«

Tracy nickte. »Hast wohl auch einen Flowmaster, was?«

»Hat so beim Händler gestanden.«

»Und was ist unter der Haube? Eine 6,5-Liter-Maschine?«

»Jetzt machst du mich aber nervös.«

»Tja, ältere Brüder eben.«

»Komm, steig ein.«

Als sie auf den Beifahrersitz rutschte, sah Quinn, wie sie die Hurst-Viergang-Schaltung bewunderte.

»Willst du fahren?«

»Darf ich?«

»Ich wusste doch, dass da noch was war, was ich an dir mag. Mal abgesehen davon, dass du von Natur aus blond bist, meine ich.«

Tracy fuhr in den Rock Creek Park und parkte westlich vom Bach an einem schmalen Reitweg. Sie folgten dem Weg, der sich bis zur alten Mühle hochschlängelte. Auf dem Rückweg legten sie eine Pause ein und setzten sich mitten im Bach auf große Steine. Quinn zog sein Hemd aus, Tracy ihre Schuhe und Socken und tauchte die Füße ins kalte Wasser. Sie unterhielten sich über früher und küssten sich in der Sonne.

Später am Nachmittag gingen sie in Quinns Apartment und liebten sich. Nachdem sie geduscht und wieder in ihre Klamotten gestiegen waren, aßen sie bei Vicino's, einem kleinen Italiener auf der Sligo Avenue, zu Abend. Quinn kehrte hier gern ein. Er bestellte Linguine mit Calamari, und Tracy entschied sich für die Fischplatte. Dazu tranken sie eine Karaffe Roten. Auf dem Weg zu Quinns Wohnung kauften sie noch eine Flasche Rotwein. Daheim räkelten sie sich auf dem Sofa, hörten Musik und tranken Vino. Hinterher vögelten sie wie Teenager und blieben im Bett liegen. Tracy redete und rauchte, Quinn hörte zu und schmunzelte.

Das war ein richtig guter Tag gewesen. Die Jungs hatten das Spiel gewonnen. Vor seinem geistigen Auge sah Quinn immer noch ihre stolzen Gesichter, als sie vom Spielfeld liefen. Und dann hatte Sue Tracy ihn überrascht und war im Buchladen aufgetaucht.

Quinns Blick fiel auf seine Hände, die auf dem Laken lagen. In diesem Moment ballte er sie nicht zu Fäusten. Und er hatte keinen Gedanken an das Leben da draußen verschwendet oder sich gefragt, ob ihn jemand schief von der Seite anschaute. Nein, er hatte nur an Sue gedacht, an seine Freundin, die neben ihm lag. Schon lange hatte er sich nicht mehr so wohl gefühlt mit einer Frau.

Strange brachte Prince, Lamar und Joe Wilder nach Hause und fuhr anschließend nach Uptown, um Lionel bei Janine abzusetzen.

»Essen Sie heute bei uns zu Abend?«, fragte Lionel, ehe er aus dem Wagen stieg.

»Ich hab' mit deiner Mutter noch nichts abgemacht«, sagte Strange.

»Meine Mutter will, dass Sie vorbeikommen, das weiß ich. Ich hab' gesehen, wie sie heute Morgen, bevor Sie mich abgeholt haben, irgendeinen Braten mariniert hat.«

»Na, vielleicht sehen wir uns dann ja später.«

»Gut«, sagte Lionel, drehte sich um und ging über den Bürgersteig zum Haus seiner Mutter.

Strange sah, wie der Junge über den Asphalt schlenderte.

Der Knabe geht immer schon so. Hat diesen Gang drauf, seit ich ihn kenne, und damals ist er noch ein ganz kleiner Pimpf gewesen. Er glaubt bestimmt, er ist schon erwachsen, aber in Wirklichkeit ist er noch ein kleiner Bub.

Während er ihm hinterherschaute, grinste er unbewusst. Er wartete, bis Lionel im Haus verschwunden war, und fuhr dann weiter.

Drüben auf der Piney Branch bei Safeway holte Strange die

Fotos ab, die er von Calhoun Tucker gemacht hatte. Safeway war billig und lieferte einigermaßen anständige Abzüge. Da dauerte es zwar etwas länger, aber in diesem speziellen Fall hatte er es nicht besonders eilig.

Im Büro studierte er die Bilder von der Frau, mit der Tucker eine Affäre außer der Reihe hatte. Auf dem Foto war die Frau in der Tür, die Tucker hereinließ, gut zu erkennen. Mit einem Programm, in das man nur die Adresse eingeben musste, hatte Janine ihren Namen gefunden. Der Name stand in der Akte, die er für seinen Freund George Hastings über Tucker angelegt hatte. Strange suchte die Akte heraus und legte die Fotos hinein. Die Hintergrundrecherche war fast abgeschlossen. Demnächst musste er George über den Stand seiner Ermittlungen in Kenntnis setzen. Bald, dachte Strange, bald. Er fragte sich, was ihn davon abhielt, George gleich anzurufen. Als er den Aktenschrank und die Bürotür abschloss, hatte er immer noch keine Antwort auf diese Frage gefunden.

Im Vorraum stellte er sich vor den Spiegel, der an einem Stützpfeiler hing, und betrachtete sich. Verdammt, jetzt war er bald ganz grau. Die Jahre ... sie vergingen einfach wie im Flug. Strange war hundemüde und hungrig. Er überlegte, ob er irgendwas essen gehen sollte. Vielleicht chinesisch. Und auch eine heiße Dusche würde ihm jetzt gut tun.

Beim Abendessen saß Strange an seinem angestammten Platz am Kopfende von Janines Tisch. Der Stuhl mit den Armlehnen hatte früher ihrem Vater gehört. Lionel saß links von ihm, Janine rechts. Greco spielte mit einem Gummiball. Hin und wieder schaute er zum Esstisch hinüber, doch er beherrschte sich und blieb auf dem Bauch neben Stranges Füßen liegen.

Janine hatte leise *Talking Book* aufgelegt. Sie hielt große Stücke auf ihren Stevie und stand vor allem auf die Songs, die sich grundlegend von allem unterschieden, was er vor Anfang der Siebziger bei Motown aufgenommen hatte.

»Was hast du heute Abend vor?«, fragte Strange und musterte Lionel. In seinem Nautica Pullover und den gebügelten Khakis wirkte er wie aus dem Ei gepellt …

»Ich geh' mit einem Mädchen ins Kino.«

»Was? Willst du etwa zu Fuß mit ihr hingehen?«

»Nee, ich zieh' sie in 'ner Rikscha dorthin.«

»Jetzt red' keinen Unsinn«, sagte Strange. »Ich hab' dir nur eine Frage gestellt.«

»Er nimmt meinen Wagen, Derek.«

»Gut. Aber hör mal, raucht im Wagen deiner Mutter nicht dieses Zeug.«

»Meinst du etwa Gras?«

»Du weißt genau, was ich meine. Wie willst du mit einem Vorstrafenregister Spitzenanwalt werden? Du redest doch dauernd darüber, dass du Anwalt werden willst, oder?«

Lionel legte die Gabel auf den Teller. »Hören Sie, warum gehen Sie eigentlich davon aus, dass ich heute Abend Gras rauche? Ich meine, Sie sind nicht mein Vater, Mr. Derek. Es ist ja nicht so, dass Sie immer hier sind und mich so gut kennen.«

»Ich weiß, ich bin nicht dein Vater. Das habe ich auch gar nicht behauptet. Es ist nur so, dass …«

»Ich hatte nicht vor, heute Abend was zu rauchen, nur damit Sie's wissen. Das Mädchen, mit dem ich mich treffe, ist was ganz Besonderes, kapiert, und ich würde nichts, aber auch gar nichts tun, das sie auch nur irgendwie in Schwierigkeiten mit dem Gesetz bringen könnte. Also, bei allem Respekt, aber Sie können hier nicht einfach hin und wieder einreiten und mir gute Ratschläge erteilen, wo Sie mich eigentlich gar nicht richtig kennen.«

Strange sagte darauf lieber nichts.

Lionel schaute zu seiner Mutter hinüber. »Kann ich jetzt gehen, Mom? Ich muss mein Mädchen abholen.«

»Geh nur, Lye. Die Schlüssel liegen auf dem Nachttisch.«

Lionel verließ das Zimmer und ging die Treppe im Flur hoch.

»Anscheinend hab' ich ziemlichen Mist gebaut.«

»Ist nicht leicht, das Richtige zu sagen«, meinte Janine. »Meistens treff' ich auch daneben.«

»Mir kommt es so vor, als wäre ich sein Vater.«

»Aber das bist du nicht«, sagte Janine und wich seinem Blick aus. »Und deshalb solltest du ihn vielleicht ein bisschen sanfter anpacken, oder?«

Janine stand auf und nahm Lionels Teller vom Tisch. Sie nickte Greco zu, der ihr einen flehenden Blick zuwarf. »Komm mal mit, mein Junge. Wollen wir doch mal sehen, ob du nicht noch was von dem Braten haben kannst.«

Auf dem Weg in die Küche schlitterte Greco mit wedelndem Schwanz über den Hartholzboden. Strange erhob sich und ging in den Flur. Er wollte noch kurz mit Lionel sprechen, der gerade die Stufen heruntergerannt kam.

»He, Kumpel«, sagte Strange.

»He.«

»Hast du Geld?«

»Ich bin flüssig«, sagte Lionel.

»Hör mal ...«

»Sie brauchen nichts sagen, Mr. Derek.«

»Doch, doch. Ich möchte dir nicht den Eindruck vermitteln, ich würde denken, dass du nichts anderes im Sinn hast, als in Schwierigkeiten zu geraten oder Mist zu bauen. Denn ich halte dich für einen anständigen jungen Mann. Und ich weiß es zu schätzen, wie du uns mit der Mannschaft hilfst und auch hier deiner Mutter zur Hand gehst.«

»Das weiß ich doch.«

»Ich denke, was ich dir sagen will, ist: Ich bin stolz auf dich. Und wenn ich dir Ratschläge erteile, die du nicht brauchst, dann vielleicht, weil ich dich mag, verstehst du? Ich möchte gern eine Rolle in deinem Leben spielen, aber ich weiß noch nicht genau, wie die aussehen soll.«

»Ja.«

Sie standen sich im Flur gegenüber und schauten sich in die

Augen. Lionel steckte die Hände in die Hosentaschen, zog sie wieder raus und trat von einem Bein aufs andere.

»Ist noch was?«, fragte Lionel. »Ich muss los.«

»Nein, das war alles, denke ich.«

Strange schüttelte Lionels Hand und umarmte ihn dann ungelenk. Lionel ging aus dem Haus und warf Strange noch einen Blick über die Schulter zu, ehe er den Bürgersteig hinunterging. Strange schaute ihm durchs Fenster hinterher. Er wollte sichergehen, dass ihm auf dem Weg zu Janines Wagen nichts zustieß.

»Und ... wie ist es gelaufen?«, fragte Janine, die sich mit einem Bier in der einen und zwei Gläsern in der anderen Hand hinter ihn stellte.

»Hm, ganz ordentlich, denke ich.«

»Dann komm wieder ins Wohnzimmer, und leg die Beine hoch.«

Strange folgte ihr durch den Eingangsbereich und durch den Flur. Ihr Gang strahlte Selbstsicherheit aus. Sein Blick fiel auf ihr Haar. Sie war heute im Schönheitssalon gewesen, und er hatte ihr noch nicht mal ein Kompliment gemacht. Er dachte, wie sehr er sie und den Jungen liebte. Und er dachte an den Fremden, der erst vor ein paar Stunden auf der Massagebank seinen Schwanz angespuckt hatte.

»Verdammt, Derek«, murmelte er leise.

Janine schaute über ihre Schulter. »Ist alles okay bei dir?«

»Mir geht es prima«, sagte Strange.

Und er wünschte, es wäre so.

Achtzehn

Am Montag kurvten Garfield Potter, Carlton Little und Charles White durch Petworth, Park View und den nördlichen Zipfel von Shaw. Sie kontrollierten ihre Dealer, hielten Ausschau nach Mädels, mit denen sie quatschen konnten, tranken und arbeiteten hart daran, high zu bleiben. Am frühen Abend kehrten sie in das Reihenhaus zurück und hingen im Wohnzimmer rum. Der Rauch eines Joints, den sich Little eben angesteckt hatte, hing schwer in der Luft.

Potter hatte den ganzen Nachmittag über versucht, ein Mädchen aufzugabeln, was aber nicht geklappt hatte. Er lief im Zimmer auf und ab, während Little und White auf dem Sofa saßen und Madden 2000 spielten. Outkast dröhnte durchs Zimmer. White merkte, dass Potters Miene sich verdüstert hatte. Er war immer sauer, wenn er kein Glück bei den Mädels hatte, was – um bei der Wahrheit zu bleiben – daran lag, dass die meisten Mädchen Schiss vor Garfield Potter hatten, doch dieser Gedanke war ihm noch nie gekommen.

Potter nuckelte schon an der dritten Flasche Malt Liquor. Gleich nach dem Aufstehen hatte er angefangen, sich mit dem Zeug zuzuschütten.

»Wollt ihr den ganzen Abend diesen Scheiß spielen?«, fragte Potter.

»Das ist die neue Version«, meinte Little.

»Diese Scheißspiele gehen mir echt am Arsch vorbei«, sagte Potter. »Wir fahren jetzt zu diesem Platz und schauen uns ein echtes Spiel an.«

»Geht das jetzt schon wieder los?«

»Ich hab' Bock, jemanden umzunieten«, sagte Potter, lief im Zimmer umher und rieb sich die Hände. »Und Lorenze Wilder steht ganz oben auf der Liste.«

»Ach scheiße, D.«, sagte Little. »Lass mich und Coon dieses eine Spiel noch zu Ende bringen.«

Potter ging zur PlayStation-Konsole, drückte auf den Ein/Aus-Knopf und beendete das Spiel. Das Bild sprang zu einer Fernsehsendung um. Potter baute sich vor der Couch auf und warf seinen Kumpels einen herausfordernden Blick zu. Little wollte etwas sagen, überlegte es sich aber anders und erwiderte Potters leeren Blick.

»Wenn du gehen willst«, sagte er, »dann gehen wir eben.«

Potter nickte. »Nimm deine Knarre mit.«

Charles White widersprach nicht. Hoffentlich war dieser Lorenze Wilder nicht auf dem Sportplatz. Er redete sich ein, dass sie ihn nicht finden würden. Schließlich waren sie dort ja schon ein paar Mal vorbeigefahren und hatten – einmal abgesehen vom ersten Mal, als Wilder da gewesen war – immer nur Eltern, Trainer und Jugendliche angetroffen.

Ein paar Minuten später trafen sie sich vor der Eingangstür. Potter hatte sein Käppi aufgesetzt. Er und Little trugen dunkle, locker sitzende Klamotten. White hatte sein Lieblingsoberteil an, den grellorangen Nautica-Pulli aus weichem Fleecestoff, der sich so gut auf der Haut anfühlte.

»Zieh das Scheißding aus«, befahl Potter, als sein Blick auf den Pulli fiel. »Sieht ja aus, als würdest du's darauf anlegen, dass dich auch ja jeder sieht.«

»Was interessiert's dich?«, fragte White.

»Ich will nicht, dass sich hinterher jemand an uns erinnert«, sagte Potter. Er redete mit ihm wie mit einem Kind. »Dümmer kann man sich doch gar nicht anstellen.«

Lorenze Wilder lehnte neben den Sitzplätzen am Maschendrahtzaun, beobachtete die Kinder beim Training und griff immer wieder in eine Tüte ketchupgetränkte Pommes. Er schob sich eine Hand voll in den Mund und leckte das Ketchup von den Fingern. Er hatte vergessen, bei dem Chinesen oben auf dem Strip, wo er kurz gehalten hatte, Servietten einzustecken. Wahrscheinlich hatte der kleinliche Ladenbesitzer sie irgendwo im Hinterzimmer versteckt.

Wilder nickte dem Vater eines der Kinder zu, der ganz in der Nähe stand. Der Kerl nahm kaum Notiz von ihm, musterte ihn nur kurz mit kaltem Blick. Einer von diesen bourgeoisen Brüdern, vermutete Wilder, der einen miesen kleinen Job bei irgendeiner Behörde hatte und sich deshalb für etwas Besseres hielt. Aber vielleicht störte er sich auch an Wilders T-Shirt, auf dem vorn ein großes Marihuanablatt aufgedruckt war. Durchaus möglich, dass er was dagegen hatte, dass Wilder es in Gegenwart der Kinder trug. Na, ich scheiß auf dich und deine Meinung.

Die Trainer arbeiteten heute Abend hart mit den Kindern. Dieser weiße Trainer, den sie da hatten, hatte drei von diesen orangefarbenen Plastikkegeln, wie sie bei Straßenarbeiten verwendet wurden, in der Mitte des Spielfeldes aufgestellt. Die Kinder rannten zu den Kegeln, und der Weiße hatte den Ball und rief »Rechts« oder »Links«, und dann rannte einer der Jungs in die Richtung, ohne einen Blick über die Schulter zu werfen, und fing den Ball auf, den der Trainer ihm zuwarf. Keine Frage, die Jungs fingen den Ball immer. Und der weiße Bursche hatte was auf dem Kasten, aber er hätte den Ball mit viel mehr Schmackes werfen und den Jungs beibringen sollen, wie es sich anfühlte, wenn der Ball mit Karacho durch die Luft sauste. Wenn er Trainer wäre, würde er auf so etwas achten. Er würde sich nicht zieren, da rauszugehen und allen zu zeigen, wie die Sache zu laufen hatte.

Dieser Typ namens Strange war auch da. Er unterhielt sich gerade mit einem anderen Bruder, einem Typen mit grauem Schnauzbart, der dem Aussehen nach sogar noch älter als Strange war. Wilder hatte nicht sonderlich viel für diesen Strange übrig, der – wie er wusste – nicht wollte, dass er mit seinem kleinen Neffen Joe rumhing. Bei ihrer ersten Begegnung hatte dieser Strange ihm auch so einen eiskalten Blick zugeworfen.

Jetzt wurden die Jungs herbeigerufen und aufgefordert, sich hinzuknien. Es dämmerte schon. Wilder nahm an, dass das Training gleich zu Ende war. Heute Abend war er mit dem Wagen gekommen. Und er würde sich von diesem Strange nicht davon abhalten lassen, ein paar Stunden mit seinem Neffen zu verbringen. Er musste mit dem Kleinen über etwas ganz Wichtiges reden. Schon eine ganze Weile hatte er vorgehabt, sich deswegen mit Joe zu treffen.

Charles White saß auf dem Rücksitz des Plymouth. Er sah, wie Garfield Potter von dem Zaun des Roosevelt Stadium zurückkehrte. Auf dem Beifahrersitz verschlang Carlton Little einen Viertelpfünder. Er hatte sie überredet, auf dem Weg zur High School bei einem McDonald's in der Nähe der Howard anzuhalten. Little kaute mit geschlossenen Augen. Wenn er etwas geraucht hatte, kriegte er immer Hunger.

Potter schlenderte gemächlich über den Parkplatz. Bei jedem Schritt ging er absichtlich tief in die Knie und grinste bis über beide Ohren. Die Dinge, die Potter amüsierten, fanden die anderen überhaupt nicht komisch. Von einer Sekunde auf die andere schnürte es White die Brust zu.

Potter steckte auf der Beifahrerseite den Kopf durchs heruntergekurbelte Fenster.

»Du fährst, Coon. Steig aus und klemm dich hinters Steuer. Fahr rüber zur Iowa, und park da auf der Straße. Dort warten wir, bis er rausgefahren kommt.«

»Wilder ist also da?«, fragte Little und schaute von seinem Burger auf.

»Ja«, sagte Potter. »Und heute Abend machen wir diese Arschbacke fertig.«

Wie üblich beendete Strange das Training der Midgets und Pee Wees mit ein paar Sätzen und beantwortete geduldig ihre Fragen. Anschließend fragte er sie, wann am Mittwochabend das Training losging.

»Punkt sechs Uhr. Auf keinen Fall vergessen. Auf keinen Fall verpassen.«

»Also bis dann«, sagte Strange. »Alle, die mit dem Rad gekommen sind, fahren auf dem schnellsten Weg nach Hause. Und diejenigen, die mit den Trainern und Eltern nach Hause fahren, warten neben der Tribüne oder auf dem Parkplatz, falls ihr den Wagen eures Chauffeurs kennt.«

Stranges Blick wanderte zur Tribüne hinüber, wo die Eltern und Erziehungsberechtigten auf ihre Kinder und die Jungs warteten, die eine Mitfahrgelegenheit brauchten. Er sah, dass Joe Wilders nichtsnutziger Onkel ein Stück weiter drüben am Zaun lehnte. Neben seinen Füßen lag eine braune Papiertüte. Hat sie wahrscheinlich einfach fallen lassen, dachte Strange. Der käme ja nie auf die Idee, sich ein paar Meter zu bewegen und sie in den Abfalleimer zu werfen.

Prince und Joe Wilder schlenderten gemeinsam zur Tribüne.

»Prince! Joe! Ihr wartet auf mich, verstanden?«

Joe Wilder drehte den Kopf, winkte Strange kurz zu und ging weiter. Obwohl der Junge noch den Helm aufhatte, sah Strange, wie er blinzelte, als er den Mundschutz herausnahm und ins Gitter stopfte. Mit der anderen Hand umklammerte er eine von seinen Wrestling-Figuren.

Wären Lionel oder Lamar hier gewesen, hätte er sie gebeten, zu den Jungs hinüberzugehen und dafür zu sorgen, dass sie neben seinem Wagen warteten, aber Lamar passte auf seine kleine Schwester auf, und Lionel war daheim geblieben und machte Schulaufgaben.

»Derek«, sagte Lydell Blue, der plötzlich neben Strange auftauchte und dessen Stimme ihn erschreckte. »Kann ich kurz mit dir sprechen? Ich bräuchte mal einen Rat von dir, was ich mit meiner Offense-Line anstellen soll. Ich meine, am Samstag haben die Jungs voll versagt. Du und Terry, ihr habt eure Jungs ziemlich gut im Griff gehabt.«

»Ich hab' nicht viel Zeit«, meinte Strange.

»Das dauert doch nicht lange«, erwiderte Blue.

Ein paar von den Jungs waren noch auf dem Spielfeld, warfen sich lange Bälle zu, tackelten und kasperten herum.

Strange schaute kurz zu Arrington und Quinn hinüber, die an der Seitenlinie die Ausrüstung einsammelten.

»Na schön«, willigte Strange ein, »aber mach schnell. Ich muss die Jungs heimbringen.«

Als Joe Wilder sich der Tribüne näherte, sah er seinen Onkel am Zaun. Aus irgendeinem Grund war seine Mutter auf seinen Onkel sauer, und deshalb war er schon seit einer ganzen Weile nicht mehr bei ihnen zu Besuch gewesen.

»Kleiner Mann«, sagte Lorenze.

»Hallo, Onkel Lo«, grüßte Joe und lächelte.

»Wie geht's denn so? Hast da draußen eine richtig gute Figur gemacht, Kumpel.«

»Mir geht's ganz gut.«

»Ich bin mit dem Wagen da. Los, Junge, heute Abend fahr' ich dich nach Hause.«

»Danke, aber ich fahre mit Trainer Derek.«

»Du stehst doch auf Eiscreme, oder?«

»Ja?«

»Na, dann komm mit. Wir holen uns ein paar Kugeln, und anschließend fahr' ich dich heim.«

»Ich mag auch Eiscreme«, sagte Prince.

»Tut mir Leid, mein Junge«, meinte Lorenze. »Aber meine Kohle reicht gerade, um für mich und meinen Neffen hier ein Eis zu kaufen. Nächstes Mal spendier' ich dir auch eins, in Ordnung?«

Joe Wilder schaute zu Trainer Strange hinüber, der immer noch auf dem Spielfeld stand und mit Trainer Blue redete. Sein Onkel schien ziemlich nett zu sein. Er würde schon dafür sorgen, dass ihm nichts zustieß. Und die Einladung zu einem Eis klang verführerisch.

»Sag Coach Derek, ich fahr' mit meinem Onkel nach Hause«, sagte Joe zu Prince. »Okay?«

»Ich werd's ihm ausrichten«, versprach Prince.

Prince setzte sich auf die unterste Aluminiumbank der Tribüne und wartete, bis Strange fertig war. Joe und sein Onkel stiegen die Betonstufen zum Parkplatz hoch. Auf dem Schulsportplatz wichen die letzten Schatten der Dämmerung der anbrechenden Nacht.

»Jetzt geht's los.« Potter saß auf dem Beifahrersitz des Plymouth und starrte durch die Windschutzscheibe. »Da kommt Wilder.«

Lorenze Wilder ließ einen Jungen in Sportklamotten auf der Beifahrerseite seines Wagens einsteigen. Während er auf die andere Seite ging, ließ er den Blick über den Parkplatz schweifen und musterte die anderen Autos.

Potter kicherte leise und nahm einen langen Zug aus seiner Bierpulle, die er sich hinterher zwischen die Beine klemmte.

»Er hat einen Jungen dabei«, sagte White. »Das ist doch sein Neffe, oder?«

»Wen kümmert's?«, meinte Potter.

»He, mach mal lauter, D.«, rief Little nach vorn. Er drehte gerade einen Joint und hatte die Finger in einer Tüte Gras.

Potter stellte lauter.

»Der ist echt cool, dieser DJ Flexx«, sagte Little. »Er hat jetzt Tiggers Sendeplatz gekriegt.«

»Leg endlich den Gang ein, Coon«, sagte Potter. »Die fahren los.«

»Sollen wir diese Sache wirklich durchziehen, obwohl er den Jungen dabeihat?«, fragte White.

»Bleib einfach an Wilder dran. Der wird den Jungen wahrscheinlich bei seiner Mutter absetzen, denk' ich.«

»Ist doch scheiße, da ein Kind mit reinzuziehen, Gar.«

»Fahr zu, Mann«, sagte Potter und deutete mit dem Kinn auf das blaue Oldsmobile, das vom Parkplatz rollte. »Verlier ihn ja nicht.«

Lorenze fuhr einen 1984er Olds Regency, einen V8-Zylinder mit blauen Veloursitzen, weißem Vinyldach und Speichenfelgen. Wilder fand, mit den angedunkelten Fenstern sah seine Karre wie eine von diesen Großdealerkutschen in Miami aus. Oder wie eine Limousine. Man konnte rausschauen, aber nicht reinsehen, und genau aus diesem Grund hatte er diesen Wagen gekauft. Er hatte ihn für achtzehnhundert Dollar bei einem Händler in Northwest gekriegt und dafür einen Kredit zu 24 Prozent Zinsen aufgenommen. Und da er die letzten drei Raten nicht bezahlt hatte, hatte er sich erst vor kurzem wieder eine neue Telefonnummer zugelegt, damit die Kredithaie, die angefangen hatten, ihn zu nerven, ihn nicht mehr erreichen konnten.

Als sie auf der Georgia nach Süden fuhren, merkte Lorenze, wie Joe mit der Hand über den Sitzbezug strich.

»Wenn du so hart wie dein Onkel arbeitest, wirst du dir eines Tages auch so einen Wagen leisten können.« Lorenze Wilder hatte schon seit Jahren keinen Job mehr.

»Er ist richtig klasse«, fand Joe.

»Das da, das ist wie Samt. Könnte wetten, dein Vater fährt auch 'nen schicken Wagen.«

Joe Wilder zuckte mit den Achseln und schaute zu seinem Onkel hinüber. »Ich kenne meinen Vater nicht. Woher soll ich da wissen, was für 'nen Wagen er fährt.«

»Echt?«

»Mama sagt, dass mein Vater einfach ... Sie sagt, daß er uns verlassen hat.«

Natürlich kannte Lorenze die Familiengeschichte in- und auswendig. Wegen Joe hatten er und seine Schwester sich ja in die Wolle gekriegt, und sie hatte voll durchgedreht. Wenn sie nicht wollte, dass der Junge wusste, wer sein Vater war, war das ihre Angelegenheit. Aber jetzt wirkte sich das negativ auf ihn, Lorenze, aus. Behinderte ihn. Er wollte doch nur was vom Kuchen abhaben, einen Fuß in die Tür kriegen. Lorenze versuchte, das Thema schnell wieder zu vergessen, weil er sonst nur schlechte Laune kriegte.

Er warf seinem Neffen einen kurzen Blick von der Seite zu.

Joes Helm lag neben ihm auf dem Sitz. In der Hand hielt er eine Figur, einen Typen in Strumpfhosen. Auf das Gummigesicht des Typen war eine Sonnenbrille gemalt.

Lorenze atmete langsam aus. Er hatte sehr selten Umgang mit Kindern, aber soweit er das beurteilen konnte, war sein Neffe ganz in Ordnung. Lorenze rang sich ein Lächeln ab und bemühte sich, interessiert zu klingen.

»Wer ist das, Joe?«

»The Rock.«

»Das ist dieser Puerto-Ricaner, oder?«

»Ich weiß nicht, woher er kommt, aber er ist richtig böse. Daheim hab' ich noch viel mehr Wrestling-Figuren.«

»Aber daheim kriegst du kein Eis.«

»Manchmal schon.«

»Welche Sorten magst du?«

»Schokolade und Vanille. Am liebsten gemischt.«

»Ich weiß, welche Eisdiele wir ansteuern müssen.« Sie waren jetzt südlich der Howard University. Lorenze drehte am Lenkrad und fuhr auf der Rhode Island Avenue nach Osten. »Jetzt wollen wir doch mal sehen, ob sie geöffnet haben, was?«

Hätte Wilder einen Blick in den Rückspiegel geworfen, hätte er gesehen, dass vier, fünf Wagen weiter hinten ein weißer Plymouth ihm folgte.

»Der setzt den Jungen nicht ab«, sagte White.

»Fahr einfach weiter«, sagte Potter.

Carlton Little reichte die fette Tüte über die Rücklehne nach vorn zu Potter, der sie ihm abnahm und fest daran zog. Er hielt den Rauch Ewigkeiten in der Lunge, atmete dann aus, nahm einen letzten Zug aus der Bierflasche und ließ sie zu Boden fallen. Radiomusik schallte laut durch den Wagen.

Sie waren jetzt in der Nähe der Edgewood Terrace in Northwest, aber immer noch auf der Rhode Island. Lorenze

Wilder ging vom Gas und rollte auf einen Parkplatz neben einem weißen Gebäude. Die Jalousien im Schaufenster waren heruntergelassen.

»Fahr weiter«, sagte Potter.

Im Vorbeifahren sah Potter, dass Wilder an einer Eisdiele gehalten hatte. Vorn hing ein Schild, bestimmt von einem Kind. Gleich ein Haus weiter war ein 7-Eleven. Dort waren die Fenster mit Sperrholzplatten vernagelt. Jemand hatte eine Nachricht auf die Platten geklebt, dass das Gesundheitsamt den Laden geschlossen hatte.

»Fahr um den Block, Coon.«

An der nächsten Kreuzung bog White links ab und gleich an der nächsten wieder. Potter zog den .375er Colt aus dem Hosenbund. Er klappte die Trommel heraus, überprüfte, ob das Ding geladen war, und machte eine schnelle Handbewegung. Die Trommel rastete nicht ein. Im Film machten sie das immer so, aber bei ihm funktionierte das nicht. Er musste die Trommel von Hand reindrücken.

»Halte dich bereit, Dirty«, sagte Potter und umklammerte den gummibezogenen Revolvergriff.

»Ich geb' mir Mühe«, sagte Little und kicherte nervös. Er hatte seine 9-Millimeter unter dem Sitz hervorgefischt, das Magazin herausgezogen und versuchte gerade, es wieder reinzuschieben. Mit dieser Marke wurden derzeit die Bullen vom MPD ausstaffiert. Die Glock 17 hatte er von einem Jungen, der bei ihm in der Kreide gestanden und damit seine Schulden beglichen hatte.

»Mann«, sagte er, »bin ich am Arsch.« Das Magazin rastete mit einem leisen Klicken ein.

Fünfzig Meter südlich von der Eisdiele rollte White mit dem Wagen wieder auf die Rhode Island.

»Park da, aber lass den Motor laufen«, wies Potter ihn an.

Als sie neben dem Bordstein hielten, beobachtete Potter, wie Wilder und sein Neffe vor der Theke standen, wo man seine Bestellung aufgab und zahlte. Auf dem Parkplatz stand nur ein weiterer Wagen, ein beschissener Nissan. Na, schließlich war schon September. Die Nächte waren kühler geworden.

»Was sollen wir jetzt tun?«, fragte White.

»Warten«, sagte Potter.

Der Eisverkäufer trug eine Papiermütze und ließ sich, wie Potter von seiner Straßenseite aus erkennen konnte, viel Zeit. Potter schaute sich um. Vor den Wohnhäusern, die sich um die Einkaufsmeile gruppierten, stand niemand, aber womöglich lauerten ein paar Leute hinter den Vorhängen und spähten aus den Fenstern. Man konnte ja nie wissen. Und später erinnerten sie sich an den Wagen.

»Fahr noch mal um den Block, Coon«, sagte Potter. »Passt mir nicht, wenn wir hier so rumhängen.«

Coon schaltete die Automatik auf »Drive« und fuhr auf die Straße. Als sie sich der Eisdiele näherten, sah Potter, wie Wilder und sein Neffe zum Oldsmobile gingen. Und dann sah er noch, wie der Junge Wilder seine Waffel in die Hand drückte, zurück zur Eisdiele rannte und in den Laden ging.

»Fahr zu!«, rief Potter und lachte laut. »Ach, scheiße, der Junge muss aufs Klo. Gib Gas, Mann, fahr schnell um den Block. Und wenn du wieder auf der Rhode Island bist, hältst du direkt auf die Eisdiele zu, kapiert?«

White drückte das Gaspedal hinunter. Beim Abbiegen kam der Wagen ins Schlingern, und er jagte mit quietschenden Reifen um die nächste Kurve.

»Bist du bereit, Dirty?«, fragte Potter.

»Ich denke schon«, sagte Little mit brüchiger Stimme. Er zerknüllte die McDonald's-Tüte, warf sie auf die andere Seite, entsicherte die Glock und schob den Schlitten vor und zurück.

»Wenn der Affenarsch sich einbildet, er könnte mich über den Tisch ziehen«, sagte Potter, »werd' ich ihn jetzt eines Besseren belehren.«

White bog erneut ab. Da vorn war die Rhode Island

Avenue. Seine Hände zitterten. Erst als er das Lenkrad ganz fest umklammerte, hörte das Zittern auf.

Joe Wilder ging um das Gebäude herum. Er musste pinkeln. Sein Onkel hatte ihm gesagt, dass es da hinten eine Toilette gab und er jetzt aufs Klo gehen sollte, damit er nachher sein Eis in aller Ruhe genießen konnte und nicht vor lauter Druck auf dem Sitz herumrutschen musste. Aber als Joe vor der Tür vom Herrenklo stand, sah er, dass jemand die Tür mit einer schweren Eisenkette und einem Schloss gesichert hatte.

Er konnte es noch eine Weile halten. Und der Gedanke an das Eis, an die zart schmelzende Schokolade-Vanille-Mischung ließ ihn vergessen, wie dringend er aufs Klo musste. Er ging zum Wagen zurück und stieg ein.

»Das ist aber schnell gegangen«, meinte Lorenze und gab dem Jungen seine Waffel.

»Das Klo war abgeschlossen«, sagte Joe. »Aber das macht nichts.« Er leckte am Eis und fing mit der Zunge ein paar Tropfen auf, die geschmolzen waren und an der Waffel herunterliefen.

»Lecker, was?«

»Ja, echt prima.« Joe grinste. Seine Zunge war weiß-braun gefärbt.

»Hör mal, Joe ... du musst mit deiner Mutter über deinen Vater reden.«

»Was ist denn mit ihm?«

»Ähm, er ist nicht wirklich weg, also nicht unwiderruflich weg, falls du weißt, was ich meine.«

»Nicht so richtig.«

»Du solltest wirklich mal deinen Vater kennen lernen, Sohn. Ich finde, jeder Junge sollte Kontakt zu seinem Vater haben.«

Joe Wilder biss das kleine Stück Eis ab, das sich über den Waffelrand neigte.

»Und wenn du ihn triffst«, sagte Lorenze, »möchte ich, dass du etwas für mich tust. Ich möchte, dass du ihm erzählst, wie nett ich zu dir gewesen bin. Wie wir heute Abend hier gesessen und Eis gegessen haben.«

»Aber Mom sagt, er ist weg.«

»Hör mir mal zu, Junge«, sagte Lorenze. »Wenn du mit ihm redest, wann auch immer das sein mag, möchte ich, dass du ihm sagst, Onkel Lorenze will mitmischen. Hast du das verstanden?«

Joe Wilder zuckte mit den Achseln und lächelte ahnungslos. »Gut.«

Quietschende Reifen veranlassten Lorenze, den Blick zu heben. Ein weißer Bullenwagen kam in mörderischem Tempo auf den Parkplatz gefahren. Aber es waren keine Bullen. Dazu war der Wagen, ein abgefuckter Plymouth, viel zu alt. Anscheinend kurvten nur ein paar Grünschnäbel mit der Karre herum. Was für Blödmänner. Bildeten die sich etwa ein, sie könnten sich einfach so vor ihn stellen, wo doch der ganze Parkplatz leer war?

Auf der Beifahrerseite flogen die Vorder- und die Hintertür auf. Zwei junge Männer sprangen heraus. Einer ging vorn um den Plymouth herum, einer hinten um den Kofferraum. Lorenze staunte nicht schlecht, als er Garfield Potter erkannte, doch in dem Moment rissen Potter und ein Typ mit Cornrows schon ihre Waffen hoch und stürmten wild entschlossen auf den Olds zu.

»He«, sagte Joe Wilder, »Onkel Lo.«

Lorenze Wilder hörte ein Klicken. Er sah noch, wie die Kugeln aus den Waffenläufen spritzten. Dann ließ er die Eiswaffel fallen und warf sich mit dem Oberkörper quer über die Sitzbank. Er musste seinen Neffen schützen, doch da implodierte die Windschutzscheibe schon. Glassplitter flogen durch den Wagen. Und dann wurde er von mehreren Kugeln getroffen, was höllisch wehtat. Er wurde zuerst heftig zur Seite und dann zurückgeschleudert, und er dachte an Gott und seine Schwester und flehte in jenem langen letzten Moment – ehe Gehirnpartikel und Blut durchs Auto spritzten und er seinen letzten Atemzug tat – Gott an, den Jungen zu verschonen.

Neunzehn

Freunde, Verwandte, Polizisten und Medienvertreter hatten sich im Beerdigungsinstitut unweit des alten Posin's Deli auf der Georgia Avenue eingefunden und scharten sich um Joe Wilders offenen Sarg. Nach einer Weile musste der Straßenverkehr umgeleitet werden. Nur so konnten weitere Besucher, die mit dem Auto kamen, überhaupt noch nach vorn gelangen. Mit Ausnahme von einer Hand voll Verwandten und ein paar schwarzen Kriminalbeamten in Zivil, die für diesen Fall zuständig waren, kamen die meisten Anwesenden nicht wegen Lorenze Wilder auf die andere Seite der Stadt.

Tags darauf sollten der Junge und sein Onkel ganz in der Nähe des Tatortes auf dem Glenwood-Friedhof in Northeast beigesetzt werden.

Während der letzten fünfzehn Jahre war der gewaltsame Tod junger schwarzer Männer und Frauen im District medial kaum beachtet worden. Das hatte verschiedene Gründe: Die unverändert hohe Mordrate rief eine Art Abstumpfung hervor, und das Leben der schwarzen Unterschicht war nach Ansicht der Medien kein wirklich spannendes Thema. In den Fernsehnachrichten war die Ermordung junger Schwarzer nur selten der Aufmacher. In der *Washington Post* wurde der Mord an einem Schwarzen routinemäßig im Lokalteil gemeldet. Ein, höchstens zwei Absätze über die oftmals nicht identifizierten Opfer, und dann wurde kein Wort mehr über den Vorfall verloren.

Vorstadtliberale klebten FREIES TIBET auf ihre Autos. Die Tatsache, dass nur ein paar Meilen vom Weißen Haus entfernt amerikanische Kinder in grauenhaften Wohnvierteln aufwuchsen, zu deren Alltag Schusswechsel und Drogen gehörten und die heruntergekommene staatliche Schulen besuchten, schien sie hingegen wenig zu beeindrucken. Die Nation erregte sich über High-School-Schießereien in Weißenvierteln, während junge schwarze Männer und Frauen Tag für Tag sang- und klanglos in der Hauptstadt des Landes ermordet wurden.

Bei der Ermordung von Joe Wilder lag der Fall allerdings anders. Hier hatte ein unschuldiges Kind sein Leben lassen müssen. Nach dem Mord war Joe Wilder tagelang die Topmeldung in den TV-Lokalnachrichten und schaffte es sogar auf die erste Seite des Lokalteils in den Zeitungen. Selbst Bundespolitiker stürzten sich auf das Thema und verurteilten die Gewalt in den Innenstädten. Da laut Aussage eines Zeugen laute Rap-Musik aus den offenen Wagenfenstern der Schützen gedrungen war, hatten sich dieselben Politiker auf der Stelle darangemacht, die beiden Hauptschuldigen – Hiphop und Hollywood – zu verdammen. In Windeseile führten diese gekauften Politiker die Ursachen an, die diese Kultur förderten, oder die Waffen, mit denen der Junge getötet worden war und die man allerorten problemlos kaufen konnte.

Über all das dachte Strange auf der Fahrt zum Glenwood-Friedhof nach. Den Brougham parkte er am Ende einer langen Autoschlange, die sich an Joe Wilders Grabstätte gebildet hatte. Lydell Blue saß neben ihm auf der Bank. Lamar Williams und Lionel machten keinen Muckser auf der Rückbank des Cadillacs.

Strange schaute in den Rückspiegel. Dennis Arrington rollte in seinem Infiniti hinter ihn. Er hatte Quinn und drei der Mannschaftskameraden mitgenommen: Prince, Rico und Dante Morris. Ein paar von den anderen Spielern hatten den Gottesdienst besucht. In der Baptistenkirche – hierhin waren Joe und seine Mutter immer zum Gottesdienst gegangen – wurde anrührende Gospelmusik vorgetragen.

Stranges Blick schweifte über die Automobile und die Menschen, die ausstiegen, über den Rasen liefen. Joe Wilders Mutter, Sandra Wilder, ging gramgebeugt in der Mitte einer Gruppe Trauergäste, die sie auf dem Weg zum Grab stützten. Sie war gerade aus einem teuren deutschen Wagen ausgestiegen. Lorenzes Sarg und der von Joe, nur halb so groß wie der des Onkels, standen auf Podesten unter einem grünen Zeltdach neben zwei ausgehobenen Gräbern.

Die meisten Autos parkten neben dem Bordstein und auf dem Rasen, der extra gemäht worden war. Inmitten der vielen Wagen stand ein Van, der nach Stranges Kenntnisstand der Polizei gehörte. Die Insassen machten Fotos von den Trauergästen. Bei Morden, von denen man annahm, dass sie von einem Serienmörder verübt wurden, war das Routine, denn Serienmörder gingen gern zum Trauergottesdienst und der Beerdigung ihrer Opfer.

Doch Strange und die Polizei wussten, dass die Täter heute nicht auftauchen würden. Er war sich ziemlich sicher, weshalb dieser Mord verübt worden war. Dies hier war alles andere als die Tat eines Serienmörders. Hier hatten sich zwei Gangs bekriegt oder um ein Revier gekämpft. Vielleicht war es auch etwas Persönliches gewesen, oder jemand hatte auf diese Weise ausstehende Drogenschulden beglichen. Das Ziel war Lorenze Wilder gewesen. Dass sein Neffe Joe im Wagen gesessen hatte, war purer Zufall gewesen. Eben die normalste Sache der Welt.

Wieder wanderte Stranges Blick über die Fahrzeuge. Die meisten Autos waren nicht nur gewienert, sondern aufgemotzte Dealerwagen. Teure Importe, die zudem noch für viel Geld getunt worden waren. Die Männer, die da ausstiegen, waren sehr jung und auffällig gekleidet. Strange musste nicht zweimal überlegen. Seine Meinung basierte nicht auf Vorurteilen, die er gegen seine Brüder hegte. Sein ganzes Leben lang hatte er in dieser Stadt gelebt. Und so lief es in D. C. nun mal.

»Denkst du, was ich denke?«, fragte Blue.

»Sind 'ne ganze Menge Drogendealer aufgetaucht«, meinte Strange. »Die Frage ist nur, wieso?«

»Keine Ahnung.«

»Joe war alles andere als kriminell. Ich kenne seine Mutter. Die Frau ist sauber.«

»Hast du den Wagen gesehen, aus dem sie gestiegen ist?«

Natürlich war Strange der neue, nicht mit übermäßig viel Schnickschnack ausstaffierte BMW aus der Dreierserie aufgefallen.

»Klar.«

»Sie steigt aus einem, sagen wir mal, Fünfunddreißigtausend-Dollar-Wagen und wohnt in einem Sozialbau?«

»Könnte der Wagen eines Freundes sein«, sagte Strange.

»Schon möglich.«

»Darüber sollte man mal nachdenken, aber nicht jetzt und nicht hier.«

Sie stiegen aus. Lamar und Lionel stellten sich zu Quinn, Arrington und den Jungs vom Footballteam. Gemeinsam gingen sie zum Grab. Strange und Blue folgten ihnen.

»Bist du in Ordnung?«, fragte Blue.

»Ja«, antwortete Strange, aber Blue fand, dass der leere und gleichzeitig böse Blick seines Freundes etwas anderes nahe legte.

»Ich hab' heute die Nachtschicht«, sagte Blue. »Wollte mal ein bisschen durch die Stadt kurven, und da hab' ich mich gefragt, ob du vielleicht mitkommen willst.«

»Gern«, sagte Strange.

»Wollte mir da draußen mal 'nen Überblick verschaffen.«

»Da bin ich mit von der Partie.«

»Komm gegen halb zwölf aufs Revier. Du wirst ein paar Papiere unterschreiben müssen.«

»Mach' ich«, sagte Strange.

Dennis Arrington bat die Gruppe, sich im Kreis aufzustellen. Er nahm Quinns Hand, der neben ihm stand. Die Jungs reichten sich ebenfalls die Hände. Der letzte gab Arrington die Hand. Auf diese Weise schloss sich der Kreis wieder. Alle neigten den Kopf. Der junge Diakon sprach im Namen aller Anwesenden ein leises Gebet. Auch Strange und Blue, die ganz in der Nahe standen, neigten die Köpfe und beteten.

Strange schaute hinterher zum Grab hinüber. Sandra, Joes Mutter, sprach mit einem jungen Mann mit kurz geschnittenem Haar in einem schicken Anzug. Der junge Mann sah zu Strange hinüber, während er sich mit Sandra unterhielt. Ohne Strange aus den Augen zu lassen, sagte er etwas zu dem jungen Mann an seiner Seite. Sein Freund nickte. Diese beiden jungen Männer, dachte Strange, sind auch Kriminelle.

»Lass uns nach vorn gehen, Strange«, sagte Blue. »Sieht so aus, als würden gleich die letzten Worte gesprochen.«

Blue und Strange traten näher. Eine Viertelstunde später wurde der achtjährige Joe Wilder in sein Grab hinuntergelassen.

Strange hatte sich hingelegt und wachte gegen zehn Uhr abends auf, duschte und zog frische Sachen an. Anschließend fütterte er Greco und schloss das Haus ab. Vorhin hatte er noch kurz mit Janine telefoniert und ihr gesagt, er würde fast die ganze Nacht unterwegs sein und erst am Nachmittag ins Büro kommen. In dieser Woche hatte er kein einziges Mal bei Janine übernachtet.

Strange fuhr nach Norden zum Fourth District Revier auf der Georgia, das zwischen der Quakenbos und der Peabody lag. Lydell Blue hatte ihn schon über den neuesten Stand im Fall Wilder in Kenntnis gesetzt. In den drei Tagen, die seit dem Mord verstrichen waren, hatte die Polizei so einiges in Erfahrung gebracht.

In Ulmers Eisdiele arbeiteten im Herbst und Winter zwei Personen, ein junger Salvadorianer namens Diego Juarez und Ed Ulmer, der fünfundfünfzigjährige afroamerikanische Besitzer. In der Mordnacht hatte Juarez gearbeitet. Als Lorenze vorfuhr und seinen Olds auf dem Parkplatz abstellte, stand da nur Juarez' Wagen, ein schwarzer Nissan Sentra. Nachdem er Lorenze und dessen Neffen bedient hatte, bekam Juarez mit, dass der Junge auf die Toilette auf der Rückseite des Gebäudes gehen wollte, aber schon kurze Zeit später wieder zu dem Oldsmobile zurückkehrte. Da die Toilette mehrfach verwüstet worden war, hatte Ulmer die Tür mit einem Vorhängeschloss gesichert.

Kaum war der Junge zu dem älteren Mann in den Olds gestiegen, kam ein weißer Plymouth, der wie ein alter Streifenwagen aussah, auf den Parkplatz gerauscht. Hinter dem Steuer saß ein junger Schwarzer mit »einer großen Adlernase«. Der Plymouth hielt vor dem Olds und versperrte ihm den Weg. Juarez sagte aus, dass ziemlich laute Rap-Musik aus den offenen Wagenfenstern drang. Zwei Männer stiegen sofort aus, einer auf der Beifahrerseite und einer hinten, zogen Waffen und fingen an, auf die Windschutzscheibe des Olds zu schießen.

Diego Juarez prägte sich, ehe er nach hinten ging, die Buchstaben- und Zahlenfolge des Plymouth ein, der ein D.C.-Kennzeichen hatte. Dann rief er die Polizei an und schloss sich in der Angestelltentoilette ein, bis er fünf Minuten später hörte, wie ein Streifenwagen vorfuhr. Da es auf der Toilette nichts zu schreiben gab, vergaß er in der ganzen Aufregung einen der beiden Buchstaben und die meisten Zahlen. Und als er aus der Toilette kam, konnte er sich an keine der Zahlen mehr erinnern, doch da waren die Schützen natürlich schon verschwunden.

Einer der Schützen hatte offensichtlich eine Mischung aus

Alkohol und Burgerfleisch auf den asphaltierten Parkplatz gekotzt, bevor er wieder in den Plymouth gestiegen war.

Beide Opfer hatten mehrere Kugeln abgekriegt. Lorenze Wilder war im Rücken, im Gesicht und am Hals getroffen worden, woraus man schließen durfte, dass er ursprünglich versucht hatte, den Jungen zu schützen. Doch dann hatte die Wucht der Schüsse ihn herumgerissen. Joe Wilder war mehrmals getroffen worden, im Schritt, in Bauch und Brustkorb, in Gesicht und Kopf. Beide Opfer lagen tot in Lachen aus geschmolzenem Eis und Blut, als die Polizei eintraf. Eine Gummifigur, ebenfalls blutbespritzt, wurde neben der Hand des Jungen gefunden. Neben seinen Füßen lag ein Footballhelm, an dessen Gitter ein Mundschutz hing.

Auf dem Parkplatz wurden zehn 9-Millimeter-Hülsen gefunden. Aller Wahrscheinlichkeit nach stammten sie von einer automatischen Waffe. Ihr Auswurfmuster legte nahe, dass sie aus der Waffe des rechts stehenden Schützen stammten, den Juarez als den Kerl »mit den Zöpfen im Haar« beschrieben hatte. Der zweite Schütze hatte keine Patronenhülsen hinterlassen. Entweder hatte er sie aufgelesen, was eher unwahrscheinlich war, oder seine Waffe hatte sie nicht ausgespuckt. In dem Fall musste er dann einen Revolver benutzt haben, was – wie sich später herausstellte – auch zutraf. Die Kugeln, die den größten Schaden angerichtet hatten, waren Hohlmantelgeschosse aus einer .375er.

Den zweiten Schützen beschrieb Juarez als ›einen großen, dünnen Schwarzen‹ mit heller Haut, der eine Kappe trug. Juarez sagte aus, der Schütze habe gegrinst, als er abdrückte, und dass dieses Grinsen ihn, Juarez, veranlasst habe, in den hinteren Teil des Geschäfts zu flüchten. Seit jenem Abend arbeitete er mit den Phantomzeichnern der Polizei zusammen und versuchte, Skizzen herzustellen, die seiner Erinnerung den Männern, die er nur kurz gesehen hatte, so gut es ging ähnlich waren.

Es gab keine weiteren Zeugen des Schusswechsels. Die Bewohner der angrenzenden Häuser behaupteten steif und fest, nichts gesehen zu haben.

Der weiße Plymouth wurde am nächsten Morgen im Prince George's County auf einer Landstraße neben einem Wald gefunden. Das Fahrzeug war mit Benzin überschüttet und abgefackelt worden. Der über den Baumwipfeln aufsteigende Rauch wurde von einem Anwohner entdeckt, der in der Gemeinde auf der anderen Seite des Waldes lebte. Dieser Mann hatte umgehend die Polizei verständigt. Der erste Buchstabe des Kennzeichens stimmte mit dem überein, an den Juarez sich erinnerte. Dies war also der Wagen der Schützen. Einmal abgesehen von ein paar Stofffasern waren bei dem Brand alle Spuren vernichtet worden. Jemand hatte alle Fingerabdrücke im Auto weggewischt.

Der Plymouth war auf einen Maurice Willis angemeldet, der im 4800er Block auf der Kane Place im Deanwood-Abschnitt in Northeast lebte. Streifenwagen und Kriminalbeamten vom Morddezernat wurden zu dieser Adresse geschickt. Willis leistete keinen Widerstand, als man ihn zum Verhör führte. Der Plymouth gehörte Willis und war vom Union-Station-Parkplatz gestohlen worden, als Willis sich im AMC einen Film anschaute. Er hatte den Diebstahl nicht gemeldet, wie er offen zugab, weil er nicht versichert gewesen war. Da Willis sich genau an die Uhrzeit und den Film erinnern konnte, den er an jenem Abend gesehen hatte, konnten die Detectives ein Zwei-Stunden-Fenster für den Diebstahl errechnen.

Gegen Ende des darauf folgenden Tages waren die Aufzeichnungen des Zahlhäuschens in der Parkgarage ausgewertet. Nun besaß die Polizei ein Foto des Mannes, der den Plymouth gestohlen hatte. Auf dem Bild war ein hellhäutiger junger Schwarzer zu sehen, der eine Kappe aus glänzendem Material und eine Sonnenbrille trug. Außerdem hatte der Verdächtige beim Bezahlen der Parkgebühr sein Gesicht absichtlich von der Kamera weggedreht. Dieses Foto würde ihnen kaum helfen, den Schützen zu finden, war aber vor Gericht bestimmt von Nutzen.

Die Kriminalbeamten durchstreiften immer noch das Viertel, wo die Schießerei stattgefunden hatte. Sie hängten Zeichnungen von den Verdächtigen auf und zeigten sie während der Vernehmung potenziellen Zeugen. Freunde und Verwandte von Lorenze und Joe Wilder wurden ausgiebig verhört. Dabei konzentrierte sich die Polizei vor allem auf die Bekannten des Onkels. Wichtig war auch, dass die Polizei für jede Information, die zur Verhaftung und Verurteilung der Schützen führte, eine Belohnung von zehntausend Dollar ausgesetzt hatte. Die Belohnung war so etwas wie die Trumpfkarte, die größte Anstrengung seitens der Polizei. Am Ende, das wusste Strange, würde ein Spitzel ihnen die Identität der Mörder verraten.

Sie leisten bislang gute, sehr gute Arbeit. Sie tun alles, was in ihrer Macht steht.

Strange fuhr auf den Parkplatz hinter dem Fourth-District-Revier und schaltete den Motor aus.

Strange ging zum Vordereingang des Reviers. Das Gebäude war nach Charles T. Gibson benannt, einem Streifenpolizisten, der vor ein paar Jahren vor dem Ibex Club ermordet worden war. In der schmucklosen, von Neonröhren ausgeleuchteten Lobby meldete er sich am Empfang. Die Dienst habende Polizistin, die er nicht kannte, meldete ihn bei Lieutenant Blue in seinem Büro im zweiten Stock an. Währenddessen unterzeichnete Strange zwei Formulare, mit denen er auf Regressansprüche verzichtete.

Blue erschien in Uniform. Er und Strange gingen durch den Umkleideraum, stiegen eine Treppe zum Hinterausgang hinunter. Blue sagte einem Sergeant, der draußen auf dem Parkplatz eine Zigarette rauchte, er würde den Crown Victoria nehmen, den letzten Streifenwagen in einer Reihe, die allesamt schräg zum Gebäude geparkt waren. Er nannte dem

Sergeant auch die seitlich und hinten aufgedruckte Nummer des Wagens.

Blue setzte sich hinter das Steuer des Crown Vic. Strange nahm neben ihm Platz. Kurz nach Mitternacht rollten sie auf die Georgia und fuhren Richtung Süden.

Der Fourth District, auch als 4-D bekannt, reichte von der Districtline im Norden bis zur Harvard Street im Süden, endete im Westen am Rock Creek und im Osten an der North Capitol Avenue. In diesem Polizeiabschnitt lebten Wohlhabende und Angehörige der Unterschicht. Wegen der großen Anzahl sexueller Übergriffe, Autodiebstähle und Morde zählte das 4-D zu den gefährdetsten Abschnitten in der Stadt. Inzwischen hatte sich die Lage dermaßen verschlechtert, dass Chief Ramsey laut darüber nachdachte, das 4. Revier zu teilen und ein 8. Revier zu bilden, was am Ende auf eine Art Unterrevier in der Nähe der 11th und der Harvard hinauslief.

Trotz der Medienpropaganda über »New Day D. C.« stieg die Verbrechensrate in der Stadt wieder. In den ersten sechs Monaten des neuen Jahrhunderts war die Anzahl der Mordfälle um 33 Prozent, die der Vergewaltigungen um 200 Prozent gestiegen. Im Jahr 1997 hatte man Kriminalbeamte konsequent in andere Reviere versetzt, nachdem bei einer Untersuchung herausgekommen war, dass die Qualität ihrer Arbeit nicht dem Standard entsprach. Jeder, der auch nur eine vage Ahnung von Polizeiarbeit hatte, wusste, dass man nur Ergebnisse erzielte, wenn man auf ein Netzwerk aus Informanten, Nachbarschaftskontakten und Vertrauensleuten zurückgreifen konnte, das sich im Laufe der Zeit herausgebildet hatte. Der Versetzungsschub hatte dieses System zerschlagen mit dem Ergebnis, dass nun weniger Mordfälle denn je aufgeklärt wurden. Im District of Columbia wurden zwei von drei Morden – 69 Prozent, um genau zu sein – nicht gelöst.

Auf den Straßen ging es ziemlich ruhig zu, was mehrere Gründe hatte: Es war nachts schon recht kühl geworden, es war mitten in der Woche, und morgen hatten die Kinder Schule. Dennoch hingen ein paar Jugendliche auf den Einkaufsstraßen und auf den Kreuzungen der dahinter liegenden Wohnstraßen herum. Sie saßen auf Mülltonnen, lehnten an Briefkästen. Von Zeit zu Zeit wurde in D. C. eine Sperrstunde verhängt, was nicht viel brachte, da niemand auf ihre Einhaltung pochte. Wer hatte schon Lust, einen Jugendlichen einzusperren, nur weil er sich zu lange auf der Straße herumgetrieben hatte? Zu Recht fand die Polizei, dass Kindererziehung nicht in ihren Aufgabenbereich fiel.

»Irgendwelche Neuigkeiten seit der Beerdigung?«, fragte Strange.

»Forensisch gesehen nicht«, sagte Blue. »Die Kripo kämmt das ganze Viertel drüben bei der Rhode Island noch mal durch. Und sie nehmen Lorenze Wilders Freunde und Bekannte schwer in die Zange.«

»Hatte der denn Freunde?«

»Ein paar schon. Die Jungs in Zivil haben auf Lorenzes Begräbnis ein paar Informationen gekriegt, ehe sie aufgeflogen sind. Und sie haben das Gästebuch vom Bestattungsinstitut. Der eine oder andere hat sich da mit Namen und Adresse eingetragen.«

»Was ist bei den Verhören rausgekommen?«

»Lorenze war eine von diesen Randexistenzen. Hat die meiste Zeit nicht gearbeitet, jedenfalls nicht auf Steuerkarte. Selbst seine Freunde geben zu, dass er ein Nichtsnutz war, aber keiner von denen meint, er hätte im Zielfeuer gestanden. Er gehörte keiner großen Organisation oder so an. Jedenfalls erzählen sie das unseren Leuten.«

»Ich hätte gern eine Liste seiner Freunde«, sagte Strange.

»Du weißt, dass ich das nicht tun kann, Derek.«

»Schon gut.«

Blue hatte ihm die Bitte abgeschlagen. Strange war sich dessen bewusst, dass er das sagen musste. Und dabei beließ Strange es dann auch.

Sie kehrten in die Gegend zwischen der Georgia und der

16th zurück. Blue hielt an und überprüfte einen betrunkenen Latino, der mit verschwitztem Gesicht mitten auf der Kenyon Street stand. Er sagte, er hätte »sein Haus verloren«. Blue redete nett auf ihn ein und half ihm, sein Haus zu finden. An der Kreuzung 15th und Columbia nahm er den Fuß vom Gaspedal und kurbelte das Fenster herunter. Ein Mann saß auf einer Treppe vor einem Reihenhaus und sah zu, wie ein kleiner Junge mit einem Basketball über den Gehweg dribbelte.

»Bisschen spät für ihn, was?«, sagte Blue.

Der Mann lächelte. »Ach, der hat einfach Hummeln im Hintern. Sie wissen ja, wie Kinder sind.«

»Kann schon sein«, sagte Blue und erwiderte das Lächeln. »Aber Sie sollten jetzt mit ihm reingehen.«

»Na schön«, sagte der Mann.

Blue fuhr weiter. Strange fiel auf, wie entspannt er hinter dem Steuer saß. Blue übernahm am liebsten die Nachtschicht. Seiner Meinung nach war die Gefahr nachts zwar größer, aber die Bürger und die Bullen, die zwischen Mitternacht und Morgengrauen aufeinander trafen, hatten auch mehr Respekt voreinander. Der Durchschnittsbürger war um die Uhrzeit schon zu Hause und schlief. Und alle anderen gingen eine brüchige Allianz ein.

Blue nahm einen Funkspruch entgegen. Auf der Kreuzung 13th und Randolph wurde ein Familienstreit gemeldet. Er fragte die Frau, ob es ihr lieber wäre, wenn ihr Ehemann, der sie offenbar geschlagen hatte, eine Nacht in der Zelle verbrachte. Sie schlug das Angebot aus. Blue gelang es, den Streit zu schlichten. Mit dieser Vorgehensweise erzielte die Polizei bei so gelagerten Fällen meistens einen Erfolg.

»Wie geht es Terry?«, fragte Blue, als er nach Osten zum Old Soldier's Home fuhr.

»Ist in letzter Zeit ziemlich ruhig«, meinte Strange. »Ich glaube, er hat eine neue Freundin und verbringt viel Zeit mit ihr. Gerade diese Woche hat sich das als Riesenvorteil erwiesen.«

»Und wie steht es eigentlich zwischen dir und Janine?«

»Bestens.«

»Tolle Frau. Und ihr Sohn ist auch ein netter junger Mann.«

»Stimmt«, sagte Strange.

»Kommt Lionel am Samstag zum Spiel?«

»Vermutlich schon.« Strange verschwendete momentan nicht viele Gedanken an das Spiel.

»Wir müssen gewinnen, das ist dir doch wohl klar?«

»Sicher.«

»Ich finde, wir sollten morgen Abend nur kurz trainieren. Und den Jungs ins Gewissen reden.«

»Ja, das sollten wir.«

»Die müssen sich jetzt zusammenreißen«, sagte Blue. »Obwohl sie noch jung sind, hat der Tod einen festen Platz in ihrem Leben. Ich möchte nicht, dass sie Joe vergessen, aber ich will vermeiden, dass sein Tod sie lähmt. Das siehst du doch auch so, oder?«

»Ja«, sagte Strange.

Blue schaute zu seinem Freund hinüber. Bei ihrem ersten Zusammentreffen nach Joe Wilders Ermordung hatten sie sich umarmt und gegenseitig auf die Schulter geklopft. Beide Männer wurden von starken Schuldgefühlen heimgesucht. Blue, weil er Strange nach dem Training in ein Gespräch verwickelt hatte, und Strange, weil er Joe aus den Augen verloren hatte. Doch sie waren schon von Kindesbeinen an eng befreundet und mussten über diesen Vorfall nicht lange reden oder sich gar entschuldigen. Blue hatte seine eigene Methode, mit dieser Sache fertig zu werden. Wie stark Strange dieser Mord zusetzte, konnte er allerdings nicht sagen.

»Hör mal, Derek ...«

»Es geht mir gut, Lydell. Ich will im Moment einfach nicht groß darüber reden, okay?«

Blue fuhr in Park View die Warder Street hoch. Sie kamen an mehreren Reihenhäusern vorbei. Nirgendwo brannte

Licht. In einem dieser Häuser schliefen Garfield Potter, Carlton Little und Charles White.

Blue bog in die 4th. In einem durchgehend geöffneten Wings n Things Ecke Kennedy Street und Georgia kauften sie zwei Becher Kaffee und kurvten dann weiter durch die Gegend. Sie hielten an und forderten ein paar Jugendliche auf, endlich nach Hause zu gehen, und kriegten noch mal einen Funkspruch rein. Wieder wurde ein Familienstreit gemeldet. Blue bekam noch einen Funkspruch herein, dass sich auf der 2nd zwei Familienmitglieder in die Wolle gekriegt hatten, wurde dann aber zu einem Vorfall einen Block weiter geschickt.

In einer Bar auf der Kennedy war vor der letzten Runde eine Schlägerei ausgebrochen, die sich dann auf die Straße verlagert hatte. Mehrere Streifenwagen waren schon am Schauplatz eingetroffen. Polizisten hielten die Raufbolde fest und versuchten, ein paar Nachbarn und Passanten zu beruhigen, die die Polizeipräsenz angelockt hatte. Die Streifenpolizisten waren mit Schlagstöcken bewaffnet. Ein Typ beschimpfte einen weißen Polizisten, der ihm Handschellen angelegt hatte, mehrfach als »Hinterwäldler« oder »weißer Arsch«. Der Partner des Polizisten, ein Schwarzer, wurde von demselben Kerl mit »Hausneger« angemacht. Blue kletterte aus dem Wagen und überquerte die Straße. Strange stieg auch aus und lehnte sich an den Crown Vic.

Ein Stück weiter die Straße hinunter war das Three-Star Diner, Billy Georgelakos' Restaurant, wo Stranges Vater fast sein ganzes Leben lang als Bratkoch gearbeitet hatte. Zur Straße hin wurde das Diner von Metallgittern geschützt. Gleich nebenan lag der Parkplatz einer Kirche. Sein Zaun war zusätzlich mit Stacheldraht gesichert.

Blue kehrte mit verschwitztem Gesicht zu seinem Crown Vic zurück. Die meisten Gaffer auf der Kennedy hatten sich verzogen. Es war nicht klar, was die Schlägerei ausgelöst hatte, doch glücklicherweise war das Handgemenge ohne schwere Verletzungen beigelegt worden. Die meisten Bürger der Stadt, die daheim in ihren Betten lagen und schliefen, würden davon nichts erfahren.

Strange bat Blue, einen kurzen Abstecher nach Park Morton zu machen, wo Joe Wilder gewohnt hatte. Blue hatte nichts gegen den Vorschlag einzuwenden. In der Siedlung war kaum noch jemand unterwegs. Ein Junge saß auf einer Schaukel auf dem Spielplatz im dunklen Hof und rauchte eine Zigarette. Würfelspieler und Haschischraucher huschten die Treppen hoch.

»Wir haben hier Flugblätter mit den Phantomzeichnungen von den Verdächtigen in die Briefkästen gesteckt«, sagte Blue. »Wir müssen sie aber auch noch im Viertel aufhängen.«

»Sehr gut.«

»Auf viel Zusammenarbeit können wir hier nicht bauen. Drogendealer, die von der Polizei gesucht werden, stoßen in dieser Siedlung immer auf offene Türen. Ist kein Problem für sie, hier unterzutauchen.«

»Hab' ich auch schon gehört.«

»Hier in der Gegend sind sogar irgendwo Waffen versteckt, die allen Bewohnern der Siedlung zur Verfügung stehen. Dass es sie gibt, wissen wir, aber sie zu finden ist das Problem.«

»Willst du mir damit durch die Blume sagen, keiner wird sich melden?«

»Ich kann nur hoffen, dass es in diesem Fall mal anders laufen wird. Man traut uns hier nicht über den Weg, hasst uns wahrscheinlich sogar. Und dennoch muss ich darauf vertrauen, dass irgendjemand, der ein Herz hat, uns hilft, die Mistkerle zu schnappen, die ein unschuldiges Kind auf dem Gewissen haben.«

Als sie aus der Siedlung fuhren, rollte Blue langsam an Backsteinpfeilern und einem Mäuerchen vorbei. Das hier war so etwas wie das inoffizielle Eingangstor der Siedlung. Zwei Kinder, zwei kleine Mädchen in Jacken mit aufgedruckten

Comicfiguren, saßen auf dem Mäuerchen. Die Mädchen, kaum älter als elf oder zwölf Jahre, warfen den Streifenwageninsassen kalte Blicke zu, als sie an ihnen vorbeifuhren.

»Wo treiben sich eigentlich ihre Eltern herum?«, flüsterte Strange.

Zwanzig

Am Samstagmorgen schlugen die Petworth Panthers ein Lamond-Riggs-Team auf dem Spielfeld der LaSalle-Grundschule mit zwanzig zu sieben. Vor dem Spiel war Joe Wilder nicht erwähnt worden, aber Dennis Arrington hatte ein Gebet für ihren »gefallenen Bruder« gesprochen. Die Jungs knieten sich hin, senkten die Köpfe. Im Gegensatz zu sonst plapperte keiner, niemand riss einen Witz. Gleich nach dem Anpfiff kämpften sie auf dem Feld geradezu unbarmherzig. Die anwesenden Eltern und Aufsichtspersonen verharrten während des Spiels ungewöhnlich schweigsam an den Seitenlinien.

Als sie nach dem Spiel ihre Sachen einsammelten, legte Quinn Strange die Hand auf die Schulter.

»Hallo.«

»Hallo, Terry.«

»Hast du Lust, heute Nachmittag ein Bier trinken zu gehen?«

»Ich muss die Jungs nach Hause bringen.«

»Und ich muss für ein paar Stunden in den Buchladen. Wir könnten uns doch gegen vier bei Renzo's treffen. Du weißt doch, wo das ist, oder?«

»Ist früher mal die Tradesman's Tavern gewesen, oben auf der Sligo Avenue, falls ich mich nicht irre.«

»Gut, wir sehen uns dann dort.«

Lamar Williams, Prince und Lionel Baker warteten neben Stranges Cadillac, der auf der Nicholson stand. Lydell Blue hatte seinen Park Avenue direkt dahinter geparkt. Strange bat die Jungs, schon mal in den Brougham zu steigen, als er sah, wie Blue mit einem Schnellhefter in der Hand auf ihn zukam.

»Derek«, sagte Blue und hielt den Schnellhefter hoch. »Ich hab' mir gedacht, du könntest den Spielplan der Midgets wieder zu deinen Ordnern tun.«

Strange nahm den Schnellhefter und öffnete den Kofferraum. Er wollte den Hefter gerade in den Karton mit seinen Ordnern stecken, da trollte Blue sich schon. Strange entdeckte auf dem Pee-Wee-Hefter eine mit Bleistift verfasste Notiz. Er zog den Ordner heraus und überflog die handschriftlichen Anmerkungen. Auf dem Deckel der Akte waren die Beschreibung eines Fahrzeugs und eine Reihe von Zahlen und Buchstaben vermerkt. Er erinnerte sich an den Abend, wo er diese Informationen aufgeschrieben hatte.

»Lydell!«, rief er.

Blue kam zu Strange zurück, der immer noch vor dem offenen Kofferraum stand. Strange nahm ein paar Blätter aus dem Pee-Wee-Schnellhefter, drückte ihn Blue in die Hand und deutete auf die Notiz.

»Bringt wahrscheinlich nichts«, sagte Strange, »aber vielleicht solltest du dieses Kennzeichen mal überprüfen.«

Blue beäugte den Schnellhefter. »Und warum?«

»Ist noch gar nicht lange her, vielleicht 'ne Woche oder so, da sind mir eines Abends ein paar harte Typen auf dem Parkplatz der Roosevelt aufgefallen, als wir gerade Training hatten. Und wenn ich mich recht entsinne, ist das der Abend gewesen, wo Lorenze Wilder unten am Spielfeld auf Joe gewartet hat. Aus reiner Gewohnheit hab' ich mir das Kennzeichen und eine Kurzbeschreibung des Wagens notiert. Das Auto war ein Caprice. Das Baujahr hab' ich nur geraten, aber ich weiß noch, dass er ungefähr so alt wie mein eigener Wagen war. Ich hab' auch die Farbe aufgeschrieben. Er war beige.«

Strange versuchte, sich an die Jungs zu erinnern. Einer der Typen hatte die Haare dicht am Kopf entlang geflochten, genau wie einer von den Schützen, die der Eisdielenangestellte beschrieben hatte, was allerdings noch nicht viel heißen musste. Auch dass er Timberlands und weit geschnittene Jeans getragen hatte, war nichts Besonderes. In D.C. war dieser Kleidungsstil bei den meisten jungen Männer Standard.

»Ein beiger Caprice. Und wieso hast du dann hier ›beigebraun‹ hingeschrieben?«

»Hatte eines von diesen Vinyldächern, 'nen Ton dunkler als die Lackierung.«

»Okay, ich werd' das alles mal durch den Computer jagen.«

»Wie ich schon sagte, es bringt wahrscheinlich nicht viel, aber gib mir Bescheid, falls du einen Treffer landest.«

»Mach' ich.«

Strange schaute Blue hinterher, der zu seinem Wagen ging. Er nahm die Unterlagen vom Pee-Wee-Schnellhefter und steckte sie zusammen mit den Midgets-Unterlagen in den Ordner, den Blue ihm gerade gegeben hatte. Als er den Ordner aufklappte, entdeckte er eine Kopie. Darauf war die Liste von Lorenze Wilders Freunden und Bekannten und ein paar Notizen zu den im Rahmen der offiziellen Untersuchung durchgeführten Verhören.

Strange drehte den Kopf. Blue hatte seinen Buick schon gestartet und fuhr eben vom Bordstein weg. Strange nickte ihm zu, doch Blue schaute nicht zu ihm hinüber. Strange packte die Papiere zusammen, steckte sie in den Schnellhefter in seinem Aktenkarton und schloss den Kofferraumdeckel.

Strange fuhr Lionel zum Haus seiner Mutter auf der Quintana. Ehe Lionel ausstieg, fragte er Strange, ob er heute bei ihnen zu Abend aß. Strange antwortete, er ginge nicht davon aus, und bat Lionel, seiner Mutter auszurichten, er würde ›sich später bei ihr melden‹. Auf dem Weg zum Haus drehte Lionel einmal den Kopf und warf Strange einen Blick zu. Strange fuhr weiter.

Als Nächstes setzte er Prince ab. Der Junge hatte während des Spiels und der Fahrt kein Wort gesprochen. Die Burschen, die sich immer über ihn lustig machten, hingen wie üblich an der Ecke gegenüber von seinem Haus herum. Prince fragte Strange, ob es ihm etwas ausmachen würde, ihn bis zur Tür zu bringen. Dort klopfte Strange ihm auf die Schulter.

»Hast heute sehr gut gespielt, Sohn.«

»Danke, Coach Derek.«

»Ich seh' dich dann beim Training, verstanden? Und jetzt gehst du rein.«

Auf der Fahrt nach Morton Park saß Lamar Williams neben Strange auf dem Beifahrersitz. Er starrte zum Fenster hinaus und lauschte dieser altmodischen Musik, die Mr. Derek immer spielte, ohne auf den Text oder die Melodie zu achten. Er hörte immer so ein blauäugiges Zeug über Liebe und dass man sich zusammenreißen sollte, dass die Zukunft rosig war und Bruder dies und Bruder das. Lamar fragte sich, ob die Leute in den Siebzigern mehr zusammengehalten hatten oder so was in der Art. Ob die Brüder sich im Gegensatz zu heute damals nicht gegenseitig abgeschlachtet hatten. Ob sie »in der guten alten Zeit« Jugendliche umgebracht hatten. Aber eigentlich war das völlig belanglos, diese Art von Musik sagte nichts über die Welt aus, in der Lamar lebte.

»Denkst du an Joe?«, fragte Strange.

»Ja.«

»Das ist schon in Ordnung. Ich hab' auch gerade an ihn gedacht.«

Lamar setzte sich anders hin. »Dieser Junge ist echt gut

gewesen. Ich hätte nie gedacht, dass er sterben würde. Im Gegenteil, ich hab' angenommen, er wäre der Letzte in unserer Siedlung, der so abtreten muss.«

»Nur weil er ein guter Junge war? Du weißt doch, wie es läuft. Ich hab' dir schon mal gesagt, wenn man da lebt, wo du wohnst, muss man immer wissen, was sich um einen herum abspielt.«

»Ich weiß, aber das hab' ich nicht gemeint. Wissen Sie, es ging das Gerücht, dass Joe unantastbar ist. Selbst die, die jedem mal auf die Füße treten, haben diesen Jungen in Ruhe gelassen. Ich meine, er war wirklich ein kleiner harter Bursche, ja. Aber das Gerücht hatte jeder gehört, und jeder wusste, dass man Joe nicht ficken durfte.«

Strange wollte Lamar schon das Fluchen verbieten, besann sich aber eines Besseren. »Und, was meinst du, wieso das so war?«

»Ich hab' keinen Schimmer. Irgendwie hatte sich in den Köpfen der Leute die Idee festgesetzt, er hätte Beziehungen, und zwar zu jemandem, mit dem man sich besser nicht anlegt. War einfach so eine Sache, die sich herumsprach. Jeder wusste Bescheid.«

»Bei der Beerdigung hab' ich ein paar Typen gesehen«, sagte Strange, »die bestimmt Dealer waren.«

»Ich hab' sie auch gesehen«, meinte Lamar.

»Hast du irgendeine Ahnung, wieso die da aufgetaucht sind?«

»Nee.«

»Hat seine Mutter mit diesen Leuten zu tun gehabt?«

»Nicht, dass ich wüsste.«

»Und was ist mit dem Wagen, in dem sie vorgefahren ist?«

»Heute fährt doch jeder einen Superschlitten. Heißt noch lange nicht, dass man Dreck am Stecken hat.«

»Stimmt. Und du hast nie mitgekriegt, dass sie mit Kriminellen verkehrt?«

»Nein. Aber neulich Abend waren da diese jungen Typen, die sie gesucht haben. Sind herangefahren gekommen, als ich durch die Siedlung gelaufen bin. Haben behauptet, sie würden ihr Geld schulden. Ich hab' ihnen aber nicht verraten, wo sie wohnt. Die haben keinen guten Eindruck gemacht.«

Strange schaute zu Lamar hinüber. »Wie haben sie denn ausgesehen?«

»Um ehrlich zu sein, ich weiß nicht mehr so genau. Macht mir nichts aus, es Ihnen zu sagen, Mr. Derek, aber ich hatte Angst.«

»Hatte einer von ihnen geflochtene Haare?«

»Ich weiß nicht mehr. Hören Sie, ich hab' mich nicht mal getraut, denen in die Augen zu sehen, geschweige denn, sie genauer unter die Lupe zu nehmen. Ich kann mich nur an diesen Typen auf dem Rücksitz erinnern, weil der irgendwie schräg ausgesehen hat. Hatte so 'ne Nase wie ein Ameisenbär, so in der Art.«

»Und was für einen Wagen haben sie gefahren?«

»Einen weißen«, sagte Lamar. »Eckig, alt. Mehr ist nicht hängen geblieben. Mehr weiß ich nicht.«

»Es war richtig, dass du sie dir nicht genauer angeschaut hast, Lamar. Das war sehr gut.«

»Ja.« Lamar lachte höhnisch. »Alles ist ganz toll. Ist doch echt super, wenn man da, wo man wohnt, aus Furcht, abgeknallt zu werden, niemanden länger anschauen darf.«

Strange fuhr nach Park Morton rein und rollte langsam die schmale Straße hinunter.

»Du musst positiv denken, Lamar. Du musst dich auf die Dinge konzentrieren, die dich wohin bringen, wo es besser sein wird.«

Lamar musterte Strange. Seine Lippen zitterten, ehe er den Mund aufmachte. »Und wie soll ich das anstellen, hm? Ich kann nicht besonders gut lesen und werde, wenn's gut geht, den High-School-Abschluss gerade mal so schaffen. Mit meinen Noten, da werde ich an keinem College angenommen.

Bei Ihnen im Büro Staub wischen und den Mülleimer leeren ist der einzige Job, den ich je gekriegt habe.«

»Es gibt vieles, was du tun kannst. Du kannst auf die Abendschule oder die Berufsschule ... du hast eine ganze Menge Möglichkeiten, verstanden?«

»Ja, Sir«, sagte Lamar ohne Enthusiasmus. Er zeigte auf die Straße, die am Spielplatz im Hof vorbeiführte. »Sie können mich dort absetzen.«

Strange hielt an. »Hör mal, du machst einen guten Eindruck auf mich, Lamar. Du denkst mit und bist gut organisiert, und das werde ich nicht vergessen. Ich werde dir helfen, wo ich nur kann. Ich werde dich nicht im Stich lassen, junger Mann, kapiert?«

Lamar nickte. »Wahrscheinlich bin ich wegen Joe nur total durcheinander. Ich vermisse den Kleinen.«

»Ich auch«, sagte Strange.

Er sah zu, wie Lamar den Hof durchquerte und einer verrosteten Schaukel einen Stoß verpasste. Strange dachte über die Beschreibung nach, die Lamar ihm gegeben hatte, über den weißen Wagen und den Burschen mit der langen Nase. Laut der Aussage von Juarez, dem Eisdielenangestellten, hatte der Fahrer des Plymouth eine »Adlernase« gehabt.

Strange hegte den schweren Verdacht, dass dies kein Zufall war. Er wusste, er hätte auf der Stelle Lydell Blue anrufen und ihm die Informationen geben sollen, die er gerade erhalten hatte, doch er hatte schon beschlossen, Lamars Geschichte für sich zu behalten.

Er war alles andere als stolz auf diese Entscheidung, doch jetzt war es an der Zeit, die Karten offen zu legen. Er hoffte, Joe Wilders Mörder vor der Polizei zu erwischen. Und ihm war klar, dass – wenn ihm, einem Privatdetektiv, diese kleinen Puzzleteilchen zufielen – es nicht lange dauerte, bis die Polizei, die alle Kräfte mobilisiert hatte, ein paar Verdächtige in Gewahrsam nahm. Er fragte sich, wie viel Zeit ihm noch blieb, ehe sie die Mörder hinter Schloss und Gitter brachten.

Und er fragte sich auch, was er mit ihnen anstellen würde, falls er sie zuerst aufspürte.

Im Keller schlug Strange auf seinen Sandsack ein, duschte anschließend, zog sich an, fütterte Greco und verließ das Haus. Er fuhr nach Uptown zur District Line. Im Rückspiegel meinte er, ein rotes Fahrzeug zu erkennen, das ihm irgendwie bekannt vorkam und stets einen Block Abstand hielt. In der Nähe von Morris Millers Schnapsladen schaute er wieder in den Spiegel. Der Wagen war verschwunden. Danach saß Strange wesentlich entspannter hinter dem Steuer.

Die Ereignisse der vergangenen Woche hatten seine Paranoia geschürt. Selbstverständlich wusste Strange ganz genau, dass Bewohner in gewissen Stadtvierteln Tag für Tag unter einer Art Damoklesschwert lebten und permanent Angst hatten, doch ihm widerstrebte es, sich diesem Gefühl auszuliefern.

Strange parkte auf der Sligo Avenue und überquerte die Straße. Sein Beeper meldete sich. Die Nummer auf der Anzeige sagte ihm, dass Janine ihn zu erreichen versuchte. Er hängte den Beeper wieder an den Gürtel.

Strange betrat Renzo's, eine hässliche Stadtteilkneipe, in Downtown Silver Spring. Drinnen gab es eine lange Theke, Barhocker vor einer Spiegelwand, einen Billardtisch und Keno-Monitore. In Gegensatz zu D. C. gab es in Baltimore, Philly oder Pittsburgh solche Kneipen an jeder Ecke. Quinn saß auf einem Barhocker an der Theke, las im trüben Licht in einem Taschenbuch und trank eine Flasche Bud. Neben ihm saßen ein schwergewichtiger Typ im Flanellhemd, ein Mann in Camouflagehosen und ein paar Zigaretten rauchende Keno-Spieler. Die Bedienung, deren Gesichtszüge im Dunkeln verschwommen waren, trug ein Nighthawks-T-Shirt und Jeans. Rauchschwaden hingen in der Luft.

Strange setzte sich neben Quinn auf den Hocker und bestellte bei der Bedienung ein Heineken.

»In der Flasche«, sagte Strange. »Und ohne Glas.«

»Das ist für dich«, sagte Quinn und griff nach einem Album, das er auf seine Schuhe gestellt hatte.

Strange nahm das Album und studierte das Cover. Auf dem Foto war Al Green in einem weißen Anzug und weißen Rollkragenpullover auf einem weißen Weidenstuhl vor einem weißen Hintergrund abgelichtet. Eine von der Decke hängende Grünpflanze, ein grüner Strauch im Topf und die dunkle Haut des Sängers verliehen dem Cover etwas Farbe. Es sah so aus, als würde Al auch dunkelgrüne Socken tragen, doch es gab auch Leute, die behaupteten, sie wären schwarz.

»I'm Still in Love With You.«

»Das brauchst du nicht extra sagen«, meinte Quinn. »Das weiß ich auch so.«

»Al-Fans nannten es ›Das weiße Album‹«, sagte Strange, ohne auf Quinns Kommentar einzugehen. »›Simply Beautiful‹ ist auch drauf.«

»Du hast die Scheibe doch nicht, oder? Ich dachte mir, die ist bestimmt bei deiner Wohnungsüberschwemmung damals draufgegangen.«

»Ja, du hast Recht, die Schallplatten hab' ich damals alle verloren. Ich hab' zwar die CD, aber CDs klingen irgendwie immer flach.«

»Seltsamerweise habe ich diese Scheibe aus einer Kiste mit 'ner bunten Mischung gezogen. Siebziger-Jahre-Rock, eine Menge harter Metall-Blues und ein paar echt irre Scheiben. Dauerkiffer sind damals wohl auf so 'nen Soundmix abgefahren. War alles alphabetisch sortiert. Al Green hat zwischen Gentle Giant und Gong gesteckt.«

»Die Potraucher haben auch Al gehört. Früher hat man noch querbeet gehört. Damals existierten diese feinen Unterscheidungen noch nicht. Hast du alles verpasst, weil du noch zu jung bist. Ist echt 'ne gute Zeit gewesen.«

»Wenn mich nicht alles täuscht, hast du das schon mal erwähnt. Wie auch immer, ich bin froh, dass du darauf stehst.«

»Danke, Kumpel.«

»Schon gut.«

Strange und Quinn stießen miteinander an, und dann weihte Strange Quinn in den Stand der laufenden Ermittlung ein. Er erwähnte den Caprice auf dem Parkplatz, das weiße Fahrzeug und seine Insassen, die aus dem Auto heraus Lamar Williams angesprochen hatten. Er sprach auch über Lydell Blues Liste.

»Wenn du dich mal mit Joes Mutter zusammensetzt«, sagte Quinn, »könnte sie die Namen vielleicht für uns eingrenzen.«

»Ich hab' Sandra schon ein paar Mal angerufen und ihr Nachrichten auf dem AB hinterlassen«, sagte Strange. »Sie hat sich noch nicht gemeldet.«

Sie sprachen den Fall gründlich durch. Strange trank zwei Bier in der Zeit, Quinn nur eins. Quinn bemerkte, wie Strange, wenn er einen tiefen Zug aus der Flasche nahm, jedes Mal die Augen schloss.

»Janine hat versucht, dich zu erreichen«, berichtete Quinn.

»Ja?«

»Sie hat im Buchladen angerufen und gesagt, sie hätte dich mehrmals angebeept. Wollte Bescheid gegen, dass sie das letzte Puzzleteilchen im Calhoun-Tucker-Fall gefunden hat.«

Strange trank noch einen Schluck Bier. »Ich werde sie später fragen, was es damit auf sich hat.«

»Was läuft da zwischen euch beiden?«

»Wieso? Hat sie was gesagt?«

»Nur, dass du ihr diese Woche konsequent aus dem Weg gegangen bist. Mal abgesehen von der Arbeit ist es ihr offenbar nicht gelungen, ein persönliches Wort mit dir zu wechseln.«

»Ich weiß nicht so genau, ob ich im Moment der Richtige für sie bin, wenn du die Wahrheit wissen willst. Für sie oder Lionel. Wenn ich so drauf bin ... Ach, vergiss es.« Strange gab der Bedienung ein Zeichen.

»Da ist noch was drin«, sagte Quinn und deutete mit dem Kinn auf die Flasche.

»Gleich nicht mehr. Aber vielen Dank, dass du mich darauf aufmerksam gemacht hast.« Strange rutschte mit dem Ellbogen von der Theke ab. »Wenigstens läuft das mit dir und Sue gut. Scheint eine anständige Frau zu sein. Und sieht auch prima aus.«

»Ja, sie ist cool. Ich bin verdammt froh, dass sie mir über den Weg gelaufen ist. Aber, Derek, wir reden gerade über dich.«

»Hör mal, Mann, seit Joes Tod geht es in mir drinnen drunter und drüber. Ich weiß schon, dass ich die Sache nicht richtig angepackt habe.«

»Wer weiß schon, wie man so was richtig anpackt. Wenn ein Kind auf diese Weise stirbt, kommt man zwangsläufig ins Grübeln. Man hinterfragt die Dinge, von denen man immer dachte, man hätte sie für sich geklärt. Glaube, Gott, was auch immer ... auf einmal ergibt alles keinen Sinn mehr. Ich bin deswegen auch ziemlich durcheinander. Das sind wir alle.«

Strange sagte eine Weile gar nichts. »Ich hätte ihn dieses Spiel machen lassen sollen«, meinte er schließlich.

»Was?«

»Den Forty-four-Belly. Den Spielzug wollte er kurz vor Spielende durchziehen. Die ganze Zeit, wo er bei uns gespielt hat, hat er diesen Touchdown kein einziges Mal gemacht. Und er hätte dafür Punkte eingeheimst. Der Junge hatte richtig Feuer. Weißt du, wie sehr er sich darüber gefreut hätte, Quinn?«

Strange traten Tränen in die Augen. Eine Träne drohte, seine Wange hinunterzukullern. Quinn reichte ihm eine Serviette, mit der Strange sich übers Gesicht fuhr.

Quinn fiel auf, wie der Typ im Flanellhemd Strange anstarrte.

»Ist was?«, fragte Quinn.

»Nein«, antwortete der Mann und schaute schnell in eine andere Richtung.

»Hab' ich mir doch gleich gedacht«, entgegnete Quinn.

»Krieg dich wieder ein, Terry. Ich würde auch glotzen, wenn sich ein erwachsener Mann wie ein Baby aufführt.« Strange knüllte die Serviette zusammen und warf sie in den Aschenbecher. »Ist ja auch egal. Ist jetzt schon Schnee von gestern, was?«

»Es war richtig«, sagte Quinn, »dass du Joe gesagt hast, diese Punkte nicht zu holen. Damit hast du ihm etwas Wichtiges beigebracht.«

»Da bin ich mir aber nicht so sicher. Ich dachte, er hätte noch alle Zeit der Welt und könnte noch viele Touchdowns machen. Doch da draußen, da ist es doch so, dass jeder Tag dein letzter sein kann. Nicht nur für die Jungs. Auch für mich und für dich.«

»So darfst du nicht denken.«

»Tu ich aber. Und es ist purer Egoismus, ich weiß. Einfach nur Egoismus.«

»Was denn?«

Strange senkte den Blick auf seine Finger. Er pulte gerade das Etikett von der Flasche. »Die Gefühle, die ich habe. Die Angst vor der eigenen Sterblichkeit. Ist doch egoistisch von mir, darüber nachzudenken, wenn ein Junge stirbt, bevor er überhaupt richtig losgelegt hat, und ich das Glück habe, schon eine ganze Weile auf der Welt zu sein.«

»Männer denken andauernd über die eigene Sterblichkeit nach«, sagte Quinn. Er nahm einen Schluck Bier und stellte die Flasche vorsichtig auf die Theke zurück. »Scheiße, Mann, wir denken doch andauernd über Tod und Sex nach. Darum machen wir auch solchen Unsinn.«

»Du hast Recht. Jedes Mal, wenn ich anfange, über mein Alter nachzudenken und dass ich irgendwann sterben muss, komm' ich auf ganz dumme Ideen. Dann will ich vor Janine, vor Lionel, vor jeder Art von Verantwortung ausbüchsen. Ist bei mir schon immer so gewesen. Als könnte ich den Tod wenigstens für eine Weile in Schach halten, wenn ich es mit anderen Frauen treibe.«

»Du solltest zu diesen Menschen gehen und nicht vor ihnen türmen, Derek. Denn sie sind es, die dich lieben. Und nicht diese Mädels in den Massagesalons …«

»Ach, jetzt kommt das wieder.«

»Nur weil sie nicht auf der Straße stehen, heißt das noch lange nicht, dass es keine Huren sind. Diese Mädchen sind Nutten, Mann.«

»Ehrlich?«

»Ich meine es ernst. Hör mal, ich bin auch schon bei Huren gewesen. Ich schaue also nicht auf dich hinunter. Fast jeder Mann, den ich kenne, ist schon bei einer gewesen, auch wenn es nur ein flüchtiges Intermezzo war. Aber was ich in letzter Zeit mitgekriegt habe …«

»Deine Freundin Sue hat dich also umgedreht. Jetzt hast du zum Glauben gefunden und siehst das Licht.«

»Nein, stimmt nicht. Aber es ist falsch.«

»Terry, diese Damen, die ich manchmal aufsuche, die müssen ihren Lebensunterhalt verdienen, wie alle anderen auch.«

»Und du denkst, dass es das ist, was sie sich für ihr Leben gewünscht haben? Den Schwanz eines Mannes zu bearbeiten, für den sie nichts empfinden? Sich von einem Fremden antatschen lassen? Scheiße, Derek, die Asiatinnen in diesen Läden, die werden hier rübergebracht und zu dieser Arbeit gezwungen, um ihre Schulden abzuzahlen. Das ist doch Sklaverei.«

»Nee, Mann, lass das mal lieber bleiben. Ich will nicht hören, wie ein Weißer zu mir sagt: Das ist Sklaverei.«

»Dann vergiss, was ich gesagt habe«, meinte Quinn. »Aber stimmen tut es trotzdem.«

»Ich muss mal, Mann«, sagte Strange. »Wo ist denn in diesem Laden das Klo?«

Während Strange auf der Toilette war, trank Quinn sein Bier aus. Als er zurückkam, sah Quinn, dass er sich das Gesicht gewaschen hatte. Strange setzte sich nicht wieder auf seinen Hocker, sondern stützte sich mit einer Hand auf die Theke.

»Hm, ich hau' jetzt lieber mal ab.«

»Ja, ich muss auch los. Ich treffe mich heute Abend mit Sue.«

Als Strange seine Geldbörse aus der Gesäßtasche ziehen wollte, legte Quinn die Hand auf Stranges Unterarm.

»Ich hab' schon bezahlt.«

»Danke, Kumpel.« Strange nahm das Album und klemmte es sich unter den Arm. »Und noch mal danke für diese Scheibe.«

»Gern geschehen.«

»Montagmorgen will ich mir die Liste vornehmen, die Lydell mir zugesteckt hat. Bist du mit von der Partie?«

»Das weißt du doch. Derek ...«

»Was?«

»Ruf Janine an.«

Strange nickte, schüttelte Quinns Hand und ließ die Theke los. Er war ganz schön wackelig auf den Beinen. Als er die Kneipe verließ, folgte ihm Quinns Blick.

Einundzwanzig

Bei Morris Miller's legte Strange einen kurzen Zwischenstopp ein und kaufte ein Sixpack. Als er die Alaska Avenue kreuzte, machte er die erste Dose auf und trank sie auf dem Weg zur 16th Richtung Süden. Er kurvte so lange herum, bis er schließlich in der Mount Pleasant Street landete. Dort stellte er den Wagen ab und ging in den Raven, eine ruhige, alteingesessene Bar, nur um endlich von der Straße zu kommen. Den Raven, der sich von Renzo's nicht groß unterschied, mochte er ganz gern. In einer Nische an der Wand kippte er das nächste Bier.

Als er einen Abgang machte, war er halb betrunken. Es war Nacht geworden. Auf dem Gehweg grüßte er einen Latino mit »Hola«. Der Mann lachte nur. Stranges Beeper piepste. Er überflog die Anzeige, hielt Ausschau nach einer öffentlichen Telefonzelle. Er hatte zwar das Handy mitgenommen, wusste aber gerade nicht, wo es war. Vielleicht im Wagen. Aber er benutzte das Ding eh nicht gern. Soweit er wusste, gab es bei Sportsman's Liquors, das von den Vondas-Brüdern geführt wurde, einen Münzfernsprecher. Er mochte die beiden Geschäftsführer, plauderte gern mit ihnen über Sport, doch um diese Uhrzeit hatte der Laden vermutlich schon geschlossen.

Strange ging in die entsprechende Richtung, fand das Telefon und warf einen Quarter und einen Dime in den Schlitz. Männer hingen auf dem Bürgersteig herum, redeten, lachten und tranken aus Dosen in braunen Papiertüten. Strange wartete, bis am anderen Ende jemand abnahm.

»Janine. Derek hier.«

»Wo steckst du?«

»Ich rufe von unterwegs aus an. Bin irgendwo hier unten ... bei der Mount Pleasant.«

»Ich hab' versucht, dich zu erreichen.«

»Kein Problem, jetzt hast du mich ja an der Strippe. Was gibt es?«

»Du klingst betrunken, Derek.«

»Ich hab' ein, zwei Bier intus. Was gibt es?«

»Es geht um Calhoun Tucker. Du weißt ja, ich hab' versucht, die letzten Details über seine früheren Anstellungen in Erfahrung zu bringen. Und ich hab' endlich rausgekriegt, was er bei Strong Services, unten in Portsmouth, gemacht hat. Die gibt es schon eine Weile nicht mehr. Deshalb war es schwierig, rauszufinden, in welchem Geschäft sie waren ...«

»Los, Janine, komm auf den Punkt.«

Am anderen Ende der Leitung machte sich Schweigen breit. Strange war klar, dass er sie am ausgestreckten Arm verhungern ließ. Und er ahnte, dass ihr – vollkommen zu

Recht – langsam der Geduldsfaden riss. Aber er konnte nicht aus seiner Haut.

»Janine, sag mir einfach, was du herausgefunden hast.«

»Strong Services war eine Detektei. Sie waren darauf spezialisiert, Firmenangestellten Diebstahl nachzuweisen. Er hat verdeckt in Clubs gearbeitet und versucht, den Angestellten nachzuweisen, dass sie in die Kasse gelangt haben, so was in der Art. Und auf dem Wege ist er vermutlich wohl Promoter geworden. Worauf ich aber hinauswill, ist Folgendes: Tucker war privater Ermittler. Kann gut sein, dass er auch in anderen Fällen ermittelt hat.«

»Ich hab' verstanden. Damit wäre die Hintergrundrecherche abgeschlossen. Sonst noch was?«

Wieder machte sich längeres Schweigen breit. »Nein, das ist alles.«

»Gute Arbeit.«

»Werde ich dich heute Abend sehen?«

»Wohl eher nicht, Baby. Ist besser für uns beide, wenn ich den heutigen Abend allein verbringe, denke ich. Sag Lionel … Janine?«

Noch beim Sprechen meinte Strange, ein leises Klicken zu hören, und dann ertönte das Freizeichen. Die Verbindung war tot.

Strange verharrte auf dem Gehweg. Bremsen quietschten. Hupen ertönten. Es wurde Spanisch gesprochen. Er hängte den Hörer auf, kehrte zum Raven zurück und versuchte sich zu erinnern, wo er eigentlich geparkt hatte.

Strange stellte seinen Cadillac in die Seitengasse hinter dem Chinaladen auf der I Street und stieg aus. Ein Langzeitjunkie namens Sam, der sich in dieser Gasse herumtrieb, trat aus dem Schatten und kam auf Strange zu.

»Alles in Ordnung?«, fragte Sam.

»Alles in Butter. Behalt' mein Auto im Auge. Die Kohle kriegst du nachher.«

Sam nickte. Strange stieß die Hintertür auf, ging den Flur hinunter, trat durch den Perlenvorhang und setzte sich an einen Zweiertisch. Bei der Mama-san, die den Laden führte, bestellte er Nudeln Singapur und ein Tsingtao-Bier. Als sie ihm das Bier brachte, zeigte sie auf eine junge Frau hinter der Registrierkasse und fragte: »Gefällt Ihnen?«

»Ja«, antwortete Strange.

Wieder in der Gasse, fühlte er sich weder erfrischt noch belebt, obwohl er geduscht hatte und gekommen war. Im Gegenteil – er war betrunken und verwirrt, voller Selbsthass und leicht deprimiert.

Ein kirschroter Audi S4 parkte hinter seinem Cadillac. Daneben stand ein Mann mit verschränkten Armen. Er musterte Strange kritisch. Das ist Calhoun Tucker, dachte Strange. Aus der Nähe betrachtet wirkte er größer und jünger als durch Stranges Fernglas und die Linse seiner AE-1. Und in natura sah er auch besser aus.

»Wo ist Sam abgeblieben?«, wollte Strange wissen.

»Meinen Sie den alten Mann? Er hat sich verpisst. Ich hab' ihm das Doppelte von dem gegeben, was Sie ihm fürs Aufpassen versprochen haben.«

»Mit Geld kann man jeden kaufen.«

»Vor allem Fixer. War eine der ersten Lektionen, die ich als Ermittler gelernt habe.«

Tucker nahm die Arme herunter und kam langsam aber kräftig auf Strange zu, blieb aber gut einen Meter vor ihm stehen.

Strange, der sich nicht aus der Fassung bringen ließ, wich nicht vom Fleck. »Na, wie sind Sie mir auf die Schliche gekommen?«

»Unten in einem Club auf der 12th haben Sie mit einem Mädchen gesprochen.«

»Ach, die Bedienung.«

»Genau. Sie haben Ihre Visitenkarte dagelassen. An dem

Tag, wo sie mit Ihnen gesprochen hat, ist sie sauer auf mich gewesen. Aber ihre Wut hat sich inzwischen wieder gelegt.«

In der Gasse war es sehr still. Eine Straßenlampe in der Nähe summte leise.

»War ein Kinderspiel, Sie zu verfolgen, Strange. Vor allem heute. Wo Sie getrunken haben.«

»Was wollen Sie?«

»Sie haben eine nette Firma. Und auch eine nette Freundin. Und ihr Sohn scheint ebenfalls schwer in Ordnung zu sein, kommt nicht wie ein Idiot rüber. Die beiden wohnen oben auf der Quintana. Und hin und wieder verbringen Sie dort auch eine Nacht, stimmt's?«

»Sie haben mich ja ziemlich lange verfolgt.«

»Ja. Ich möchte Sie mal was fragen. Weiß Ihre Freundin, dass Sie sich hier unten mit Hostessen vergnügen?«

Strange kniff die Augen zusammen. »Ich hab' Sie gefragt, was Sie wollen.«

»Na schön. Ich komm' gleich drauf. Will ja nicht Ihre kostbare Zeit verschwenden. Ich wollte Ihnen nur etwas sagen.«

»Dann schießen Sie mal los.«

Tucker schaute sich in der Gasse um. Als er wieder zu Strange hinübersah, war sein Blick sanft.

»Ich liebe Alisha Hastings. Ich liebe sie von ganzem Herzen.«

»Kann ich Ihnen nicht verdenken. Sie ist eine wunderbare junge Frau und zudem noch aus 'ner sehr guten Familie. Da haben Sie echt einen ganz besonderen Fang gemacht. Und daran hätten Sie denken sollen, als Sie sie hintergangen haben.«

»Ich denke rund um die Uhr an sie. Und ich werde gut zu ihr sein. Ich will für sie da sein, finanziell und emotional. Sie wird die Mutter meiner Kinder sein, Strange.«

»Sie haben 'ne eigenartige Methode, sich darauf einzustimmen.«

»Fassen Sie sich mal lieber an die eigene Nase. Wollen Sie etwa über mich urteilen?«

Strange hielt den Mund.

»Ich bin ein junger Mann«, fuhr Tucker fort. »Ich bin jung und habe noch nicht ›Ja‹ gesagt, und bis es so weit ist, werde ich noch richtig einen draufmachen. Weil ich nur einmal so jung und frei sein werde. Aber ich will Ihnen was sagen, diese Heirat bedeutet mir sehr viel. Ich hab' mitgekriegt, dass der Bund, den meine Eltern geschlossen haben, gehalten hat. Ihre Ehe ist mir ein Vorbild. Meinen Brüdern und Schwestern auch. Ich weiß, was das bedeutet. Aber bis dahin werde ich mich noch amüsieren.«

»George Hastings ist ein Freund von mir.«

»Dann seien Sie ihm ein Freund. Ich schaue Ihnen in die Augen und sage Ihnen, es gibt da draußen niemanden, der seine Tochter ein Leben lang lieben und achten wird, wie ich das tun werde.«

»Ich kann nur berichten, was Sie treiben und was ich beobachtet habe.«

»Sie hören mir nicht zu, Strange. Hören Sie auf meine Worte, und denken Sie über das nach, was ich Ihnen gesagt habe. Ich liebe dieses Mädchen. Ich liebe sie so sehr, dass ich etwas tun werde, woran mir nicht sonderlich viel liegt. Sie können mich in die Pfanne hauen, klar. Aber dann mache ich Sie auch fertig.«

»Wollen Sie mir drohen?«

»Ich sage nur, wie es laufen wird.«

Strange senkte den Blick auf seine Füße, fuhr sich mit der Hand übers Gesicht und sah wieder zu Tucker hoch. »Was immer ich in Bezug auf Sie unternehmen werde, junger Mann, Sie können mich nicht davon abhalten. Ganz egal, wie Sie sich vor mir aufplustern ... auf meine Entscheidung hat das keinen Einfluss.«

»Natürlich nicht.« Tucker musterte Strange. »Sie haben schließlich Prinzipien.«

»Sie kennen mich nicht gut genug, um so mit mir zu reden.«

»Aber ich kenne Typen wie Sie.«

»Jetzt machen Sie aber mal halblang ...«

»Dann will ich es mal anders formulieren. Im Grunde genommen geht es hier doch darum, was für ein Mann ich Alisha sein werde, oder? Nun, eins kann ich Ihnen versprechen: Wie Sie werde ich nicht enden, Strange. Sie, ein Typ mittleren Alters, schleichen sich hinten rein und bezahlen ein Mädel, das Sie nicht mal kennen, dafür, dass sie Ihnen einen runterholt. Und dann halten Sie anderen schöne Reden, obwohl Ihr Leben richtig abgefuckt ist. Also, tun Sie, was Sie für richtig halten. Ich hab' gesagt, was ich sagen wollte. Ob Sie schnallen, was ich sage, liegt bei Ihnen.«

Tucker kehrte zu seinem Wagen zurück, setzte sich hinters Steuer und startete den Motor. Strange sah zu, wie der Audi rückwärts aus der Gasse stieß. Und er blieb unter der summenden Straßenlampe auf dem Pflaster zurück, allein mit seiner Scham.

Kurz nach ein Uhr morgens kam Janine Baker die Treppe herunter und öffnete die Haustür. Sie hatte wach im Bett gelegen und Stranges Cadillac schon am Motorengeräusch erkannt, als er langsam ihren Block hinuntergefahren kam.

Er wartete draußen auf dem Podest, eine Stufe tiefer. Sie stand im Türrahmen und schaute auf ihn hinab. Strange machte einen verknitterten Eindruck und hatte glasige Augen.

»Komm rein. Da draußen ist es kalt.«

»Das halte ich für keine gute Idee«, meinte Strange. »Ich bin nur vorbeigekommen, weil ich mich dafür entschuldigen wollte, dass ich am Telefon so kurz angebunden war.«

Janine fröstelte. Sie schloss den Kragen ihres Bademantels. Strange entdeckte Lionel, der hinter ihr die Treppe runterkam. Er blieb auf einer der unteren Stufen stehen.

»Sag ihm, er soll wieder ins Bett gehen«, flüsterte Strange. »Ich will nicht, dass er mich so sieht.«

Janine warf einen Blick über ihre Schulter und bat ihren

Sohn, wieder auf sein Zimmer zu gehen. Strange wartete, bis Lionel verschwunden war.

»Und jetzt?«

»Ich bin völlig von der Rolle«, sagte Strange.

»Was willst du mir damit sagen?«

»Ich hab' im Moment einfach nicht ... einfach nicht das Gefühl, dass ich dir gut tue. Und dem Jungen schon gar nicht.«

»Du willst uns in die Wüste schicken. Geht es darum?«

»Keine Ahnung.«

»Ich hab' dich nicht in die Wüste geschickt. Obwohl ich wusste, dass du mich die letzten Jahre immer wieder betrogen hast.«

Strange schaute zu ihr auf. »Es ist nicht, was du denkst.«

»Dann erklär' mir doch, was da läuft. Meinst du, ich wüsste nicht schon seit 'ner ganzen Weile, was für ein Problem du hast? Ich mag vielleicht nachsichtig sein, aber ich bin auch ein Mensch und kann mich auf meinen sechsten Sinn verlassen. Wenn du von ihr kommst, stinkst du nach Lilien oder irgend so 'nem Zeug. Du – ein Mann, der nicht mal ein Aftershave benutzt – riechst nach Parfüm.«

»Hör mal, Schätzchen ...«

»Komm mir jetzt nicht mit Schätzchen. Selbst jetzt riechst du so, Derek.«

Sie sprach mit sanfter Stimme. Dass Janine so stark war, sich so sehr im Griff hatte, setzte ihm ganz schön zu. Ihm wäre es lieber gewesen, wenn sie ihn angebrüllt, alles rausgeschrien hätte. Aber natürlich wusste er, dass sie das nicht tun würde, wofür er sie umso mehr bewunderte.

Strange trat von einem Fuß auf den anderen. »Seit ich dich liebe, hab' ich nie eine andere Frau geliebt.«

»Und? Was soll ich damit anfangen? Soll ich mich jetzt besser fühlen, nur weil du mich mit einer Hure hintergangen hast?«

»Nein.«

»Achtest du mich eigentlich? Hast du überhaupt so was wie Selbstachtung?«

Strange senkte den Blick. »Als meine Mutter im Sterben lag … da hat es angefangen. Ich bin damit nicht fertig geworden, Janine. Es lag nicht nur daran, dass sie von uns gegangen ist, es ging auch um meine eigene Sterblichkeit. Darum, dass ich demnächst an der Reihe bin, darum, dass es mit meinem eigenen Ende nicht mehr allzu lange hin ist.«

»Und jetzt ist Joe Wilder umgebracht worden«, beendete Janine seinen Gedankengang. »Derek, du ziehst das Andenken an diesen jungen Mann in den Schmutz, wenn du das eine mit dem anderen in Beziehung setzt. All diese schlimmen Sachen da draußen sollten dich in die Arme der Menschen treiben, die dich lieben. Angesichts solcher Schicksalsschläge können einem nur deine Familie und dein Glaube den Rücken stärken.«

»Dann bin ich vermutlich ein Schwächling.«

»Ja, Derek, du bist schwach. Wie so viele Männer, die tief drinnen immer noch kleine Buben sind. Selbstsüchtig und voller Todesangst.«

Strange breitete die Hände aus. »Janine, ich liebe dich. Vergiss das nicht.«

Janine beugte sich vor und küsste ihn auf den Mund. Ganz behutsam und nicht sonderlich lange. Als sie zurückwich, wusste Strange, dass die Berührung ihrer Lippen ihn auf ewig verfolgen würde.

»Ich werde dich nicht mehr teilen«, sagte Janine. »Ich werde dich mit niemandem mehr teilen. Also denk über deine Zukunft nach. Wie du sie verbringen willst und vor allem, mit wem.«

Strange nickte bedächtig, drehte sich um und ging den Bürgersteig bis zu seinem Wagen hinunter. Janine schloss die Tür, sperrte ab, trat in den Flur und lehnte sich an die Wand. Hier konnten weder Lionel noch Strange sie sehen. Und für einen kurzen Augenblick ließ sie ihren leisen Tränen freien Lauf.

Terry Quinn saß nackt auf dem Polstersessel neben dem Fenster. In seinem Schlafzimmer brannte kein Licht, und die Straßen vor seinem Fenster lagen still und dunkel. Leeren Blickes starrte er aus dem Fenster, das Kinn in die Hand gestützt. Er hörte ein Rascheln. Sue Tracy rührte sich unter den Laken und der Decke. Als sie sich im Bett aufsetzte, zeichnete sich ihr nackter Körper unter der Zudecke ab.

»Stimmt was nicht, Terry? Kannst du nicht schlafen?«, fragte sie

»Ich mach' mir Gedanken über Derek«, sagte Quinn. »Ich mach' mir Sorgen um meinen Freund.«

Zweiundzwanzig

Am nächsten Morgen quälte sich Strange aus dem Bett und ging nach unten in die Küche, wo er Kaffee aufsetzte und sich den Sportteil der *Sunday Post* schnappte. Bei einer Tasse schwarzem Kaffee las er Michael Wilbons neue Kolumne über Iverson und einen Artikel über das Skins/Ravens-Spiel, das am Nachmittag stattfinden sollte. Nach dem Frühstück fuhr Strange mit seinem Hund zur Kreuzung Military und Oregon hoch und bog nach links in den Rock Creek Park, der gern von Hundebesitzern frequentiert wurde. Auf einem weitläufigen Feld neben dem Parkplatz ging er mit Greco spazieren.

Greco sprintete mit einem jungen Dobermann namens Miata durch das hohe Gras. Der Dobermann war ein schwarzbraunes Prachtexemplar mit brauner Schnauze, Brust und Vorderbeinen. Normalerweise zog Greco die Gesellschaft von Menschen vor und wählte seine wenigen zotteligen Freunde mit Bedacht, doch diesen Hund mochte er sofort, denn Miata strotzte vor Energie und hatte genauso viel Ausdauer wie

Greco. Mit Deen Kogan – so hieß Miatas attraktive Besitzerin – führte Strange eine angenehme Unterhaltung. In einem anderen Leben hätte er sie gefragt, ob sie mit ihm etwas trinken oder essen ginge, doch gegen Janine konnte sie keinen Stich machen.

Wieder daheim, duschte Strange und zog einen der beiden Anzüge an, die er besaß. In Grecos Napf gab er noch eine ganze Dose Alpo, bevor er zur New Bethel Church of Christ an der Kreuzung Georgia und Pine Branch hochfuhr. Auf der Fahrt nach Norden fiel ihm auf, dass er von einem schwarzen Mercedes der C-Klasse verfolgt wurde. Normalerweise war das ein klasse Wagen, doch der hier hatte einen Spoiler und auffällige Felgen und wirkte von daher billig. Beim Fort Stevens kurvte er um den Block, kehrte auf die Georgia zurück und schaute in den Rückspiegel. Der Mercedes klebte immer noch an ihm. Nach seiner Begegnung mit Calhoun Tucker konnte er das Gefühl von Bedrohung nicht mehr mit Paranoia abtun; sie war real.

Strange traf erst gegen Ende des Gottesdienstes ein und nahm auf einer der hinteren Kirchenbänke Platz. Janine und Lionel saßen ein paar Reihen weiter vorn auf ihren Stammplätzen. Strange betete inbrünstig für sie und für sich und sprach dann mit geschlossenen Augen ein Gebet für Joe Wilder. Er glaubte, er musste einfach glauben, dass die Seele dieses wunderbaren Jungen jetzt an einem besseren Ort war. Er redete sich ein, dass der Leichnam in dieser kleinen Kiste unter der Erde nicht Joe, sondern nur dessen sterbliche Hülle war. Und irgendwann merkte er, dass er beim Beten von Gefühlen überwältigt wurde, die eher seiner Wut und weniger der Trauer zuzuschreiben waren.

Draußen vor der Kirche begrüßte Strange ein paar Bekannte sowie den einen oder anderen, den er heute zum ersten Mal traf, mit Handschlag. Als ihm jemand eine Hand auf die Schulter legte, drehte er sich um. Hinter ihm standen George Hastings und seine Tochter.

»George«, sagte Strange. »Alisha, Schätzchen, bezaubernd siehst du heute aus.«

»Danke, Mr. Derek.«

»Liebling«, sagte Hastings, »lässt du uns bitte einen Augenblick allein?«

Alisha schenkte Strange ein atemberaubendes Lächeln und zog weiter, um mit einer Freundin zu reden, die in der Nähe stand.

»Hab' schon länger nichts mehr von dir gehört«, sagte Hastings.

»Ich wollte mich demnächst bei dir melden, George«, sagte Strange.

»Du könntest ja zum Spiel zu mir rüberkommen. Hast du heute schon was vor?«

»Nein, ich ... in Ordnung. Vielleicht schaue ich später mal vorbei.«

Hastings drückte Strange die Hand und hielt sie fest. »Tut mir Leid um den Jungen aus deiner Mannschaft.«

Strange nickte. Er hatte keinen Schimmer, was er seinem Freund nachher erzählen sollte.

Strange holte Janine und Lionel ein, die schon auf dem Weg zum Wagen waren, und fragte sie, ob sie mit ihm im Diner frühstücken mochten. Das war ihr Sonntagmorgen-Ritual. Doch Janine sagte, sie hätte am Nachmittag einiges vor und müsste sich deshalb beeilen. Lionel protestierte nicht. Strange versprach ihm, ihn Montagabend vor dem Training abzuholen. Lionel nickte nur und musterte ihn – wie Strange fand – ziemlich irritiert, ehe er sich auf den Beifahrersitz von Janines Wagen fallen ließ. Strange hasste sich für die Rolle, die er einnahm: Er war nur ein weiterer Mann, der drauf und dran war, sich aus dem Leben des Jungen zu verabschieden.

Er fuhr die Kennedy Richtung Osten. Auf dem Weg zum Three-Star-Diner sah er im Rückspiegel wieder den Mercedes. Das aufgemotzte Auto hielt nur zwei Wagenlängen Abstand. Die Typen interessiert es einen Scheiß, ob sie entdeckt werden, dachte Strange. Kurz überlegte er, ob er unvermittelt abbiegen und aufs Gas treten solle. In dieser Gegend war es ein Kinderspiel, seine Verfolger abzuhängen. Er war hier aufgewachsen und kannte jede Straße, jede Gasse in- und auswendig. Aber er ließ sich von ihnen verfolgen, bis zur First hinunter, wo er den Cadillac neben dem Bordstein abstellte. Der Mercedes parkte hinter ihm.

Strange schloss den Brougham ab, näherte sich dem Mercedes und prägte sich Modell und Kennzeichen ein. Als er neben dem Wagen stehen blieb, glitt das Fenster herunter. Hinter dem Steuer saß ein gut aussehender, unfreundlicher junger Mann mit kurzen Haaren. Sein Anzug und der Krawattenknoten saßen perfekt. Sofern Strange nicht alles täuschte, war er auch auf Joe Wilders Beerdigung gewesen und hatte am Grab ein paar Worte mit Sandra Wilder, Joes Mutter, gewechselt.

Auf dem Beifahrersitz saß ein Mann im selben Alter, der auch nicht lächelte. Er war noch schicker gekleidet als der Fahrer, hing wie ein Schluck Wasser in seinem Sitz, hatte einen Arm auf den Fensterrahmen gestützt und sprach in sein Handy.

»Was kann ich für Sie tun, meine Herren?«, fragte Strange.

»Jemand will mit Ihnen sprechen«, sagte der Fahrer.

»Und wer?«

»Granville Oliver.«

Strange kannte diesen Namen. Der Mann war stadtbekannt. Aber seine Beziehung zu Oliver ging tiefer; er hatte seine Erfahrungen mit Olivers Familie gemacht.

»Und wer sind Sie?«

»Phillip Wood.«

Woods Partner nahm das Handy herunter und spähte zu Strange hinüber. »Granville will Sie jetzt sehen.«

Strange grüßte ihn nicht und würdigte ihn auch keines Blickes, sondern schaute über seine Schulter zum Fenster des Diners hinüber. Billy Georgelakos kam hinter der Theke hervor. Eine Schürze spannte sich straff über seinem Bauch. In der Hand hielt er einen Pinienschläger, den er – wie Strange wusste – ausgehöhlt und mit Blei gefüllt hatte. Strange schüttelte kaum wahrnehmbar den Kopf, woraufhin Billy innehielt. Dann richtete Strange den Blick wieder auf Phillip Wood, den Fahrer.

»Ich sagen Ihnen was«, meinte Strange. »Ich werde jetzt da reingehen und frühstücken. Wenn ich rauskomme und Sie immer noch da sind, können wir reden.«

Strange kehrte dem Mercedes, der mit laufendem Motor am Bordstein stand, den Rücken zu und ging zum Three-Star hinüber. Als er die Tür öffnete, schallte ihm Gospelmusik aus der Stereoanlage entgegen.

»Ist alles in Ordnung, Derek?«, fragte Georgelakos, der jetzt wieder hinter der Theke stand.

»Ich denke schon.«

»Das Übliche?«

»Vielen Dank, mein Freund«, sagte Strange.

Strange aß ein Fetakäse-Zwiebel-Omelette, über das er eine scharfe Soße gab, angeräucherte Speckscheiben und trank dazu ein paar Tassen Kaffee. An der Theke und in den rot gepolsterten Nischen saßen ein paar Leute, die wie Kirchgänger aussahen. Das Diner hatte weiße Fußbodenfliesen und weiße Wände. Billy und Etta, die schon seit Ewigkeiten für Georgelakos arbeitete, hielten den Laden blitzsauber.

Billy Georgelakos, der bis auf ein paar graue Strähnen fast kahl war, lief hinter der Theke über die Gummimatte und stützte sich mit den Unterarmen auf die Resopaltheke.

»Wo stecken Janine und ihr Sohn?«

»Sind anderweitig beschäftigt«, sagte Strange und wischte mit einem weißen Toastdreieck den Saft vom Teller.

»Hm«, grunzte Georgelakos und rümpfte die große Adlernase. Er spähte auf die Straße hinaus und betrachtete dann Strange. »Was läuft da? Warten die auf dich?«

»Ich hab' ihnen gesagt, sie sollen warten«, sagte Strange und verdrückte den letzten Bissen mit geschlossenen Augen. »Billy, in ganz D.C. kriegt man dieses Frühstücksspecial nirgendwo besser als bei dir.«

»Das Rezept stammt noch von meinem Vater, wie du weißt. Aber dein Vater hat uns beigebracht, wie man diese Speckscheiben richtig brät.«

»Wie auch immer, es schmeckt einfach wunderbar, so viel ist sicher.«

»Ist bei dir auch wirklich alles okay?«

»Weiß auch nicht genau. Gib mir mal deinen Kuli.«

Georgelakos zog den Bic hinter seinem Ohr hervor. Strange rupfte eine Serviette aus dem Halter und schrieb etwas darauf.

»Nur für den Fall, dass ich mich täusche«, meinte Strange, »ist hier das Kennzeichen des Wagens. Das ist ein 230er Mercedes, C-Klasse, Baujahr 2000, falls jemand danach fragt.«

Georgelakos nahm die Serviette, faltete sie und steckte sie unter die Schürze. Strange legte ein paar Scheine auf die Theke und schüttelte Georgelakos' Hand.

Auf dem Weg nach draußen blieb Strange vor dem Bild seines Vaters stehen. Darauf abgebildet waren Darius Strange mit Kochmütze und Billys Vater Mike. Das gerahmte Foto neben der Tür stammte noch aus den Sechzigern. Wie immer betrachtete er es eine Weile, ehe er die Hand nach dem Türgriff ausstreckte.

»Adio, Derek«, rief Georgelakos.

»Yassou, Vasili«, erwiderte Strange.

Draußen auf der Straße baute Strange sich vor dem offenen Mercedesfenster auf.

»Steigen Sie ein«, sagte Phillip Wood.

»Wohin wollen wir?«

»Das werden Sie schon noch erfahren, Chef«, sagte Woods Partner.

Strange schaute nur Wood an. »Wohin?«

»Die Central Avenue raus. In die Largo Gegend.«

»Ich fahre hinter Ihnen her«, sagte Strange, und als der junge Mann schwieg, sagte er: »Junger Mann, ich komme nur mit, wenn ich selbst fahre.«

Woods Partner lachte, während Wood Strange mit harten Blicken bombardierte, wovon Strange sich allerdings nicht beeindrucken ließ.

»Dann mal los«, sagte Wood.

Strange ging zu seinem Wagen.

Strange folgte dem Mercedes. Sie fuhren nach Osten bis zur North Capitol, dann nach Süden und dann auf der H wieder nach Osten bis zur Benning Road. Irgendwann bogen sie auf die Central Avenue, die aus der Stadt und nach Maryland führte.

Während der Fahrt rekapitulierte Strange, was er über Granville Oliver wusste.

Oliver, inzwischen Anfang dreißig, war ohne Vater in der Stanton Terrace Siedlung in Anacostia im Südosten von D. C. aufgewachsen. Seine Mutter, eine Sozialhilfeempfängerin, drückte Heroin und Kokain. Im Alter von acht Jahren hatte Granville schon gelernt, seiner Mutter den Arm abzubinden und einen Schuss Koks zu setzen, wenn die Wirkung des Heroins nachließ. Beigebracht hatte ihm dies einer ihrer vielen austauschbaren Freunde, durch die Bank Dealer oder Junkies, die andauernd bei ihnen daheim rumhingen. Ein anderer hatte ihm gezeigt, wie man auf Händen geht, wieder ein anderer, wie man eine Waffe lud und abfeuerte.

Granville hatte einen älteren Bruder, zwei Cousins und einen Onkel, der ebenfalls abhängig war. Zuerst von Kokain und dann von Crack, das in D. C. im Sommer 1986 auf den Markt gekommen war. Der Bruder verlor bei einem Kampf, bei dem es um Revierstreitigkeiten und Drogen ging, das Leben. Die Cousins saßen zuerst gemeinsam in Lorton ein, wurden dann getrennt und nach Ohio bzw. nach Illinois verfrachtet. Granvilles Mutter starb an einer längst überfälligen Überdosis, als er noch ein Teenager war. Etwa zu dieser Zeit nahm ihn sein Onkel, Bennett Oliver, unter die Fittiche.

In der zehnten Klasse flog Granville aus der Ballou High School. Damals wohnte er schon mit Freunden in einem Reihenhaus in Congress Heights, südlich der Saint-Elizabeth-Kirche. In den Heights hatte er der berühmt-berüchtigten Kieron Black Gang angehört, doch das war Pipifax von der Sorte Wenn-ihr-einen-von-uns-killt-killen-wir-einen-voneuch gewesen, und da wollte er nicht länger mitmischen. Granville wechselte und stieg bei seinem Onkel ein.

Von Anfang an war eins sonnenklar: Granville konnte mit Zahlen umgehen. Nachdem er sich an vorderster Front bewährt hatte – durfte man den Gerüchten Glauben schenken, hatte er im Alter von siebzehn Jahren schon vier Morde verübt –, wechselte er bald ins operative Geschäft und half, das Unternehmen auszubauen. Dank rücksichtsloser Eliminierung aller Konkurrenten und dank Granvilles Verstand entwickelte sich die Oliver-Gang innerhalb von kurzer Zeit zur größten Crack- und Heroin-Distributionsmaschinerie im südöstlichen Quadranten der Stadt. Hauptsitz der Gang war ein kleines Sportzentrum mit einem steinharten Baseballplatz und einem offenen Basketballplatz auf dem Gelände einer Grundschule in den Heights. Dort trafen sich Bennett und Granville mit den Teenagern von Wilburn Mews, Washington Highlands, Walter E. Washington Estates, Valley Green, Barnaby Terrace und Congress Park.

Viele Jugendliche aus der Gegend bewunderten niemanden mehr als die Olivers und allen voran den jungen, gut aussehenden Granville. Der Hauptfeind war selbstverständlich die Polizei. Und die Männer und Frauen, die einem Job nachgingen, galten als Normalos, als Langweiler. Die Olivers trugen die richtigen Klamotten, fuhren die richtigen Autos, kriegten klasse Frauen und wurden wie Kriegsheimkehrer verehrt. Sie verteilten Geld in der Gemeinde, beteiligten sich an von der Kirche organisierten Veranstaltungen, bei denen Spenden gesammelt wurden, sponsorten Basketballmannschaften, die gegen die Polizei antraten, und verteilten im Dezember Geschenke an die Kinder in der Frederick-Douglass- und der Stanton-Terrace-Siedlung. In dieser Gegend waren sie Volkshelden. Viele der Kinder, die dort aufwuchsen, träumten nicht davon, Ärzte, Anwälte oder Profisportler zu werden, sondern kannten nur ein Ziel: sich der Gang anzuschließen, »einzusteigen«. Das Hauptquartier im Sportzentrum bot dem älteren Oliver die Möglichkeit, zukünftige Talente im Auge zu behalten und gegebenenfalls zu fördern.

Granville und Bennett machten sich die Hände nicht mehr schmutzig. Bei dieser Art von Geschäften war es Usus, dass die Jüngsten das größte Risiko schulterten und sich auf diese Weise die Chance verdienten, in der Hierarchie aufzusteigen. Musste ein Gegner ausgeschaltet werden, legten die Olivers nur äußerst selten selbst Hand an. Trat dieser Fall doch ein, nahmen sie die Waffe erst kurz vor der Exekution in die Hand. Vorher und nachher trug ein Untergebener die Knarre für sie. Der Handlanger reichte sie dem Herrscher erst, wenn der es befahl.

Da die Olivers also ziemlich ausgefuchst waren, glaubte mancher Zeitungsleser und Polizist, man könnte ihnen nichts anhaben. Natürlich gab es verschiedene Möglichkeiten: Man konnte sie der Steuerhinterziehung anklagen oder sie verwanzen und ihre Gespräche mitschneiden. Am wahrscheinlichsten war allerdings, dass sie von einem Verräter in die Pfanne gehauen wurden, von einem Typen, der Informationen gegen ein vermindertes Strafmaß bot, oder dass jemand plauderte, der erst vor kurzem im Knast vergewaltigt worden war und alles tat, um einem weiteren Übergriff zu entgehen. Wie alle Drogenbarone waren sich auch die Olivers darüber im Klaren, dass man sie irgendwann erwischte, doch wenn man sie kriegte, dann nur mit Hilfe eines Verräters, eines Spitzels.

Im August 1999 wurde Bennett Oliver eine Woche, bevor er wegen Drogenhandels vor Gericht erscheinen musste – es gab einen Mitschnitt, wo er über einen großen Deal sprach –, ermordet hinter dem Steuer seines Wagens, einem neuen Jaguar mit Titanfelgen, unweit des Sportzentrums aufgefunden. Jemand hatte ihm zwei Kugeln ins Gehirn, eine ins Auge und eine in den Hals – das war ein glatter Durchschuss – gejagt. Da die Handflächen keine Schusswunden aufwiesen und es keine Anzeichen der Gegenwehr gab, deutete alles darauf hin, dass Bennett den Mörder gekannt, ihm womöglich sogar vertraut hatte und überrascht gewesen war, dass er ermordet werden sollte. Hinter vorgehaltener Hand wurde getuschelt, Bennetts Neffe Granville hätte selbst abgedrückt oder den Mord in Auftrag gegeben aus Furcht davor, dass sein Onkel vor Gericht einknickte und ihn ans Messer lieferte.

Seit der Ermordung von Bennett hielt sich Granville Oliver ziemlich im Hintergrund. Obwohl er immer noch dick im Geschäft war, waren sein Name und der Name seiner Gang in letzter Zeit nicht in den Nachrichten kursiert. Er war umgezogen, in ein neues Haus in Largo, außerhalb der Stadt, wo er anscheinend in einem Tonstudio im Keller seines Hauses eine Platte aufnahm.

Strange fuhr mit dem Cadillac von der Autobahn ab. Vermutlich war es jetzt nicht mehr weit bis zu Granville Olivers Heim.

Er parkte hinter dem Mercedes vor einem großen Backsteinhaus im Kolonialstil auf einer halbrunden Auffahrt. Hier stand schon ein brandneuer Mercedes mit der Schnauze Richtung Ausfahrt. Dieses Modell war nicht ganz so aufgemotzt wie das, das Phillip Wood fuhr.

In dieser Straße standen noch zwei weitere Häuser im selben Stil, von denen eins nicht bewohnt zu sein schien. Im Grunde genommen war das gar kein richtiges Wohnviertel und hatte keinerlei Ähnlichkeit mit einer von diesen eingezäunten Siedlungen in Prince George's County, wo sich gut betuchte Afroamerikaner gern niederließen.

Vielleicht legte Granville ja großen Wert auf Privatsphäre. Wahrscheinlicher war allerdings, dass die anderen hinter den Zäunen Schutz suchten vor den Granvilles dieser Welt und inoffiziell Druck ausübten. Immobilienmakler, die gewisse Viertel betreuten, wussten ganz genau, wie man Verkäufe an Leute wie Granville verhinderte.

Woods Partner blieb im Wagen sitzen. Strange folgte Wood zur Eingangstür. Sein Blick fiel auf einen leeren Garagenanbau, der offen stand. Neben der Garage rechte ein Junge, der kaum älter als zwölf sein konnte, Laub.

Sie traten in ein weitläufiges Foyer, von dem aus eine zweiläufige Treppe ins Obergeschoss führte. Von Fluren neben den Treppenaufgängen gelangte man in einen großen Raum mit bequemen Sofas, einem Breitwandfernseher und einer Stereoanlage. Sie durchquerten das Wohnzimmer, kamen an einem Esszimmer mit Balkontüren vorbei und gelangten in ein weiteres Foyer, das zu einer offen stehenden Tür führte. Die ganze Zeit über sprach Wood in sein Handy. Er trat zur Seite und gab Strange mit einer Handbewegung zu verstehen, dass er allein durch diese Tür treten sollte.

Hinter der Tür lag eine Art Bibliothek. Gerahmte Fotos und Bücherregale zierten die Wände, in der Mitte stand ein Schreibtisch aus Kirschholz. Schwaden eines teuren Eau de Cologne hingen in der Luft. Hinter dem Schreibtisch saß Granville Oliver, den Strange sofort erkannte. Der Mann war groß gewachsen und hatte hellbraune, fast bernsteinfarbene Augen. In seinem Hemd mit offenem Kragen und dem dunklen Anzug sah er äußerst gepflegt aus.

»Kommen Sie herein, und schließen Sie die Tür hinter sich«, sagte Oliver.

Strange kam seiner Aufforderung nach und durchquerte die Bibliothek.

Oliver erhob sich, musterte Strange vom Scheitel bis zur

Sohle und schüttelte ihm dann die Hand. Strange nahm auf einem bequemen Stuhl Platz, den jemand vor den Schreibtisch geschoben hatte.

»Geht es hier um Joe Wilder?«, fragte Strange.

»Sie haben es erfasst«, antwortete Oliver. »Ich will, dass Sie die Mörder meines Sohnes finden.«

Dreiundzwanzig

»Sie sind Joes Vater?«

»Erraten.«

»Das hat er nie erwähnt.«

Granville Oliver breitete die Hände aus. »Er hatte keine Ahnung.«

Das Motorola StarTAC auf Olivers Schreibtisch klingelte. Oliver griff nach dem Handy, klappte es auf und hielt es ans Ohr. Strange hörte, wie er mehrmals hintereinander »Aha« und »Ja« sagte. Da er viel zu aufgeregt war, um still sitzen zu bleiben und die Neuigkeiten zu verdauen, erhob er sich und ging durch die Bibliothek.

In den Einbauregalen stand Buch neben Buch. Aus den gebrochenen Buchrücken, den abgegriffenen Umschlägen und Eselsohren durfte man schließen, dass sie gelesen worden waren. Einmal abgesehen von ein paar Klassikern – Ellison, Himes und Wright – bestand Olivers Sammlung hauptsächlich aus Sachbüchern zum Thema schwarzer Nationalismus, schwarzer Separatismus und schwarzes Empowerment und war durch die Bank von schwarzen Autoren.

Auf den Fotos an den Wänden war Oliver mit lokalen Sportgrößen und Politikern zu sehen. Auf einem Bild hatte er den Arm um den vorherigen Bürgermeister von D. C. gelegt.

Es ging das selbstverständlich nicht erhärtete Gerücht, Oliver hätte den Bürgermeister regelmäßig mit Frauen und Drogen versorgt. Auf einem anderen Foto überreichte Oliver auf einem Spielfeld einem Basketballteam in schwarzen T-Shirts mit roten Buchstaben einen Pokal. ›Trau dich und sag Nein zum Drogenkonsum‹ lautete der Aufdruck.

Kaum hatte Oliver sein Gespräch beendet, klingelte das Telefon erneut.

»Sie sponsern ein Team?«, fragte Strange.

»Man muss der Community etwas zurückgeben«, erwiderte Oliver. Offensichtlich meinte er, was er sagte.

Strange konnte ihn nur anstarren. Oliver deutete mit dem Kinn auf das Handy, das er auf eine grüne Kladde gelegt hatte. »Den Anruf musste ich entgegennehmen, aber jetzt hab' ich es ausgeschaltet. Jetzt können wir reden.«

Strange setzte sich wieder auf seinen Stuhl.

»Also, was halten Sie davon?«, fragte Oliver und machte eine ausholende Handbewegung, mit der er nicht nur diesen Raum meinte, sondern das ganze Haus, sein Land, seinen Besitz. »Nicht schlecht für einen Jungen aus Southeast, was?«

»Ja, es macht was her.«

»Sehen Sie sich das mal an.« Oliver zog eine Schwarzweißfotografie aus einem Umschlag und schob sie über den Schreibtisch. Darauf abgelichtet war ein wütend dreinblickender Oliver mit Kappe und Goldketten, der die Arme auf der Brust verschränkte. In der einen Hand hielt er eine Glock, in der anderen eine .45er.

»Ziemlich eindrucksvoll«, meinte Strange. »Aber ich hoffe, Sie haben Verständnis dafür, wenn ich nicht gleich vor Ehrfurcht den Bückling mache.«

»Und jetzt werden Sie mir gleich noch verklickern, dass es nicht um das geht, was man besitzt, sondern wie man es gekriegt hat, oder?«

»So was in der Art. An all diesen schönen Dingen, von denen Sie hier umgeben sind, klebt Blut, Granville.«

In Olivers Augen blitzte etwas auf, doch seine Stimme veränderte sich nicht. »Das stimmt. Ich hab' es mir genommen, Mr. Strange. Bin einfach losgegangen und hab' es mir genommen, denn da war niemand, der es mir freiwillig gegeben hätte. Die Weißen versuchen, einen Schwarzen von Geburt an unten zu halten. Aber, mein Lieber, mit diesem Schwarzen hier konnten sie das nicht machen.«

»Na schön. In Ihren Augen haben Sie alles richtig gemacht.«

Oliver blinzelte mehrmals. »Hab' ich, ja. Und das, obwohl ich in diesem Genozidlager geboren wurde, das früher mal unter der Bezeichnung Ghetto lief. Armut und Gewalt sind ein und dasselbe, Mr. Strange. Die These ist Ihnen doch auch schon mal zu Ohren gekommen, oder?«

»Klar.«

»Und daraus entsteht neue Gewalt. Arme schwarze Jugendliche sehen dieselbe Fernsehwerbung wie die weißen Jungs und weißen Mädchen draußen in den Vororten. Von klein auf führt man ihnen vor Augen, wonach sie streben, was sie sich anschaffen sollen. Die Frage ist nur, wie sollen sie an diese Dinge herankommen, hm?«

Strange sagte nichts.

Oliver beugte sich vor. »Hören Sie, ich kann ziemlich gut mit Zahlen umgehen, und ich weiß, wie man Leute managt. Dieses Talent hatte ich schon immer. Ich war noch ein kleiner Junge, da sind mir schon die Jungs in der Nachbarschaft hinterhergelaufen. Aber glauben Sie, jemand hätte irgendwann in der Schule zu mir gesagt: ›Nimm dieses Buch und lies es‹? Lies viel und schau, dass du aufs College kommst, dann kannst du irgendwann mal eine Firma leiten? Vielleicht wussten sie ja, dass ein Schwarzer in diesem Land niemals irgendwas leiten wird, es sei denn, er nimmt es sich einfach und macht dann was draus. Und kaum war ich erwachsen, habe ich genau das gemacht. ›Arme Kinder, die nichts haben, wollen auch ein Stück vom Kuchen abkriegen.‹

Und dann stellen sie selbst was auf die Beine, weil sie wissen, dass sie anders nichts erreichen werden. Und wie in jedem Geschäft sind auch diese Unternehmen dem Wettbewerb ausgesetzt. Und wenn man erst mal was vom Kuchen abgekriegt hat, tut man alles, dass man es behalten kann, verstehen Sie? Weil es nicht möglich ist, einen Schritt zurückzugehen und wieder wie früher zu leben. Und plötzlich tun alle ganz überrascht, wenn in den Vierteln, in die man uns gepfercht hat, Blut fließt.«

»Sie brauchen mir keine Vorträge darüber zu halten, wie es ist, als Schwarzer in diesem Land zu leben, Granville. Ich bin ein gutes Stück älter als Sie und erinnere mich noch an Diskriminierungen, von denen Sie noch nicht mal gehört haben.«

»Dann stimmen Sie mir also zu.«

»Größtenteils ja. Allerdings erklärt das noch lange nicht, wieso eine Menge Jugendlicher, die genauso wie Sie und in ähnlichen Vierteln aufgewachsen sind, ohne Zuspruch und ohne Unterstützung, ausbrechen konnten. Wieso sie die Schule durchgezogen, sich gute Jobs gesucht, Karriere gemacht haben. Und Kinder auf die Welt bringen, die mehr Chancen haben werden, als die Eltern jemals hatten. Und das alles auf ganz legalem Weg. Weil sie durchgehalten haben, weil sie für ihre Kinder da sind. Trotz all der Schwierigkeiten, die Sie beschrieben haben.«

»Bei mir hat das so nicht funktioniert«, entgegnete Oliver achselzuckend. »Aber eben anders. Ich hoffe, Sie verstehen, dass ich mich nicht allzu sehr schäme.«

»Erzählen Sie das auch dem jungen Burschen draußen im Garten, der für Sie arbeitet?«

»Zerbrechen Sie sich wegen des Jungen nicht den Kopf. Dieser Junge wird seinen Weg machen.«

Strange lehnte sich zurück. »Jetzt sagen Sie mir endlich, wieso Sie mich hierher zitiert haben.«

»Das hab' ich Ihnen schon gesagt.«

»Na schön. Sie behaupten, Joe wäre Ihr Sohn.«

Oliver nickte. »Er ist eins von den Kindern aus meinen wilden Zeiten. Damals war ich noch viel unterwegs, hab' um Reviere gekämpft, verrückte Sachen angestellt. Hab' bei vielen verschiedenen Mädchen gepennt, bin so lange untergekrochen, bis sich alles wieder beruhigt hatte. Innerhalb von zwei, drei Jahren muss ich so drei Babys gezeugt haben.«

Und jetzt bildest du dir ein, dass dich das zum Mann macht.

»Aber Sie sind nie für Joe da gewesen«, sagte Strange.

»So wollte es Sandra, seine Mutter. Sie hatte was dagegen, dass er über mich Bescheid wusste. Wollte vermeiden, dass er zu so jemandem wie mir aufschaut, Mr. Strange. Passt ja gerade hervorragend zu dem Vortrag, den Sie mir eben gehalten haben. Sie wollte, dass der Junge eine Chance hat.«

Der Herr vergelt's ihr, dachte Strange.

»Haben Sie ihr Geld gegeben?«

»Sie hat nicht viel angenommen. Wollte mich nicht in der Nähe des Jungen sehen, keine Geburtstagsgeschenke, nichts in der Art. Doch den Schlitten, den ich ihr geschenkt habe, hat sie angenommen. Ich hab' ihr gesagt, ich will nicht, dass mein Sohn in dieser alten Karre, die sie hatte, rumfährt. Einen BMW hat sie von mir gekriegt. Und ihn behalten.«

»Ich hab' ihn gesehen«, sagte Strange. »Wieso wollen Sie ausgerechnet mich?«

»Sandra meint, Sie sind in Ordnung. Haben seit Jahren unten in Petworth diese Firma am Laufen und einen guten Ruf. Und sie hat erzählt, Sie sind immer gut zu dem Kleinen gewesen.« Oliver lächelte. »Der Junge konnte Football spielen, was?«

»Er hatte ein gutes Herz«, sagte Strange leise. »Sie haben eines der schönsten Dinge verpasst, die einem im Leben widerfahren können, Granville. Diese Gelegenheit haben Sie sich durch die Lappen gehen lassen.«

»Kann sein. Aber jetzt will ich, dass Sie mir helfen, diese Sache in Ordnung zu bringen.«

»Warum? Gut, Sie sind Joes Erzeuger, aber ein richtiger Vater sind Sie ihm nie gewesen.«

»Stimmt. Aber manche Leute wussten, dass er mein Sohn war. Ein Mann in meiner Position kann so eine Sache nicht einfach durchgehen lassen. Jeder muss wissen, dass die, die mein eigen Fleisch und Blut umbringen, zahlen müssen. Wenn man in meinem Geschäft nicht mehr respektiert wird, ist man erledigt.«

»Die Polizei ist dicht dran«, sagte Strange. »Ich würde sogar behaupten, sie finden die Schützen innerhalb der nächsten Tage. Sie haben Phantomzeichnungen erstellen lassen und hängen sie überall in der Gegend auf. Hier ist nicht einfach irgendwer umgelegt worden, und alle halten das Maul. In diesem Fall ist die Polizei nicht der Feind. Ein Kind ist ermordet worden. Bald wird sich jemand melden und den Mund aufmachen.«

»Ich will, dass Sie sie zuerst aufspüren.«

»Und was soll ich dann tun?«

»Ich will ein paar Namen.«

»Das ist schon in Arbeit«, sagte Strange. »Ich werde mir Lorenze Wilders Freunde vorknöpfen.«

»Haben Sie eine Liste?«

»Könnte man so sagen.«

»Sandra wird Ihnen helfen, sie einzugrenzen.«

»Ich hab' schon versucht, mit ihr zu reden, doch sie scheint an einer Unterhaltung nicht interessiert zu sein.«

»Jetzt wird sie mit Ihnen sprechen. Bevor Sie aufgetaucht sind, habe ich mit ihr telefoniert. Wenn wir hier fertig sind, fahren Sie bei ihr vorbei. Sie erwartet Sie.«

An der Tür klopfte es. Mit lauter Stimme rief Oliver: »Komm rein.«

Die Tür wurde aufgestoßen. Phillip Wood stand im Flur, trat aber nicht ein. »In fünfzehn Minuten hast du einen Termin.«

»Bis dann sind wir fertig«, sagte Oliver.

Wood nickte und schloss die Tür.

»Der da ist auch ein Beispiel für das, worüber ich eben gesprochen habe«, sagte Oliver zu Strange. »Dieser Bursche, dieser Phillip Wood? Der Typ kann nicht mal lesen. Aber er fährt einen Mercedes. Und trägt Zwölfhundert-Dollar-Anzüge von namhaften Designern. Der junge Mann ist erfolgreich, in Lohn und Brot, Mr. Strange, und liegt nicht in seiner eigenen Pisse, wo er nämlich unter aller Garantie gelandet wäre, wenn ich ihn nicht mit ins Boot geholt hätte.«

»Und wo wird er Ihrer Meinung nach am Ende landen?«

»Sicher, wir alle wissen, was uns erwartet. Aber wir können nicht andauernd über das Morgen nachdenken, oder? Die Zeit bis dahin, die muss man genießen.«

»Alles ist prima, stimmt's?«

»Nein, nicht alles. Bei Phil beispielsweise muss ich langsam eine Entscheidung hinsichtlich seiner Zukunft fällen. Phil Woods ist zwei Mal einkassiert worden, was dem FBI natürlich bekannt ist. Jetzt hoffen sie, dass er bald noch einen Fehler macht, denn beim dritten Mal wird er lange einsitzen. Und das steht Phil nicht durch. Dazu ist er einfach zu schwach, und das weiß er auch.«

»Sie haben Schiss, dass er Sie verpfeifen wird.«

»Das wird er. So sehr ich von diesem jungen Mann angetan bin, er wird auspacken. Am Ende wird er einer von diesen ›Du, Brutus‹-Brüdern sein. Mein ganz persönlicher Judas, der Granville Oliver für dreißig Silberlinge verrät.«

»Sie vergleichen sich mit dem Herrn?«

»Um ehrlich zu sein, das erste Zitat ist aus *Julius Cäsar*. Ich lese viel, falls Ihnen das nicht aufgefallen sein sollte. Aber nein, es ist nur so ... Sie wissen schon, was ich meine. Ich muss eine Entscheidung fällen. Und ich wollte Ihnen begreiflich machen, dass es hier nicht nur um Spaß und Spiele geht.«

Strange warf einen Blick auf seine Armbanduhr.

»Ja, gut«, sagte Oliver. »Dann haben wir jetzt also eine Abmachung, oder?«

»Nein«, antwortete Strange.

»Was soll das heißen?«

»Ich glaube nicht, dass ich für Sie arbeiten werde.«

»Haben Sie Probleme mit jemandem wie mir?«

»Ja.«

»Dann vergessen Sie mich. Denken Sie an den Jungen.«

»Das tu' ich.«

»Wollen Sie nicht, dass die Gerechtigkeit siegt?«

»Ich hab' Ihnen gesagt, die Polizei wird diesen Fall bald lösen.«

»Wir reden aneinander vorbei.«

»Das ist ein ewiger Kreislauf, nicht wahr?«

»Ach, den kann man stoppen, wenn Sie tun, worum ich Sie gebeten habe. Im District of Columbia gibt es keine Todesstrafe, Mr. Strange. Wollen Sie etwa, dass Joes Mörder ins Gefängnis wandern, warme Mahlzeiten kriegen, bequem schlafen und in zwanzig, fünfundzwanzig Jahren rauskommen? Glauben Sie, mein Sohn wird jemals wieder aus seinem Grab steigen? Wie ich schon sagte, liefern Sie mir Namen. Und ich kümmer' mich dann darum, dass der Gerechtigkeit Genüge getan wird.«

»Sie können ein schlechtes Leben nicht gegen ein gutes eintauschen.«

»Was soll das heißen?«

»Hat mir jemand mal vor Ewigkeiten gesagt.«

»Ich spreche ganz offen mit Ihnen«, sagte Oliver, »und Sie sitzen einfach da und speisen mich mit Sprüchen und so 'nem Scheiß ab. Quatschen über Kreisläufe.«

Strange schaute Oliver in die Augen. »Ich kannte Ihren Vater.«

»Sagen Sie das noch mal.«

»Heißt ja immer, dass D. C. 'ne Kleinstadt ist. Stimmt auch irgendwie. Vor über dreißig Jahren kannte ich mal Ihren Vater.«

»Dann haben Sie mir etwas voraus, Meister, denn ich hab'

den Mann nie kennen gelernt. Ist ’68 gestorben, während der Aufstände. Etwa um die Zeit, wo ich auf die Welt kam.«

»Er hatte helle Augen, genau wie Sie.«

Oliver neigte den Kopf. »Sie kannten sich gut?«

»Er kannte meinen Bruder«, sagte Strange. »Mein Bruder ist ungefähr zur gleichen Zeit gestorben wie Ihr Vater.«

»Und?«

»Da schließt sich der Kreis wieder«, sagte Strange und beließ es dabei.

Strange stand auf. Oliver Granville drückte ihm eine Visitenkarte in die Hand, die von seiner Plattenfirma, GO Entertainment. Unter dem Logo stand Olivers Handynummer.

»Rufen Sie mich an«, sagte Oliver, »wenn Sie was rausfinden. Und noch was: Sandra sagt, Sie hätten da ’n Weißen, der Ihnen beim Footballtraining hilft. Und sie hat auch gesagt, er arbeitet mit Ihnen zusammen. Ich will nicht, dass er bei dieser Sache mitmischt, kapiert?«

Strange steckte die Visitenkarte in seine Jackentasche.

»Tut mir Leid, dass Ihr Onkel gestorben ist.«

»Ja«, sagte Oliver. »Das war wirklich eine Tragödie.«

Strange ging nach draußen, nickte dem Jungen zu, der das Laub rechte und ihn nur finster anstarrte. Phillip Wood und sein Partner lehnten auf der halbkreisförmigen Auffahrt am Mercedes. Wortlos ging Strange an ihnen vorbei, stieg in seinen Cadillac und fuhr nach D. C. zurück.

Vierundzwanzig

Tagsüber wirkte die Park-Morton-Siedlung ganz anders. Unter den Augen von Müttern, Tanten und Großmüttern turnten Kinder auf dem Spielplatz herum, ein paar Mädchen spielten neben dem Eingang Gummitwist, andere saßen nebenan auf dem Mäuerchen und lachten tatsächlich. Sonntags ging es selbst in den schlimmsten Vierteln relativ ruhig zu. An diesem Tag schien die Sonne, der Himmel war strahlend blau, und das sich färbende Laub leuchtete. Das alles verstärkte noch die trügerische Friedlichkeit. Und außerdem saßen alle Männer, selbst der Abschaum, daheim und schauten sich das Redskins-Spiel an.

Strange verfolgte das Spiel im Radio. Auf WJFK kommentierten Sonny, Sam und Frank das Unterhaltungsprogramm vor dem Spiel und anschließend den Spielverlauf. Die Ravens spielten im FedEx-Stadium. Das Spiel hatte gerade erst angefangen.

Strange holte die Liste von Lydell Blue aus dem Kofferraum, schloss den Brougham ab, marschierte über den braunen Rasen im Innenhof und stieg die Treppe zu Sandra Wilders Wohnung hoch. An den Treppenhauswänden hingen die Phantomzeichnungen der Mörder.

Strange klopfte an die Tür der Wilder-Wohnung. Er wartete geduldig, klopfte aber nicht noch mal. Es dauerte eine kleine Weile, bis Sandra Wilder die Tür aufmachte und Strange wohlwollend musterte.

»Sandra.«

»Derek.« Sie berührte kurz seinen Arm. »Kommen Sie doch rein.«

Sie gingen durch den Flur in eine Art Wohnzimmer, das nicht sonderlich geräumig war. Hinter einem Wanddurchbruch schloss sich eine offene Küche an. Die Couch, auf der Strange Platz nahm, hatte Flecken, die Stoffbiesen waren abgerissen. Hinter dem rechteckigen Couchtisch stand ein Fernseher mit Fußgestell. Das Spiel war eingeschaltet, der Ton leise gestellt. Hinter dem Fernsehapparat hingen ein paar Fotos aus Zeitschriften und Zeitungen schief an der Wand. Bilder von Keyshawn Johnson und Randy Moss und eine Nahaufnahme von Deion mit Kopftuch. Neben der Küchentheke hing ein Poster von Darrell Green, das größer und augenfälliger als die anderen war. Es sah Joe ganz ähnlich, dass er den unermüdlichen Kämpfer mehr verehrte als die prominenteren Spieler. Strange stellte sich vor, wie Joe an einem Sonntagnachmittag auf dieser Couch saß, einen Snack oder eine Mahlzeit aß, die seine Mutter in der Mikrowelle erhitzt hatte, und sich das Spiel ansah. Auf die Weise waren vermutlich auch die Flecken aufs Sofa gekommen.

Strange trank ein Glas Instant-Eistee und schaute stumm zu, wie die Skins den Ball in die gegnerische Spielfeldhälfte trugen. Sandra setzte sich neben ihn, legte die Liste, die Strange ihr gegeben hatte, auf den Tisch, beugte sich vor und malte hinter bestimmte Namen Kreuzchen. Beim Lesen bewegte sie die Lippen.

Obwohl Sandra erst Mitte zwanzig war, wirkte sie auf den ersten Blick zehn Jahre älter. Sie war eine Frau mit breiten Hüften, fülliger Taille und schwerfälligen Bewegungen. Sandra hatte braune Augen mit hellen Einsprengseln, einen vollen Mund und gerade Zähne. Wenn sie lächelte, wirkte sie ziemlich hübsch. Nach Stranges Einschätzung musste sie bei Joes Geburt etwa sechzehn Jahre alt gewesen sein.

Sandra trug eine Jeans und ein T-Shirt mit einem Computerausdruck von einem grinsenden Joe. Unter dem Foto standen die Worte »Wir werden dich nicht vergessen«. Wurden junge Menschen bestattet, verkauften findige Geschäftsleute solche T-Shirts auf Totenwachen und Beerdigungen. Normalerweise verkauften sie die Baumwollhemdchen gleich en gros an die trauernden Familien. In D. C. hatte sich diese Idee zu einem blühenden Geschäftszweig entwickelt.

»Hier«, sagte Sandra und reichte Strange das Blatt Papier. »Wieso stehen neben den Namen die Sozialversicherungsnummern?«

»Die Liste hab' ich von einem Freund gekriegt. Mit Hilfe dieser Nummern kann ich die Adressen ausfindig machen und rauskriegen, wo die Betreffenden früher gearbeitet haben.«

»Die Namen, mit denen ich was anfangen kann, hab' ich markiert.«

Strange überflog die Liste. Drei Namen hatte Sandra angestrichen: Walter Lee, Edward Diggs und Sequan Hawkins.

»Sind das die engsten Freunde Ihres Bruders?«

»Jedenfalls die, an die ich mich erinnern kann. Als wir klein waren, haben sie öfter bei uns herumgehangen.«

»Sind sie immer noch eng mit Lorenze befreundet gewesen?«

»Ich hab' keine Ahnung. In den letzten Jahren hatte ich keinen engen Kontakt zu meinem Bruder. Aber Sie haben gesagt, die Namen stammen von der Liste des Beerdigungsinstitutes, aus diesem Buch, in das man sich einträgt, um den Toten Respekt zu erweisen? Von daher nehme ich mal an, sie sind noch in der Stadt. Aber wo sie wohnen oder wie Sie sich mit ihnen in Verbindung setzen können, weiß ich wirklich nicht.«

»Ich werde sie schon auftreiben«, versprach Strange. »Machen Sie sich deshalb keine Sorgen.«

»Meine Mutter könnte Ihnen weiterhelfen. Sie hatte ein Adressbuch, in das sie die Namen von all unseren Freunden eintrug, als ich und Lorenze Kinder waren. Wir haben uns immer verdrückt, und sie musste uns ja irgendwie suchen. Vor allem Lorenze, der ist ziemlich wild gewesen, den konnte man nicht im Haus festhalten.«

»Kann ich mal mit Ihrer Mutter sprechen?«

»Sie ist tot.«

Strange setzte sich anders hin, damit er ihr in die Augen schauen konnte. »Wo sind Sie aufgewachsen, Sandra?«

»In Manor Park, drüben bei der North Dakota Avenue. Südlich der Coolidge.«

»Kenn' ich«, sagte Strange und warf kurz einen Blick über Sandras Schulter. Auf dem Beistelltisch neben dem Sofa stand ein gerahmtes Foto von Joe im Mannschaftstrikot. Auf dem

Bild war sein Gesicht verschwitzt, und er drückte den Football an die Brust.

»Sonst noch was?«, fragte Sandra.

»Sie haben gesagt, Sie hätten keinen Kontakt zu Ihrem Bruder gehabt. Wie ist das gekommen, wenn ich fragen darf?«

»Lorenze war ein Nichtsnutz. Ich hab' ihn geliebt, aber so war er nun mal. Er war scharf auf das schnelle Geld, aber nicht mal das hat er hingekriegt. Dauernd hat er mich angerufen und wollte mich überreden, ihn mit Granville zusammenzubringen. War ganz erpicht darauf, dass Granville ihn mit ins Boot nimmt. Aber nach Joes Geburt wollte ich mit Granville nichts mehr zu tun haben. Ich wollte nicht, dass Joe von ihm erfährt. Aber Lorenze hat einfach keine Ruhe gegeben, und da hab' ich den Kontakt zu meinem eigen Fleisch und Blut abgebrochen. Wie Sie wissen, hab' ich von Granville einen Wagen gekriegt. Darauf bin ich bestimmt nicht stolz, aber ich schwöre Ihnen, das war auch schon alles.«

»Sie brauchen sich für nichts zu entschuldigen.«

»Aber ich möchte, dass Sie Bescheid wissen. Ich bin nie auf die schiefe Bahn geraten. Seit Jahren hab' ich jetzt schon denselben Job und zahle meine Rechnungen immer pünktlich ... Einfach ist das nicht gewesen, Strange, aber ich bin ehrlich geblieben.«

»Das weiß ich«, sagte Strange. »Hatte Lorenze irgendwelche Feinde, von denen Sie wussten?«

»Das hab' ich schon der Polizei gesagt. Er ist nicht auf Schwierigkeiten aus gewesen, hat aber doch dauernd irgendwelche Scherereien gekriegt. So war er eben. Er hat nichts ernst genommen. Konnte keinen Job halten, wollte aber immer alles haben. Hat nie seine Schulden zurückgezahlt. Nie. Hat meistens nur darüber gelacht. Für ihn war alles ein Witz, aber diejenigen, die er nicht ernst genommen hat, haben das nicht lustig gefunden. Für sie sah es so aus, als würde Lorenze versuchen, sie übers Ohr zu hauen.«

»Denken Sie, er ist deswegen umgebracht worden?«

»Würde mich nicht wundern.«

Strange faltete die Liste zusammen und steckte sie in die Innentasche seiner Jacke, ehe er nach Sandra Wilders Hand griff, die sich feucht und schlaff anfühlte.

»Hören Sie«, sagte Strange. »Es war richtig, dass Sie Ihren Sohn von Oliver und von Ihrem Bruder fern gehalten haben. Und glauben Sie bitte nicht, Sie hätten das, was geschehen ist, verhindern können. Sie haben richtig gehandelt, Ihre Sache gut gemacht. Dieser Junge war etwas ganz Besonderes, Sandra. Und das ist Ihr Verdienst.«

Ein Lächeln ließ ihr Gesicht erstrahlen. Wunderschön war dieses Lächeln und unterstrich noch die gut geschnittene Frisur, das perfekte Make-up. Äußerlich betrachtet war bei Sandra Wilson alles in bester Ordnung. Aber Strange fiel auf, dass ihre Augen extrem leuchteten und hin und her huschten, dass ihre Mundwinkel zuckten, als er ihr Lächeln erwiderte.

Strange schloss sie in die Arme und drückte sie an sich. Als sie sich gegen ihn fallen ließ, roch er ihren abgestandenen Atem. Mit einem Mal war nur noch die leise Stimme des Reporters im Wohnzimmer zu hören. Und dann merkte er, wie Sandras Schultern unter seinen Händen bebten. Sie hatte ihr Gesicht in seiner Brust vergraben. Er spürte, wie ihre heißen Tränen durch sein Hemd sickerten. Strange hielt sie so lange fest, bis sie sich ausgeweint hatte. Als er sich von ihr verabschiedete, begriff er instinktiv, dass sie allein war, dass ihr nichts mehr geblieben war.

Auf der Fahrt nach Norden stand das Redskins/Ravens-Spiel drei zu drei. Die Punkte waren durch Field Goals erzielt worden. Zehn Sekunden vor der Halbzeit gelangten die Ravens auf die 1-Yard-Linie der Redskins, nachdem der designierte Passempfänger aus Washington von seinem Gegenspieler behindert worden war, der daraufhin Strafpunkte erhielt. Im Radio diskutierten Sonny Jurgensen und Sam Huff den nächsten Spielzug. Bestimmt entschieden sie sich für einen

Run, mit Jamal Lewis in der Mitte. Falls er ausgebremst wurde, blieb immer noch genug Zeit für ein weiteres Field Goal. In dem Fall würden die Ravens vor dem Ende der ersten Hälfte in Führung gehen.

Strange fuhr mit dem Cadillac an den Bordstein, schaltete den Motor aber nicht aus.

»Jetzt mal los«, murmelte Strange. »Haltet sie auf.«

Tony Banks, der Quarterback der Ravens, gab den Ball nicht an Lewis ab, sondern versuchte sich an einem Pass in die Endzone zu Shannon Sharpe, der von zwei burgunderfarbenen Trikots gedeckt wurde. Das war ein dummer Spielzug. Wenn Banks den Ball schon unbedingt werfen musste, dann doch zu einem anderen Spieler. Kevin Mitchell, der Linebacker der Redskins, fing den Pass ab.

Strange stieß vor lauter Entsetzen einen Seufzer aus. Das Gebrüll im FedEx und Sonnys und Sams Gelächter dröhnten durch den Wagen, als Strange den Gang einlegte und nach Uptown fuhr.

»Derek, komm rein«, sagte George Hastings. »Hast du den letzten Spielzug gesehen?«

»Ich hab's im Radio gehört.«

Sie gingen den Flur hinunter. Hastings wohnte in einem Backsteinhaus im Tudorstil in Shepherd Park. Hastings hatte eine Redskins-Kappe aufgesetzt, doch ansonsten wirkte er mit seinen teuren Klamotten wie aus dem Ei gepellt. Und auch sein Haus war picobello.

»Kannst du Billicks Ansage fassen?«, fragte Hastings und warf einen Blick über seine Schulter, als er Strange ins Wohnzimmer führte. »Da wartet Jamal Lewis, dieser knallharte Schwarze, auf der 1-Yard-Linie, dem man nur den Ball zuspielen muss, damit er ihn reinbringt, und das nennt man dann einen Pass?«

»Tony Banks ist auch nicht gerade einer der besten NFL-Quarterbacks.«

»Noch nicht.«

»Hätte ihn aus der Endzone hauen müssen, als er die Deckung sah. War doch ein eindeutiger Beweis seiner Unerfahrenheit.«

Im Wohnzimmer deutete Hastings auf zwei große Sessel. Ein Breitwandfernseher von Sony stand in einem Wandschrank. Die zweite Halbzeit hatte gerade begonnen. »Setz dich, Derek. Kann ich dir was bringen? Ich genehmige mir ein kühles Bierchen.«

»Für mich nichts mit Alkohol, jedenfalls heute nicht. Ich nehme eine Cola, falls du eine dahast, George.«

Nachdem Hastings mit den Getränken zurückgekehrt war, ließ er sich auch in einen Sessel fallen. Keine der Mannschaften erzielte im dritten Viertel einen Punkt.

»Unsere Abwehrspieler haben heute echt Feuer«, meinte Strange.

»Ja, wir kriegen gerade eine von diesen klassischen Defense-Schlachten geliefert«, sagte Hastings.

»Sie haben Stephen Davis gesperrt, und jetzt haben wir, mal abgesehen von Albert Connell, fast keine Passempfänger mehr. Fryar ist draußen.«

»Dein Westbrook ist für diese Saison ebenfalls draußen. Wieder mal.«

»Und ich hab' angenommen, dies wird sein Jahr«, sagte Strange mit trauriger Stimme. »Na, vielleicht nächstes Jahr.«

Zu Beginn des letzten Viertels musste Stephen Davis vom Platz, weil er sich einen Schulternerv eingeklemmt hatte. Als Ersatz für ihn kam Skip Hicks, der drei Versuche durchzog. Anschließend wurde Davis wieder eingewechselt. Beim zweiten Versuch mit noch sieben Yards zu gehen, versammelten sich die beiden Mannschaften auf der 33-Yard-Linie von Baltimore, und dann schlugen die Ravens richtig zu. Davis übernahm den Ball von Brad Johnson und stürmte durch eine Lücke, die Chris Samuels und der Fullback Larry Centers für ihn freigeblockt hatten. Und dann rannte Davis davon. Zwischen ihm und der Ziellinie war noch der Safety Rod Woodson. Davis schickte Woodson mit einem Stoß zu Boden und segelte in die Endzone.

Strange und Hastings sprangen auf und klatschten sich ab.

»Genau wie Riggo«, fand Strange.

»Ich dachte, du hättest gesagt, sie stoppen Davis.«

»Den Burschen kann man nicht lange in Schach halten.«

George betrachtete seinen Freund. »Tut gut, dich wieder mal lachen zu sehen, Mann.«

»Hab' ich gelacht?«, fragte Strange. »Verdammt. Ist vermutlich wirklich schon 'ne Weile her.«

Sie schauten sich noch den Rest des Spiel an, obwohl sie genau wussten, dass es nach Davis' Touchdown gelaufen war. Mit diesem einen Spielzug hatten die Skins Baltimore erledigt. Nach dem Abpfiff drückte Hastings auf den Mute-Knopf und lehnte sich zurück.

»Also, Mann«, sagte Hastings. »Jetzt spuck mal die schlechten Nachrichten aus.«

»Hm, ich finde nicht, dass man sie schlecht nennen kann«, meinte Strange. »Dein zukünftiger Schwiegersohn ist sauber.«

»Tatsache?«

»Schau nicht so enttäuscht drein.«

»Und was ist mit diesem Geschwätz über die Firma Calhoun?«

Strange breitete die Hände aus. »Kannst einen Mann nicht verdammen, nur weil er einen dämlichen Firmennamen wählt. Was seine Arbeitsmoral und seinen Ruf anbelangt, ist der Junge ein Goldstück. Kommt aus einer soliden Familie, die allem Anschein nach Vorbildfunktion hatte. Meiner Meinung nach spricht nichts dagegen, dass er deine Tochter nicht anständig ernähren kann.«

»Was noch?«

»Hm?«

»Ich kenne dich schon lange, Derek, und wie du weißt, lese

ich in deinem Gesicht wie in einem offenen Buch. Wenn es da noch was gibt, wieso sagst du es mir dann nicht?«

»Nun, Calhoun Tucker steht auf Frauen.«

»Klar doch. Meinst du, eine Schwuchtel würde sich in meine Tochter verlieben?«

»Das hab' ich nicht gemeint. Ich wollte sagen, er ist der Damenwelt recht zugetan.«

»Worauf willst du hinaus, Mann?«

Strange senkte den Blick. Er hatte sich nervös die Hände gerieben und zwang sich, damit aufzuhören.

»Ich weiß nicht genau, was ich sagen will, George. Ich denke ... ich hab' mich gefragt, nicht, dass es mich was anginge, aber ich hab' mich gefragt, wie es zwischen dir und Linda steht. Seit ihr beide verheiratet seid, meine ich. Bist du jemals, du weißt schon, gestrauchelt? Hast du jemals so nebenbei was laufen gehabt?«

»Niemals«, sagte Hastings. »Du müsstest mich eigentlich besser kennen, Derek.«

»Aber ich weiß noch gut, wie du früher gewesen bist, als wir beide noch um die Häuser gezogen sind. Ich meine, damals, als wir noch ungebunden und jung waren. Du hast 'ne Menge Freundinnen gehabt, George. Ist ja nicht so gewesen, als wärst du nur mit einer gegangen.«

»Bis ich Linda kennen gelernt habe.«

»Stimmt. Aber du und sie, ihr seid doch bald zwei Jahre zusammen gewesen, bevor du sie geheiratet hast. Wie hast du's in der Zeit mit anderen Frauen gehalten?«

»Tja, natürlich bin ich noch mit anderen Mädels ausgegangen, als ich mit Linda zusammen war, das weißt du. Ist in meinen Augen kein Verbrechen gewesen. Aber nachdem ich ihr in der Kirche vor dem Herrn das Jawort gegeben habe, war's damit vorbei. Ich hatte schon noch Augen für andere Frauen, aber nachdem ich verheiratet war, habe ich nur noch mit meiner Frau geschlafen. Alles andere war von da an tabu für mich.«

»Dann findest du's also nicht schlimm, wenn sich jemand bis zum Hochzeitstag noch ein bisschen austobt?«

»Man ist nur einmal jung. Willst du damit sagen, dass Calhoun Tucker herumvögelt?«

Falls er das Thema auf den Tisch packen wollte, war jetzt der richtige Zeitpunkt. Aber er hatte eh schon gezögert, mit der Sprache herauszurücken, und nach dieser Unterhaltung war die Entscheidung gefallen. Strange schüttelte den Kopf.

»Ich bin wohl etwas vom Thema abgekommen. Um die Wahrheit zu sagen, ich hab' dich gefragt, weil ... weil ich Probleme mit Janine habe. Ich hab' mir Fehltritte geleistet, George. Ich bin nicht ein oder zwei Mal gestrauchelt, sondern immer wieder, gewohnheitsmäßig. Und gestern Nacht haben wir uns deshalb gestritten.«

»Klingt fast so, als müsstest du dich jetzt entscheiden. Aber, Derek, du weißt ja, dass einem bei solchen Entscheidungen niemand raten kann.«

»Ja, schon klar.«

»Gibt's noch was über Tucker?«

»Eine Sache noch: Ich hab' mit ein paar Leuten geredet, die ihn kennen, hier in D. C. Und alle haben ins gleiche Horn getutet und gesagt, dass er in einem fort über Alisha redet und wie sehr er sie liebt. Hört sich für mich so an, als wäre es ihm ernst.«

»Wer würde dieses Mädchen nicht lieben?«

»Da hast du auch wieder Recht, aber ich dachte, du würdest es gern wissen. Wie er sich allerdings in der Rolle des Ehemanns machen wird, da kann ich nur sagen, das wird sich dann zeigen. Stimmt's?«

»Ja, stimmt. Vermutlich wollte ich einfach, dass der junge Mann was auf dem Kerbholz hat. Ist so, wie du neulich in deinem Büro gesagt hast. Vielleicht ist das Einzige, was nicht stimmt, die Tatsache, dass er mir mein kleines Mädchen wegnehmen will.«

»Kann schon sein, aber daraus wird dir bestimmt niemand

einen Strick drehen. Jetzt musst du einfach ihre Entscheidung gutheißen und warten, wie die Dinge sich entwickeln. Oder was meinst du?«

Hastings griff nach Stranges Hand und schüttelte sie.

»Ich dank' dir, Derek.«

»Nächste Woche kriegst du einen schriftlichen Bericht.«

»Und leg gleich die Rechnung bei.«

»Worauf du dich verlassen kannst.«

Hastings nahm die Redskins-Kappe ab und strich mit der Hand über den Kopf. »Irgendwelche Fortschritte, was den Mörder des Jungen betrifft?«

»Wird nicht mehr lange dauern, bis er geschnappt wird«, meinte Strange. »Auf die eine oder andere Weise kriegt man sie am Ende immer.«

Als Strange Hastings' Haus verließ, parkte Calhoun Tuckers Audi hinter seinem Cadillac. Tucker, ganz Abercrombie & Fitch-mäßig ausstaffiert, lehnte am Wagen. Alisha Hastings war bei ihm. Das junge Paar stand neben dem gewachsten Audi unter einer herbstlich gefärbten Eiche. Alisha hörte ihm mit leuchtenden Augen zu. Der Anblick, den die beiden boten, erinnerte an ein Plakat, auf dem für Schönheit und Jugend geworben wurde.

»Treten Sie näher, Mr. Derek«, sagte Alisha. »Ich möchte Ihnen jemanden vorstellen.«

Strange ging über den Rasen zu dem Paar. Während Alisha sie einander vorstellte, fixierte er Tucker. Sie reichten sich die Hände.

»Ich könnte wetten, Sie und mein Vater haben sich das Spiel angeschaut«, meinte Alisha. »Ist mir unbegreiflich, wie Sie an einem solch schönen Tag fernsehen können.«

»Wenn die Redskins gewinnen, ist es immer ein schöner Tag«, erwiderte Strange.

»Haben Sie über vergangene Zeiten gequatscht?«, fragte Tucker.

»Habe meinem alten Kumpel George nur mit einem freundschaftlichen Rat zur Seite gestanden.«

»Ach ja?«

»Damit wollte ich sagen, dass ich nur vorbeigeschaut und ihm zur Verlobung seiner hübschen Tochter gratuliert habe. Und euch beiden möchte ich auch gratulieren.«

Tuckers Blick wurde weicher. »Danke, Mr. Strange.«

»Nennen Sie mich ruhig Derek.«

Sie reichten sich noch mal die Hand. Strange drückte fest zu.

»War nett, Sie kennen zu lernen, junger Mann.«

»Sie brauchen sich keine Sorgen zu machen«, sagte Tucker und trat näher.

»Das sehe ich schon«, erwiderte Strange leise, ehe er Tuckers Hand losließ.

Strange gab Alisha einen Kuss auf die Wange, umarmte sie und drückte sie an sich. Dann küsste er sie noch mal und ging zu seinem Wagen.

»Was sollte das denn eben?«, fragte Alisha. »Ich hab' nicht verstanden, was ihr beide gesprochen habt, aber es wirkte ziemlich vertraulich. Ihr beide kennt euch doch nicht, oder?«

»Nein. Das hatte nichts zu bedeuten. Weißt du, wir mussten nur mal kurz den Macker raushängen lassen.«

»Lass das.«

»Ich hab' dich doch nur aufgezogen. Er scheint ein netter Typ zu sein. Kommt er auch zur Hochzeit?«

»Ja. Warum?«

»Ich freu mich einfach, ihn wieder zu sehen, das ist alles.«

Tucker spreizte die rechte Hand, damit der Schmerz nachließ. Er beobachtete, wie Strange wegfuhr und hinter dem Cadillac rotes Laub durch die Luft wirbelte.

Strange fuhr daheim vorbei, holte Greco und ein paar CDs und fuhr dann in die Firma. Im Büro legte er den Soundtrack von *Die Söhne der Katie Elder* in sein CD-Rom-Laufwerk und machte es sich auf seinem Stuhl bequem. Das rote Licht neben seinem Telefon blinkte.

Lydell Blue hatte angerufen, um ihm zu sagen, dass der beigefarbene Caprice auf einem Autohof im Prince George County entdeckt worden war. In dem Wagen waren keinerlei Fingerabdrücke gefunden worden, was den Schluss nahe legte, dass der Chevy gestohlen war. Dafür hatte man in dem Chevy Stofffasern entdeckt, orangefarbene Härchen eines Fleece-Stoffes, und sie stimmten mit denen aus dem Plymouth überein, den die Schützen gefahren hatten.

Jetzt war Strange sich hundertprozentig sicher, dass es sich bei den Jungs, die mit laufendem Motor auf dem Parkplatz der Roosevelt herumgelungert hatten, um die Mörder von Lorenze und Joe Wilder handelte. Er hatte einen Blick auf den Fahrer und vor allem auf den Burschen mit den geflochtenen Haaren erhascht, und ihre Gesichter hatten eine gewisse Ähnlichkeit mit den Phantomzeichnungen, die überall in der Stadt hingen.

Und obwohl er all das wusste, rief er Lydell Blue nicht an.

Strange öffnete die Westlaw-Website und gab die Namen Walter Lee, Edward Diggs und Sequan Hawkins samt den dazugehörigen Sozialversicherungsnummern ein. Es dauerte eine ganze Weile, bis er etwas in Erfahrung brachte – Janine hätte das in einer halben Stunde bewerkstelligt. Obwohl Strange sich mit dem Programm einigermaßen auskannte, gehörte er noch zur alten Schule. Draußen auf der Straße erzielte er viel schneller Ergebnisse. Zudem hatte er die Angewohnheit, sich am Schreibtisch zu verzetteln, anstatt nonstop durchzuarbeiten. In den zwei Stunden, die er am Computer verbrachte, spielte er mit Greco, dachte an Janine und aß einen Schokoriegel, den sie für ihn auf das Mousepad gelegt hatte, aber am Ende kriegte er dann doch die Information, die er brauchte.

Mit *People Finder* und einem Spezialtelefonbuch kriegte er die aktuellen Adressen und Telefonnummern der Männer heraus. Und die Namen und Adressen ihrer derzeitigen Nachbarn. Mit den Sozialversicherungsnummern ermittelte er frühere und aktuelle Beschäftigungsverhältnisse.

Strange rief Quinn an, der nach dem dritten Läuten abnahm.

»Terry, Derek am Apparat. Hast du das Spiel gesehen?«

»Einen Teil davon.«

»Einen Teil. Ist deine Freundin bei dir, Mann?«

»Ja, Sue ist hier.«

»Ist wohl den ganzen Tag da gewesen, was? Habt ihr überhaupt mitgekriegt, dass heute die Sonne geschienen hat?«

»Derek, was hast du auf dem Herzen?«

»Wollte mich nur vergewissern, ob du morgen früh startklar bist.«

»Das hab' ich dir doch versprochen.«

»Dann treffen wir uns gegen neun auf der Buchanan. Und fahren von dort aus mit meinem Wagen weiter.«

»In Ordnung.«

»Und Terry?«

»Was?«

»Steck deine Waffe ein.«

Fünfundzwanzig

Carlton Little verschlang den letzten Bissen von seinem Big Mac und wischte mit dem Ärmel Soßenreste weg, die sich zäh wie Klebstoff in seinen Mundwinkel eingenistet hatten. In der Tüte vor ihm auf dem Tisch war noch ein Burger, und den wollte er jetzt sofort verdrücken. Ein Blick auf die Fettflecken auf dem Tütenboden genügte – schon lief ihm das Wasser im Mund zusammen.

Er hatte ständig Kohldampf. Nicht so wie früher, als er noch klein gewesen war, aber hungrig war er trotzdem. Er stand auf alles, was man in einem Drive-through kriegen konnte. Auf Taco Bell, Popeyes und natürlich auf den absoluten Meister, McDonald's. Little kannte Typen, die unter Verstopfung litten, aber ihm war das fremd. Bei dem Essen aus durchweichten Schachteln oder fetttriefenden Tüten, das er verdrückte? Na, er ging jedenfalls drei, vier Mal pro Tag aufs Scheißhaus.

Vermutlich hatte seine Fressgier was damit zu tun, dass er als kleiner Junge nie was zwischen die Zähne gekriegt hatte. Er hatte bei seiner Tante gewohnt, die häufig ihre Lebensmittelmarken verhökerte und damit ihre Cracksucht finanzierte. Hin und wieder gab es was zu essen, aber die Kerle, mit denen sie rumhing – sie waren auch auf Drogen und hinterließen in der Wohnung ihre Spuren –, fraßen alles weg oder klauten es. Manchmal gab es Müsli, doch die Milch war dauernd aus, und die Flocken einfach trocken zu essen, das brachte er nicht. Als kleiner, vielleicht gerade mal dreißig Kilo schwerer Pimpf versteckte Carlton die Kartons draußen auf dem Fensterbrett vor seinem Zimmer, damit ihm keiner die Milch wegsoff, was nicht immer klug war, denn im Winter fror sie ein, und im Sommer wurde sie sauer. Doch das halbe Jahr funktionierte dieser Trick prima. Auf diese Idee hatte ihm einer seiner Lehrer gebracht, nachdem er vor Schwäche einmal in der Schule zusammengeklappt war. Ganz kraftlos war er gewesen vor lauter Hunger. Nicht, dass er deswegen völlig fertig war oder so. Jetzt hatte er Kohle, und schwach war er auch nicht mehr.

Der Typ im Fernsehen behauptete, ein Drittel aller Kinder und Jugendlichen in D. C. würden unter der Armutsgrenze leben. Genau wie er damals. Na, scheiß auf diese Kinder. Ihm hatte auch keiner was gegeben, und er hatte es trotzdem geschafft. Die mussten selbst einen Ausweg finden. Wenn man ihn fragen würde, würde er sagen, dass er eins ganz genau wusste über das Leben da draußen: Als Weichei war man sofort unten durch. Nur wer hart war, kam durch.

Little legte sich auf die Couch.

Potter hing in einem von diesen gepolsterten Schaukelsesseln, auf die er so abfuhr. Zwei von diesen Dingern hatte er zusammen mit der Couch, auf der Little jetzt lag, bei Marlo gekauft, ohne Anzahlung und auf Raten. Er hatte nur irgendeinen Wisch unterschrieben, und am nächsten Tag wurde alles geliefert. Das war vor einem Jahr gewesen. Potter hatte bislang noch keine einzige Rate bezahlt und würde das auch in Zukunft nicht blechen. Ratenkauf funktionierte bei Potter so, dass die erste Rate erst am Sankt-Nimmerleins-Tag fällig war. Er hatte diesem Afrikaner – oder wo immer der Verkäufer auch herkommen mochte – eine Rechnungsadresse und eine davon unterschiedliche Lieferadresse genannt, was dem Idioten nicht mal aufgefallen war. Die Jungs, die diese miesen Jobs machten, das waren echt beknackte Ausländer.

»Isst du den da?«, fragte Potter und deutete lahm auf die Papiertüte mit dem letzten Big Mac.

»Ich hatte gerade vor, ihn jetzt zu verdrücken«, sagte Little.

»Diesen Mist würde ich nicht mal 'nem Hund zum Fraß vorwerfen.«

»Schmeckt aber klasse.«

»Und dann kotzt du hinterher wieder auf die Straße, wie neulich?«

»Ich schäme mich deswegen nicht. Ist mir eben leicht schlecht geworden, als ich gesehen hab', was mit dem kleinen Jungen passiert ist.«

»Mann, der hätte halt nicht im Auto sein sollen.«

»Ja, aber er ist von deinen Kugeln richtig zerfetzt worden.«

»Ach, auf einmal sind es also meine gewesen.«

»Das waren diese Hohlmanteldinger aus deiner .375er, die das angerichtet haben.«

»Hast den Anblick wohl nicht vertragen können, was?«

»Ist einfach ekelhaft gewesen, das ist alles.«

»Tja nun, wenn du weiter bei McDonald's isst, wird's dir bald noch dreckiger gehen. Und du wirst jung abkratzen.«

»Tu ich doch so oder so.«

»Stimmt auch wieder.«

Sie hatten den ganzen Tag im Wohnzimmer rumgehangen. Charles White war gegen Mittag in seinen Toyota gestiegen und hatte zum Redskins-Spiel einen großen Karton Popeyes und Brötchen geholt. Dann hatten sie ein paar Tüten geraucht, Hühnchen gegessen, sich um vier Uhr das Spiel angeschaut und White noch mal losgeschickt, weil sie schon wieder Hunger hatten. White war mit einer McDonald's-Tüte für Little und ein paar Taco Supremes von Taco Bell für Potter zurückgekommen, denn Potter aß nichts von McDonald's.

Jetzt lief auf ESPN das Acht-Uhr-Spiel. Der Ton vom Fernseher war ausgeschaltet, weil weder Potter noch Little Joe Theismann ausstehen konnten, der die Sonntagsspiele kommentierte. Während des Spiels legten sie lieber Musik auf, aber die Wu-Tang-Clan-CD, die sie gehört hatten, war zu Ende. Zum ersten Mal an diesem Tag war es still im Zimmer.

Seit den Morden hatten Potter und Little sich kaum auf die Straße getraut. Sie schickten White los, um Essen und Bier zu besorgen. Aus seiner Miene und seiner zittrigen Stimme schlossen sie, dass er sich seit dem Mord vor Angst in die Hose machte, aber sie wussten auch, dass er ein Schwächling war und tat, was sie von ihm verlangten.

Juwan, ihr Topdealer, hatte die tägliche Lieferung hierher, in das Haus auf der Warder, gebracht. Und ihr Dealer auf der Columbia Heights hatte sich ebenfalls bereit erklärt, die Ware im Notfall hier vorbeizubringen. Den Plymouth hatten sie abgefackelt und abgestoßen und die Waffen auf der 11th Street übers Brückengeländer in den Anacostia River geworfen. Was die Beweislage anging, meinte Potter, waren sie sauber.

Seit der Schießerei war Potter zwei Mal vor die Tür getreten. Einmal, um ein paar Knarren von diesem Kerl zu kaufen, der drüben in Forestville Junkies dafür bezahlte, dass sie für ihn in einem Waffengeschäft einkauften. Das andere Mal zog er los und kaufte eine Schrottkarre bei einem Händler auf der Blair Road in Takoma, gleich neben einem Catering-Service. Gegenüber war die Tankstelle. Dieser Autohändler verlangte für alle Karren denselben Preis. Jemand hatte mit Seife in Kinderschrift $461 auf die Windschutzscheiben geschrieben. Potter hatte einfach den nächstbesten Wagen gekauft, ohne ihn sich genauer anzusehen, und bar bezahlt. Der Verkäufer sagte ihm, wo er die Nummernschilder, eine Versicherung und die TÜV-Plakette herkriegte, aber Potter hörte gar nicht hin. Er wusste jetzt schon, dass er sich deswegen nicht den Kopf zerbrechen brauchte. So lange wollte er den Wagen gar nicht behalten. Versicherung, verdammt noch mal, was war das noch gleich? Scheiße.

Sie hielten sich also bedeckt. Ihre Fotos oder – besser gesagt – die Zeichnungen, die man von ihnen angefertigt hatte, hingen überall im Viertel rum. Potter ging davon aus, dass diejenigen, denen Namen zu diesen Zeichnungen einfielen, sie nicht verpfiffen. So blöd war doch niemand. Da half auch die Belohnung nichts, die auf den Flugblättern erwähnt wurde. Denn jeder wusste, dass ein Verräter, der auspackte, mit dem Leben bezahlte. Keine schlechte Idee, eine Weile im Haus rumzuhängen, doch eigentlich machte Potter sich nicht richtig Sorgen, und falls Little beunruhigt war, ließ er es sich nicht anmerken. Nur Charles White war ein unsicherer Kandidat.

»Wo steckt Charles denn?«, fragte Potter.

»Oben in seinem Zimmer«, sagte Little. »Wieso?«

»Du und ich, wir müssen reden.«

»Na, dann schieß mal los.«

»Heb deinen Arsch an, und leg Musik auf. Ich will nicht, dass er uns hört.«

»Der kann uns nicht hören. Du weißt doch, der Junge liegt mit Kopfhörern auf dem Bett und hört seinen Kram.«

»Kann schon sein.«

Mit einem Wegwerffeuerzeug zündete Potter einen Joint an

und zog an der Tüte. Er behielt den Rauch in der Lunge und reichte Little den Joint.

Little nahm einen Zug, atmete langsam aus und blies Rauchringe in die Luft. »Also, spuck's aus.«

Carlton Little ahnte schon im Voraus, was Potter ihm sagen wollte. Er wusste, was jetzt kam. Es behagte ihm nicht, aber er würde trotzdem mitspielen, weil es nichts daran zu deuteln gab, dass Potter Recht hatte. Sicher, Little ging davon aus, auf der Straße oder im Gefängnis abzukratzen, aber das hieß noch lange nicht, dass er es damit eilig hatte. Er hatte keine Angst vor dem Tod. Jedenfalls war er zu der Überzeugung gelangt, dass dem nicht so war. Aber er wollte so lange leben wie möglich. Und sein Kumpel Charles White war drauf und dran, sein Leben zu verkürzen, auf die eine oder andere Art, und deshalb musste Charles abtreten.

»Wir haben ein Problem mit Charles«, sagte Potter. »Wenn der Bursche wegen irgendeinem Scheiß aufgegabelt wird, verpfeift er uns. Oder vielleicht geht's noch schneller, weil sein Gewissen ihn in die Arme der Polizei treibt. Das ist dir doch klar, oder?«

»Ja.« Little richtete sich auf der Couch auf und fuhr mit der Hand über sein Gesicht. »Ist doch echt 'ne Schande. Ich meine, ich und Coon, wir alle, D., wir kennen uns schon seit Ewigkeiten.«

»Ich erledige das, Dirty.«

»Soll mir recht sein.«

»Dir ist doch klar, Charles ist genau wie sein Köter«, sagte Potter. »Ist nett, mit ihm rumzuhängen, weil er mit dem Schwanz wedelt, wenn du ins Zimmer kommst. Aber er ist ein Schlappschwanz, wie der Hund. Und darum müssen wir ihn loswerden.«

»Wann?«, fragte Little.

»Ich hab' gedacht, irgendwann am Abend. Zuerst schauen wir uns das Spiel an und ziehen uns noch was rein. Und dann machen wir mit Charles 'ne kleine Spritztour.«

Charles White hatte mit Kopfhörern auf dem Bett gelegen und auf seinem Aiwa eine Roc-a-Fella-Compilation angehört, doch dann drückten auf einmal die Ohrmuscheln. Wenn er den Kopfhörer zu lange aufbehielt, kriegte er wunde Ohren. Und heute hatte er das Ding fast schon den ganzen Tag auf. Er riss den Kopfhörer herunter, legte sich auf die Seite und starrte zum Fenster auf der Rückseite des Hauses in die Nacht hinaus. Viel zu sehen gab es nicht, nur eine Gasse und die dunkle Nacht. Eine Zeit lang schaute er nach draußen, erhob sich dann vom Bett und ging aus dem Raum. Das Bad lag im Flur.

White hörte, dass unten im Wohnzimmer die erste Wu-Tang lief – die einzige, die echt offiziell war. Gerade begann der letzte Song auf der Clan-CD mit dem Titel ›Tearz‹. Anschließend kam noch dieser gesprochene Teil, mit dem sie die Scheibe beendeten. Das war richtig krass, genau die Art von zeitlosem Mördersound, den er aufnehmen würde, wenn er die Chance kriegte, doch tief drinnen glaubte er nicht, dass es irgendwann so weit kam.

White überlegte, ob er mal lieber nach unten gehen und nachsehen sollte, was Dirty und Garfield vorhatten. Vielleicht wollten sie ihn ja wieder Burger, Bier oder sonst was holen schicken. Aber zuerst musste er mal seine verschmierte Fresse waschen. Vorhin, in seinem Zimmer, hatte er geflennt – auch um den kleinen Jungen, den sie umgelegt hatten, aber hauptsächlich um sich selbst.

Er beugte sich über das Becken, wusch sein Gesicht, trocknete es ab und warf einen Blick in den Spiegel. Sah ganz so aus, als hätte er an Gewicht verloren. Seit sie diesen Jungen alle gemacht hatten, war er ziemlich fertig. Seine Nase wirkte noch größer als sonst, seine Wangen waren eingefallen und total schlaff. Jetzt sah man ihm nicht mehr an, dass er geweint hatte. Jetzt sah er wieder völlig okay aus.

Auf dem Weg durch den Flur hörte er sie unten reden. Schwaden von dem Joint, den sie rauchten, drangen durchs

Treppenhaus nach oben. Schon eigenartig, dass es im Haus auf einmal so still war. Er hörte, wie Dirty ›Also, spuck's aus‹ sagte, woraufhin Garfield ›Wir haben ein Problem mit Charles‹ erwiderte.

Whites Herz machte einen Satz. Seine Finger zitterten, als er die Treppe halb hinunterstieg. Dort war eine Wand, die den Blick aufs Wohnzimmer versperrte. Die mit Teppich ausgelegten Stufen dämpften seine Schritte.

Er belauschte ihre Unterhaltung, hörte seinen Kumpel Carlton »Wann?« fragen. Garfield antwortete schnell und ohne zu zögern »Irgendwann«. Dann verstand er noch, wie sie darüber redeten, sich das Spiel anzuschauen und high zu werden. Schließlich sagte Potter: »Wir machen mit Charles eine kleine Spritztour.«

Ihr fahrt mit mir nirgendwohin, verdammt noch mal, dachte White, als er langsam wieder nach oben ging.

Charles verriegelte seine Schlafzimmertür. Falls sie nach oben kamen und fragten, wieso er abgeschlossen hatte, musste er sich halt was einfallen lassen.

Er zog seine Timberlands an und schnürte sie zu. Aus dem Schrank holte er eine alte Adidas-Sporttasche, ungefähr so groß wie ein Duffelbag. In die Tasche stopfte er Unterwäsche, eine Jeans, ein paar Hemden und eine Lederjacke. Einen Großteil der warmen Sachen ließ er hängen, denn er hatte schon beschlossen, Richtung Süden zu fahren. Er nahm seine Zahnbürste und sein Rasierzeug vom Regal über dem Waschbecken, kehrte wieder in sein Zimmer zurück und stopfte die Sachen in die Tasche, und als sie immer noch nicht voll war, legte er seinen Aiwa und alle neueren CDs hinein, die er finden konnte. Selbst ein paar von den älteren Sachen, die er immer noch hörte, wie *Amerikka's Most Wanted* und *Doggystyle*, landeten in der Sporttasche.

White ging zum Schlafzimmerspiegel hinüber. Daran klebte ein Foto seiner Mutter. Auf dem Originalfoto hatte ein schwitzender Lockenkopf mit Riesenzähnen – er sah aus, als wäre er einem *Street Songs*-Cover entsprungen – den Arm ums Whites Mutter gelegt. White hatte den Mann aus dem Foto geschnitten. Nun war nur noch die Hand des Typen zu sehen. Auf dem Foto trug seine Mutter ein kurzes rotes Kleid und grinste. Ihre Titten hingen halb aus dem Ausschnitt, aber das ging schon in Ordnung. Zumindest machte sie einen glücklichen Eindruck. Ganz anders als damals, als sie wegen Diebstahls in der Wohnung festgenommen wurde, Handschellen angelegt kriegte und abgeführt wurde. Für dieses letzte Verbrechen – und sie hatte schon mehrere begangen – war sie ins Frauengefängnis in West Virginia verfrachtet worden. Vor zehn Jahren hatte White sie das letzte Mal gesehen. Anschließend war er zu seiner Großmutter gezogen. Gegen Omis war nichts einzuwenden, aber eine Mutter konnten sie halt nicht ersetzen. Wer sein Vater war, wusste er nicht.

Vorsichtig pulte White das Foto ab und steckte es zusammen mit den achtzehn Hundert-Dollar-Scheinen, die er in der untersten Schublade seiner Kommode unter den T-Shirts versteckt hatte, in seinen Geldbeutel.

Er öffnete das Fenster neben dem Bett und warf die Adidas-Tasche in die Nacht hinaus. Als er hörte, wie sie unten in der Gasse landete, schloss er das Fenster wieder.

White zog seinen grell orangen Nautica-Pullover an, nahm die Schlüssel seines Toyota von der alten Kommode und ging aus dem Zimmer. Er machte schnell, damit ihm keine Zeit blieb, über das nachzudenken, was er vorhatte. Einfach aus dem Schlafzimmerfenster zu springen und abzuhauen, kam überhaupt nicht in die Tüte. Er musste mit den beiden quatschen und so tun, als wäre alles in Butter. Ja, bevor er verduften konnte, musste er sie noch einseifen.

Er stieg die Stufen hinunter, ging ins Wohnzimmer und ließ die Wagenschlüssel um den Zeigefinger kreisen. Dabei fragte er sich, warum er das tat. Wieso wollte er ihnen jetzt schon signalisieren, dass er die Biege machte?

»Wohin des Weges, Coon?«, rief Little ihm von der Couch aus zu. Ganz beiläufig, wie man mit seinem besten Kumpel quatschte. Ein Blick in Carltons Augen verriet White, dass er sich bis zur Schädeldecke zugekifft hatte.

»Ich hab' Kohldampf. Du doch auch, oder?«

»Ich hab' noch einen Mac.«

»Ich wollte mal bei Wings n Things vorbeifahren, Mann.« Seine Stimme zitterte leicht. Er schloss die Augen kurz und zwang sich, sie gleich wieder zu öffnen.

»Bring mir 'ne Pulle Bier mit«, sagte Potter.

»Hast du Kohle?«, fragte White.

Er ging zu Potters Sessel hinüber.

Sei cool, Charles. Wenn sie an dich zurückdenken, dann doch an einen Kerl, der cool war. Zeig ihnen, wer du wirklich bist.

White hielt Potter die ausgestreckte Hand vors Gesicht. Potter schob sie mit Nachdruck beiseite. »Mann, nimm das Ding aus meiner Fresse! Bring mir ein paar Olde English mit, kapiert? Zwei Literflaschen von dem Zeug.«

»Und ein paar Chicken wings«, sagte Little.

Potter und Little lachten, und White stimmte in ihr Gelächter ein.

»Geht in Ordnung«, sagte White und ging zur Tür.

»Coon«, sagte Potter. White drehte sich um.

»Ja?«

»Was hab' ich dir gesagt, Mann? Du sollst doch dieses orangefarbene Teil nicht mehr anziehen. Willst du, dass man dich schon von weitem erkennt? Geht's dir darum?«

»Ist kalt draußen, D. Und das Teil wärmt verflucht gut.«

»Verdammt, Junge, du bist mir schon 'ne Nummer ... Hör mal, du kommst doch gleich wieder, oder?«

»Klar doch, ich steh' in 'ner Stunde oder so wieder auf der Matte.«

»Denn ich dachte, wir könnten nachher noch 'ne kurze Spritztour machen.«

White nickte, trat nach draußen und zog die Tür hinter sich zu. Er ging bis zur Ecke, und als man ihn vom Fenster aus nicht mehr sehen konnte, rannte er in die Gasse. Dort klaubte er seine Adidas-Tasche auf und lief damit zur Straße zurück, wo sein Toyota neben dem Bordstein wartete. Als er den Schlüssel in das Fahrertürschloss steckte, hämmerte sein Herz wie das eines Kurzstreckenläufers.

White warf die Adidas-Tasche auf den Rücksitz, stieg ein und schaltete den Motor an. Er legte den Gang ein und hörte, wie die Reifen quietschten, als er aufs Gaspedal drückte und die Kupplung kommen ließ. Zum ersten Mal ließ diese alte Schrottkarre Gummi auf der Straße. White schaute nicht in den Rückspiegel. Erst auf dem Weg zur Georgia Avenue brach er in Gelächter aus.

White hielt bei einem Supermarkt auf der Georgia, einem von diesen 7-Eleven-Kopien. Die äthiopischen Betreiber nannten ihre Läden Seven-One oder Seven-Twelve. Er brauchte einen großen Kaffee. Auf dem Parkplatz saß ein Bulle aus dem 4. District in seinem Streifenwagen, was in dieser Gegend nicht viel zu bedeuten hatte. Es nervte, wenn man gerade ein Riesending durchziehen wollte. In der Nähe rauchte gerade jemand einen Joint in seiner Karre. Das Gras konnte man auf dem Parkplatz riechen, aber der Bulle saß in aller Seelenruhe hinter seinem Steuer und trank einen großen Becher Kaffee. Keine Frage, der roch es auch, doch warum sollte ein Bulle sich den Stress machen und den Kiffer verhaften, wo die Gerichte den Typ sofort wieder auf freien Fuß setzten?

White marschierte in den Laden, kaufte einen Kaffee, ein paar Slim Jims, eine Tüte Kartoffelchips und eine falsch zusammengefaltete Straßenkarte der USA. Sie lag gleich neben den Waffenmagazinen. Wahrscheinlich hatte jemand einen Blick in die Karte geworfen, sie aber nicht kaufen wollen. Mit der Karte in der einen Hand und einer braunen Papiertüte in der anderen ging White über den Parkplatz.

Neben seinem Toyota stand ein Junge. Kaum sah er White kommen, wich er zurück. Er hatte ein weißes T-Shirt und Khakis an. White bildete sich ein, den Jungen zu kennen oder ihn zumindest schon mal gesehen zu haben.

White war weder ein Kämpfer noch sonderlich tapfer, doch er musste schon das Maul aufmachen, wenn es so aussah, als würde sich jemand an seiner Karre zu schaffen machen. So was konnte man niemandem durchgehen lassen, sonst galt man sofort als Schwächling. In so einer Situation war ein Kommentar einfach angesagt – so was in der Art wie »Was hast du da an meinem Wagen zu suchen?« oder so ähnlich. Aber heute Abend, und wo auch noch ein Bulle da war, hatte White keinen Bock auf so eine Nummer und reagierte nicht.

Als er vom Parkplatz auf die Georgia rollte, fiel ihm auf, dass der Junge, der auf der Ecke stand, ihn und seine Karre anstarrte. Schwamm drüber, dachte White, wenn man's richtig sieht, bin ich ja schon von der Bildfläche verschwunden.

White fuhr zur 14th Street und dann nach Süden. Er überquerte den Potomac River via 14th Street Bridge und war plötzlich in Virginia. Die Bundesstraße 395 brachte ihn zur Interstate 95 Richtung Süden. Hier draußen war nur plattes Land. Schilder kündigten Orte wie Lorton an, wovon er natürlich schon gehört hatte, und Dale City, das er nicht kannte. Etwa eine Stunde später entdeckte er eine Konföderiertenflagge auf dem Heckfenster eines Pick-ups, irgendwo in der Nähe von Fredericksburg. Erst in dem Augenblick dämmerte ihm, dass er D. C. – diese ganze andere Welt – schon ziemlich weit hinter sich gelassen hatte.

Der Kaffee zeigte Wirkung. Er war aufgedreht und schmiedete gut gelaunt Zukunftspläne. Dass der kleine Junge draufgegangen war, tat ihm Leid, aber er war davon überzeugt, dass es nicht in seiner Macht gelegen hatte, dies zu verhindern, und jetzt – darauf hätte er wetten können – war eh alles zu spät.

Sein Plan war folgender: Er hatte einen Cousin in Louisiana, den Neffen seiner Mutter, der früher einmal nach Norden gekommen und die Sommerferien bei Whites Großmutter verbracht hatte. In jenem Sommer waren White und dieser Damien Rollins dicke Freunde geworden. Damien arbeitete dort unten in einem großen Diner an der Autobahn, gleich bei New Orleans, und hatte White versprochen, ihm da auch einen Job zu besorgen, falls er jemals in den Süden käme. Er sagte, der Mann, dem das Diner gehörte, bezahlte bar, an der Steuer vorbei. Charles hoffte, dort ohne Probleme arbeiten zu können, unter falschem Namen, versteht sich, falls die in D. C. noch nach ihm suchten.

White hatte die Adresse seines Cousins. Das war sein Ziel. Auf halber Strecke wollte er ihn anrufen und Bescheid geben, dass er unterwegs war. Mit der Kohle in der Tasche konnte er seinem Cousin sagen, dass er bei ihm wohnen und sich an der Miete beteiligen wollte. Und dann würde er sich den Job in dem Diner angeln und diesmal bei der Stange bleiben. Er hatte nicht die Absicht, dort unten irgendwelche krummen Touren abzuziehen. Nein, er würde sich von allen fern halten, die Dreck am Stecken hatten.

Mann, vielleicht schaffte er es ja eines Tages sogar, der Boss vom Diner zu werden.

Sechsundzwanzig

Walter Lee arbeitete bei einem riesigen Elektronikgroßhändler in der Nähe vom Westfield Shoppingcenter – ein ziemlich hipper neuer Name für ein Einkaufszentrum, das bei den Leuten in der Gegend immer noch Wheaton Plaza hieß und nur ein paar Meilen nördlich vom Silver-Spring-Geschäftsviertel lag. Die Kunden suchten sich die Geräte praktisch selbst aus, und Lee gab den Verkauf von Anrufbeantwortern, kleinen Kassettenrekordern, schnurlosen Telefonen und tragbaren Stereoanlagen hinterher nur in einen Computer ein. Die Personalabteilung hatte ihm den Titel Verkaufsberater verpasst, doch in dieser Branche gab es inzwischen nur noch wenige Profiverkäufer. Lee war nichts anderes als ein ganz normaler Angestellter.

Strange und Quinn betraten am späten Vormittag den Laden. Zu dieser Stunde gab es wenig Kundschaft, aber eine ganze Menge Angestellte in maronenfarbenen Hemden. Die meisten Mitarbeiter waren Afroamerikaner, afrikanische Immigranten und Inder. Für die Spanisch sprechende Kundschaft hatte man natürlich auch ein paar Latinos eingestellt. Strange überlegte kurz, ob der Boss des Ladens wohl ein Weißer war.

Niemand sprach sie an oder fragte, ob sie Hilfe brauchten. Ganz im Gegenteil – einige Verkaufsberater hatten sich schnell aus dem Staub gemacht, als Strange und Quinn durch die Tür kamen. Strange ging auf einen groß gewachsenen jungen Afrikaner zu und fragte ihn, ob er ihm sagen konnte, wer Walter Lee war. Dass Lee heute arbeitete, wusste Strange, denn er hatte vom Auto aus angerufen.

Walter Lee stand neben dem Regal mit den Ghettoblastern und drehte gerade an der Skala herum, als Quinn und Strange näher traten. Lee hob den Blick und sah einen kräftigen Mann mittleren Alters in einer schwarzen Lederjacke näher kommen. An seinem Gürtel hingen ein Beeper, ein Buck-Messer und ein Handy. Begleitet wurde er von einem jüngeren Weißen, ebenfalls in einer Lederjacke, dessen Gang eine Spur Überheblichkeit verriet. Lee hielt die beiden für Bullen.

»Und, wie geht es?«, fragte Strange.

»Gut. Was kann ich für die Herren tun?«

Quinn trat ganz dicht an Lee heran und bedrängte ihn, wie

er das früher als Polizist immer getan hatte. Strange rückte ihm von der anderen Seite auf die Pelle, zog das Lederetui aus der Tasche und klappte es auf. Er gewährte Lee nur einen kurzen Blick auf Marke und Lizenz und klappte das Mäppchen schnell wieder zu.

»Ermittler, D. C.«, sagte Strange. »Das hier ist mein Partner, Terry Quinn.«

»Was wollen Sie?«

»Eine Minute Ihrer Zeit«, sagte Strange. »Und Ihnen ein paar Fragen stellen über Lorenze Wilder.«

»Ich hab' schon mit der Polizei geredet.« Lee schaute sich im Verkaufsraum um. Er war Anfang dreißig und hatte für sein Alter zu viele Kilos auf den Rippen. Die Föhnfrisur, die zu jemandem wie Patrick Ewing passte, wirkte bei Lee ziemlich fipsig. »Dass Sie hier auftauchen, passt mir gar nicht.«

»Wir werden Sie nicht lange von Ihrer Arbeit abhalten«, meinte Strange. »Sie sind auf Lorenzes Beerdigung gewesen, stimmt's?«

»Ja.«

»Waren Sie eng befreundet?«

»Ich hab' der Polizei schon gesagt …«

»Jetzt reden Sie mit uns«, forderte Strange.

»Erzählen Sie einfach noch mal von vorn.« Quinn schlug einen freundlicheren Ton als sein Partner an.

Lee warf einen Blick über Stranges Schulter und atmete dann langsam aus. »Vor zehn, fünfzehn Jahren sind wir eng befreundet gewesen. Waren zusammen auf der High School, mehr nicht.«

»Auf der Coolidge?«

»Ja, für mich war die Sache 1986 gelaufen. Ob Lorenze einen Abschluss gemacht hat, weiß ich gar nicht.«

»Hatte Lorenze damals, als Sie beide miteinander rumhingen, viele Feinde?«

»Damals? Ich denke schon. Konnte einfach nicht aus seiner

Haut, was? Aber wenn Sie mich fragen, ob er in letzter Zeit Feinde gehabt hat oder ob ich weiß, wer ihn getötet hat, lautet die Antwort: Ich hab' keinen Schimmer.«

»Dann haben Sie nicht in denselben Kreisen verkehrt«, sagte Strange.

»Wie ich schon sagte, das ist schon 'ne Ewigkeit her.«

»Nehmen Sie Drogen, Walter?«

Lee beäugte Strange, kniff die Augen zusammen und senkte die Stimme. »Das ist nicht fair. Sie wissen, dass das nicht fair ist. Sie können nicht einfach so am Arbeitsplatz eines Schwarzen auftauchen und ihn in die Zange nehmen.«

»Falls Sie Drogen nehmen«, fuhr Strange unbeirrt fort, »und falls Sie bei denselben Leuten einkaufen, wissen Sie vielleicht, bei wem Lorenze in der Kreide stand. Könnte durchaus sein, dass er umgelegt wurde, weil er Drogenschulden hatte.«

»Hören Sie, ich hab' schon seit langer Zeit nichts mehr mit Drogen am Hut. Damals in den Achtzigern, ja, da hatte ich ein Problem mit Koks. Wie die meisten. Aber ich bin ausgestiegen ...«

»Kommen wir wieder auf Lorenze zu sprechen.«

»Nein, lassen Sie mich ausreden. Ich bin ausgestiegen. Das hier ist nicht der einzige Job, den ich habe. Seit zehn Jahren mache ich zwei Jobs und bin die ganze Zeit über sauber geblieben. Kümmere mich um meine Tochter, versuche, sie richtig zu erziehen.«

»Na schön«, sagte Strange. »Wenn all das für Sie Schnee von gestern ist, warum sind Sie dann auf Lorenzes Beerdigung gewesen?«

»Weil ich Christ bin. Ich bin hingegangen und hab' für meinen alten Freund gebetet. Ihm die letzte Ehre erwiesen. Dafür müsste selbst jemand wie Sie Verständnis haben, oder?«

»Hat Lorenze immer noch mit ein paar Leuten aus der alten Truppe verkehrt, die Sie kennen?«

Lee ließ die Schultern hängen. Anscheinend hatte er es aufgegeben, an Stranges Menschlichkeit zu appellieren, und wollte dieses Gespräch nur noch hinter sich bringen. »Die meisten sind weggezogen, als sie erwachsen waren. Ein paar sind gestorben.«

»Sequan Hawkins? Ed Diggs?«

»Sequan hab' ich nicht gesehen, von daher weiß ich das nicht. Digger Dog? Der ist noch in der Gegend.«

»Ist das Diggs' Spitzname?«

Lee nickte. »Ich hab' ihn im Beerdigungsinstitut gesehen. Er wohnt immer noch bei seiner Großmutter. Sieht noch genau wie früher aus, nur älter, wissen Sie? Ist früher Lorenzes bester Kumpel gewesen.«

»Danke, dass Sie uns Ihre Zeit geopfert haben«, sagte Quinn.

»War's das?«, fragte Lee, ohne Strange aus den Augen zu lassen.

»Das dürfte reichen«, sagte Strange. »Wenn wir Sie noch mal brauchen, wissen wir ja, wo wir Sie finden.«

Strange und Quinn hielten auf den Ladenausgang zu. Auf dem Weg zur Tür kamen sie an einem Weißen in einem maronenfarbenen Hemd vorbei, einem kleinen Kerl mit Bauch und Glatze, die von ein paar Haarfransen eingerahmt war. Er versuchte gerade, einen aufgebrachten Kunden zu beschwichtigen. Der Boss von diesem Laden, dachte Quinn.

Draußen auf dem Parkplatz – sie gingen gerade zum Wagen – warf Quinn Strange einen Blick von der Seite zu. »Hast ihn ganz schön hart angepackt, oder?«

Strange starrte stur geradeaus. »Wir haben keine Zeit, nett zu sein.«

In Stranges weißem Caprice fuhren Sie Richtung Potomac. Strange nahm sein Handy und telefonierte. Er wollte sich vergewissern, dass Sequan Hawkins an seinem Arbeitsplatz war. Als Nächstes rief er im Büro an und erwischte Janine. Quinn trank einen Becher Kaffee und belauschte ihre kurze, ganz geschäftsmäßige Unterhaltung. Strange wählte noch mal, hinterließ eine Nachricht und seine Handynummer auf Lamar Williams Anrufbeantworter.

»Was ist denn?«, wollte Quinn wissen.

»Lamar hat versucht, mich zu erreichen. Janine hat er gesagt, es wäre wichtig.«

»Und?«

»Er hat jetzt gerade Unterricht. Ich werd' später mit ihm sprechen.«

»Irgendeine Ahnung, was er will?«

»Vor 'ner Weile haben ihn in Park Morton ein paar Typen angequatscht. Sie waren auf der Suche nach Lorenzes Mutter. Und das sind mit an Sicherheit grenzender Wahrscheinlichkeit dieselben Jungs, die ich neulich beim Training oben bei der Roosevelt gesehen hab'. Die haben Jagd auf Lorenze gemacht, das ist mir jetzt klar. Könnte wetten, die Typen sind hier aus dem Viertel. Vielleicht hat Lamar noch was in Erfahrung gebracht.«

»Wenn die so dumm sind und keine Biege machen, ist es nur eine Frage der Zeit, bis sie jemand verpfeift.«

»Stimmt. Und wenn nicht heute, dann eben morgen, falls du verstehst, was ich damit sagen will. Dauert nicht mehr lange, bis die Polizei diese Burschen erwischt.«

»Und was, wenn wir sie vorher kriegen?«

»Dann ... ich weiß noch nicht, Terry. Um die Wahrheit zu sagen, im Moment bin ich einfach nur stinksauer.«

Auf dem Beltway hielt Strange die Tachonadel konsequent auf achtzig. Quinn verlor kein Wort über die Geschwindigkeit. Er blies in seinen heißen Kaffee und nahm einen großen Schluck aus dem Becher.

»Du und Janine, da läuft es im Moment nicht sonderlich gut, was?«, fragte Quinn.

»Hast du vermutlich aus der Art und Weise, wie ich mit ihr rede, geschlossen.«

»Werdet ihr beide das wieder hinkriegen?«

»Auch da bin ich überfragt«, meinte Strange. »Aber die Entscheidung liegt eh nicht bei mir.«

Strange stellte den Wagen auf dem Parkplatz der Montgomery Mall ab, gleich neben einem exklusiven Laden, der die Attraktion des Shoppingcenters war. Im Gegensatz zu Westfield war dieser Parkplatz sauber. Die multiethnische Kundschaft, die von ihren Luxusautos und Geländewagen zur Mall schlenderte, sah aus, als trüge sie ein imaginäres Dollarzeichen auf der Stirn.

Strange und Quinn gingen in die zweite Etage des Warenhauses. Oben auf dem Treppenabsatz wurden sie von Klaviermusik empfangen. In der Männerabteilung und der dazugehörigen Schuhabteilung spielte neben der Rolltreppe ein Mann im Smoking auf einem Steinway-Flügel. Weiße Herren mittleren Alters in Jeans mit Bügelfalte und Pullovern flanierten durch die Gänge. Strange fragte sich, was sie an einem Montagmorgen hier zu suchen hatten, wieso sie nicht bei der Arbeit waren. Leben wahrscheinlich von ihren Zinsen, dachte sich Strange.

Sie gingen an den Tischen vorbei, auf denen Schuhe standen. Mehrere gut gekleidete Verkäufer musterten sie im Vorbeigehen.

»Brauchst du neue Treter?«, fragte Strange.

»Ich hab' breite Füße«, meinte Quinn. »Ist gar nicht so leicht, welche zu finden, die passen. Aber da gibt es diesen Schuhverkäufer, unten in Georgetown. Der behauptet, er könnte mir weiterhelfen. Antoine heißt der Typ.«

»Klapperdürr, was? Steht immer draußen vor der Tür und qualmt.«

»Genau das ist er.«

»Ich kenne ihn. Wird nur Spiderman genannt.«

»Kennst du eigentlich jeden in der Stadt?«

»Noch nicht«, meinte Strange. »Aber ich hab' schließlich schon ein paar Jahre auf dem Buckel.«

In einer Ecke der Schuhabteilung gab es einen Stand, wo

man sich die Schuhe putzen lassen konnte. Ein Mann mit Hosenträgern kniete vor einem Weißen im Anzug und polierte dessen Schuhe. Der Kunde saß leicht erhöht auf einer Art Podest auf einem Stuhl.

Strange und Quinn warteten in einer Nische neben dem Stand. Sie hörten, wie der Weiße mit dem Schuhputzer über das Redskins/Ravens-Spiel plauderte und nur die schwarzen Spieler lobte. Der Weiße beendete jeden Satz mit »Mann« und sprach die Gs ganz weich aus. Vielleicht glaubte er, sich mit dieser Art zu sprechen bei dem Schwarzen, der vor ihm kniete, einschmeicheln zu können. Bei der Arbeit redete er bestimmt nicht so, und garantiert verbot er seinen Kindern beim Abendessen den Mund, wenn sie sich dieser Sprechweise bedienten. Strange warf Quinn einen Blick zu, doch Quinn schaute in eine andere Richtung.

Kurze Zeit später verabschiedete sich der Weiße. Sie gingen zu dem Stand hinüber. Der Schuhputzer ordnete gerade seine Bürsten, Lappen und Dosen.

»Sequan Hawkins?«, fragte Strange, woraufhin der Mann kurz nickte. »Ich bin Derek Strange, und das hier ist Terry Quinn, mein Partner. Wir haben gerade telefoniert.«

Hawkins rieb seine Hände mit einem sauberen Lappen ab, der nach Nagellackentferner roch. Der Mann mit den kurzen, leicht glänzenden Haaren sah gut aus, war gut gebaut und trug einen gepflegten dünnen Schnauzbart.

»Kommen Sie hier herüber«, bat Hawkins und deutete mit dem Kinn auf die Nische, in der sie gerade gewartet hatten.

»Wie ich am Telefon schon sagte, wir interessieren uns für Lorenze Wilder«, sagte Strange, als sie sich zu dritt in die Ecke quetschten.

»Ich möchte Sie bitten, sich auszuweisen, wenn's recht ist«, sagte Hawkins.

Strange klappte das Lederetui auf und zeigte ihm seine Marke und Lizenz. Hawkins zog einen Mundwinkel hoch und grinste schief.

»Sie beide sind also so was wie Bullen.«

»Ermittler, D. C.«, sagte Strange. »Wir haben den Jungen gekannt, der zusammen mit Lorenze ermordet worden ist.«

»Tut mir Leid«, sagte Hawkins. Sein Lächeln versiegte, als der Junge erwähnt wurde. »Ich hab' auch zwei.«

»Sie sind auf Lorenzes Beerdigung gewesen«, sagte Quinn.

»Stimmt.«

»Waren Sie mit ihm befreundet?«

»Ja, vor langer Zeit.«

»Und wieso sind Sie irgendwann nicht mehr befreundet gewesen?«, wollte Strange wissen.

»Geographie«, antwortete Hawkins. »Unterschiedliche Ambitionen.«

»Geographie?«

»Hab' in den vergangenen Jahren nicht mal in der Nähe des alten Viertels gewohnt.«

»Und Sie kommen da auch nicht mehr oft vorbei, was?«

»O doch. Ungefähr einmal im Monat fahr' ich zu dem Haus, in dem ich aufgewachsen bin. Parke manchmal nachts davor und spähe durch die Fenster. Da lebt jetzt natürlich eine andere Familie.«

»Und weshalb machen Sie das?«

»Um den Geistern der Vergangenheit einen Besuch abzustatten.«

Strange hatte keine Lust, Hawkins' Worte zu kommentieren. Es kam öfter vor, dass er nachts zum Haus seiner Mutter fuhr, davor parkte, durch die Fenster schaute. Von daher fand er Hawkins' Verhalten nicht absonderlich.

»Sind Sie dabei mal Lorenze Wilder über den Weg gelaufen?«, fragte Quinn.

»Sicher, ab und an hab' ich ihn gesehen. Er wohnte ja immer noch im Haus seiner Mutter. Ich nehm' mal an, er hat es nach ihrem Tod mit der Lebensversicherung abbezahlt. Der Typ hat nie einen festen Job gehabt, jedenfalls nicht, dass ich wüsste. Er war einer von diesen ... Ich sprech' nicht gern schlecht über Tote, aber es war sonnenklar, dass aus Lorenze nichts werden konnte.«

»Und was ist mit Ed Diggs?«, fragte Strange.

»Den hab' ich auch hin und wieder gesehen. Als ich ihn das letzte Mal getroffen hab', hat er bei seiner Großmutter gelebt. Ed war genau wie Lorenze.«

»Gab's vielleicht noch andere Gründe, wieso Sie immer wieder im alten Viertel vorbeigeschaut haben?«

»Wie meinen Sie das?«

»Wir suchen jemanden, der Lorenze vielleicht gesucht hat«, erklärte Strange. »Vielleicht, weil er Drogenschulden hatte oder so was in der Art.«

»Darüber weiß ich nichts.«

»Also, was ist der eigentliche Grund, warum Sie einmal pro Monat in die alte Gegend fahren?«, hakte Quinn nach. »Doch bestimmt nicht nur, um vor Ihrem alten Haus zu parken.«

»Ich fahr' zurück, um mich zu erinnern, Mr. ...«

»Quinn.«

»Ich seh' dann ein paar von den Typen, die immer noch im selben Viertel wohnen, die, die schon von Anfang an mit dem Rücken zur Wand standen und nicht mal versucht haben, was daran zu ändern. Und das hilft mir dann, mich zu erinnern.«

»An was?«

»Warum ich hier jeden Tag auf Knien rumrutsche. Wissen Sie, das hier ist nicht nur irgendein Job. Mir gehört die Konzession. In der Nähe vom Beltway hab' ich noch vier Stände und außerdem ein paar in Downtown.«

»Dann kommen Sie bestimmt ganz gut über die Runden«, sagte Strange.

»Draußen in Damaskus hab ich ein Haus und ein paar Morgen Land, eine Frau, die ich liebe, und wunderbare Kinder. In meiner Garage steht eine Harley und ein Porsche Boxter. Kein Carrera, aber das kommt schon noch. Und ja, es geht mir ganz gut.«

»Sie haben über die Morde gelesen«, sagte Strange, »und Sie haben Lorenze gekannt. Irgendwelche Vermutungen?«

»Ich denke, Sie reden mit dem Falschen. Wenn Sie wissen wollen, ob Lorenze umgelegt wurde, weil sich ein paar schwere Jungs in die Wolle gekriegt haben, müssen Sie mit Ed reden. Soweit ich weiß, sind die beiden immer dicke Kumpel gewesen. Aber Ed ist nicht der Typ, der mit der Polizei redet oder mit jemandem, der 'ne Spielzeugmarke hat und den Eindruck erwecken will, er gehöre zur Polizei.«

»In Ordnung«, sagte Strange.

»Konnte einfach nicht widerstehen«, meinte Hawkins. »Sie sollten die Marke nur kurz hochhalten, damit man sie sich nicht allzu genau ansehen kann.«

»Mach' ich normalerweise auch. Erzählen Sie mir mehr über Diggs.«

»Ich rate nur, sich mit Ed zu unterhalten, wenn man mehr erfahren will. Aber da müssen Sie kreativ vorgehen.« Hawkins musterte die beiden. »Sie haben ziemlich breite Schultern. Die würde ich mir an Ihrer Stelle zunutze machen.«

»Sie sagen, er wohnt immer noch bei seiner Großmutter?«

»Soweit ich weiß.«

Strange schüttelte Hawkins' Hand. »Danke, dass Sie mit uns gesprochen haben.«

Auf dem Weg zum Caprice sagte Quinn: »Da hat sich mal wieder gezeigt, man sollte einen Mann nicht nach seinem Äußeren beurteilen.«

»Das sagst du mir?«

»Ach, jetzt willst du mir also erzählen, dass du diesen Typen gesehen und nicht gleich ›Schuhputzjunge‹ gedacht hast?«

»Das Wort ›Junge‹ ist mir jedenfalls nicht in den Sinn gekommen, falls du das meinst.«

»Du weißt ganz genau, worauf ich hinauswill. Der Mann verdient sich seinen Lebensunterhalt mit Schuheputzen und hat 'nen Porsche in der Garage stehen.«

»Aber halt keinen Carrera.«

»Das kommt noch«, sagte Quinn.

Strange fischte die Wagenschlüssel aus seiner Tasche und warf sie Quinn zu. »Du fährst. Ich muss ein paar Telefonate erledigen.«

»Kein Problem.«

Quinn nahm den Beltway in die Stadt zurück. Strange rief Lamar an, erreichte ihn aber nicht und hinterließ eine weitere Nachricht. Aus seiner Liste suchte er Ed Diggs' Nummer heraus und wählte. Quinn hörte, wie er mit einer Frau sprach. Aus Stranges geduldigem Ton schloss er, dass sie schon älter sein musste.

»Und, Glück gehabt?«, fragte Quinn, nachdem Strange das Gespräch beendet hatte.

»Seine Großmutter hat gesagt, er sei gerade auf dem Sprung. Wenn du mich fragst, ist er noch daheim, läuft im Schlafanzug rum, und sie wird ihm jetzt verklickern, dass er sich anziehen und schleunigst verschwinden soll.« Strange warf einen Blick auf den Tacho. »Wenn du ein bisschen auf die Tube drückst, erwischen wir ihn vielleicht noch.«

»Ich fahr' schon fünfundsiebzig. Will vermeiden, dass sie uns rausholen und 'nen Strafzettel verpassen. Denn wenn du die Spielzeugmarke einem echten Bullen zeigst, kriegen wir Riesenscherereien.«

»Sehr witzig. Jetzt komm schon, Terry, gib Gas. Der Wagen hat einen 5,7-Liter-Motor unter der Haube, und du fährst damit wie mit einem Geo oder so 'ner Gurke.«

»Wenn du willst, dass ich damit wie mit 'nem Rennwagen fahre, dann tu' ich das.«

»Drück endlich drauf«, sagte Strange.

Lucille Carter wohnte in Manor Park in einer Straße, die statt eines Namens eine Nummer hatte und von der North Dakota abzweigte. Vor dem Bungalow gab es ein paar Miniaturhügel, die bis zu einer Steinmauer am Bürgersteig reichten. Obwohl heute ein ganz normaler Arbeitstag war, parkten eine Menge Autos neben dem Bordstein. Aus den Fahrzeugen, dem gerechten Rasen und den bescheidenen, frisch gestrichenen Häusern schlussfolgerte Strange, dass die Anwohner größtenteils Rentner waren, die etwas auf ihr Eigentum hielten und mehrere Generationen bei sich beherbergten.

Strange und Quinn erklommen die Betonstufen, die auf die Veranda von Lucille Carters Haus führten. Strange klopfte an die Tür, die kurz darauf geöffnet wurde. Lucille Carter, eine zierliche kleine Frau mit Brille und grau gesträhnten Haaren, stand im Türrahmen. Sie wusste, wer sie waren. Ihre Augen waren hart, und ihre Körpersprache signalisierte, dass sie nicht die Absicht hatte, sie hereinzubitten. Wie vereinbart, trat Quinn einen Schritt zurück und überließ Strange das Reden.

»Derek Strange. Das hier ist mein Partner, Terry Quinn.« Strange klappte sein Etui auf und sofort wieder zu. »Wie ich Ihnen schon am Telefon erklärt habe, untersuchen wir den Mord an Lorenze Wilder. Wir müssen mit Ihrem Enkel Edward sprechen.«

»Er hat schon mit der Polizei geredet.«

»Ich habe Ihnen gesagt, wir müssen uns noch mal mit ihm unterhalten.«

»Und ich habe Ihnen gesagt, Mr. Strange, dass er gerade ausgehen wollte. Und genau das werde ich auch gleich tun.«

»Wissen Sie zufällig, wo wir ihn finden können?«

»Er ist weg auf Arbeit ...«

»Er hat keine Arbeit, Miss Carter.«

»Er ist weg, auf Arbeitssuche. Wenn Sie mich ausreden lassen würden ...«

»Bei allem Respekt, ich habe weder die Zeit noch die Absicht, Sie ausreden zu lassen. Sie haben Edward erzählt, dass wir auf dem Weg sind, und nun ist er über alle Berge. Dann will ich es Ihnen mal leicht machen und verraten, wie das nun laufen wird. Ich und mein Partner hier, wir tauchen in einer

Stunde mit einer Vorladung auf. Wenn Edward dann nicht da ist, kommen wir in einer Stunde noch mal. Und eine Stunde später wieder. Wenn nötig, geht das rund um die Uhr so. Und, was glauben Sie, werden Ihre anständigen Nachbarn davon halten?«

»Das ist Nötigung.«

»Ja, Ma'am.«

»Möchten Sie, dass ich Ihre Vorgesetzten anrufe?«

»Ich kann Sie nicht davon abhalten.« Strange warf einen Blick auf seine Armbanduhr. »Dann schauen wir also in sechzig Minuten wieder bei Ihnen vorbei. Vielen Dank, dass Sie uns Ihre Zeit geopfert haben.«

Als sie die Stufen hinuntergingen, hörten sie, wie die Tür ins Schloss fiel.

»Das war gut«, sagte Quinn. »Dafür werden die Grauen Panter dir den Preis für Menschenfreundlichkeit verleihen.«

»Wenn du in dieser Stadt jemanden finden willst, nimm dessen Großmutter in die Zange«, sagte Strange. »Ein Schwarzer wie Diggs wird die Matriarchin, die ihn gut behandelt hat, immer respektieren. Und außerdem ist sie ihm überlegen, und das Letzte, was er will, ist, ihren Zorn heraufzubeschwören.«

»Ist das Bullenwissen?«

Strange schüttelte den Kopf. »Das hat meine Mutter immer gesagt. ›Schüttel den Baum, und die faulen Äpfel fallen runter.‹«

»Also, dann fällt der faule Apfel Diggs vom Baum. Und was dann? Ich meine, die Bullen haben den Typen schon verhört.«

»Die wussten aber nicht, wie nah er Lorenze gestanden hat. Und sie haben ihn nicht so verhört, wie ich ihn verhören werde.«

»Na schön. Und was nun?«

»Jetzt schaffen wir meinen Wagen aus dem Blickfeld und warten ab.«

Strange bog mit dem Caprice um die Ecke und parkte einen

Block südlich vom Carter-Haus, so dass man sie von dort aus nicht mehr sehen konnte. Dann rief er bei Lamar daheim an und hatte endlich Glück. Strange schnippte mit dem Finger und schrieb in die Luft. Quinn reichte ihm einen Stift. Strange notierte mehrere Zahlen, stellte Lamar ein paar Fragen, nickte, als man ihm antwortete, und sagte, ehe er das Gespräch beendete: »Gute Arbeit, mein Sohn.«

»Was?«, fragte Quinn.

»Lamar hat gestern Abend einen von den Jungs gesehen, einen von den dreien, die ihn in Park Morton angesprochen haben.« Während er redete, wählte er schon wieder. »Sagte, dieser Junge hätte dasselbe grelle Oberteil getragen wie damals, als er ihm zum ersten Mal begegnet ist.«

»Hier draußen findest du eine Menge greller Oberteile.«

»Aber sein Gesicht vergisst man nicht so leicht. Der hatte 'ne Nase wie ein Ameisenbär.«

»Und?«

»Der Bursche hatte 'nen Duffelbag auf dem Rücksitz und eine Straßenkarte in der Hand, als Lamar ihn aus einem Supermarkt kommen sah, drüben, beim Black Hole. Lamar glaubt, dass er vielleicht auf der Flucht war.«

»Und was noch?«

»Lamar hat auch das Kennzeichen von dem Toyota dieses Typen.« Strange hob die Hand, als am anderen Ende der Leitung abgenommen wurde. »Janine. Derek hier. Ich möchte, dass du für mich schnell mal ein Kennzeichen überprüfst. Wenn du die Adresse des Autobesitzers hast, brauch' ich auch noch die dazugehörige Telefonnummer.« Strange gab ihr die Informationen und nickte, als ob Janine neben ihm stünde. »Ich warte. Gut.«

Strange beendete das Gespräch. »Janine kümmert sich gleich darum. Sie schickt einem Bekannten, der beim Kraftfahrzeugamt arbeitet, jedes Jahr eine Weihnachtskarte. Ist nur eine Kleinigkeit, aber so was macht sie halt. Eine freundliche Geste. Und das zahlt sich aus.«

»Sie ist gut.«

»Die Beste.« Strange deutete mit dem Kinn Richtung Block. »Willst du die Gasse hinterm Haus oder die Vorderseite?«

»Die Gasse.«

»Wo ist deine Waffe für den Fall, dass ich sie brauche?«

»Unter dem Sitz.«

»Ist sie geladen?«

»Ja.«

»Hast du dein Handy dabei?«

»Ist in meiner Tasche.«

»Schalt es ein.« Strange behielt den Stift, den Quinn ihm gegeben hatte, und steckte einen Notizblock in seine Jacke. »Die alte Dame wird ausgehen, vermute ich mal. Der ist entweder noch im Haus, oder sie wird ihn suchen gehen, ihm einbläuen, er soll nach Hause gehen und seine Medizin nehmen. Aber ich vertrau nicht darauf, dass er tut, was sie sagt. Wenn du ihn siehst, rufst du durch.«

»Und was, wenn du ihn zuerst siehst?«

»Dann melde ich mich bei dir.«

Strange bezog mit dem Fernglas um den Hals einen halben Block vom Carter-Haus Stellung.

Quinn lief die Gasse hinunter bis zum Bungalow von Miss Carter und öffnete schnell das Maschendrahtzauntor. Von da aus führte ein Betonplattenpfad zur hinteren Veranda. Zwischen den Fugen wucherte Unkraut. Nachdem er sich einen Überblick verschafft hatte, machte er kehrt und wartete drei Häuser weiter auf dem Kopfsteinpflaster. Ein Pitbull in einem Käfig in einem der Gärten kläffte ihn an, doch niemand kam heraus, um nachzusehen, was es mit dem Gebell auf sich hatte. Keiner spähte durch die Vorhänge in den Fenstern der Häuser.

Eine geschlagene Stunde lang ging Quinn in der Gasse auf und ab, bis sein Telefon klingelte.

»Ja«, sagte er, nachdem er es aufgeklappt hatte.

»Die alte Dame hat gerade das Haus verlassen. Fährt eben mit ihrem Ford weg.«

»Gut.«

Weitere dreißig Minuten verstrichen. Schließlich trat ein Waschlappen von einem Mann in XXL-Jeans und einem T-Shirt aus der Hintertür des Carter-Hauses. Er ging die Stufen der Holzveranda runter, deren Farbe bröckelte, zog eine Schachtel Zigaretten aus der Hosentasche, klopfte eine Zigarette aus einem Loch im Schachtelboden, riss ein Streichholz an einem Briefchen an und hielt es an die Zigarette.

Quinn versteckte sich hinter einem großen Fliederbusch, der noch belaubt war, rief Strange an und sprach mit leiser Stimme.

»Derek, er ist hinten im Hof. Wie willst du das durchziehen?«

»Auf die harte Tour«, sagte Strange. »Dräng ihn ins Haus, und lass die Hintertür ja offen stehen. Was meinst du, wie lange dauert es, bis er wieder reingeht?«

»So lange, bis er seine Zigarette aufgeraucht hat.«

»Gut«, sagte Strange.

Strange rannte zum Caprice, warf das Fernglas auf den Wagenboden und holte Quinns Automatik, einen schwarzen .45er Colt mit geriffeltem Griff und 12-Zentimeter-Lauf, unter dem Sitz hervor. Er entsicherte das Magazin und vergewisserte sich, ob er geladen war. Sieben Schuss Munition. Es war lange her, dass Strange das Gewicht einer Waffe in der Hand gespürt hatte, doch heute hatte er das Gefühl, eine zu brauchen.

Edward Diggs zog zwei Mal kurz hintereinander an seiner Kool. Der Rauch brannte in seiner Kehle. Mit dem Absatz trat er die Kippe aus, hob sie auf und warf sie über den Zaun in den Garten des Nachbarn, der auch rauchte. Seine Großmutter erlaubte ihm nicht, im Haus zu rauchen, und sie konnte es auch nicht leiden, wenn er den Hinterhof zum Aschenbecher umfunktionierte. So wütend, wie sie heute Morgen gewesen war, wollte er um jeden Preis vermeiden, dass sie sich noch mehr aufspielte.

Aber wenn sie sich einbildete, er würde noch mal mit den Bullen reden, hatte sie sich gewaltig geschnitten. Sollten sie sich doch eine Vorladung besorgen. Er hatte ihnen gesagt, dass er keinen Schimmer hatte, was da mit Lorenze und dem Jungen gelaufen war, und das brauchte er jetzt doch wohl nicht noch mal runterleiern, wenn er keinen Bock dazu hatte. Und was die Wahrheit anging, da war für ihn von Anfang an klar gewesen, dass er die Klappe hielt. Lorenze war sein dickster Kumpel, er liebte ihn echt wie einen Bruder, aber kein Gequatsche auf der Welt würde Lorenze wieder zurückbringen. Diggs konnte niemand vormachen, dass die Polizei sich die Zeit nahm, jemanden wie ihn zu schützen. Und er wollte nur überleben, mehr nicht.

Er drehte sich um und ging den Weg zurück. Einige Betonplatten waren gesprungen, andere von Klee und Grashalmen überwuchert. Er meinte, hinter seinem Rücken ein Geräusch zu hören, aber das konnte gar nicht sein. Das war nur das Echo seiner Schritte und dieser Köter dort drüben, der in einem fort bellte.

Jemand packte von hinten seine rechte Hand und verdrehte ihm das Handgelenk. Ein höllischer Schmerz schoss bis zu seinem Genick hoch und zwang ihn fast in die Knie, doch der Mann hinter seinem Rücken hielt ihn fest.

»Setz dich in Bewegung, Ed.« Die Stimme eines Weißen. Der, der da sprach, schubste ihn zur hinteren Veranda. »Da rein.«

»Scheiße, was soll der Mist? Sie tun mir weh!«

»Ermittler, D. C. Beweg dich.«

»Ich will die Nummer Ihrer Marke, Mann.«

»Ja, schon gut.«

»Das hier ist ein tätlicher Angriff.«

»Noch nicht ganz«, meinte Quinn. »Mach die Tür auf, komm schon.«

Diggs folgte der Anweisung. Drinnen in der sauberen Küche mit dem kleinen Tisch und den Stühlen ließ Quinn ihn endlich los. Auf dem Tisch stand eine Kaffeetasse. Daneben lag die Sportseite der *Washington Post*. Auf der Küchenzeile stand ein Messerblock aus Plastik. Diggs stellte sich neben den Tisch und versuchte, Quinn mit bösen Blicken einzuschüchtern. Quinn musterte Diggs vom Scheitel bis zur Sohle. Er dachte an die Messer, bezweifelte aber, dass Diggs Anstalten machte und Widerstand leistete.

»Setz dich«, forderte Quinn und zeigte auf einen der Stühle. Diggs zog ihn unter dem Tisch hervor und ließ sich darauf fallen. Er murmelte irgendetwas und starrte auf den Linoleumboden.

Quinn trat an das nach hinten hinausgehende Fenster und warf einen Blick nach draußen. Strange kam gerade durch das offen stehende Zauntor gespurtet und lief den Weg hoch. Dann trat er in die Küche, schloss die Tür und ging schnurstracks auf Diggs zu. Diggs erhob sich von seinem Stuhl.

»Darf ich vorstellen. Das ist Ed Diggs«, sagte Quinn.

»Ed«, grüßte Strange, baute sich vor ihm auf und schlug Diggs mit der rechten Hand in die Fresse. Diggs stolperte über den Stuhl, rutschte über das Linoleum und schlug mit dem Hinterkopf gegen den Küchenschrank unter der Spüle. Strange riss ihn am T-Shirt hoch und verpasste ihm gleich noch mal einen kurzen rechten Haken auf den Mund. Diggs' Kopf flog nach hinten. Er verdrehte die Augen und starrte dann zu Strange hoch. Blut quoll aus seiner Unterlippe, tropfte auf sein Hemd. Als Strange ihn losließ, sackte Diggs zu Boden, rappelte sich aber wieder auf.

»Haben wir dir gesagt, du sollst aufstehen?« Quinn hob den Stuhl auf. »Setz dich!«

Strange zog einen Stuhl heran und stellte ihn vor den, auf dem Diggs gesessen hatte. Er und Quinn hörten, wie Diggs murrte und stöhnte. Sie warteten, bis er durch die Küche geschlurft war. Durch Stranges Schlag war Diggs' Lippe aufgerissen, und nun sickerte Blut aus der Platzwunde.

Diggs setzte sich. Sein Blick war leer, und er ließ die Schultern hängen. Strange griff unter sein Hemd und zog die .45er hervor.

»Nee«, sagte Diggs mit der Stimme eines kleinen Jungen. »Nee, Mann, nee.«

»Wer hat Lorenze umgelegt?«, fragte Strange.

»Das weiß ich doch nicht.« Er redete undeutlich; seine Aussprache war feucht.

»Jemand hat Jagd auf ihn gemacht. Weil er seine Drogenschulden nicht beglichen hat?«

»Was weiß ich?«

Strange zog den Schlitten des Colt zurück.

»Warum willst du das tun, Bruder? Ich hab' doch gesagt, ich weiß nichts.«

Strange stand auf und presste Diggs die freie Hand auf den Brustkorb. Diggs samt Stuhl fielen rückwärts zu Boden. Diggs grunzte. Strange beugte sich über ihn und schob ihm den Lauf der .45er in den Mund.

»Du weißt Bescheid«, sagte Strange. Er zog den Lauf wieder heraus, legte ihn vorsichtig an Diggs' rechten Augenwinkel und drückte dann fester zu.

»Die werden mich umbringen«, sagte Diggs.

»Sieh mich an, Ed. Ich werde dich jetzt umlegen, das schwöre ich bei Gott.«

»Derek«, sagte Quinn. Das hier gehörte nicht mehr zur Abmachung. Da war etwas in Stranges Augen, das Quinn sagte, dass sein Partner sich längst von allen Regeln verabschiedet hatte.

»Schau mich an, Ed.«

Diggs tat, wie ihm geheißen. Seine Lippe zitterte. Er schloss die Augen. Als er sie wieder öffnete, quoll ihm eine Träne aus dem Augenwinkel und lief über seine Wange.

»Lorenze«, sagte Diggs, »er hat diesem Typen Geld geschuldet, für Gras, das er gekauft hat. Ich bin dabei gewesen, bei der Transaktion. Er wollte diesen Typen später bezahlen ... Ist nur um hundert Dollar gegangen. Dieser Typ hat mich bei einem Hundekampf in Ogelthorpe darauf angesprochen. Der meinte es ernst. Ich meine, dieser Bursche, der hatte tote Augen.«

»Wie hat dieser Bursche ausgesehen?«

»Groß, dünn, hellhäutig. Er hatte ein irres Lächeln drauf.«

»Er hatte Partner, oder?«

»Ja, mit denen ist er zum Hundekampf gekommen. Ein Typ mit geflochtenen Haaren und 'ner Menge Muskeln, aber alles nur Show. Und da war noch ein anderer, der hatte einen Hund. Dieser Typ hatte echt 'nen eigenartigen Zinken.«

»Der Anführer, hat er seinen Namen genannt?«

»Garfield Potter.«

»Weißt du, wo er wohnt?«

»Er hat gesagt, er lebt oben auf der Warder Street, bei der Roosevelt.«

»Was weißt du sonst noch?«

»Das ist alles.« Diggs blinzelte angestrengt. »Sie haben mich gerade ans Messer geliefert, aber das ist Ihnen wohl schnuppe, oder?«

Strange steckte den Colt wieder unters Hemd.

»Verlier kein Wort über das hier«, riet Strange. »Sag deiner Großmutter, man hätte dich auf der Straße verprügelt. Sag ihr, du bist hingefallen und hättest dich gestoßen, oder erzähl ihr sonst was. Aber sag ihr ja nicht, dass wir hier noch mal aufgetaucht sind. Wir sind fertig mit dir, verstanden? Du wirst es schon überleben.«

Sie ließen ihn auf dem Küchenboden liegen, gingen zur Hintertür hinaus und dann die Gasse hinunter.

Strange reichte Quinn die Waffe, die Quinn in seinen Hosenbund steckte. Dann warf er Strange einen Blick von der Seite zu.

»Derek, du musst dringend mal an deinem Aggressionsmanagement arbeiten, weißt du das?«

»Wenn du mich fragst, hat das heute ganz gut funktioniert mit meinen Aggressionen.«

»Einen Moment lang hab' ich wirklich geglaubt, du drückst da hinten ab.«

»Wäre gar nicht gegangen, selbst wenn ich gewollt hätte. Ich hab' das Magazin geleert, bevor ich zu dem Haus rübergegangen bin.«

»Die Knarre hat sich gut in der Hand angefühlt, was?«

»Hat mir einen heiligen Schrecken eingejagt, wie gut sie sich angefühlt hat«, sagte Strange. »Deine Munition ist im Aschenbecher im Wagen.«

Auf dem Weg zum Caprice läutete Stranges Handy. Während er mit Janine telefonierte, rutschte er hinters Steuer. Quinn verstaute die .45er wieder unter dem Sitz. Strange sprach immer noch und schrieb in sein Notizbuch. Da klingelte Quinns Handy. Er nahm den Anruf entgegen, stieg aus dem Chevy und lehnte sich zum Telefonieren an den hinteren Kotflügel.

Strange wartete, bis Quinn wieder einstieg. Auf einmal war Quinn ziemlich blass um die Nase.

»Janine hat mir den Namen und die Adresse von dem Jungen gegeben, den Lamar gesehen hat«, berichtete Strange. »Charles White. Und jetzt rate mal! Laut der Inkassogesellschaft wohnt er derzeitig auf der Warder Street. Könnte wetten, von den dreien war nur er in der Lage, überhaupt Gas, Strom und Telefon anmelden zu können. Sie hat mir auch eine Telefonnummer gegeben.«

»Na, dann hast du doch genug, um mit Lydell zu reden«, sagte Quinn. Sein Blick verriet, dass er in Gedanken ganz woanders war. »Jetzt können die Truppen übernehmen.«

»An dem Punkt bin ich noch nicht ganz«, meinte Strange und sah, wie Quinn zum Fenster hinausstarrte. »Terry, bist du in Ordnung?«

»Hab' gerade einen Anruf vom Maryland Police Department gekriegt. Im Washington Hospital Center ist ein Mädchen eingeliefert worden. Wurde total zusammengeschlagen und ist nun in der Notaufnahme. Sie ist eine Informantin von mir, hat mir geholfen, das andere Mädchen zu schnappen. Stella heißt sie. Und sie hat im Krankenhaus gesagt, man solle zuerst mich verständigen.«

»Wenn du abhauen willst, dann geh nur. Ich kann dich ins Krankenhaus bringen und diese Geschichte hier allein zu Ende bringen.«

»Gut«, sagte Quinn. »Lass uns fahren.«

Quinn rief Sue Tracy an, während Strange von der Georgia Avenue nach Osten in die Irving Street einbog. Fünf Minuten später fuhr er vor dem Krankenhauskomplex vor und hielt vor dem Eingang der Notaufnahme neben dem Hubschrauberlandeplatz. Quinn stieß die Tür auf und setzte einen Fuß auf den Asphalt, drehte den Kopf und reichte Strange die Hand.

»Unternimm nichts ohne mich, Derek.«

»Nur keine Sorge«, sagte Strange.

Noch während er die Worte sprach, schmiedete er schon einen Plan, der gegen alles, woran er glaubte, Sturm lief. Und dennoch konnte er nicht aus seiner Haut.

Siebenundzwanzig

Quinn ging schnell an der Anmeldung vorbei, durch den Warteraum und in den Behandlungsbereich. Ein Wachposten fing ihn ab und führte ihn zu einem MPD-Polizisten in Zivil mit schwarzem Schnurbart. Der Mann hielt einen Pappbecher mit Kaffee in der mageren, rot geäderten Hand.

»Können wir uns kurz unterhalten?«, fragte der Bulle.

»Nachdem ich das Mädchen gesehen habe«, sagte Quinn. »Wie geht es ihr?«

»Nach dem, was das Personal hier sagt, ist sie ziemlich übel zusammengeschlagen worden. Der Täter hat die Fäuste eingesetzt und voll draufgehauen. Hat sie total vermöbelt. Ihr ein paar Rippen gebrochen. Sie hat innere Blutungen. Sie versuchen, sie zu stoppen. Der Arzt glaubt, sie werden das hinkriegen. Außerdem hat der Kerl ihr Gesicht mit einem Messer malträtiert.«

»Wird sie durchkommen?«

Der Bulle zuckte mit den Achseln, nahm einen Schluck aus einem Loch, das er in den Deckel des Bechers gerissen hatte, und musterte Quinn. »Wissen Sie, als ich Ihren Namen auf dem Zettel gelesen habe, hat's klick gemacht, und als Sie dann hier reingestürmt gekommen sind, hab' ich Sie von den Zeitungsfotos erkannt. Sie sind doch der Terry Quinn, der früher mal zur Truppe gehört hat, oder?«

Der Blick des Bullen wirkte eher neugierig als aggressiv.

»Ja. Kann ich jetzt gehen?«

»Wieso wollte sie, dass man Sie kontaktiert?«

»Ich hab' keinen Schimmer.«

»Sie hat keine feste Adresse. Niemand weiß, wer die Eltern sind. Und sie will nur mit Ihnen reden?«

»Sieht ganz so aus.«

»Na schön. Sie behauptet, sie wäre von hinten angegriffen worden und hätte nichts gesehen. Haben Sie eine Ahnung, wer ihr das angetan haben könnte?«

»Nein.«

»Hier ist meine Karte.«

Quinn steckte sie in seine Jackentasche.

»Entschuldigen Sie mich«, sagte Quinn.

Stella lag im letzten provisorischen Abteil hinter einem Vorhang auf einer Bahre. Ihre Stirn und Wangen waren fast ganz mit Heftpflaster bedeckt und an manchen Stellen feucht und dunkelbraun verfärbt. Ihr dünner rechter Arm auf der Decke war von dunklen Blutergüssen überzogen. An mehreren Stellen, wo die Krankenschwester versucht hatte, eine Vene zu finden und eine Kanüle zu legen, war die Haut blau verfärbt. Unter den Laken schauten Schläuche hervor; zwei steckten in ihrer Nase. Die Flüssigkeit in den Schläuchen war trübe. Und wenn Stella ungleichmäßig atmete, was ihr sichtlich schwer fiel, schwammen dunkle Partikel durch die Plastikröhrchen.

Quinn entdeckte einen Plastikstuhl, schob ihn neben die Bahre, setzte sich und griff nach ihrer Hand. Eine Krankenschwester schaute vorbei und verkündete, sie wollten Stella auf die Intensivstation verlegen und er könne nicht länger bleiben. Zehn Minuten später schlug Stella die schwarz geränderten, blutunterlaufenen Augen auf. Sie bewegte den Kopf nicht, als sie zu ihm hinüberschaute, drückte aber seine Hand.

»Hallo, Stella.«

»Grünauge.«

Da sie kaum zu verstehen war, beugte Quinn sich vor und hielt das Ohr an ihren Mund. »Was hast du gesagt?«

»Sie sind gekommen.«

»Selbstverständlich«, sagte er. »Wir sind doch Freunde.«

Stella bewegte die Lippen, brachte aber keinen Ton heraus. Sie versuchte es noch mal. »Eis«, sagte sie.

Neben der Bahre stand gleich neben Stellas Brille eine Tasse mit Eiswürfeln auf dem Nachttischchen. Quinn hielt die Tasse an ihre aufgesprungenen Lippen und neigte sie leicht. Ein paar Würfel glitten in ihren Mund. Als er die Tasse wieder auf den Nachttisch stellte, entdeckte er am Fuß der Bahre eine Tasche mit Stellas Kleidern und Schuhen. Auf ihren Habseligkeiten lag eine weiße Plastikhandtasche.

Quinn streichelte ihre Hand. »Hat Wilson dir das angetan, Stella?«

Sie nickte und sah mit großen Augen zu Quinn hoch. Quinn

nahm ihre Brille vom Nachttisch und setzte sie ihr vorsichtig auf.

»Besser?«

Stella nickte.

»Hast du jemandem erzählt, wem du das hier zu verdanken hast?«

Stella schüttelte den Kopf.

»Ich möchte nicht, dass du es jemandem sagst, jedenfalls noch nicht. Hast du das verstanden?«

Stella nickte.

»Warum hat er das getan, Stella? Hat Jennifer Marshall ihm gesteckt, dass du die Sache eingefädelt hast?«

»Sie hat ihn angerufen«, sagte Stella. »Sie ist weg ... sauer auf ihre Alten ... und dann hat sie sich bei Wilson gemeldet.«

»Schon gut«, sagte Quinn. »Das reicht.« Die Schläuche in ihrer Nase waren jetzt voll brauner Partikel, und ihre Hand fühlte sich heiß an.

»Terry ...«

»Sprich nicht. Sue Tracy, erinnerst du dich noch an sie? Sie ist auf dem Weg hierher. Ich will, dass du nachher mit ihr redest. Du musst ihr erzählen, wie und wo man deine Verwandten erreicht. Deine Eltern, meine ich.«

»Heim«, sagte Stella.

»Sue wird sich darum kümmern.«

Die Krankenschwester erschien wieder auf der Bildfläche und bat Quinn zu gehen. Quinn küsste Stella auf die bandagierte Stirn, versprach ihr, später noch mal vorbeizuschauen, und schob den Vorhang beiseite. Der Bulle wartete neben der Schwingtür auf ihn.

»Hat sie was gesagt?«, fragte der Bulle.

»Kein Wort«, sagte Quinn, drückte auf den Knopf in der Wand und trat durch die sich öffnende Tür. Im Gehen riss er sein Handy vom Gürtel und rief Strange an. Als er das Gebäude verlassen hatte und an die frische Luft trat, hatte er schon in Erfahrung gebracht, wo Strange sich gerade aufhielt.

Quinn richtete den Blick nach vorn, auf den Bürgersteig. Sue Tracy kam ihm mit einer Zigarette in der Hand entgegen. Erst als sie einander gegenüberstanden, nahm sie einen letzten Zug und trat die Kippe auf dem Boden aus.

»Was ist passiert?«, fragte Tracy.

»Wilson hat sie sich geschnappt. Und er hat sie mit den Fäusten und einem Messer bearbeitet.«

»Wieso?«

»So, wie ich mir das zusammenreime, ist Jennifer Marshall wieder von daheim abgehauen, hat Wilson angerufen und Stella verpfiffen.« Quinn schaute sich abwesend um. Er war nervös wie eine Katze. »Hör mal, ich muss los.«

»Warte noch kurz.« Tracy hielt ihn am Ellbogen fest. »Ich denke, du solltest erst mal tief Luft holen.«

»Schau sie dir doch selbst an, Sue. Dann wirst du am eigenen Leib spüren, was dieser Anblick auslöst.«

»Richtig, das ist hart. Wir beide haben das schon öfter erlebt.«

»Halt deine Gefühle unter Kontrolle, falls das bei dir funktioniert.«

»Du bist kein unbeschriebenes Blatt, Terry. Nimm das hier nicht als Entschuldigung, um mit einem Arschloch abzurechnen, das dich mal schräg angeschaut und ›Mädchen‹ genannt hat.«

»Gut. Jetzt ist wohl der Zeitpunkt gekommen, wo du sagen wirst: ›Wir leben in verschiedenen Welten. Und deine ist mir zu gewalttätig. Ich möchte nicht mehr in deiner Welt leben.‹ Nur zu, sag es, Sue, denn ich hab' das schon ein paar Mal von Frauen zu hören gekriegt.«

»Unsinn. Ich gebe nicht auf, und ich hab' auch nicht vor wegzulaufen. Mach mich nicht zur Minna, nur weil ich mir deinetwegen Sorgen mache.«

Quinn riss sich von ihr los. »Wie ich schon sagte, ich muss los.«

»Und wohin willst du?«

»Ich treff' mich mit Derek. Wir sind gerade an einer wichtigen Sache dran, und ich kann ihn nicht länger warten lassen.«

»Geht es wirklich darum?«

»Hör mal, Stella will nach Hause. Du musst ihre Eltern ausfindig machen. Sie wird dir dabei helfen.«

»Ich weiß, was ich zu tun habe. Das brauchst du mir nicht zu sagen. Immerhin mache ich diesen Job schon eine ganze Weile. Ich hab' dich angeheuert, weißt du noch?«

»In der Notaufnahme lungert ein Zivilbulle herum. Er wird mit dir reden wollen. Ich hab' ihm nichts erzählt, hörst du?«

»Du willst nicht, dass ich mit der Polizei spreche.«

»Jetzt noch nicht. Du wirst schon wissen, wann der richtige Zeitpunkt gekommen ist.«

»Und warum soll ich dann jetzt nicht mit ihnen reden?«

»Kümmer' dich um Stella«, sagte Quinn.

Er schlang die Arme um Tracy, küsste sie auf den Mund und sog den angenehmen Duft ihrer Haare ein. Kurz darauf lösten sie sich voneinander. Tracy trat einen Schritt zurück und zeigte mit dem Finger auf Quinn.

»Lass dein Handy an, Terry. Ich will wissen, wo du steckst.«

Sie schaute ihm hinterher, als er über den Bürgersteig zu einer Reihe Taxis lief, die mit laufendem Motor vor dem Haupteingang des Krankenhauses warteten, drehte sich dann um und ging in die Notaufnahme.

Quinn rutschte auf die Rückbank eines roten Fords. Der Fahrer hing am Handy und drehte sich nicht um.

»Warder Street in Park View, gleich um die Ecke von der Georgia.«

Der Afrikaner musterte Quinn im Rückspiegel, telefonierte aber weiter und machte keine Anstalten, die Lenkradschaltung zu betätigen.

Quinn klappte seine Etui auf, streckte die Hand aus und hielt dem Taxifahrer die Marke unter die Nase.

»Setz dich in Bewegung«, sagte Quinn.

Der Taxifahrer zog den Hebel herunter und drückte aufs Gas.

»Lydell, Derek am Apparat.«

»Derek, wo steckst du?«

»Ganz in der Nähe von meinem Büro. Kannst du mich hören?«

»Klar doch.«

Strange saß hinter dem Steuer des Caprice in der Warder Street. Er parkte am Bordstein Richtung Osten. Einen halben Block weiter oben war das Reihenhaus, in dem Charles White und vermutlich auch Garfield Potter und der Junge mit den geflochtenen Haare wohnten. Strange hatte sich das Fernglas umgehängt.

»Lydell, ich wollte mich bei dir melden, weil ich glaube, Terry und ich werden es heute Abend nicht zum Training schaffen.«

»Und warum nicht?«

»Wir haben gerade einen großen Überwachungsauftrag am Laufen, und da können wir nicht einfach mal so aussetzen. Du weißt ja, wie das läuft.«

»Wie sollen ich und Dennis den Haufen Jungs allein trainieren?«

»Ruf Lionel an und Lamar Williams. Die beiden kennen den Trainingsablauf und die Spielzüge so gut wie wir. Falls du ihre Telefonnummern brauchst, ruf Janine an.«

»In Ordnung. Aber was ist das für eine Überwachung? Ich dachte, du hättest dir heute Lorenzes Kumpel vorgeknöpft.«

»Ja, das haben wir auch gemacht«, sagte Strange und starrte wie gebannt auf die leere Veranda des Reihenhauses. »Ist aber noch nichts dabei rausgekommen.«

»Hmm, wir haben da vielleicht eine Spur.«

»Ach ja?«

»Eine Frau hat sich gemeldet, wollte was von der Belohnung kassieren. Sagte, sie wäre neulich Abend mal spät unterwegs gewesen, ein paar Tage vor dem Mord. Ein paar Freunde von ihr haben gewürfelt und wurden von drei jungen Männern ausgeraubt, drüben in Park Morton. Einer der Typen hat einen ihrer Freunde mit einer Waffe bedroht, einen Kerl namens Ray Boyer. Hat damit auf Boyer eingedroschen und ihm die Nase gebrochen. Die Frau behauptet, der mit der Waffe hätte große Ähnlichkeit mit dem Mann von der Phantomzeichnung auf den Plakaten, die wir in der Gegend aufgehängt haben. Und jetzt pass mal auf: Sie sagt, es war eine Waffe mit kurzem Lauf. Wie du ja weißt, haben wir die Mordwaffe als eine .375er Stupsnase identifiziert.«

»Kann sich aber auch um eine .38er handeln, die bei dem Würfelspiel zum Einsatz gekommen ist. Oder ein anderes Modell.«

»Ja, schon möglich. Aber solche Zufälle sollte man schon genauer untersuchen.«

»Ich nehme nicht an, dass der Typ mit der Waffe seinen Namen genannt hat.«

»Wenn du's genau wissen willst, der Blödmann hat seinen Namen genannt. Aber sie kann sich nicht daran erinnern. Gibt zu, dass sie was intus und Gras geraucht hatte. Und sich fast vor Angst in die Hosen gemacht hat. Im Moment suchen wir diesen Ray Boyer. Da er heute nicht an seinem Arbeitsplatz erschienen ist, kämmen wir alle Bars ab, in denen er sich normalerweise rumtreibt. Wir hoffen darauf, dass er sich an den Namen des Typen erinnert. Der Kerl ist ein Vietnamveteran, von daher denke ich, er weiß bestimmt, was für ein Kaliber die Waffe gehabt hat.«

»Klingt viel versprechend.«

»Ist nur so ein Gefühl, Derek, aber ich geh' mal davon aus, dass wir heute noch jemanden verhaften.«

»Halt mich auf dem Laufenden, wenn's keine zu großen Umstände macht. Du hast doch meine Handynummer, oder?«

»Ja.«

»Na schön. Danke, Lydell.«

Strange hängte das Handy wieder an seinen Gürtel. Im Rückspiegel sah er, wie Quinn mit zwei Bechern Kaffee in der Hand die Warder Street hochgelaufen kam.

Strange griff hinüber und stieß die Beifahrertür auf. Quinn ließ sich auf den Sitz fallen und reichte Strange einen Becher.

»Danke, Kumpel«, sagte Strange.

»Ich weiß, während einer Überwachung trinkst du lieber Wasser.«

»Ja, Kaffee treibt so.«

»Aber du wirst das Koffein brauchen, zum Ausgleich für die Mahlzeiten, die wir heute verpasst haben.«

»Hab' ich völlig vergessen. Ist gar nicht meine Art, nicht mitzukriegen, wie hungrig ich bin.«

Quinn deutete mit dem Kinn auf die Straße. »Welches ist es?«

»Von der Ecke dort drüben aus gesehen das dritte. Das mit der leeren Veranda. Siehst du's?«

»Haben sie sich schon blicken lassen?«

»Nein, aber ich gehe mal davon aus, dass sie drinnen bleiben werden, falls sie Grips haben.«

»Was ist mit dem, den Lamar gesehen hat?«

»Charles White. Sein Toyota ist hier nicht zu sehen. Vielleicht hat Lamar ja Recht gehabt, und er hat die Stadt verlassen.« Strange trank einen Schluck Kaffee. »Und wie geht es dem Mädchen?«

»Beschissen«, antwortete Quinn.

Quinn schilderte, was er gesehen und wie viel er vor der Polizei verheimlicht hatte. Strange erzählte von seinem Gespräch mit Lydell Blue und dass er seinem Freund auch nicht alles gesagt hatte. Er berichtete, dass die Polizei offenbar kurz davor war, die Mörder zu schnappen. Und er weihte Quinn in seinen Plan ein.

»Dann hast du diese Jungs also abgeschrieben«, meinte

Quinn. »Und zwar endgültig. Ist es das, was du mir sagen willst?«

»Ja, so könnte man es ausdrücken.«

»Du könntest jetzt, auf der Stelle, das MPD rufen, wenn du willst. Es jetzt und hier zu Ende bringen.«

»Meinst du, es wäre damit auch zu Ende?«

»Im District gibt es keine Todesstrafe, falls du darauf hinauswillst. Aber die werden ganz schön lange einsitzen. Kriegen fünfundzwanzig, dreißig Jahre. Oder lebenslang, wenn der Richter einen guten Tag hat.«

»Und was würde das bringen? Die Jungs kriegen ein Bett und drei warme Mahlzeiten pro Tag, und Joe Wilder liegt in der kalten Erde? Das macht Joe auch nicht wieder lebendig, Mann ...«

»Derek, das weiß ich.«

»Und dann steht in der Zeitung, wie die Polizei den Mordfall gelöst hat. Die große Lüge. Ein Mordfall kann gar nicht gelöst werden. Es sei denn, das Opfer würde aus seinem Grab steigen, wieder leben und atmen. Seine Mutter umarmen, Football spielen, erwachsen werden und mit einer Frau schlafen ... sein Leben leben, Terry, so, wie Gott es für ihn bestimmt hatte. Also, wie willst du den Fall lösen, damit Joe all das tun kann?« Strange schüttelte den Kopf. »Ich will diesen Fall nicht lösen, nein. Ich will die Sache zu Ende bringen.«

»He, willst du mir deinen Standpunkt erklären, Derek, oder versuchst du, dich selbst mit Argumenten zu überzeugen?«

»Ist ein bisschen von beidem, denke ich.«

»Wenn du das tust«, meinte Quinn, »setzt du alles aufs Spiel. Du glaubst an Gott, Derek, ich weiß, du bist ein gläubiger Mensch. Wie willst du das mit deinem Glauben vereinbaren?«

»Darauf weiß ich noch keine Antwort. Aber das kommt schon noch.«

Quinn nickte bedächtig. »Na, dann bist du auf dich allein gestellt.«

»Du willst da also nicht mit reingezogen werden, was?«

»Das ist ganz allein deine Entscheidung«, sagte Quinn. »Und außerdem hab' ich heute Nacht auch noch was anderes vor.«

Strange betrachtete Quinn eine Weile. »Du wirst dir den Zuhälter vorknöpfen.«

»Lässt sich nicht vermeiden.«

»Und es geht nicht nur um das, was er dem Mädchen angetan hat, stimmt's? Dieser Lude hat versucht, dich für blöd zu verkaufen.«

»Wie du gerade gesagt hast: Es ist ein bisschen von beidem.«

»Schon klar.« Strange lächelte traurig. »Mann, so läuft das schon seit Ewigkeiten. Garfield Potter bringt Joe Wilder um, denn er ist der Meinung, Joes Onkel hätte ihn beleidigt, weil er seine Schulden nicht zurückgezahlt hat. Und nun werde ich tun, was ich für richtig halte, werde meine Vorstellung von Gerechtigkeit durchboxen. Und all das nur, weil dieser Typ, dieser Potter, glaubt, man hätte ihn verarscht.«

Quinn trank seinen Kaffee aus und ließ den Becher auf den Boden fallen. »Ich muss los.«

»Ja, geh nur. Aber vergiss deine Waffe nicht. Sie ist unter dem Sitz.«

»Ich hab' keine Verwendung für sie.«

»Ich auch nicht.«

»Ich lass' sie lieber hier. Kann ja nicht gut bewaffnet in der Stadt rumrennen, oder?«

»Und du würdest es nicht richtig finden, den Luden zu übervorteilen, was?«

»Da liegst du falsch.«

»Gut. Soll ich dich irgendwohin fahren?«

»Ich geh' zur Georgia hoch und nehm' den Metrobus. Dann kann ich bei der Buchanan aussteigen und meinen Wagen holen.«

»In dieser Gegend willst du an einer Bushaltestelle herumhängen? Nachts?«

»Mir wird schon nichts passieren.«

Strange griff hinüber und drückte Quinns Hand. »Ich werde für dich beten, dass dir nichts zustößt.«

»Lass dein Handy an«, sagte Quinn. »Ich werd' meins auch anlassen. Wir telefonieren dann später miteinander, in Ordnung?«

Strange nickte. »Ich seh' dich dann drüben, am anderen Ufer des Jordan.«

Quinn stieg aus und schloss die Tür. Strange beobachtete ihn im Rückspiegel. Er schlenderte mit diesem leicht selbstgefälligen Gang, den er draufhatte, die Warder Street hinunter. Die Hände in den Taschen, die Schultern gestrafft, ging er an Grüppchen von jungen Männern vorbei, die die Gehwege und Kreuzungen bevölkerten.

Quinn passierte eine Straßenlaterne und marschierte durch den Lichtkegel. Und dann war er nicht mehr von den anderen Gestalten zu unterscheiden, sondern nur noch einer von vielen Schatten. Eine verschwommene Silhouette, die durch die Dunkelheit glitt, die sich über die Straßen gesenkt hatte.

Achtundzwanzig

Strange nahm sein Handy und unterhielt sich eine ganze Weile mit dem Mann am anderen Ende der Leitung. Nachdem sie alles besprochen hatten, verabschiedete Strange sich mit: »Bis dann.« Er drückte auf die Ende-Taste, gab Janines Nummer ein, drückte auf »Anruf« und wartete, bis es läutete. Janine nahm ab, nachdem es drei Mal geklingelt hatte.

»Baker am Apparat.«

»Derek hier.«

»Wo steckst du?«

»Ich sitze im Auto. Bin gerade im Joe-Wilder-Fall zugange.«

»Wo?«

»Auf der Straße.«

»Du hast doch keinen Kaffee getrunken, oder?«

»Doch.«

»Du weißt doch, wie sehr das Zeug treibt.«

Beim Klang ihrer Stimme musste Strange schmunzeln. »Wollte nur kurz anrufen und mich vergewissern, dass Lionel zum Training gegangen ist.«

»Lydell ist vorbeigekommen und hat ihn abgeholt. Er hat mir aufgetragen, wenn ich dich spreche, dir auszurichten, dass sie diesen Ray Soundso aufgetrieben und eingesackt haben.«

»Ray Boyer. Hat er gesagt, ob Ray den Mund aufgemacht hat?«

»Bislang noch nicht. Lydell hat gesagt, Boyer will zuerst mit seinem Anwalt sprechen. Wollte wohl unbedingt sichergehen, dass der Papierkram in Ordnung ist und er dann am Ende auch wirklich die Belohnung kriegt.«

In dem Moment begriff Strange, dass ihm nicht mehr viel Zeit blieb.

»Warum machst du nicht für heute Schluss?«, fragte Janine. »Klingt mir ganz so, als hätte die Polizei die Sache im Griff.«

»Ich denke, ich bleib' noch ein bisschen und warte, was sich tut.«

»Muss ziemlich kalt im Wagen sein, und wenn mich nicht alles täuscht, machst du die Heizung nicht an. Wo du Ron Lattimer doch immer einbläust, die Überwachung wäre für den Arsch, wenn man den Motor laufen lässt und Rauch aus dem Auspuff quillt ...«

»Du kennst mich echt in- und auswendig.«

»Stimmt.«

»Ist das eine Einladung, bei dir reinzuschneien und mich aufzuwärmen?«

»Bist du bereit für ein ernstes Gespräch?«

»Dauert noch 'nen Moment«, meinte Strange. »Aber nicht mehr lange. Hm, ich hab' nicht nur wegen Lionel und dem Training angerufen.«

»Sondern?«

»Ich wollte dich was fragen. Meine Mutter hat früher immer gesagt, man könnte ein schlechtes Leben nicht gegen ein gutes eintauschen. Findest du, das stimmt, Janine?«

»Ob das stimmt, willst du wissen? Ich weiß nicht ... Wo steckst du, Derek? Du hörst dich irgendwie eigenartig an.«

»Ist doch egal, wo ich gerade bin.« Strange setzte sich anders hin. »Ich liebe dich, Janine.«

»Dass wir einander lieben, ist nicht das Problem, Derek.«

»Tschüss, Schatz.«

Strange beendete das Telefonat. Sein Blick wanderte die Straße hoch zu dem Reihenhaus. Wenn er diese Nummer durchziehen wollte, musste er jetzt zuschlagen. Neben ihm lag ein Notizblock. Auf der obersten Seite stand die Telefonnummer, die zu dem Haus gehörte. Er nahm sein Handy und gab die Nummer ein. Beim Wählen ging er im Geiste noch mal seinen Plan durch. Ziemlich riskant, dieser Plan – und der Ausgang ungewiss. Jetzt durfte er nicht zaudern, keinen Fehler machen.

Drüben klingelte es. Hinter den Vorhängen des Reihenhausfensters bewegte sich ein Schatten.

»Hallo?«

»Garfield Potter?«

»Stimmt.«

»Lorenze Wilder. Joe Wilder. Sagen diese Namen Ihnen was?«

»Wer?«

»Lorenze Wilder. Joe Wilder.«

»Woher haben Sie meine Nummer?«

»Die zu kriegen ist nicht so schwer, wenn man erst mal weiß, wo jemand wohnt. Ich hab' mich an Ihre Fersen gehängt, Garfield.«

»Scheiße, wer sind Sie?«

»Derek Strange.«

»Soll mir der Name was sagen?«

»Wenn Sie mich bemerkt haben, erinnern Sie sich auch an mich. Ich trainiere das Footballteam, und der kleine Junge hat zur Mannschaft gehört. Der Junge, den Sie umgelegt haben.«

»Ich hab' keinen Jungen umgelegt.«

»Ich bin der, über den Sie und Ihre Partner gelacht haben. Ich war auf dem Weg zu meinem Wagen, und Sie haben mich Fred Sanford genannt. Sie haben in einem beigen Caprice Gras geraucht. Sie, ein Typ mit geflochtenen Haaren und ein Dritter mit 'nem Riesenzinken. Erinnern Sie sich jetzt an mich? Denn ich erinnere mich sehr gut an Sie.«

»Und?«

Strange hörte, dass Potters Stimme leicht zitterte.

»Ich bin Lorenze und dem Jungen an dem Abend, wo Sie sie getötet haben, gefolgt. Ich war für den Jungen verantwortlich, darum bin ich Ihnen hinterhergefahren. Nur an diesem Abend waren Sie nicht in einem beigen Caprice unterwegs, sondern in einem weißen Plymouth, der wie ein Streifenwagen aussah. Das stimmt doch, oder, Garfield?«

»Weißer Plymouth? Sogar in den Nachrichten haben sie diese Karre erwähnt. Jeder, der 'ne Glotze hat, hat das mitgekriegt. Wenn Sie auch was Handfestes haben, das Sie loswerden wollen, sollten Sie's jetzt ausspucken, Alter.«

»Vielleicht wollen Sie ja was loswerden, Garfield? Sie haben einen Jungen umgebracht ...«

»Hab' Ihnen schon mal gesagt, dass das nicht wahr ist.«

»Wenn Sie einen Jungen umbringen, Garfield, müssten Sie dazu eigentlich auch was zu sagen haben.«

Rechtfertige dich und rette deinen Arsch. Wenn dir was an deinem Leben liegt, junger Mann, dann sag jetzt was.

»Wie bitte? Irgendein junger Nigger kratzt da draußen ab, und ich soll deshalb in Tränen ausbrechen? Ich werde mit ziemlicher Sicherheit auch jung abtreten, und wegen mir wird niemand eine Träne vergießen.«

Strange schloss die Augen und sagte leise: »Ich will finanziell entschädigt werden.«

»Wie bitte? Ich hab' Ihnen gerade gesagt ...«

»Und ich hab' Ihnen gesagt, ich hab' die Morde beobachtet. Ich hab' alles mit eigenen Augen gesehen.«

Strange lauschte dem leisen Rauschen in der Leitung, bis Potter endlich weiterredete. »Wenn Sie sich so sicher sind, dass Sie das gesehen haben, wieso gehen Sie dann nicht zur Polizei? Sacken die Belohnung ein und verstecken sich wieder in dem Loch, aus dem Sie gekrochen gekommen sind.«

»Weil ich von Ihnen mehr kriegen kann.«

»Wie kommen Sie denn auf die Idee?«

»So ein Dealer wie Sie, der hat doch 'ne Menge Kohle, oder? Wie schon gesagt, ich hab' Sie beschattet.«

»Wie viel mehr?«

»Verdoppeln Sie die zehn Riesen, die die Polizei bietet. Machen Sie zwanzig draus.« Strange blinzelte. »Und weil Sie mich für doof verkaufen wollten, können Sie gleich noch mal fünf draufpacken.«

»Es gibt ja nicht mal mehr 'ne Mordwaffe. Und ich weiß, Sie werden nicht versuchen, mich zu verarschen, und behaupten, Sie hätten Fotos oder so 'n Scheiß.«

»Keine Fotos. Ein Video. Ich hab' eine 8-Millimeter-Kamera mit einem prima Zoom. Ich hab' einen Block weit weg von der Eisdiele auf der Rhode Island gestanden, aber mit dem Tele ist der Film superscharf geworden.«

»Videos kann man manipulieren. Dieser Mist wird vor Gericht nie zugelassen. Die Wahrheit ist doch, Sie können mir gar nichts nachweisen.«

»Ich kann's aber mal versuchen«, sagte Strange.

Wieder Schweigen. »Na schön. Vielleicht sollten wir uns mal zusammensetzen und quatschen.«

»Da gibt's nichts zu bequatschen. Sie bringen die Kohle und ich das Band, und das war's dann.«

»Wo?«

»Ich hab' da ein Haus, das ich vermiete. Im Augenblick wohnt da gerade keiner. Dachte mir, Sie sind ja nicht so dumm und werden in 'nem Wohnviertel irgendwelche Dummheiten machen. Ich muss erst noch was erledigen, das dauert ungefähr 'ne Stunde, und dann brauch' ich noch dreißig Minuten, bis ich da draußen bin.«

»Die Adresse?«

Strange beschrieb Potter den Weg und wiederholte dann alles noch mal ganz langsam zum Mitschreiben.

»Fahren Sie immer noch den schwarzen Cadillac, der vor der Roosevelt gestanden hat?«

»Dann erinnern Sie sich also doch an mich.«

»Fahren Sie den immer noch?«

»Ja.«

»Wenn ich vor dem Haus irgendwelche Schlitten sehe, die nach Polizei riechen, mach' ich 'ne Biege. Ich will da nur den Caddy sehen, sonst nichts, kapiert?«

»Bringen Sie die Kohle, und kommen Sie mit Ihren beiden Kumpels. Damit ich Sie alle im Auge behalten kann.«

»Wir sind nur zu zweit«, sagte Potter.

»In anderthalb Stunden«, sagte Strange. »Bis dann.«

Strange beendete das Gespräch, schaltete den Motor an und legte einen Gang ein. Er fuhr schnell zur Buchanan hoch, wusch sich das Gesicht, zog ein anderes Hemd an und fütterte Greco.

Nachdem Strange die Haustür zugeschlossen hatte, ging er zu seinem Brougham hinüber. Heute Morgen hatte Quinn seinen Wagen hinter dem Cadillac abgestellt. Nun war der Chevelle verschwunden.

Garfield Potter hatte zwei Waffen gekauft, eine .38er Special mit sechs Schuss Munition und eine .380er Walther PPK

Double Action mit sieben Schuss. Der Revolver, ein blauer Armscor mit Gummigriff, war für ihn. Automatikwaffen traute er nicht aus Furcht, sie könnten klemmen.

Potter prüfte, ob die .38er geladen war, und klappte die Trommel mit einem ruckartigen Schlenker wieder zurück. Dieses Kunststück hatte er heute Nachmittag vor dem Spiegel geübt.

»Bist du so weit, Dirty?«

»Ja«, antwortete Little.

Er saß auf der Couch, dachte an Brianna und wie klasse es wäre, jetzt eine Nummer mit ihr zu schieben. Er hatte vorhin einen Joint geraucht und war jetzt total zugedröhnt. Obwohl seine Lider auf Halbmast standen, war er richtig gut drauf. Und hungrig. Eigentlich hatte er keinen Bock loszuziehen, aber Garfield wollte weg. Und so spielte er halt mit.

Little betrachtete die Automatik, die in seiner schlappen Hand lag. Auf dem geriffelten Plastikgriff stand der Name. Die Buchstaben waren eingebettet in eine Art Flagge, die aussah, als würde sie im Wind flattern. Die Sicherung hatte Einkerbungen, und seitlich war da dieses kleine Ding, das einem zeigte, dass eine Kugel in der Kammer steckte, für den Fall, dass man das vergaß. Walther stellte prima Knarren her.

»Dirty? Kommst du jetzt?«

»Ja.«

»Dann setz endlich deinen Arsch in Bewegung«, sagte Potter und setzte seine Mütze auf. Er nahm zwei Paar Handschuhe vom Tisch, ein Paar für sich, eins für Little, weil ihm klar war, dass Carlton an so was nicht dachte. »Lass uns die Sache über die Bühne bringen.«

Little erhob sich von der Couch und warf einen Blick in den Spiegel über dem Tisch neben der Treppe. Seine geflochtenen Haare waren zerzaust und sahen richtig scheiße aus. Vielleicht sollte er sich so kurze Rastalocken machen lassen, wie sie gerade schwer angesagt waren. Als Little merkte, dass er sich ewig im Spiegel betrachtet hatte, musste er kichern, was allerdings wie ein Grunzen klang.

»Lass uns abhauen, Dirty.«

»Ja, ist schon gut.«

Little zog seine Lederjacke an und steckte die Walther unter das Hemd. Potter zog auch eine Lederjacke an, verstaute die .38er aber in der Tasche. Er sah zu Little hinüber und grinste.

»Verdammt, Mann, findest du nicht, du rauchst zu viel von dem Zeug?«

»Es tut mir gut, D. Dumm, dass in der Karre, die du gekauft hast, kein CD-Spieler ist, sonst könnten wir während der Fahrt aufs Land ein paar Beats hören.«

»Dann hören wir eben Flexx auf 95.5 FM. Und außerdem leg' ich mir bald einen Lex mit einem Soundsystem von Bose zu.«

»Mann, über diesen Superschlitten redest du jetzt auch schon seit Ewigkeiten. Wann holst du ihn dir endlich?«

»Bald.«

Little und Potter lachten.

»Lass uns verduften«, sagte Potter. »Wir müssen diese Angelegenheit heute Nacht erledigen.«

»Vielleicht laufen wir unterwegs ja Charles über den Weg.«

»Coon versteckt sich irgendwo, das weißt du doch.« Potter fischte die Autoschlüssel aus seiner Jeanstasche. »Aber wenn wir ihn sehen, machen wir ihn auch gleich kalt.«

Little deutete mit dem Kinn auf den Fernseher. Da lief auf UPN gerade eine Show auf voller Lautstärke. »Soll ich das Ding ausschalten?«

»Nee«, meinte Potter. »So lange werden wir nun auch wieder nicht weg sein.«

Als sie aus dem Reihenhaus gingen und die Tür hinter sich schlossen, verblasste der Applaus der Sitcom.

Quinn machte in seiner Wohnung ein paar Liegestütze. ›Jackson Cage‹ schallte laut aus den Boxen. Er machte fünf Sets à fünfzig und hörte erst auf, als er in Schweiß gebadet war und ein Ziehen in den Brustmuskeln spürte. Als er aus der Dusche kam, legte er Steve Earle auf und hörte beim Anziehen ›The Unrepentant‹. Jetzt war sein Blut echt in Wallung. Er spürte, wie er wieder zu schwitzen begann. Der Schweiß unter dem Flanellhemd fühlte sich kalt an.

Quinn steckte das Handy in die Jeans, zog die Lederjacke an und stopfte ein Paar Handschellen in die Seitentasche. Dann schloss er seine Wohnung zu und trat in die kalte Nachtluft hinaus. Ein Junge auf dem Gehweg nickte ihm zu. Quinn grüßte ihn, blieb aber nicht stehen.

Er setzte sich hinter das Steuer des Chevelle, steckte den Schlüssel ins Zündschloss, drückte aufs Gas und fuhr nach Downtown.

Neunundzwanzig

Der Gebrauchtwagenhändler auf der Blair Road hatte Garfield gewarnt, anfangs würde zwar etwas weißer Rauch aus dem Auspuff des 88er Ford Tempo, den er ihm verkaufen wollte, quellen, aber das hätte nichts zu bedeuten.

»Muss auf der Autobahn mal richtig durchgeblasen werden«, sagte der Araber. Oder vielleicht war er auch ein Pakistani. Potter konnte diese Typen eh nicht voneinander unterscheiden. »Aber dann ist er wieder wie neu.«

Potter kaufte dem Kerl seine Lügen nicht ab, doch der Preis stimmte, und er wollte einen unauffälligen Schlitten. Und wer registrierte schon einen 88er Tempo? Unauffälliger als diese Karre ging es doch wohl gar nicht.

Als er auf der New York Avenue Richtung Osten fuhr und in den Rückspiegel schaute, sah er eine weiße Rauchfahne hinter dem Ford aufsteigen. Carlton Little hatte dazu eine Bemerkung vom Stapel gelassen. Andauernd musste er Potter daran erinnern, dass sie nur Schrottkarren fuhren, aber hinterher hatte er den Mund gehalten.

Little schaltete das Radio lauter. Flexx ließ auf PGC gerade eine Reihe Songs – alles nur Hörerwünsche – laufen, die Abend für Abend bestellt wurden. Seit sie von daheim aufgebrochen waren, hatten sie alles Mögliche gehört, so richtig querbeet, angefangen von Mystical über R. Kelly bis hin zu Erykah Badu. Und Little bewegte in einem fort den Kopf, allerdings nicht im Takt zu den Beats. Wenn er dermaßen zugedröhnt war wie jetzt, hatte Potter keinen Bock, mit dem Typen zu palavern.

Als er die Straße hinunterfuhr, entdeckte Potter eine Frau vor einem von diesen Motels, wo Sozialhilfeempfänger einquartiert wurden. In New York gab es solche Baracken wie Sand am Meer. Die Frau hielt einen Jungen an der Hand und latschte mit einer Zigarette im Mund über den Parkplatz. Auf dem T-Shirt des Jungen war eine Pokémon-Figur abgebildet.

Als kleiner Bub hatte er ein T-Shirt mit E. T. vorn drauf gehabt. Den Film hatte er nicht im Kino gesehen, dazu war er noch zu jung gewesen. Aber seine Mutter hatte für ihn bei Safeway auf der Alabama Avenue das Video gekauft, und das schaute er sich so oft an, bis das Band ausgeleiert war. Auf die Stelle, wo der Junge mit seinem Fahrrad durch den Himmel Richtung Mond flog, war er damals richtig abgefahren. Lange Zeit hatte Potter tatsächlich geglaubt, er könnte da auch hinfliegen, wenn er nur – wie dieser Junge – ein Spezialfahrrad hätte. Jedenfalls so lange, bis dieser Typ, der dauernd vor dem Apartment rumlungerte, ihn auslachte und einen blöden Kerl schimpfte, als er ihm davon erzählte.

»Du fliegst überhaupt nirgends hin«, hatte der Mann gesagt, an dessen Worte Potter sich noch ganz genau erinnerte. »Du bist ein Junge aus ’ner Sozialbausiedlung, und mehr wirst du auch nie sein.«

Seine Mutter hätte dem Typen ordentlich rausgeben und ihm verklickern müssen, dass er die Klappe halten soll und ihr Junge alles tun konnte, wozu er Lust hatte. Dass er sogar zum Mond fliegen konnte, wenn ihm der Sinn danach stand. Aber sie hatte nichts gesagt. Vielleicht war ihr ja klar gewesen, dass der Mann Recht hatte.

Potter lenkte den Tempo auf den Beltway und gab Gas, bis die Tachonadel auf 65 stand. Im Radio lief gerade die neue Destiny’s Child. Little nickte vor sich hin und starrte mit offenem Mund und leerem Blick zur Windschutzscheibe hinaus.

Potters Mutter, sie hatte immer ganz besonders gerochen, leicht süßlich, nach Erdbeeren oder so. Lag an den ätherischen Ölen, die sie immer auftrug. Er erinnerte sich, dass sie seine Hand gehalten hatte, wie die Frau da drüben die Hand des Jungen hielt. Wenn er die Augen schloss, spürte er wieder, wie sich das angefühlt hatte. Sie hatte von der Arbeit Schwielen an den Händen, aber ihre Finger waren ganz weich, fast so wie diese Decke, die sie nachts über ihn legte. Ihre Hand war immer warm gewesen. Und unter der Decke auch. Manchmal, wenn er nicht schlafen konnte, setzte sie sich zu ihm ans Bett, rauchte eine Zigarette und redete, bis er müde wurde. Hin und wieder kam es vor, dass er irgendwo Zigarettenrauch roch. Vielleicht war es dieselbe Marke, die seine Mutter geraucht hatte – keine Ahnung, aber er erinnerte ihn an sie, wie sie an seinem Bett saß. Als er noch in den Kinderschuhen steckte, war sie immer für ihn da gewesen. Bis sie sich in dieses Arschloch verliebte, bis sie vergaß, dass sie ein Kind hatte, das ebenfalls ihre Liebe brauchte.

Aber scheiß drauf, oder? Schließlich war er ja kein verdammtes Kind mehr.

»Dirty«, sagte Potter.

»Hm?«

»Lies mir die Wegbeschreibung vor, und sag mir, wo wir sind, Mann.«

Little kniff die Augen zusammen, nahm das Blatt Papier von seinem Schoß und versuchte, im dunklen Wagen Potters unleserliche Kritzeleien zu entziffern.

»Nimm die nächste Ausfahrt«, sagte er. »Die, die nach Osten geht.«

Sie fuhren ab und bogen in die Straße, die von der Ausfahrt abzweigte. Anfangs war sie noch hell erleuchtet, doch ein Stück weiter draußen – wo das County an Straßenlaternen gespart hatte – herrschte Dunkelheit. Sie kamen an Wäldern, Sportanlagen und eingezäunten Wohnsiedlungen vorbei.

»Denkst du manchmal an deine Mutter, Dirty?«

»Meine Mutter?«, sagte Little. »Keine Ahnung. Manchmal denk' ich an meine Tante. Sie schuldet mir noch Geld.« Als im Radio die ersten Töne eines neuen Songs anklangen, grinste er. »Das hier ist der neue Toni Braxton Song, ›Just be a Man‹. Wenn die mich ließe, würde ich der schon zeigen, was für ein Mann ich bin.«

Potter fragte sich, wieso er sich überhaupt die Mühe gab, sich mit Carlton zu unterhalten, aber trotzdem würde er wohl auch in Zukunft mit ihm um die Häuser ziehen. Wenn Dirty nicht wäre, hätte er überhaupt keinen Freund.

»Wo sind wir?«, fragte Potter.

Little warf einen Blick auf den Notizzettel. »Jetzt müsste gleich eine Abzweigung kommen, auf der rechten Seite, hinter einer Kirche.« Little zeigte mit dem Finger auf die Straße. »Da vorn ist sie.«

Eine halbe Meile hinter der Kirche bog Potter in eine nicht eingezäunte, namenlose Siedlung. Die Häuser hier waren groß und standen weit auseinander. Fast nirgendwo brannte Licht, aber das musste nichts bedeuten. Heute war Montag, und spät war es auch schon.

»Dort vorn nach rechts«, sagte Little. »Und dann wieder nach links.«

Potter bog um die erste Kurve. Auf der Ecke stand eine auf alt getrimmte Straßenlaterne. Ihr Licht fiel in den Wagen und tauchte sein Gesicht in ein fahles Gelb. Kurz darauf verfärbte es sich grünlich, was an den beleuchteten Armaturenbrettanzeigen lag.

»Du weißt, was du zu tun hast«, sagte Potter, »wenn wir da drinnen sind.«

Potter bog um die nächste Kurve.

Little schob das Becken vor, holte die Walther hervor und zog den Schlitten zurück.

»Den alten Knacker umlegen«, sagte er und steckte die Waffe wieder unters Hemd.

»Wenn wir das Video haben«, sagte Potter, »erledigen wir ihn sofort. Jagen ihm ein paar Kugeln in die Birne und verpissen uns.«

Little zog die Handschuhe an und hielt das Steuer, als Potter seine überstreifte. Sie waren jetzt in einer Sackgasse. Drei Häuser thronten auf riesigen Grundstücken. Im ersten Haus brannte kein Licht, aber die Lampe über der Eingangstür war eingeschaltet. Dann rollten sie an dem zweiten Haus vorbei. Alle Fenster waren dunkel, doch auf der halbkreisförmigen Auffahrt parkten zwei schwarze Mercedes-Limousinen.

»Da ist der Caddy«, meinte Little und deutete mit dem Kinn auf den schwarzen Brougham, der auf der halbrunden Auffahrt vor dem letzten Haus in der Straße stand.

Potter hielt neben dem Bordstein und schaltete den Motor aus.

Sie gingen über Gras, Asphalt und dann wieder über Gras, hielten auf die Treppe des Backsteinhauses im Kolonialstil zu. Im ersten Stock brannte in allen Zimmern Licht, und auch in der angrenzenden Garage, in deren Tür oben eine Reihe kleiner rechteckiger Fenster eingelassen war.

Potter und Little standen unter einem von Säulen getragenen Portal. Mit einer Handbewegung gab Potter Little zu verstehen, dass er klingeln sollte. Durch das Bleiglasfenster konnte Potter erkennen, wie der verschwommene Schatten eines schwarz gekleideten Mannes durch die Halle wanderte. Die Tür ging auf. Der Footballtrainer, der sich Strange nannte, stand im Türrahmen.

»Kommen Sie rein«, sagte Strange.

Sie traten in ein großes Foyer. Strange schloss die Tür und baute sich vor ihnen auf.

Potter fuhr mit der Zunge über seine Lippen. »Haben Sie mir was zu sagen?«

»Ich wollte Sie mir nur mal genauer ansehen.«

»Dazu hatten Sie jetzt ja Gelegenheit. Dann lassen Sie uns mal zum Geschäftlichen kommen.«

»Haben Sie das Geld?«

»In meiner Jacke, Chef.«

»Ich will es sehen.«

»Aber erst, wenn ich das Videoband sehe.«

Strange atmete langsam aus. »Na schön, dann kommen Sie.«

»Warten Sie. Ich will sehen, ob Sie bewaffnet sind.«

Strange öffnete die Jacke. Little machte einen Schritt nach vorn, filzte ihn, wie er das aus dem Fernsehen kannte, und gab seinem Partner mit einem Nicken zu verstehen, dass Strange nicht bewaffnet war.

»Folgen Sie mir nach hinten«, sagte Strange. »Ich hab' in der Garage ein Studio. Da ist das Band.«

Sie gingen einen der beiden Flure hinunter, die links und rechts von der Haupttreppe abzweigten, gelangten in eine Küche und anschließend in einen Wohnbereich mit Fernseher, Stereoanlage und großen, dick gepolsterten Sitzmöbeln.

»Dachte, Sie hätten gesagt, das Haus wäre nicht bewohnt«, meinte Potter.

Strange drehte den Kopf und sagte: »Ich vermiete es möbliert.«

Und scheinst auch eine ganze Menge Schotter zu haben, dachte Potter, und dann beschlich ihn auf einmal das Gefühl, dass hier irgendetwas nicht stimmte.

»Woher haben Sie für so was die Kohle?«, fragte Potter und stieß Little, der schwerfällig neben ihm her trampelte, mit dem Ellbogen beiseite.

»Mir gehört eine Detektivagentur«, antwortete Strange. »Ecke 9th und Upshur.«

»Ja«, sagte Potter, »aber wie steht es mit Nebeneinkünften? Ich meine, mit 'nem ganz normalen Job kann man sich so was nicht leisten.«

»Ich spüre Personen auf«, sagte Strange.

Sie kamen an einer Tür vorbei, die einen Spaltbreit offen stand, gingen aber weiter. Strange trat in eine Art Waschküche, steuerte auf eine Tür zu und sagte: »Hier ist es.«

»Na, so gut können Sie beim Aufspüren von Personen gar nicht sein«, fand Potter, »um sich all das hier leisten zu können.«

»Sie habe ich gefunden«, sagte Strange und stieß die Tür auf.

Der Raum hinter der Tür war dunkel. Potter versuchte, etwas zu erkennen, und dachte an die Garagentür mit den kleinen Fenstern. Und er erinnerte sich auch, dass in der Garage Licht gebrannt hatte, als er und Little sich dem Haus genähert hatten.

»Dirty«, rief Potter und wollte gerade die .38er aus der Lederjacke ziehen, als er hinter seinem Rücken Schritte hörte, doch da spürte er schon die Mündung einer Knarre unterm Ohr.

Little wurde gegen die Wand geschleudert. Ein Mann, der ihm eine Waffe an den Kopf hielt, schlug ihm ins Gesicht, filzte ihn und nahm ihm die Waffe ab.

Potter rührte sich nicht. Er spürte eine fremde Hand in seiner Jackentasche, die ganz leicht wurde, als jemand den Revolver herauszog.

»Da rein«, befahl die Stimme hinter ihm und schubste ihn nach vorn.

Strange schaltete das Licht ein und trat beiseite. Zu viert begaben sie sich in die Garage.

Ein großer Mann – er hatte hellbraune Augen und trug einen Jogginganzug – baute sich vor Potter auf und verschränkte die Arme auf der Brust. Neben ihm stand ein junger Mann im Anzug mit einer Automatik in der Hand. Auf der anderen Seite des großen Mannes war ein Junge, kaum älter als zwölf. Über der Hose trug er ein viel zu weites T-Shirt. Weitere Personen waren nicht in der Garage. Jemand hatte eine Plastikplane auf dem Boden ausgebreitet.

Potter erkannte den großen Mann sofort. Er hieß Granville Oliver. Jeder in der Stadt kannte ihn.

Oliver warf Strange, der immer noch im Türrahmen wartete, einen Blick zu.

»Sehr schön«, meinte Oliver.

Strange starrte den Jungen in dem Riesen-T-Shirt an und zögerte kurz, ehe er zurückwich und die Tür schloss.

Über ihren Köpfen summten leise die in der abgehängten Decke eingelassenen Neonröhren.

»Sie sind Granville Oliver, stimmt's?«, fragte Potter.

Die beiden Typen, die Potter und Little gefilzt hatten, waren zu Oliver und dem Jungen getreten. Wie eine Mauer rückten sie näher. Potter und Little wichen so weit zurück, bis sie mit dem Rücken gegen die Garagenwand aus Hohlblocksteinen stießen. Einer der Männer streckte die Hand aus, riss Potter die Mütze vom Kopf und warf sie auf den Boden.

»Was soll das hier?«, fragte Potter und hoffte inständig, nicht wie ein Schwächling rüberzukommen, doch da brauchte er sich nichts vorzumachen. Als Little kurz seine Hand berührte, prickelten seine Finger.

Oliver sagte kein Wort.

»Hören Sie, wir haben doch keinen Streit«, sagte Potter. »Leuten wie Ihnen bin ich nie in die Quere gekommen.«

Die Neonröhren summten.

Potter breitete die Hände aus. »Hab' ich Ihnen unten auf der Georgia aus Versehen reingepfuscht? Ich meine, wollen Sie da was aufziehen, von dem ich nichts weiß? Kein Problem, wir packen ein und ziehen weiter. Sie müssen's nur sagen.«

Oliver antwortete nicht.

Potter grinste. »Wir können auch für Sie arbeiten, wenn es das ist, was Sie wollen.« Er lächelte krampfhaft weiter und spürte, wie sein Mund unkontrolliert zuckte.

Oliver ließ ihn nicht aus den Augen. »Du willst für mich arbeiten?«

»Klar«, sagte Potter. »Können wir bei Ihnen einsteigen?«

»Gib mir die Waffe«, sagte Oliver zu dem kleinen Jungen, der eine Automatik unter seinem Hemd hervorzog. Oliver nahm dem Jungen die Waffe ab, steckte eine Kugel ins Magazin, nahm die Automatik hoch und zielte damit auf Potters Gesicht. Potter sah, wie Oliver den Finger in den Sicherheitsbügel der Waffe schob.

Potter schloss die Augen, hörte, wie sein Freund neben ihm schluchzte, stotterte, flehte. Er bekam auch mit, wie Carlton auf die Knie fiel, aber er wollte nicht wie Dirty abtreten. Wie irgend so 'n Weichei, das um sein Leben bettelt.

Potter machte sich vor Angst in die Hose. Warmer Urin lief an seinen Schenkeln herunter. Er hörte, wie der Kerl, der ihn töten wollte, lachte. Er versuchte, die Augen aufzumachen, doch seine Lider waren schwer wie Blei. Er dachte an seine Mutter, versuchte sich zu erinnern, wie sie ausgesehen hatte, doch er konnte sich kein Bild mehr von ihr machen. Und er fragte sich, ob es wehtat zu sterben.

Strange ging durch die Küche Richtung Eingangshalle, hielt inne und lehnte sich an einen frei stehenden Grill.

Obwohl die Verbindungstür zur Garage geschlossen war, konnte man hier noch hören, wie einer der jungen Männer weinte. Klang fast so, als würde er betteln. Wenn ihn nicht alles täuschte, war das der Bursche mit den geflochtenen Haaren. Strange wusste nicht mal, wie der junge Mann hieß.

Dass er hier ins Grübeln kam, hatte nichts mit ihm oder Potter zu tun. Nein, er machte sich Gedanken wegen des Jungen in Olivers Schlepptau. Das war der Kleine, der neulich draußen den Rasen gerecht hatte, dem niemals ein Lächeln über die Lippen kam. Als wäre er innerlich schon tot, abgestorben, mit seinen elf, zwölf Jahren. Quinn würde jetzt anführen, dass man diese Kinder auf gar keinen Fall abschreiben durfte, dass es niemals zu spät war, einen weiteren Versuch zu wagen. Hm, was Potter und seinesgleichen anging, war Strange sich da nicht so sicher, aber nach seinem Dafürhalten war es noch nicht zu spät für den Jungen, der das Lachen verlernt hatte.

Strange ging den Weg zurück, den er gekommen war. Ohne anzuklopfen riss er die Verbindungstür zur Garage auf, setzte einen Fuß auf die Plastikplane und marschierte durch den kalten Raum. Alle Anwesenden drehten den Kopf in seine Richtung.

Granville Oliver zielte mit einer Automatik auf Potters Gesicht, der jetzt sabberte. Seine Jeans hatten vorn dunkle Flecken. Beißender Uringestank hing in der Garage. Der mit den geflochtenen Haaren kniete mit tränenverschmiertem Gesicht und weit aufgerissenen, rot geränderten Augen auf dem Boden.

»Sie haben hier drinnen nichts verloren«, sagte Oliver.

»Ich kann nicht zulassen, dass Sie das tun.«

Oliver zielte immer noch auf Potter. »Sie haben mir die Jungs geliefert. Damit ist Ihre Aufgabe erledigt.«

»Ja, das dachte ich auch«, meinte Strange. »Können wir uns kurz unterhalten?«

»Sie wollen mich wohl auf den Arm nehmen.«

Strange schüttelte den Kopf. »Sehen Sie mich an, Mann. Seh' ich Ihrer Meinung nach wie jemand aus, der Sie auf den

Arm nehmen möchte? Geben Sie mir eine Minute. Hören Sie sich an, was ich zu sagen habe.«

Oliver starrte Strange an, und Strange starrte zurück.

»Bitte«, sagte Strange.

Die Anspannung wich aus Olivers Schultern. Er nahm die Waffe herunter und wandte sich an den Mann im Anzug, der Phillip hieß und neben ihm stand.

»Lass die beiden hier nicht aus den Augen«, ordnete Oliver an. Zu Strange sagte er: »Wir reden in meinem Büro.«

»Gut«, erwiderte Strange.

Ein Telefon läutete. Strange saß in dem Sessel vor Granvilles Schreibtisch. Oliver griff in seine Tasche und holte das Handy heraus.

»Das ist meins«, sagte Strange und nahm sein Telefon vom Gürtel. »Ja.«

»Derek, hier ist Lydell. Wir haben seine Aussage.«

»Wessen Aussage?«

»Die von Ray Boyer, dem Würfelspieler. Er hat ausgesagt, der Junge, der ihm die Nase gebrochen hat, hätte mit einer .375er Stupsnase draufgehauen.«

»Konnte er sich noch an den Namen des Typen erinnern?«

»Garfield Potter. Seinen Namen haben wir gerade eingegeben. Dürfte nur 'ne Minute dauern, bis wir wissen, wo er zuletzt gemeldet war.«

»Potter ist der Richtige.«

»Was?«

»Ich kann dir seine Adresse geben«, sagte Strange und warf einen Blick über Olivers Schultern. Potter hatte seinen Wagen auf der Straße vor dem Fenster abgestellt, doch nun stand das Auto nicht mehr da. »Aber im Moment ist er nicht daheim.«

»Was redest du da, Mann?«

»Schreib jetzt mit«, sagte Strange und gab Blue die Adresse in der Warder Street. »Er wohnt in einem Reihenhaus mit 'ner Veranda ohne Gartenmöbel. Die dürften dort in etwa 'ner halben Stunde einlaufen. Potter und sein Partner, der Kerl mit den geflochtenen Haaren. Potter fährt einen blauen Ford Tempo, Baujahr so Ende der Achtziger. Wo der dritte Typ steckt, kann ich dir nicht sagen. Hat sich wahrscheinlich vom Acker gemacht.«

»Woher weißt du all das, Derek?«

»Das erklär' ich dir später.«

»Worauf du Gift nehmen kannst.«

»Ly, schick alle verfügbaren Einheiten rüber. So reden sie doch immer in diesen Polizeishows, oder?«

»Derek ...«

»Wie ist das Training gelaufen?«

»Wie bitte?«

»Das Training. Ist mit den Jungs alles okay?«

»Ähm, ja. Die Jungs sind alle gut nach Hause gekommen. Mann, versuch jetzt nicht, das Thema zu wechseln ...«

»Gut. Das ist gut.«

»Ich ruf' dich später noch mal an, Derek.«

»Ist gut«, sagte Strange.

Strange beendete das Gespräch, bat Oliver mit erhobenem Zeigefinger, noch kurz zu warten, und wählte Quinns Nummer, der allerdings sein Handy ausgeschaltet hatte. Strange hinterließ eine Nachricht und starrte sein Mobiltelefon einen Moment lang an, ehe er es wieder am Gürtel befestigte.

»Sind Sie endlich fertig?«, fragte Oliver.

»Ja.«

»Sie wissen doch, dass das, was Sie heute Abend getan haben, rein gar nichts ändern wird. Die beiden werden sterben. Dafür werde ich schon sorgen.«

»Aber nicht heute Abend. Und nicht, weil ich es so eingefädelt habe. Und schon gar nicht vor den Augen des kleinen Jungen, der für Sie arbeitet.«

»Ja, ja, ja. Das haben wir alles schon mal durchgekaut.«

»Ich möchte nur, dass dieser Junge eine Chance kriegt.«

»Auch das haben Sie schon gesagt. Aber wie hätten Sie reagiert, wenn ich nein gesagt hätte?«

»Ich hab' darauf spekuliert, dass Sie auch so was wie 'ne menschliche Seite haben. Und ich hab' mich nicht in Ihnen getäuscht, das haben Sie mir damit bewiesen. Danke, dass Sie mich angehört haben.«

Oliver nickte. »Der Junge heißt Robert Gray. Sie denken wohl, ich tu' ihm nicht gut, was?«

»Lassen Sie es mich mal so formulieren: Ich hab' nicht den Eindruck, dass es sich positiv auf seine Zukunft auswirkt, wenn er bei Ihrer Truppe mitmischt. In diesem Punkt sind Sie und ich unterschiedlicher Meinung.«

»Strange, Sie hätten mal sehen müssen, in was für Verhältnissen er lebte, ehe ich ihn da unten in der Stanton Terrace aufgelesen habe. Da hat niemand einen gottverdammten Finger für ihn gerührt.«

Strange lehnte sich zurück und kratzte sich an der Schläfe. »Dieser Robert, spielt er Football?«

»Was soll das denn?«

»Kann er spielen?«

»Der Junge ist wendig. Und treffen tut er auch.« Oliver musterte Strange und grinste. »Sie sind mir schon 'ne Nummer, Mann. Haben Sie etwa vor, die ganze Welt gleich auf einmal zu retten?«

»Nein, nicht die ganze Welt.«

»Nur damit Sie's wissen, es war nicht meine menschliche Seite, die mich dazu gebracht hat, die Jungs vom Haken zu lassen.«

»Was war's dann?«

»Eines schönen Tages werde ich Sie brauchen, Strange. Ich habe so was wie ... wie nennt man es noch gleich ... eine Vorahnung. Und meistens liege ich richtig, wenn mich dieses Gefühl beschleicht.« Oliver zeigte mit dem Finger auf Strange. »Für das, was ich heute Abend getan habe, sind Sie mir was schuldig.«

Ich bin dir noch viel mehr schuldig, dachte Strange, aber er sagte nur: »Stimmt.«

Strange fuhr in die Stadt zurück, ohne das Radio einzuschalten. Auf der Georgia versuchte er erneut, Quinn auf seinem Handy zu erreichen, wurde aber wieder mit der Ansage vom Band abgespeist. Er überquerte die Buchanan und fuhr weiter nach Norden, bog rechts in die Quintana ein und parkte den Cadillac vor Janines Haus. Sie bat ihn herein und forderte ihn auf, es sich auf dem Wohnzimmersofa bequem zu machen. Kurz darauf setzte sie sich mit einem kalten Heineken und zwei Gläsern zu ihm. Er und Janine unterhielten sich bis spät in die Nacht.

Dreißig

Quinn parkte schon gut eine halbe Stunde neben dem Bordstein, da kam endlich Worldwide Wilson in seinem 400 SE die Straße heruntergefahren. Im Rückspiegel beobachtete Quinn, wie der Mercedes näher kam. Als der Mercedes an ihm vorbeifuhr, zog er den Kopf ein und schaute in eine andere Richtung. Wilson parkte mit eingeschalteter Warnblinkanlage in zweiter Reihe und ließ das Fenster herunter. Eine schwarze Hure, die Quinn vom Sehen kannte – sie hatte ihn an dem Abend angesprochen, wo er die Kleine rausgeholt hatte –, steckte den Kopf ins Fenster. Kurz darauf stieg Wilson aus dem Mercedes.

Er trug einen Anzug und einen langen rostfarbenen Ledermantel, einen Hut mit passendem Hutband und Alligatorlederschuhe. Während er zu dem Haus hinüberging, setzte sich die schwarze Hure hinter das Steuer des Mercedes und machte sich auf die Suche nach einem legalen Parkplatz für den Schlitten ihres Zuhälters. Wie eine große Katze schlich Wilson über den Gehweg, stieg die Stufen hoch und verschwand in seinem Haus.

Quinn startete den Chevelle, fuhr die Straße hinunter, bog an der nächsten Kreuzung links ab und dann gleich noch mal links. In einer Gasse stellte er den Wagen vor eine Backsteinmauer. Seine Scheinwerfer blendeten eine Hand voll winziger Augen unter den Mülltonnen. Er schaltete das Licht aus und sah noch kurz Ratten über die Pflastersteine huschen. Dann schaltete er den Motor aus. Unter der Motorhaube knackte es leise. Er zählte die Häuser ab, bis er das Richtige fand. Es wurde von einem einzelnen am Dach montierten Strahler beleuchtet. In dem Moment ging in der verglasten Veranda im zweiten Stock das Licht an.

Quinn stieg aus und spurtete zur Feuerfluchttreppe. Im Flur im dritten Stock brannten 25-Watt-Birnen. Das Fenster in der dritten Etage konnte er noch erkennen, aber seine Fernsicht war mittlerweile so eingeschränkt, dass er nicht sagen konnte, ob das Fenster offen stand.

Er schaltete sein Handy ab, setzte einen Fuß auf die Feuertreppe und kletterte nach oben. Als er die Eisengitterstufen hochstieg, drang durch die Holzwände der verglasten Veranda Musik, die langsam lauter wurde. Gott sei Dank, dachte er, als er auf dem Weg nach oben an den Verandafenstern und den zugezogenen Gardinen vorbeikam. Erst kurz vor der dritten Etage konnte er das Flurfenster deutlich erkennen, das glücklicherweise einen Spaltbreit offen stand.

Quinn schob es hoch, stieg in den Flur. Er schwitzte. Sein Herz pochte heftig. Im Korridor roch es nach Marihuana, Tabak und Lysol. Hinter einer der Türen knarzte ein Lattenrost, und ein Mann stöhnte laut, als er zum Höhepunkt kam. Quinn ging weiter.

Sich am Geländer entlanghangelnd schlich er den Korridor hinunter. Am Ende des Flurs spähte er die Treppe hinunter in den zweiten Stock. Musik – kaum mehr als ein Bass, Synthesizer und eine schrammelige Gitarre – schallte nach oben, hallte durchs ganze Haus. Er stieg die Stufen hinunter. Mit jedem Schritt, den er machte, wurde die Musik lauter.

Worldwide Wilson saß auf einer roten Samtcouch, schwenkte ein Glas mit Wodka und Eiswürfeln und hörte ›Cebu‹, dieses miserable Instrumental, mit dem die B-Seite der alten Commodores-LP *Movin' On* endete. Diese bei Motown erschienene Scheibe hatte Wilson vor gut fünfundzwanzig Jahren erstanden. In diesem Wintergarten, wo er sich, wenn er nicht daheim war, gern mal einen hinter die Binde goss, waren alle Platten, die sich über die Jahre hinweg angesammelt hatten, in Regalen verstaut. Daheim hörte er CDs, doch hier bewahrte er seine Schallplatten, den Plattenspieler, die Bang & Olufsen-Lautsprecher und seinen alten Marantz-Röhrenverstärker auf. Die Anlage hatte genug Leistung und war zum Abspielen der Schallplatten echt perfekt. Der volle Klang der Scheiben war einfach unschlagbar.

Wilson schnippte die Asche von seiner Zigarette, trank einen Schluck Wodka, der inzwischen leicht gekühlt war, und ließ den kalten Stoff langsam die Gurgel hinunterlaufen, bis es brannte.

Wilson liebte diesen Kartoffelschnaps. Er kaufte immer dieselbe Sorte. Auf der weißen Flasche – sie sah aus, als wäre sie von Raureif überzogen – war ein kahler Baum abgebildet. Den Wodka kaufte er in einem Laden an der District Line. Er war echt anders als seine schwarzen Brüder, die sich einbildeten, sie müssten Courvoisier und Hennessy trinken, weil das alle anderen soffen, weil die Weißen einem das erzählten. Das Zeug war pures Gift. Es gab dafür sogar einen speziellen Ausdruck: karzino-irgendwas. Was so viel hieß wie, dass man Krebs davon kriegte. Und die Weißen puschten diesen Stoff im Ghetto mit großen Plakaten an Litfasssäulen und Bushaltestellen und Anzeigen in *Ebony* oder *Jet*. Genauso machten sie es auch mit den Kippen, die den Tod brachten. Nun, Wilson rauchte selbst ganz gern, aber der Punkt war doch, dass er ihnen den ganzen Scheiß nicht abkaufte. Er allein entschied, was gut für ihn war und was nicht. Sein belesener Bruder hatte ihm das alles mal verklickert, als sie an Heiligabend im Haus seiner Mutter eine Tüte geraucht hatten. Also, mit Cognac hatte er nichts am Hut, aber teuren Wodka trank er ganz gern. War in Übersee auf den Geschmack gekommen.

Dieser Raum hier war klasse. Er hatte ihn isoliert und für den Winter eine Heizung eingezogen, einen Teppichrest ausgelegt, ein paar afrikanische Drucke vom Flohmarkt aufgehängt und diese dicken Vorhänge gekauft. Die Vorhänge sorgten für ein gewisses Maß an Privatsphäre und vermittelten ihm das Gefühl, Besitzer eines Privatclubs zu sein. Er hatte sich ein paar Möbel besorgt und sogar einen Leuchter aufgehängt. Da fehlten zwar ein paar Birnen, aber das Ding sah hier trotzdem verdammt gut aus. Mit diesem Raum konnte man bei einem Mädel vom Land, das gerade aus dem Bus gehüpft war, schwer Eindruck schinden. Der Wintergarten haute die jungen Dinger derart um, dass sie sofort für ihn anschaffen gingen.

Wilson legte die Füße auf den Tisch und zog an seiner Zigarette. Sein Blick wanderte zum Fenster hinüber. Er meinte, hinter den Vorhängen einen Schatten zu erkennen. Dann trank er noch einen Schluck Wodka, bewegte den Kopf im Takt zur Musik und nahm einen letzten Zug von der Zigarette, ehe er sie ausdrückte.

Wilson stand auf, trat ans Fenster und zog die Vorhänge weg. Er schaute nach draußen, warf einen Blick nach unten und dann einen nach oben, konnte aber nichts entdecken. War bestimmt kein Fehler, wenn er mal kurz in den Flur ging und sich dort umschaute. Immerhin war Vorsicht die Mutter der Porzellankiste.

Quinn stieg die letzte Stufe hinunter und setzte gerade einen Fuß auf den Treppenabsatz, als am Ende des Korridors die

Tür des Wintergartens aufging und Worldwide Wilson mit einem Drink in der Hand herauskam. Er trug einen hellgrünen Anzug, ein dunkelgrünes Hemd und eine Krawatte im gleichen Ton. Zuerst war er leicht perplex und schnitt eine Grimasse, doch dann schnallte er, was Sache war, und grinste wissend.

»Wenn das nicht Theresa Bickle ist, soll ich in der Hölle schmoren«, sagte Wilson und kicherte. »Willst du mich mal wieder wegen einer Frau verkloppen? Schneist du deshalb noch bei mir rein? Denn die jungen weißen Mädels sind mir gerade ausgegangen, Theresa.«

Quinn marschierte schnell den Flur hinunter.

»Bist anscheinend deiner Freundin Stella über den Weg gelaufen. Ist doch 'ne Schande, wozu das Mädel mich gebracht hat, oder?«

Quinn legte einen Zacken zu.

»Und was nun?«, fragte Wilson. »Willst du mich umrennen, kleiner Mann?«

Quinn rannte schneller und zog den Kopf ein. Wilson ließ das Glas fallen und wollte mit der Hand in die Jackentasche greifen, da warf Quinn sich auf ihn, schlang die Arme um ihn und verschränkte die Finger hinter seinem Rücken. Zusammen polterten die beiden Männer durch die offene Tür in den dahinter liegenden Raum.

Quinn bugsierte Wilson quer durchs Zimmer und stieß ihn gegen das Fenster. Die Scheiben hinter den Vorhängen gingen zu Bruch. Im Scherbenregen riss Quinn Wilson herum, ohne von ihm abzulassen. Wilson lachte. Quinn schleuderte ihn in das Regal mit dem Plattenspieler. Als beide Männer über das Möbel stolperten, lockerte sich Quinns Griff. Die Nadel ratschte übers Vinyl, und die Musik endete abrupt.

Keine zwei Meter voneinander entfernt rappelten sich Quinn und Wilson wieder auf. Quinns Hände waren blutverschmiert. Anscheinend hatte er sich geschnitten. Ob nur an einer Hand oder gleich an beiden, konnte er nicht sagen.

»Du hast meine Anlage geschrottet«, beklagte sich Wilson fassungslos.

»Weiter.« Quinn unterstrich seine Worte mit einer Handbewegung. Da entdeckte er den tiefen, heftig blutenden Schnitt am Daumen.

Wilson kam näher. Quinn verlagerte das Gewicht auf die Fersen, presste die Ellbogen an den Bauch und hob schützend die Fäuste vors Gesicht. Wilson drängte ihn mit ein paar Schlägen zurück, die überraschenderweise sehr hart waren und richtig wehtaten. Quinn musste einen seitlichen Haken einstecken, stöhnte auf und hielt den Atem an. Wilson lachte und traf ihn noch mal an derselben Stelle. Quinn nahm die Fäuste herunter. Wilson nutzte die Gelegenheit und schlug ihm mit der Faust auf den Kiefer. Quinn verlor das Gleichgewicht, ging zu Boden, rollte herum und kam wieder auf die Beine. Als er den Kiefer bewegte, fühlte es sich so an, als würde ihm jemand eine Nadel in den Kopf bohren. Wilson grinste. Sein Goldzahn funkelte im Licht des Kronleuchters.

Quinn ging zum Angriff über. Als er sich Wilson näherte, versuchte dieser, sein Gesicht zu treffen, doch Quinn wehrte ihn ab und platzierte einen rechten Haken, der Wilsons Wange leider nur leicht streifte. Wilson nahm die Hand hoch und wollte einen zweiten Schlag abfangen, doch da rammte Quinn ihm die Faust mit voller Wucht in den Magen. Wilson krümmte sich, konnte sich aber kurz darauf schon wieder zu voller Größe aufrichten. Wie die Wilden schlugen die beiden Männer aufeinander ein. Quinns geballte Faust schoss zwischen Wilsons Händen durch, wobei er auf Wilsons Kinn zielte und einen gemeinen Aufwärtshaken landete. Wilson verdrehte die Augen. Quinn haute noch mal auf dieselbe Stelle. Wilson taumelte nach hinten. Als er wieder einen halbwegs klaren Kopf hatte, schickte er den Wohnzimmertisch mit einem Fußtritt quer durchs Zimmer. Nun war ihm das Lachen vergangen.

Inzwischen war die Mitte des Raumes wie leer gefegt.

Sie kreisten umeinander und trafen sich schließlich in der Mitte.

Wilson trat auf Quinns Fuß und durchbrach mit der Faust dessen Deckung. Quinn musste einen kurzen rechten Haken einstecken. Sein Kopf flog nach hinten. Er schmeckte Blut, das aus der aufgeplatzten Oberlippe quoll. Wilson versuchte, dieses Manöver noch mal zu wiederholen, doch Quinn wehrte ihn mit der Hand ab, schlang blitzschnell die Arme um Wilson und verschränkte wieder die Finger hinter dessen Rücken. Wilson rannte mit ihm gegen die Wand. Quinn spürte, wie hinter seinem Rücken ein Glasrahmen splitterte. Er riss den Kopf nach hinten und schlug dann mit der Stirn auf Wilsons Nase. Ihr Blut mischte sich. Quinn stieß unbewusst einen tierischen Laut aus und haute dann noch mal mit der Stirn zu. Wilson schossen Tränen in die Augen. Quinn ließ von ihm ab. Beide Männer wichen zurück und holten erst mal tief Luft.

Wilsons untere Gesichtshälfte war blutüberströmt. Die Blutspritzer auf seinem grünen Anzug wirkten braun, und Quinns Hemd war blutgetränkt.

»Jetzt reicht's aber«, sagte Wilson und griff in eine Jackentasche. Als er seine Hand wieder herauszog, umklammerten seine Finger ein Messer mit Perlmuttgriff. Wilson ließ das Messer aufschnappen und näherte sich Quinn. In diesem Moment ertönte der durchdringende Schrei einer Frau im Wintergarten.

Wilsons Arm schoss vor. Die Klinge funkelte im Licht. Quinn versuchte, dem Messer auszuweichen, was nicht funktionierte, denn er spürte, wie sich das Messer in sein Fleisch bohrte. Frisches, warmes Blut lief ihm übers Gesicht.

Wilson drehte den Griff und rührte mit der Klinge in der Wunde. Er wollte noch mal zustechen, doch Quinn erwischte seinen Unterarm und hielt ihn fest. Wilson stand mit gegrätschten Beinen vor ihm. Quinn holte mit dem Fuß weit aus, riss ihn nach vorn und trat ihm in die Eier. Wilson musste husten. Quinn spürte, wie alle Kraft aus Wilsons Unterarm wich, drehte ihm den Arm auf den Rücken und trat ihm gegen das Schienbein. Wilsons rechtes Bein knickte weg. Quinn umklammerte das Handgelenk seines Gegners, der jetzt kniete, und drückte es so weit nach vorn, bis Wilson das Messer losließ. Die Klinge fiel auf den Teppich. Und dann setzte Quinn alles auf eine Karte und trat Wilson voll ins Gesicht. Ein Knochen brach; ein lautes Schmatzen war zu hören. Wilsons Körper wurde hochgerissen. Blut spritzte, und dann fiel Wilson auf die Seite, drehte sich auf den Rücken und blieb am Boden liegen. Sein Gesicht war nur noch eine breiige Masse.

Quinn hob das Messer auf, klappte es zu und steckte es ein. Anschließend zerrte er Wilson zum Heizkörper hinüber und kettete ihn mit Handschellen an ein Rohr.

Eine Frau bombardierte Quinn mit obszönen Beschimpfungen. Sie stand in Netzstrümpfen und einem kurzen Rock, der kaum ihren Po bedeckte, im Türrahmen, machte aber keine Anstalten, näher zu treten.

Quinn fischte sein Handy aus der Jeanstasche, setzte sich auf die rote Couch, betrachtete mit zusammengekniffenen Augen die Tastatur und wählte mit zittrigen Fingern die 911. Er forderte einen Streifen- und einen Krankenwagen an und gab dem Fahrdienstleiter seinen Aufenthaltsort durch. Nach dem Anruf versuchte er krampfhaft, sich an Stranges Nummer zu erinnern. Er überlegte, ob er Sue anrufen sollte, doch weder ihre noch Stranges Nummer wollten ihm einfallen.

Er atmete langsam aus und ein. Er spürte, wie es ihm warm den Nacken hinunterlief. Allem Anschein nach sickerte immer noch Blut aus der Schnittwunde. Seine Schultern, sein Hals waren rot gefärbt. Er versuchte, sich wieder zu beruhigen. Nur wenn sein Puls runterging, würde das Blut langsamer fließen. Luft strich über seine Wunden. Der Schmerz kam und ging. Mit stierem Blick fixierte er die zerrissenen Vorhänge, die zu Bruch gegangenen Fenster. Eine Weile später hörte er Sirenen, und seinem Mund entwich ein seltsamer Laut.

Auf der anderen Seite des Zimmers sagte Wilson etwas, was Quinn nicht richtig verstand, weil die Frau entweder schluchzte oder ihn beschimpfte.

»Was?«, fragte Quinn.

»Finden Sie das komisch?«, wollte Wilson wissen.

»Wie bitte?«

»Sie lachen.«

»Ach ja?«, sagte Quinn.

Das überraschte ihn nicht. Und machte ihm auch keine Angst. Er fühlte gar nichts. Quinn ließ den Kopf auf die Couchlehne fallen und schloss die Augen.

Einunddreißig

In der Buchanan Street vergammelten langsam die Kürbislaternen, die zu Halloween auf den Veranden der Reihenhäuser aufgehängt worden waren. Der Zahn der Zeit, die Witterung und gefräßige Eichhörnchen nagten an den Kürbisgesichtern. Die Menschen kramten Handschuhe und Schals aus den Schränken hervor, entleerten die Benzintanks der Rasenmäher und verstauten sie in Kellern oder Schuppen. Das Laub färbte sich erst bunt, vertrocknete und wurde dann braun. Ein Feiertag war vorbei, der nächste stand kurz bevor. Kommende Woche wurde Thanksgiving gefeiert.

Strange fuhr mit seinem Cadillac den Block hoch und winkte einer alten Frau namens Katherine zu, die in einem dicken Pulli in ihrem kleinen Garten Laub rechte. Diese Frau hatte in D.C. ein Leben lang als Grundschullehrerin gearbeitet und zwei Söhne und eine Tochter durchs College gebracht. Und sie hatte einen Enkel, der erst kürzlich auf die schiefe Bahn geraten war. Strange kannte Katherine nun schon fast dreißig Jahre.

Strange bog nach rechts in die Georgia, warf einen Blick in den Schuhkarton, in dem er seine Kassetten aufbewahrte, und schob einen alten Stylistic-Mix in den Rekorder. Bell und Creeds ›People Make the World Go Round‹ begann mit einer Art Winterprolog. Russell Thompkins Juniors unvergleichliche Stimme schallte durch den Wagen. Während Strange die Georgia hinunterfuhr, sang er leise mit. An einer Ampel in der Nähe der Iowa entdeckte er an einem Telefonmast ein Flugblatt mit den Gesichtern von Garfield Potter, Carlton Little und Charles White. Inzwischen waren die meisten Flugblätter abgerissen worden.

Potter und Little waren in ihrem Haus auf der Warder Street aufgegriffen worden. Probleme hatte es bei der Verhaftung keine gegeben. Nach dem Verhör hatte man sie ins D.C. Jail geworfen. Dort warteten sie nun auf ihre Verhandlung, doch bis dahin dauerte es bestimmt noch ein halbes Jahr. Von Zeit zu Zeit wurde in den hiesigen Medien immer noch darüber spekuliert, wo Charles White, der dritte Verdächtige, wohl untergetaucht war. Achtzehn Monate später fiel Whites Name in Zusammenhang mit einer Mordanklage in der Nähe von New Orleans. White kam schließlich in der Gefängnisdusche von Angola zum Tode. Jemand hatte ihm ein Plexiglasdreieck in den Hals gerammt. Der *Washington Post* war diese Geschichte – wie auch der gewaltsame Tod von Potter und Little – gerade mal einen Absatz wert. Und zu diesem Zeitpunkt waren die Erinnerungs-T-Shirts mit Joe Wilders Gesicht längst auf dem Müll gelandet oder dienten als Putzlappen. Die meisten Bewohner im Großraum von D.C. hatten Wilders Namen schon bald vergessen. »Nur wieder einer, der die Statistik hochtreibt« – damit meinten hart gesottene Washingtoner ihn. Er war nur einer von vielen Namen in einer langen Liste.

Strange parkte auf der 9th, schloss den Brougham ab und ging an dem Friseurladen vorbei, wo ein Angestellter namens Rodel in der Tür stand und an einer Newport zog.

»Wie geht's denn so, Großer?«

»Ganz gut.«

»Wenn Sie mich fragen, muss bei Ihnen nachgeschnitten werden.«

»Ich schau' demnächst mal vorbei.«

Er ging weiter und sah zu dem Logo auf dem Schild über seinem Eingang hoch: Strange Investigations. Auf dem Lichtkasten zogen sich ein paar Schlieren über das Vergrößerungsglas. Er musste Lamar auftragen, das Schild heute noch zu putzen.

Der Summer des Türöffners ertönte, und Strange trat ein. Janine starrte auf ihren Bildschirm. Ron Lattimer saß hinter seinem Schreibtisch. Ein Lederhut thronte in einem kecken Winkel auf seinem Kopf. Die Farbe des Huts korrespondierte mit den braunen Querstreifen seiner handbemalten Krawatte. Strange blieb vor seinem Schreibtisch stehen und überlegte, was für Musik Ron heute laufen ließ. Das Horn, das gegen die treibende Rhythmussektion anspielte, kam ihm bekannt vor.

»Boss.«

»Ron. Das da ist Miles, oder?«

Lattimer hob den Blick und nickte. *»Doo-Bop.«*

»Da sieht man mal wieder, dass ich doch nicht ganz von gestern bin.« Strange warf einen Blick auf die Papiere, die auf Lattimers Schreibtisch lagen. »Bist du jetzt mit diesem Thirty-five-Hundred-Gang-Fall fertig?«

»Nächste Woche liefer' ich die ganze Schose bei den Anwälten ab. Dieser Fall hier bringt eine ordentliche Stange Geld, Boss.«

»Gute Arbeit.«

»Ach ja, Sears hat angerufen. Sie lassen bestellen, die Änderungen sind fertig, und Sie können den Anzug jederzeit abholen.«

»Sehr komisch.«

»Nein, jetzt mal im Ernst. Die Reinigung da unten hat angerufen und gesagt, dass Ihr Anzug und Ihre Hemden fertig sind.«

»Danke, ich gehe dieses Wochenende auf eine Hochzeit. Du erinnerst dich doch noch an George Hastings, oder? Seine Tochter heiratet.«

»Das Kleid, das ich anziehen will, ist auch dort, Derek«, sagte Janine, ohne den Blick vom Bildschirm zu nehmen. »Kannst du es gleich mitbringen?«

»Klar.«

»Falls du's mir nicht krumm nimmst«, sagte Lattimer, »möchte ich dich darauf hinweisen, dass du was mit deinen Haaren machen musst, wo du doch auf eine Hochzeit gehst.«

»Stimmt«, sagte Strange und fuhr sich mit der Hand über den Kopf. »Ich muss zum Friseur.«

Strange ging an Quinns Tisch vorbei, der mit alten Unterlagen und Kaugummiverpackungen zugemüllt war, und trat dann an Janines Schreibtisch.

»Irgendwelche Nachrichten?«

»Nein, aber du hast einen Termin im Gefängnis.«

»Ich bin schon unterwegs, wollte aber mal kurz vorbeischauen und sehen, wie es euch so geht.«

»Uns geht es gut.«

»Kommst du heute Nachmittag zu dem Spiel? Es ist ein Ausscheidungsspiel, weißt du? Die zweite Runde.«

Janine nahm den Blick vom Bildschirm und lehnte sich zurück. »Wenn du willst, komme ich.«

»Ja, komm doch.«

»Ich hab' überlegt, ob ich Lionel mitnehme.«

»Perfekt.«

Janine griff in ihre Schreibtischschublade, holte einen Schokoriegel heraus und reichte ihn Strange.

»Für den Fall, dass du heute zu viel um die Ohren hast, um Mittag essen zu gehen.«

Strange betrachtete die Verpackung und entdeckte das kleine rote Herz, das Janine aufs Logo gemalt hatte. Er warf Ron einen Blick zu, der allerdings beschäftigt war, und sah dann wieder zu Janine hinüber. Mit gesenkter Stimme sagte er: »Danke, Baby.«

Janines Augen funkelten fröhlich. Strange ging nach hinten in sein Büro und schloss die Tür.

Lamar Williams zog gerade den Papierkorb hinter Stranges Schreibtisch. Strange ging um den Tisch herum, und Lamar machte ihm Platz, damit er sich auf seinen Stuhl fallen lassen konnte. Als Strange sich in den Computer einloggte, stellte der Junge sich hinter ihn und spähte ihm über die Schulter.

»Gehen Sie wieder in diesen *People Finder*?«, fragte Lamar.

»Wollte nur kurz meine Mails lesen, dann muss ich weg zu einem Termin. Wieso, willst du wissen, wie das Programm funktioniert?«

»Ich kenn' mich schon ein bisschen aus. Janine und Ron haben's mir mal gezeigt.«

»Wenn du noch mehr erfahren willst, kann ich mich mal mit dir zusammensetzen. Wir beide können da richtig tief einsteigen, wenn du Bock hast.«

»Hätte nichts dagegen.«

Strange drehte sich zu Lamar um. »Weißt du, Lamar, Ron wird nicht auf ewig hier sein. Da mache ich mir gar nichts vor. Ich meine, gute Leute bleiben nicht auf Dauer in so einem kleinen Laden wie meinem, und ein fairer Chef erwartet das auch nicht von ihnen. Irgendwann werde ich einen jungen Mann brauchen, als Ersatz für ihn.«

»Ron ist ein Profi.«

»Ja, aber als er hier aufgetaucht ist, war er noch grün hinter den Ohren.«

»Aber er hatte einen College-Abschluss«, meinte Lamar. »Und ich hab' schon mit meinem High-School-Abschluss zu kämpfen.«

»Das schaffst du schon«, sagte Strange. »Und dann schicken wir dich auf die Abendschule, bis du den Abschluss auch in der Tasche hast. Ich will dir nichts vormachen, da wartet eine Menge harter Arbeit auf dich. Wird Jahre dauern, wenn du verstehst, was ich meine.«

»Ja.«

»Wie auch immer, ich bin hier, wenn du noch mal ausführlicher mit mir darüber reden willst.«

»Danke.«

»Keine Ursache. Kommst du zum Spiel?«

»Ich werde kommen.«

Lamar ging mit dem Papierkorb zur Tür.

»Lamar.«

»Ja«, sagte er und drehte sich um.

»Das Schild draußen.«

»Ich weiß schon. Wenn ich den hier geleert habe, hol' ich die Leiter.«

»Sehr schön.«

»Mhm.«

Als er ging, sah Strange ihm hinterher. Er griff nach dem Schokoriegel, den er auf den Schreibtisch gelegt hatte, starrte ihn eine Weile an, fuhr dann den Computer runter und verließ das Büro. Vor Janines Schreibtisch blieb er kurz stehen.

»Ich hab' überlegt«, sagte Strange, »ob Lionel nach dem Spiel nicht vielleicht mit deinem Wagen heimfahren könnte. Ich dachte, wenn du Lust hast, könnten wir beide eine kleine Spritztour machen.«

»Das wäre schön«, meinte Janine.

»Ich seh' dich dann auf dem Spielfeld«, sagte Strange.

Strange fuhr zum D.C. Jail nach Southeast hinunter. Die Adresse lautete 1901 D Street. Er parkte auf der Straße und überflog die Notizen, die er sich bei seiner Internetrecherche aus den Online-Nachrichten herausgeschrieben hatte.

Vor kurzem war Granville Oliver verhaftet und angeklagt worden. Über keinen Fall in der jüngsten Geschichte berichteten die hiesigen Zeitungen ausführlicher als über das ihm zur Last gelegte Verbrechen. Phillip Wood, sein erster Mann, war nach einem anonymen Hinweis wegen Mordes verhaftet worden, und das war Olivers Untergang gewesen. Da man die Mordwaffe gefunden hatte, wurde Wood unter Anklage gestellt. Er war einen Handel eingegangen und hatte eingewilligt, gegen Oliver auszusagen. Nun war es also genau so gekommen, wie Oliver es bei seinem ersten Zusammentreffen mit Strange vorhergesagt hatte.

Oliver wurde von der Bundesstaatsanwaltschaft wegen mehrerer Vergehen angeklagt, u. a. weil er Chef einer Organisation war, die im großen Maßstab Drogen verkaufte, Leute erpresste und diejenigen, die nicht zahlten, ermordete. Auf einer Pressekonferenz, die vor ein paar Tagen von allen lokalen Fernsehsendern übertragen worden war, hatten die Generalstaatsanwältin und der Justizminister gemeinsam verkündet, sie würden sich in diesem Fall mit aller Macht für die Verhängung der Todesstrafe einsetzen. Obwohl die Einwohner von D. C. zu den Wahlurnen gegangen waren und mit überwältigender Mehrheit gegen die Todesstrafe gestimmt hatten, wollten die Bundesbehörden an Granville Oliver ein Exempel statuieren und ihn in Indiana in die bundesstaatliche Todeszelle schicken.

Strange klappte den Notizblock zu und betrat das Gefängnis.

Er meldete sich an und verbrachte eine geschlagene halbe Stunde, die sich ewig hinzog, im Wartezimmer. Schließlich wurde er in einen Verhörraum mit Plexiglastrennwänden gebracht. In zwei Abteilen besprachen sich gerade Anwälte mit ihren Mandaten. Strange setzte sich gegenüber von Granville Oliver an einen Tisch.

Wie alle anderen Gefangenen auch, trug Oliver einen orangefarbenen Gefängnisoverall. Man hatte ihm Hand- und Fußschellen angelegt. Hinter einem Fenster saß ein Wächter in einer verdunkelten Kabine und beobachtete den Raum.

Oliver nickte Strange zu. »Danke, dass Sie gekommen sind.«

»Keine Ursache. Können wir uns hier unterhalten?«

»Das ist wahrscheinlich der einzige Ort, wo wir reden können.«

»Behandelt man Sie gut?«

»Gut?« Oliver lachte höhnisch. »Alle zwei Tage lassen sie mich für eine Stunde aus meiner Zelle. Ich bin unten in der Abteilung für besondere Fälle. Wird hier nur ›Das Loch‹ genannt. Da landen die Verbrecher, die Aufsehen erregt haben. Und jetzt kommt was, was Ihnen gefallen wird: Raten Sie mal, wer auch da unten sitzt?«

»Wer denn?«

»Garfield Potter und Carlton Little. Ach, ich krieg' sie nicht zu Gesicht, nein, nein. Die haben sie richtig weggesperrt, genau wie mich. Aber trotzdem sitzen wir alle dort unten ein.«

»Im Moment dürften Sie aber ganz andere Sorgen haben als diese Burschen.«

»Stimmt.« Oliver beugte sich vor. »Der Grund, warum ich Ihnen das erzähle, ist, ich hab' überall Kontakte. Im Laufe der letzten Jahre habe ich mich mit ein paar El Ryukens angefreundet. Sie haben schon von ihnen gehört, oder? Behaupten, von den Mauren abzustammen, aber von so was habe ich keine Ahnung. Ich weiß allerdings, dass das die schlimmsten Hurensöhne sind, die man sich denken kann. Die fürchten sich vor gar nichts und lassen sich auch nichts gefallen. Ihre Leute sind überall, und wie ich schon sagte, wir haben uns angefreundet. Wo auch immer Potter und Little landen werden, in welches Gefängnis man sie auch stecken mag, die kommen auf jeden Fall dran.«

»Das brauchen Sie mir nicht erzählen, Granville.«

»Ich dachte nur, Sie wüssten gern Bescheid.«

Strange setzte sich anders hin. »Sagen Sie mir, warum Sie mich herbestellt haben.«

»Ich möchte Sie anheuern, Strange.«

»Und was soll ich tun?«

»Mit meinen Anwälten zusammenarbeiten. Ich habe zwei der besten schwarzen Anwälte, die man in dieser Stadt auftreiben kann.«

»Ives und Colby. Ich lese auch Zeitung.«

»Sie werden die Hilfe eines Privatdetektivs brauchen, wenn sie mich gegen die Regierung verteidigen. Eigentlich ist das Routine, aber dieser Fall ist alles andere als alltäglich.«

»Ich weiß, wie das System funktioniert, und mache so was regelmäßig.«

»Das kann ich mir denken. Aber mein Fall ist schon außergewöhnlich. Es geht um Leben und Tod. Und ich will, dass nur Schwarze an meinem Fall arbeiten. Wie man hört, liefern Sie gute Ergebnisse. Diese Anwälte brauchen was, womit sie die Aussage entkräften können, die die Regierung aus Phillip Wood herausquetschen wird.«

»Und was ungefähr wird er denn sagen?«

»Das kann ich Ihnen ganz genau sagen. Er wird in den Zeugenstand treten und behaupten, ich hätte den Befehl erteilt, meinen Onkel zu ermorden. Dass ich ihm die Sache höchstpersönlich übertragen habe und er den Auftrag ausgeführt hat.«

»Und war das so?«

Oliver zuckte mit den Achseln. »Was für eine Rolle spielt das?«

»Vermutlich keine.«

Oliver drehte den Kopf und starrte eine der leeren weißen Wände in dem Raum an, als wäre sie ein Fenster zur Welt hinaus. »Phil sitzt gleich nebenan, wissen Sie? In der Besserungsanstalt. Er ist in einer von den Zellen mit den niedrigen Nummern, wie CB-Vier, CB-Fünf oder so. Das sind die Spezialzellen für die Spitzel. Als er das erste Mal eingesessen ist, haben sie ihn fertig gemacht. Wurde mehrmals vergewaltigt. Darum steht er keinen Gefängnisaufenthalt mehr durch. Genau das ist der springende Punkt. Natürlich könnte man das mit ihm regeln wie mit Potter und Little. Aber so was dauert, und dazu fehlt mir die Zeit.«

»Ich hab' schon mal gesagt, Sie brauchen mir das nicht zu erzählen.«

»Gut. Aber Sie werden mir helfen?«

Strange antwortete nicht.

»Sie werden sich doch nicht zurücklehnen und zusehen, wie man mich umbringt, oder?«

»Nein.«

»Natürlich nicht. Aber die Anklage lautet: Organisierte Kriminalität. Erinnern Sie sich noch an das Foto, das ich Ihnen gezeigt habe, das Promo-Ding für meine Platte, wo ich die Waffe halte? Dieses Foto will die Anklage vor Gericht gegen mich verwenden. Und wissen Sie, wieso? Wissen Sie, warum man mich auf den Stuhl schicken will, warum das hier im District seit Jahren der erste Fall ist, wo die Todesstrafe gefordert wird, warum man sie bei all den anderen Mördern, die sie in D. C. gefasst haben, nicht gefordert hat? Nun, das Foto spricht Bände. Sie haben ein Bild von einem starken, stolzen Schwarzen mit einer Mir-geht-doch-alles-am-Arsch-vorbei-Haltung, der eine Waffe in der Hand hält. Und das ist der amerikanische Albtraum, Strange. Die werden meine Hinrichtung der Öffentlichkeit verkaufen, und niemand wird deswegen schlecht schlafen. Denn ich bin ja nur ein Nigger, der andere Nigger umgebracht hat. Und das ist kein Verlust für Amerika.«

Strange schwieg. Er wich Olivers Blick nicht aus.

»Und nun«, fuhr Oliver fort, »will die Generalstaatsanwältin mir helfen, dass ich in diese Kammer komme, wo man mir die Todesspritze verabreicht. Jetzt helfen sie und die Regierung mir. Aber als ich im Ghetto aufgewachsen bin, da ist die Regierung nicht zur Stelle gewesen und hat mir geholfen. Und die Regierung hat mir auch nicht geholfen, als ich auf dem Weg zu meiner Scheißschule durch mein abgefucktes Viertel gestreunt bin. Wo waren all die Typen damals? Jetzt mischen sie sich auf einmal in mein Leben ein und helfen mir. Bisschen spät, meinen Sie nicht auch?«

»Sie hatten es nicht leicht«, meinte Strange, »wie die meisten Kinder hier. Das will ich nicht bestreiten. Aber Sie haben auch gesät, was Sie jetzt ernten.«

»Stimmt. Und ich kann nicht behaupten, ich würde mich deswegen schämen.« Oliver schloss die Augen und öffnete sie wieder. »Werden Sie für mich arbeiten?«

»Ihre Anwälte sollen sich bei mir im Büro melden«, sagte Strange.

Strange gab dem Wächter ein Signal und ließ Oliver in Ketten an dem Tisch zurück.

»Wie seid ihr drauf?«

»Super!«

»Wie seid ihr drauf?«

»Super!«

»Ich will Getrampel hören!«

»Jaaa!«

»Ich will Getrampel hören!«

»Jaaa!«

»Ich will Getrampel hören!«

»Jaaa!«

Die Petworth Panthers bildeten einen Kreis neben dem Roosevelt-Spielfeld. Prince und Morris Dante stellten sich in die Mitte und machten mit den Pee Wees die Aufwärmübungen. Strange, Blue und Dennis Arrington sprachen ein Stück weiter die Mannschaftsaufstellung und den Spielplan durch. Lamar und Lionel warfen sich auf der blauen Bahn gegenseitig die Bälle zu.

Auf der Tribüne saß Janine mit der kleinen, aber lautstarken Gruppe von Eltern und Erziehungsberechtigten, die immer zu den Spielen kamen. Heute befanden sich in ihrer Mitte auch die Eltern und Erziehungsberechtigten der Spieler des gegnerischen Teams, der Anacostia Royals.

Arrington beobachtete, wie ein weißer Mann in Begleitung einer weißen Frau langsam über das Spielfeld schlenderte und an den beiden Referees vorbeiging, die sich an der 50-Yard-Linie miteinander unterhielten. Die Frau hatte sich bei dem Mann untergehakt. Arrington stieß Strange an, der daraufhin zum Feld hinüberschaute und grinste.

»Terry«, sagte Strange und schüttelte Quinn die Hand, als er zu ihm trat. »Sue.«

»Hallo, Derek«, sagte Sue Tracy und schob eine blonde Haarsträhne aus ihrem Gesicht.

»Seid ein bisschen spät dran, was?«, meinte Strange.

»Hatte einen Termin mit meinem Anwalt«, sagte Quinn. Seine Wange war verbunden. Die Blutergüsse auf seinem Kinn hatten sich verfärbt und leuchteten gelb.

»Sie lassen die Anklage nicht fallen?«, fragte Strange.

»Tätlicher Angriff mit Vorsatz«, sagte Quinn und nickte. »Irgendwas müssen sie mir ja vorwerfen, oder?«

»Na«, sagte Strange mit funkelnden Augen, »es ist ja nicht so gewesen, dass Wilson dir einen Besuch abgestattet und den Arsch versohlt hat.«

»Stimmt auch wieder«, sagte Quinn. »Aber Stella sagt aus, und da wird er für ein paar Jahre einfahren.«

»Sobald sie ihm die Röhrchen aus der Nase ziehen und den Draht entfernen, der sein Kinn zusammenhält.«

»Na, wenigstens wird er für eine Weile von der Bildfläche verschwinden. Und was mich betrifft, mein Anwalt meint, falls ich überhaupt verurteilt werde, kriege ich Bewährung.«

»Die Behörden wollen vermeiden, dass man dich für einen Helden hält.«

»Ich bin kein Held«, meinte Quinn. »Ich verlier' nur schnell die Beherrschung.«

»Findest du?«, sagte Strange und deutete mit dem Kinn auf Quinns Wange. »Brauchst immer noch einen Verband, was?«

»Mit all den Narben seh' ich wie Frankenstein aus.« Quinn

grinste und sah – wie Strange fand – auf einmal zehn Jahre älter aus. »Ich will die Jungs ja nicht das Fürchten lehren.«

»Kommt mal alle her!«, rief Blue. Die Mannschaften beendeten ihre Übungen, liefen zu ihren Trainern und knieten sich auf den Rasen.

»Schön, dass du kommen konntest«, sagte Arrington und musterte Quinn, als die Jungs sich um sie scharten.

»Mir geht's da wie dir«, sagte Quinn. »Um keinen Preis würde ich ein Spiel verpassen.«

»Ich tu nur, was Gott mir befiehlt«, sagte Arrington und schüttelte Quinns Hand.

Quinn und Blue gingen die Mannschaftsaufstellung durch und sagten den Jungs, was sie von ihnen erwarteten. Arrington sprach ein Gebet, und Strange sagte noch ein paar Worte, als Dante, Prince und Rico, die designierten Kapitäne, aufs Spielfeld gingen.

»Deckt euren Bruder«, sagte Strange. »Deckt euren Bruder.«

Und dann begann das Spiel. Gleich von der ersten Minute an wurde mit harten Bandagen gekämpft. Wenn eine schwarze Mannschaft aus D.C. gegen eine Mannschaft spielte, die hauptsächlich aus weißen Vorstadtjungs bestand, war das Spiel meistens schon vor dem ersten Abpfiff gelaufen. Weiße Jungs kriegten von ihren Eltern direkt oder unterschwellig eingebläut, sich vor schwarzen Jungs zu fürchten. Dies führte dazu, dass sie in dem Moment, wo die schwarze Mannschaft aufs Feld rannte, entweder aufgaben oder den Kampfgeist verloren. Im Grunde genommen war die Furcht vor dem Fremden die Saat des Rassismus.

Aber bei diesem Spiel lief es einmal anders. Heute traten zwei Mannschaften aus der Stadt gegeneinander an. Das hier war ein Wettkampf zwischen Northwest und Southeast. Die Jungs kämpften nicht um Trophäen, sondern für ihr Viertel. Das konnte man an dem aggressiven Spiel, an den verkniffenen Mienen der Verteidiger und daran ablesen, dass es drei

Jungs brauchte, um ein Mitglied des gegnerischen Teams zu Boden zu zwingen. Und man hörte es an den lauten Zusammenstößen der Schulterpolster, die im Roosevelt Stadium widerhallten. Nach der Halbzeit ahnte Strange, dass das Spiel nicht durch einen großen Wurf entschieden würde, sondern weil einer der Spieler einen gravierenden Fehler machte. Und genau so kam es auch: Im letzten Viertel bei fast gleichem Punktestand waren die Petworth Panthers im Ballbesitz und verteidigten die eigene 20-Yard-Linie.

Beim ersten Versuch warf Prince Dante Morris den Ball zu, der ihn an Rico abgab – in Grunde genommen ein ganz simpler Spielzug, bei dem der Halfback zur Zweierlücke rennt. Die Linemen der Pethworths blockten und schufen eine Lücke, doch Rico hatte bei der Ballabgabe die Hände nicht da, wo sie sein sollten, riss die Arme hoch und versuchte, durch die Lücke zu preschen. Er rannte zu weit, griff ins Leere. Anacostia schnappte sich den am Boden liegenden Ball. Nach diesem Spielzug war es mit dem Kampfgeist der Panthers vorbei. Mit nur sechs Laufspielen gelang Anacostia ein Touchdown, und damit hatten sie das Spiel für sich entschieden.

Nach dem Abpfiff bildeten die Jungs in der Mitte des Spielfeldes einen Kreis und gratulierten den Gegnern. Die Trainer folgten ihrem Beispiel.

»Auf die Knie!«, sagte Lydell Blue.

Die Jungs scharten sich eng zusammen. Die Eltern, Lamar, Lionel, Janine und Sue Tracy kamen näher. Blue schaute sichtlich aufgebracht zu Arrington und Quinn hinüber. Quinn deutete mit dem Kinn auf Strange, der dann vortrat, um ein paar Worte zu sagen.

Er schaute in ihre Gesichter. Gras klebte an ihren Gittern. Ein paar von den Helmen hatten von den Zusammenstößen mit den Anacostia-Spielern blaue Streifen. Dante starrte nach unten. Neben ihm kniete Prince. Rico schaute in eine andere Richtung und weinte hemmungslos.

»Na schön«, sagte Strange. »Wir haben verloren. Dieses eine Spiel haben wir verloren. Aber richtig verloren haben wir nicht. Ihr braucht euch deswegen nicht zu schämen, verstanden? Dazu besteht kein Anlass. Schau mich an, Rico. Sohn, schau mich an.«

Rico hob den Blick und sah Strange in die Augen.

»Du kannst erhobenen Hauptes vom Spielfeld gehen, junger Mann. Du hast einen Fehler gemacht und kannst dir einreden, er hätte uns den Sieg gekostet. Aber ohne dich, ohne deinen Mut und dein Können hätten wir heute hier gar nicht gespielt. Und das gilt für euch alle.«

Strange sah zu den Jungs hinunter und achtete darauf, jedem Einzelnen in die Augen zu schauen, ehe er fortfuhr.

»Wir hatten eine harte Saison, und zwar in vielerlei Hinsicht. Ihr habt einen Mitspieler verloren, einen echten Bruder. Und trotzdem habt ihr weitergemacht. Was ich zu sagen versuche, ist Folgendes: Ihr werdet immer wieder verlieren. Keiner da draußen wird euch etwas schenken, sondern versuchen, euch in die Knie zu zwingen. Aber dann müsst ihr eben wieder aufstehen und trotzdem weitermachen. So ist das Leben nun mal. Man reißt sich zusammen, kämpft immer wieder, und irgendwann gewinnt man auch. Und genau das habt ihr getan. Immer wieder habt ihr mir gezeigt, wie viel Mumm ihr habt.«

Strange sah zu Lionel hinüber. »Weißt du, ich hatte nie einen eigenen Sohn. Dennoch weiß ich, wie es sich anfühlt, einen Jungen zu lieben, als ob er meiner wäre.«

Strange erhaschte Janines Blick, konzentrierte sich dann aber wieder auf die Mannschaft, die vor ihm kniete.

»Ihr seid fast wie Söhne für mich.«

Rico fuhr sich mit dem Handrücken übers Gesicht. Dante hob das Kinn, und Prince rang sich ein Lächeln ab.

»Ich bin sehr stolz auf euch«, sagte Strange.

Strange ließ Prince, Lamar und Janine im Cadillac warten, verabschiedete sich von Blue und Arrington und ging zu

Quinn hinüber, der neben Sue Tracy an seinem Chevelle lehnte. Ein kalter Wind aus dem Norden fegte das Laub über den Parkplatz der Roosevelt.

Strange begrüßte Tracy und drückte ihr einen Kuss auf die Wange. »Tut mir Leid, dass ich mich heute Nachmittag nicht länger mit Ihnen unterhalten konnte.«

»Sie hatten ja alle Hände voll zu tun«, meinte Tracy.

»Und«, fragte Strange, »werden Sie uns auch in Zukunft Aufträge zuschustern?«

»Ich hatte den Eindruck«, meinte Tracy, »Sie hätten auf diese Prostitutionsfälle keinen großen Bock.«

Strange schaute zu Quinn hinüber und sah dann wieder Tracy an. »Tja nun, ich hatte in diesem Fall so was wie persönliche Vorbehalte, aber ich glaube, das Thema ist inzwischen geklärt.«

»Arbeit gibt es immer«, sagte Tracy. »Wir haben Stella zurück nach Pittsburgh gebracht. Da ist sie zu Hause. Aber wir werden sehen, wie lange sie's da aushält.«

»Und was ist mit dem Mädchen, das Sie aus Wilsons Fängen befreit haben?«, wollte Strange wissen.

»Jennifer Marshall. Sie ist wieder weggelaufen und wird vermisst. Bislang ist sie nirgendwo aufgetaucht.«

»Da fragt man sich manchmal schon, wieso Sie sich all die Mühe machen«, sagte Strange.

»Man muss eben Tag für Tag kämpfen«, antwortete Tracy. »Wie Sie's gerade den Jungs eingebläut haben.«

»Wir gehen ein Bier trinken, Derek«, sagte Quinn. »Janine und du, wollt ihr nicht mitkommen?«

»Danke«, sagte Strange. »Aber ich muss mit ihr über etwas reden, allein, falls es dir nichts ausmacht.«

»Dann halt nächstes Mal.«

Strange schüttelte Quinns Hand. »Das war eine gute Saison, Terry. Danke für deine Unterstützung.«

»Wir haben unser Bestes gegeben.«

»Ich ruf' dich morgen an. Sieht aus, als würde ich einen

großen Fall übernehmen, wo ich deine Hilfe brauchen könnte. Bist du im Buchladen?«

»Ja«, sagte Quinn.

Sie schauten Strange hinterher, wie er über das Spielfeld ging und in seinen Brougham stieg.

»Gleich als wir ihn das erste Mal getroffen haben«, meinte Tracy, »hab' ich Karen gesagt, dass das hinhauen wird.«

Quinn schlang die Arme um Tracy, zog sie an sich und küsste sie auf den Mund. Erst nach einer ganzen Weile nahm er den Kopf zurück und strich ihr über die Wange.

»Wofür war das?«, fragte Tracy.

»Dafür, dass du da bist«, sagte Quinn. »Dafür, dass du geblieben bist.«

Nachdem Strange Prince und Lamar abgesetzt hatte, fuhr er in der Buchanan vorbei und holte Greco. Janine blieb im Wagen sitzen. Sie fuhren zur Missouri Avenue hoch, bogen nach links und dann weiter bis zur Military Road. Strange rollte auf einen kleinen Parkplatz, der im Osten an den Rock Creek Park grenzte.

Strange legte Greco an die Leine. Zu dritt folgten sie dem Valley Trail und spazierten, dem Flusslauf folgend, eine Anhöhe hoch. Janine hatte sich bei ihm untergehakt, und er erzählte ihr von seinem Treffen mit Granville Oliver, während Greco durch die schräg einfallenden Lichtstreifen im Wald tollte. Als die fahle Novembersonne hinter den Bäumen unterging, kehrten sie zum Wagen zurück. Greco legte sich auf der Rückbank auf sein rotes Kissen und schlief.

Strange drehte den Zündschlüssel, damit sie Musik hören konnten. Er wählte Siebziger-Jahre-Soul, drehte aber kaum auf.

»Wirst du Olivers Fall übernehmen?«, fragte Janine.

»Ja«, antwortete Strange.

»Er steht für vieles, was dir zuwider ist.«

»Das weiß ich. Aber ich bin ihm was schuldig.«

»Für das, was er mit Potter und den anderen gemacht hat.«

»Nicht nur dafür. So, wie ich es sehe, hängen die meisten Probleme, mit denen wir uns hier rumschlagen, mit ein paar ganz einfachen Tatsachen zusammen. Zum einen – und da braucht man gar nicht drum herum reden – haben wir seit mehreren Jahrhunderten mit offenem Rassismus zu kämpfen, der mit Armut Hand in Hand geht. Und wie immer wir darüber denken mögen, ändern konnten wir das nicht. Aber der dritte Punkt, nämlich die Verantwortung für die eigenen Leute zu übernehmen, da können wir was machen, das steht in unserer Macht. Das erlebe ich jeden Tag, und davon bin ich überzeugt. Kinder, die schon von Geburt an benachteiligt sind, brauchen Eltern, zwei Elternteile, die ihnen Halt geben. Und Granville Oliver ist auch mal klein gewesen.«

Durch die Windschutzscheibe betrachtete Strange die Landschaft. Draußen setzte die Dämmerung ein. »Ich will damit sagen, Oliver ist ziemlich benachteiligt gewesen. Seine Mutter war ein Junkie. Seinen Vater hat er nie kennen gelernt. Und ich hab' auch noch mein Scherflein dazu beigetragen, Janine.«

»Wovon redest du?«

»Ich kannte den Mann«, sagte Strange. »Ich hab' seinen Vater vor zweiunddreißig Jahren getötet.«

Strange erzählte Janine von seinem Leben in den Sechzigern. Er erzählte von seiner Mutter, seinem Vater, seinem Bruder. Er erinnerte sich an die Zeit, wo er in den Straßen von D.C. auf Streife gegangen war, und an die Brände im April 1968. Als er endete, war es im Park dunkel geworden.

Strange schob eine andere Kassette in den Rekorder. Die ersten leisen Noten von Al Greens ›Simply Beautiful‹ erklangen.

»Die Platte hat Terry mir geschenkt«, sagte Strange. »Und das hier muss der schönste Song sein, den Al jemals aufgenommen hat.«

»Er ist toll«, sagte Janine und griff nach Stranges Hand.

»Na, wie dem auch sei, das ist meine Geschichte.«

»Und deshalb bist du mit mir hierher gefahren?«

»Na, und noch wegen etwas anderem.« Strange zog eine kleine grüne Schmuckschachtel aus der Lederjacke und gab sie Janine. »Nur zu, mach sie auf. Das ist für dich.«

Janine hob den Deckel. Darin steckte ein dünner goldener Ring mit einem Diamanten. Strange bat sie mit einer Handbewegung, den Ring herauszunehmen und anzuprobieren.

»Er hat meiner Mutter gehört«, sagte Strange. »Wird dir ein bisschen zu groß sein, aber das können wir richten lassen.«

»Möchtest du mich vielleicht was fragen, Derek?«

Strange drehte ihr das Gesicht zu. »Bitte, heirate mich, Janine. Lionel braucht einen Vater. Und ich brauche dich.«

Janine drückte seine Hand. Ihr Blick war ihm Antwort genug. Sie küssten sich.

Strange ließ ihre Hand nicht los. Sie saßen schweigend im Wagen und hörten sich das Lied an. Strange dachte über Janine nach und dass sie ein gutes Herz hatte. Und er dachte an Joe Wilder, der gestorben war, und all an die anderen Jungs, die noch lebten. Draußen, vor den Wagenfenstern, wehten die letzten braunen Blätter durch das dämmerige Licht.

Der Herbst war über die Stadt gekommen, und damit war auch Stranges Lieblingsjahreszeit in D. C. angebrochen.

Rotbuch hat die schönsten Morde

Rotbuch hat die schönsten Morde

Tony Fennelly
Kreuzfahrt mit Biß
Aus dem Amerikanischen
von Bettina Zeller
272 Seiten. TB 1107

Tony Fennelly
Leichen zum Fest
Aus dem Amerikanischen
von Bettina Zeller
248 Seiten. TB 1114

Roger M. Fiedler
Dreamin' Elefantz
176 Seiten. TB 1113

Roger M. Fiedler
Eisenschicht
256 Seiten. TB 1101

Roger M. Fiedler
Pilzekrieg
200 Seiten. TB 1138

Roger M. Fiedler
Sushi, Ski und schwarze Sheriffs
244 Seiten. TB 1073

Heike Gerbig
Engel im Tiefflug
182 Seiten. TB 1124

Heike Gerbig
Berliner Teufelskreis
207 Seiten. TB 1139

Gunter Gerlach
Die Allergie-Trilogie
Kortison/Katzenhaar und
Blütenstaub/Neurodermitis
480 Seiten. TB 1115

Gunter Gerlach
Falsche Flensburger
154 Seiten. TB 1112

Gunter Gerlach
Ich lebe noch, es geht mir gut
192 Seiten. TB 1122

Gunter Gerlach
Irgendwo in Hamburg
265 Seiten. TB 1154

Charlaine Harris
Tod in Shakespeare
249 Seiten. Gebunden

Bill James
Rivalen
Aus dem Englischen
von Gerold Hens
286 Seiten. Gebunden

Bill James
Tote schreien nicht
Aus dem Englischen von
Gerold Hens
264 Seiten. TB 1133

Rotbuch
hat die schönsten Morde

Rotbuch
Literatur von heute

Bas Böttcher
Megaherz. Roman
160 Seiten, Gebunden

Dermot Bolger
Journey Home. Roman
Aus dem Englischen von
Thomas Gunkel
336 Seiten. TB 1027

Dermot Bolger
Die Reise nach Valparaiso
Roman
Aus dem Englischen von
Thomas Gunkel
443 Seiten. Gebunden

Dermot Bolger
Die Versuchung. Roman
Aus dem Englischen von
Thomas Gunkel
270 Seiten. Gebunden

Thea Dorn
Die Hirnkönigin. Roman
298 Seiten. Gebunden

Thea Dorn
Ultima Ratio
Erzählungen und Kolumnen
128 Seiten. Gebunden

Christian Geissler (k)
ein kind essen
liebeslied
148 Seiten. Gebunden

Gunter Gerlach
Der Haifischmann. Roman
184 Seiten. Broschur

Gabe Hudson
Dear Mr. President
Aus dem Amerikanischen von
Peter Torberg
170 Seiten, Gebunden

Liebesgeschichten aus Irland
Herausgegeben von
Hans-Christian Oeser
und Jürgen Schneider
224 Seiten. TB 1132

Macht.
Organisierte Literatur
286 Seiten. Broschur

Patrick McCabe
Der Schlächterbursche. Roman
Aus dem Englischen von
Hans-Christian Oeser
260 Seiten. Gebunden

Poetry Slam 2002/2003
Herausgegeben von
Hartmut Pospiech und Tina Uebel
184 Seiten. TB 1131

Poetry Slam 2003/2004
Herausgegeben von
Hartmut Pospiech und Tina Uebel
200 Seiten. TB 1149

Rotbuch Verlag | Bei den Mühren 70 | 20457 Hamburg